O herói discreto

Mario Vargas Llosa

O herói discreto

Tradução
Paulina Wacht e Ari Roitman

Copyright © Mario Vargas Llosa, 2013
Todos os direitos desta edição reservados à
Editora Objetiva Ltda.
Rua Cosme Velho, 103
Rio de Janeiro — RJ — Cep: 22241-090
Tel.: (21) 2199-7824 — Fax: (21) 2199-7825
www.objetiva.com.br

Título original
El héroe discreto

Capa
Raul Fernandes

Revisão
Raquel Correa
Cristiane Pacanowski

Editoração eletrônica
Abreu's System Ltda.

CIP-BRASIL. CATALOGAÇÃO NA PUBLICAÇÃO
SINDICATO NACIONAL DOS EDITORES DE LIVROS, RJ

V426h

    Vargas Llosa, Mario
        O herói discreto / Mario Vargas Llosa ; tradução Paulina Wacht e Ari Roitman. - 1. ed. - Rio de Janeiro : Objetiva, 2013

        342p.   ISBN 978-85-7962-258-8
        Tradução de: *El héroe discreto*

        1. Ficção peruana I. Wacht, Paulina II. Roitman, Ari. III. Título.

13-03116   CDD: 868.99353
                                       CDU: 821.134.2(85)-3

*À memória do meu amigo
Javier Silva Ruete*

*Nosso belo dever é imaginar que há
um labirinto e um fio.*

JORGE LUIS BORGES, "O FIO DA FÁBULA"

I

Felícito Yanaqué, dono da Empresa de Transportes Narihualá, saiu de casa naquela manhã, como todos os dias de segunda a sábado, às sete e meia em ponto, depois de fazer meia hora de Qi Gong, tomar um banho frio e preparar o desjejum de costume: café com leite de cabra e torradas com manteiga e umas gotinhas de melado. Ele morava no centro de Piura, e na rua Arequipa já fervia o bulício da cidade, as calçadas altas estavam repletas de gente indo para o escritório, para o mercado, ou levando as crianças para o colégio. Algumas beatas se dirigiam à catedral para a missa das oito. Os vendedores ambulantes ofereciam em voz alta suas balas de mel, pirulitos, apitos, empanadas e todo tipo de quinquilharias, e o cego Lucindo já estava instalado na esquina, debaixo do beiral de uma casa colonial, com o copinho de esmolas aos seus pés. Tudo igual a todos os dias, desde tempos imemoriais.

Com uma exceção. Nessa manhã alguém tinha fixado na velha porta de madeira tachonada da sua casa, à altura da aldraba de bronze, um envelope azul no qual se lia claramente, em letras maiúsculas, o nome do proprietário: DON FELÍCITO YA-NAQUÉ. Que ele lembrasse, era a primeira vez que alguém deixava uma carta pendurada assim, como uma notificação judicial ou uma multa. O normal era que o carteiro as enfiasse por dentro pela fresta da porta. Descolou o envelope, abriu-o e leu mexendo os lábios à medida que o fazia:

> Senhor Yanaqué:
> O fato de ser a Empresa de Transportes Narihualá tão bem-sucedida é um orgulho para Piura e para os piuranos. Mas também um risco, pois toda empresa bem-sucedida está exposta a sofrer depredações e vandalismos dos

ressentidos, invejosos e outras pessoas de vida duvidosa que proliferam aqui como o senhor deve saber muito bem. Mas não se preocupe. Nossa organização se encarregará de proteger a Transportes Narihualá, assim como o senhor e sua digna família, contra qualquer contratempo, aborrecimento ou ameaça dos facínoras. Nossa remuneração por esse trabalho será de 500 dólares por mês (uma cifra modesta para o seu patrimônio, como pode ver). Oportunamente entraremos em contato para comunicar as modalidades de pagamento.

Não é necessário enfatizar a importância de que seja mantida a máxima reserva em relação a este assunto. Tudo isto deve ficar entre nós.

Deus o proteja.

Em lugar de assinatura, a carta tinha um tosco desenho de algo que parecia uma aranhinha.

Don Felícito leu-a algumas vezes mais. Estava escrita em uma letra sinuosa e cheia de manchas de tinta. Ele se sentiu surpreso e divertido, com a vaga sensação de que se tratava de uma brincadeira de mau gosto. Amassou a carta junto com o envelope e fez menção de jogá-la na lixeira da esquina do ceguinho Lucindo. Mas se arrependeu e, alisando-a, guardou tudo no bolso.

Havia uma dúzia de quarteirões entre a sua casa, na rua Arequipa, e seu escritório, na avenida Sánchez Cerro. Dessa vez não os percorreu preparando a agenda de trabalho do dia, como fazia sempre, mas remoendo na cabeça a carta da aranhinha. Devia levá-la a sério? Ir à polícia e denunciar? Os chantagistas anunciavam que iam entrar em contato com ele para explicar as "modalidades de pagamento". Não seria melhor esperar que o fizessem antes de se dirigir à delegacia? Talvez tudo aquilo não passasse de um gracejo de algum desocupado que queria fazê-lo passar um mau pedaço. Nos últimos tempos a delinquência havia aumentado em Piura, é verdade: ataques a casas, assaltos nas ruas, até sequestros que, diziam, as famílias de branquinhos de El Chipe e Los Ejidos pagavam por baixo dos panos. Ele estava desconcertado e indeciso, mas pelo menos de uma coisa tinha certeza:

por nenhuma razão e em nenhum caso daria um centavo a esses bandidos. E, mais uma vez, como tantas outras em sua vida, Felícito se lembrou das palavras do pai antes de morrer: "Nunca se deixe pisar por ninguém, filho. Este conselho é a única herança que posso lhe deixar." Ele seguiu esse conselho, nunca deixou que o pisassem. E com seu meio século e pouco nas costas, já estava velho demais para mudar de hábitos. Estava tão absorvido nestes pensamentos que cumprimentou rapidamente, com um gesto, o recitador Joaquín Ramos e apertou o passo; normalmente parava um pouco para trocar umas palavras com aquele boêmio impenitente, que devia ter passado a noite em algum boteco e só regressava para casa agora, com os olhos frágeis, seu eterno monóculo e puxando a cabrita que chamava de sua gazela.

Quando chegou ao escritório da Transportes Narihualá já haviam saído, na hora certa, os ônibus para Sullana, Talara e Tumbes, para Chulucanas e Morropón, para Catacaos, La Unión, Sechura e Bayóvar, todos com bastante passageiros, assim como as vans para Chiclayo e as caminhonetes para Paita. Havia um punhado de gente despachando encomendas ou averiguando os horários dos ônibus e vans da tarde. A secretária, Josefita, com seus grandes quadris, olhos espevitados e blusinhas decotadas, já tinha deixado em sua escrivaninha a lista de reuniões e compromissos do dia e a garrafa térmica com o café que ele iria tomando no decorrer da manhã, até a hora do almoço.

— O que há com o senhor, chefe? — cumprimentou. — Por que esta cara? Teve pesadelos de noite?

— Probleminhas — respondeu, enquanto tirava o chapéu e o paletó, pendurava os dois no cabide e se sentava. Mas logo depois se levantou e os colocou de novo, como se tivesse se lembrado de alguma coisa muito urgente.

— Volto já — disse à secretária, a caminho da porta. — Vou registrar uma queixa na delegacia.

— Entraram ladrões na sua casa? — Josefita abriu seus grandes olhos vivazes e esbugalhados. — Agora acontece todo dia em Piura.

— Não, não, depois eu conto.

Com passos decididos, Felícito se dirigiu à delegacia que ficava a poucas quadras do escritório, na mesma avenida Sánchez Cerro. Ainda era cedo e o calor estava suportável, mas ele sabia que em menos de uma hora aquelas calçadas cheias de agências de viagens e companhias de transporte começariam a arder e que ia voltar para o escritório suando. Miguel e Tiburcio, seus filhos, muitas vezes lhe disseram que era uma loucura estar sempre de paletó, colete e chapéu numa cidade onde todos, pobres ou ricos, andavam o ano inteiro com camisa de manga curta ou *guayabera*. Mas para manter a compostura ele nunca os tirava, desde que inaugurou a Transportes Narihualá, o grande orgulho de sua vida; no inverno ou no verão, estava sempre de chapéu, paletó, colete e uma gravata com seu nó miniatura. Era um homem miúdo e muito magrinho, lacônico e trabalhador que, lá em Yapatera, onde nasceu, e em Chulucanas, onde fez o primário, não usava sapatos. Só começou a usar quando seu pai o trouxe para Piura. Agora tinha cinquenta e cinco anos e se conservava saudável, laborioso e ágil. Pensava que o seu bom estado físico se devia aos exercícios matinais de Qi Gong que seu amigo, o finado vendeiro Lau, lhe havia ensinado. Era o único esporte que praticava na vida, além de caminhar, se é que podiam ser chamados de esporte esses movimentos em câmara lenta que eram acima de tudo, mais que exercício para os músculos, uma maneira diferente e sábia de respirar. Chegou à delegacia esbaforido e furioso. Brincadeira ou não, o fato era que quem escreveu aquela carta o estava fazendo perder a manhã.

A delegacia parecia um forno e, com todas as janelas fechadas, lá dentro estava bastante escuro. Na entrada havia um ventilador, mas parado. O guarda da mesa de atendimentos, um rapazinho imberbe, perguntou o que ele queria.

— Falar com o chefe, por favor — disse Felícito, entregando-lhe um cartão.

— O delegado está de férias por uns dias — explicou o guarda. — Se o senhor quiser, o sargento Lituma, que é o encarregado substituto, pode atendê-lo.

— Falo com ele, então, obrigado.

Teve que esperar quinze minutos até que o sargento se dignasse a recebê-lo. Quando o guarda o fez entrar no pequeno cubículo, o lenço de Felícito já estava molhado de tanto enxugar a testa. O sargento não se levantou para cumprimentá-lo. Estendeu a mão gordinha e úmida e apontou para a cadeira vazia à sua frente. Era um homem roliço, mais para gordo, com uns olhinhos amáveis e um começo de papada que de tanto em tanto acariciava com carinho. A camisa cáqui da sua farda estava desabotoada e com manchas de suor nas axilas. Em cima da mesinha havia um ventilador, este sim funcionando. Felícito recebeu com gratidão a lufada de ar fresco que lhe acariciou o rosto.

— Em que posso ajudá-lo, senhor Yanaqué.

— Acabei de encontrar esta carta. Presa na porta da minha casa.

Viu o sargento Lituma colocar uns óculos que lhe davam um ar de rábula e, com uma expressão tranquila, ler cuidadosamente a carta.

— Bem, muito bem — disse finalmente, fazendo uma expressão que Felícito não conseguiu interpretar. — São as consequências do progresso, don.

Ao ver o desconcerto do transportista, explicou, balançando a carta na mão:

— Quando Piura era uma cidade pobre, essas coisas não aconteciam. Antes, quem iria pensar em exigir mensalidades de um comerciante? Agora, como há dinheiro, os malandros botam as unhas de fora e querem fazer a festa. A culpa é dos equatorianos, senhor. Como não confiam no governo deles, tiram seus capitais de lá e vêm investir aqui. Estão enchendo os bolsos à custa dos piuranos.

— Isso não me serve de consolo, sargento. Além do mais, ouvindo o senhor falar, até parece que é uma desgraça que as coisas agora estejam bem em Piura.

— Eu não disse isso — interrompeu o sargento, com moderação. — Só disse que nesta vida tudo tem seu preço. E o preço do progresso é este.

Balançou de novo no ar a carta da aranhinha e Felícito Yanaqué pensou que aquela cara morena e gordinha estava zombando dele. Nos olhos do sargento fosforescia uma luzinha entre amarela e esverdeada, como no olhar das iguanas. Do fundo da delegacia ouviu-se uma voz vociferante: "As melhores bundas do Peru estão aqui, em Piura! Eu digo e assino embaixo, cacete." O sargento sorriu e levou um dos dedos à têmpora. Felícito, muito sério, estava sentindo claustrofobia. Quase não havia espaço para eles dois entre aqueles tabiques de madeira sujos e cobertos de avisos, memorandos, fotos e recortes de jornal. Cheirava a suor e a velhice.

— O filho da puta que escreveu isto tem boa ortografia — afirmou o sargento, examinando de novo a carta. — Eu, pelo menos, não vi erros gramaticais.

Felícito sentiu o sangue ferver.

— Não sou bom em gramática e não acho que isso tenha muita importância — murmurou, com um laivo de protesto na voz. — E agora, o que pensa que vai acontecer?

— Imediatamente, nada — respondeu o sargento, sem se alterar. — Vou anotar os seus dados, pelas dúvidas. Pode ser que a coisa não passe desta carta. Alguém com raiva do senhor que quer lhe dar um susto. Ou pode ser que seja sério. Dizem que vão entrar em contato para combinar o pagamento. Se aparecerem de novo, volte aqui e veremos.

— Parece que o senhor não dá muita importância ao problema — protestou Felícito.

— Por enquanto, não tem — admitiu o sargento, levantando os ombros. — Isto aqui não passa de um pedaço de papel amassado, senhor Yanaqué. Pode ser uma bobagem. Mas se o negócio ficar mais sério, a polícia agirá, garanto. Enfim, vamos ao trabalho.

Durante um bom tempo, Felícito teve que recitar seus dados pessoais e empresariais. O sargento Lituma ia anotando tudo num caderno de capa verde com um lapizinho que molhava na boca. O transportista respondia às perguntas, que lhe pareciam totalmente inúteis, com um desânimo crescente. Registrar a queixa era uma perda de tempo. Este tira não ia fazer nada. Além do mais, não diziam que a polícia era a mais corrupta das instituições públicas? Vai ver que a carta da aranhinha tinha saído desta cova fedorenta. Quando Lituma lhe disse que o papel tinha que ficar na delegacia como prova, Felícito deu um pulo.

— Eu queria tirar uma fotocópia, primeiro.

— Aqui não temos fotocopiadora — explicou o sargento, apontando com os olhos para a austeridade franciscana do lugar. — Na avenida tem muitas lojas que fazem fotocópias. Pode ir e voltar, don. Eu espero aqui.

Felícito foi para a avenida Sánchez Cerro e, perto do Mercado Central, encontrou o que procurava. Teve que esperar algum tempo enquanto uns engenheiros tiravam cópias de um monte de planos e decidiu não voltar a se submeter ao interrogatório do sargento. Entregou a cópia da carta ao guarda novinho da recepção e, em vez de voltar para o escritório, mergulhou de volta no centro da cidade, cheio de gente, buzinas, calor, alto-falantes, mototáxis, automóveis e ruidosos carrinhos de mão. Atravessou a avenida Grau, a sombra dos tamarindos da Praça de Armas e, resistindo à tentação de entrar no El Chalán para tomar uma *cremolada* de frutas, dirigiu-se ao antigo bairro do camal, onde passara a adolescência, a Gallinacera, ao lado do rio. Pedia a Deus que Adelaida estivesse na lojinha. Seria bom conversar com ela. Ia melhorar o seu ânimo, e quem sabe a santeira lhe dava um bom conselho. O calor já estava no auge e ainda não eram nem dez da manhã. Sentia a testa úmida e uma área de calor na altura da nuca. Andava depressa, com passos curtinhos e velozes, esbarrando nas pessoas que superlotavam as calçadas estreitas com cheiro de xixi e de fritura. Um rádio tocava a todo volume a salsa *Merecumbé*.

    Felícito às vezes pensava, e chegou a dizer a Gertrudis, sua mulher, e aos seus filhos, que Deus, para premiar seus esforços e sacrifícios de toda a vida, tinha colocado em seu caminho duas pessoas, o vendeiro Lau e a adivinha Adelaida. Sem eles nunca teria se dado bem nos negócios, nem progredido com a sua empresa de transportes, nem constituído uma família decente, nem gozaria desta saúde de ferro. Ele nunca foi de fazer amizades. Desde que o coitado do Lau foi para o outro mundo, levado por uma infecção intestinal, só lhe restava Adelaida. Felizmente ela estava lá, em frente ao balcão da sua lojinha de ervas, santos, aviamentos e bugigangas, olhando as fotografias de uma revista.

    — Oi, Adelaida — cumprimentou, estendendo-lhe a mão. — Aperta aqui. Que bom que encontrei você.

    Era uma mulata sem idade, atarracada, bunduda, peituda, que ficava descalça no piso de terra da lojinha, com seus cabelos longos e crespos varrendo os ombros e sempre vestindo uma eterna túnica ou hábito de pano cru cor de barro, que chegava até os tornozelos. Tinha uns olhos enormes e um olhar que parecia perfurar mais que fitar, atenuado por uma expressão simpática, que inspirava confiança nas pessoas.

    — Quando você vem me visitar é porque alguma coisa ruim lhe aconteceu ou vai acontecer — riu Adelaida, dando-lhe uma palmada nas costas. — Então qual é o problema, Felícito?

Ele lhe mostrou a carta.

— Deixaram isto na minha porta esta manhã. Não sei o que fazer. Dei queixa na delegacia, mas acho que foi à toa. O tira que me atendeu não prestou muita atenção.

Adelaida tocou na carta e cheirou-a, aspirando profundamente como se aquilo fosse um perfume. Depois levou-a à boca e Felícito achou que até chupava uma pontinha do papel.

— Leia isto para mim, Felícito — disse, devolvendo-a.

— Já vi que não é uma cartinha de amor, *che guá*.

Ouviu muito séria enquanto o transportista lia. Quando ele terminou, fez uma careta de troça e abriu os braços:

— O que quer que eu lhe diga, papaizinho?

— Diga se é para valer, Adelaida. Se eu tenho que me preocupar ou não. Ou se é apenas um trote que alguém está me passando, por exemplo. Esclareça isso, por favor.

A santeira soltou uma gargalhada que sacudiu todo o seu corpo gorducho escondido debaixo da ampla túnica cor de barro.

— Eu não sou Deus para saber essas coisas — exclamou, subindo e descendo os ombros e balançando as mãos.

— Você não tem nenhuma inspiração, Adelaida? Nestes vinte e cinco anos em que a conheço, você nunca me deu um mau conselho. Todos eles me serviram. Não sei o que teria sido da minha vida sem você, comadre. Não pode me dar algum, agora?

— Não, papaizinho, nenhum — respondeu Adelaida, fazendo-se de triste. — Não tenho nenhuma inspiração. Sinto muito, Felícito.

— Bem, o que se há de fazer — assentiu o transportista, puxando a carteira. — Se não tem, não tem.

— Por que vai me dar dinheiro, se não pude lhe dizer nada? — protestou Adelaida. Mas acabou guardando no bolso a nota de vinte soles que Felícito insistiu que aceitasse.

— Posso me sentar um pouco aqui, na sombra? Estou exausto de tanta correria, Adelaida.

— Sente-se e descanse, papaizinho. Vou lhe trazer um copo de água fresquinha, recém-tirada do filtro de pedra. Pode ficar à vontade.

Enquanto Adelaida ia até o interior da loja e voltava, Felícito examinou na penumbra do lugar as teias de aranha prateadas que caíam do teto, as prateleiras velhas com saquinhos de salsa, alecrim, coentro, hortelã, e as caixas com pregos, parafusos, grãos, casas, botões, entre estampinhas e imagens de virgens, cristos, santos e santas, beatos e beatas, recortados de revistas e jornais, algumas com velinhas acesas e outras com enfeites que incluíam rosários, estampas e flores de cera e de papel. Era por causa dessas imagens que a chamavam de santeira em Piura, mas, no quarto de século que a conhecia, Adelaida nunca pareceu muito religiosa a Felícito. Nunca a viu na missa, por exemplo. Além do mais, diziam que os padres dos bairros a consideravam uma bruxa. Os garotos da rua às vezes lhe gritavam: "Bruxa! Bruxa!" Não era verdade, ela não fazia bruxarias, como tantas cholas matreiras de Catacaos e de La Legua que vendiam poções medicinais ou mágicas para dar azar, apaixonar ou desapaixonar, ou os xamás de Huancabamba que esfregavam um porquinho-da-índia no corpo dos doentes que lhes pagavam para livrá-los dos seus males ou mergulhavam na lagoa Las Huaringas. Adelaida nem sequer era uma adivinha profissional. Só exercia esse ofício muito de vez em quando, e só com os amigos e conhecidos, sem pedir um centavo. Mas, se eles insistissem, acabava ficando com o presentinho que queriam lhe dar. A mulher e os filhos de Felícito (e também Mabel) caçoavam dele pela fé cega que tinha nas inspirações e nos conselhos de Adelaida. E não apenas acreditava; também se afeiçoou a ela. Sentia pena da sua solidão e da sua pobreza. Não conhecia marido nem parentes dela; estava sempre sozinha, mas parecia contente com a vida de anacoreta que levava.

Ele a conhecera um quarto de século antes, quando era motorista interprovincial de caminhões de carga e ainda não possuía a sua pequena empresa de transportes, embora já sonhasse com isso noite e dia. Foi no quilômetro cinquenta da Panamericana, nesses casarios onde os motoristas de ônibus, caminhões e vans paravam para tomar um caldinho de galinha, um café, uma cuia de chicha e comer um sanduíche antes de enfrentar a longa e tórrida travessia do deserto de Olmos, cheio de poeira e pedras, vazio de povoados e sem um único posto de gasolina nem oficina mecânica em caso de problemas. Adelaida, que já então usava a camisola cor de barro que seria para sempre a sua única vestimenta, era dona de uma das barracas de charque e refrescos. Felícito conduzia um caminhão da Casa Romero, carregado de fardos de algodão até o topo, rumo a Trujillo. Ia sozinho, seu ajudante tinha desistido da viagem na última hora porque avisaram do Hospital Operário que sua mãe estava muito mal e podia morrer a qualquer momento. Estava comendo uma pamonha, sentado no banquinho do balcão de Adelaida, quando notou que a mulher olhava para ele de uma maneira estranha com aqueles seus olhos fundos e perscrutadores. Que diabos tinha aquela dona, *che guá*? Estava com o rosto desfigurado. Parecia assustada.

— O que foi, dona Adelaida? Por que está me olhando assim, está desconfiada de alguma coisa?

Ela não disse nada. Continuava com seus grandes e profundos olhos escuros fixos nele e tinha uma expressão de nojo ou de medo que afundava suas bochechas e enrugava a testa.

— Você está passando mal? — insistiu Felícito, incomodado.

— Não suba nesse caminhão, vai ser melhor — disse finalmente a mulher, com uma voz rouca, fazendo um grande esforço para que a língua e a garganta lhe obedecessem. Apontava para o caminhão vermelho que Felícito tinha estacionado na beira da estrada.

— Não subir no meu caminhão? — repetiu ele, desconcertado. — E por quê, pode-se saber?

Adelaida tirou os olhos dele por um instante, olhando para os lados como se temesse que os outros motoristas, fregueses ou donos das lojinhas e dos botecos das barracas pudessem ouvir.

— Tive uma inspiração — disse, abaixando a voz, ainda com o rosto desfigurado. — Eu não sei explicar. Mas acredite no que estou dizendo, por favor. É melhor não entrar nesse caminhão.

— Agradeço o seu conselho, senhora, com certeza é de boa-fé. Mas eu tenho que ganhar o meu feijão. Sou motorista, ganho a vida com o caminhão, dona Adelaida. Como vou levar comida para a minha mulher e meus dois filhinhos, senão?

— Pelo menos tenha muito cuidado, então — pediu a mulher, abaixando a vista. — Escute o que estou dizendo.

— Isso sim, senhora. Prometo. Sempre tenho cuidado.

Uma hora e meia depois, numa curva da estrada de terra, em meio a uma espessa poeira cinza-amarelada, surgiu derrapando e chiando o ônibus da Cruz de Chalpón que veio bater no seu caminhão, com um som retumbante de lataria, freios, gritos e rangidos de pneus. Felícito tinha bons reflexos e conseguiu se desviar tirando a parte dianteira da pista, de modo que o ônibus colidiu contra a carroceria e a carga, o que lhe salvou a vida. Mas até que os ossos das costas, do ombro e da perna direita soldassem, ficou imobilizado por uma camada de gesso que, além de dores, lhe dava uma comichão enlouquecedora. Quando finalmente pôde voltar a dirigir, a primeira coisa que fez foi ir ao quilômetro cinquenta. Dona Adelaida o reconheceu imediatamente.

— Nossa, ainda bem que o senhor já está recuperado — disse à guisa de saudação. — Uma pamonha e um refrigerante, como sempre?

— Eu lhe imploro pelo mais sagrado, conte como já sabia que aquele ônibus da Cruz de Chalpón ia bater em mim, dona Adelaida. Não parei de pensar nisso desde então. A senhora é bruxa, santa ou o quê?

Viu que a mulher ficava pálida e não sabia o que fazer com as mãos. Havia inclinado a cabeça, confusa.

— Eu não sabia de nada — balbuciou, sem olhar para ele e parecendo sentir-se acusada de algo grave. — Tive uma inspiração, foi só isso. Acontece comigo às vezes, nunca sei por quê. Eu não as procuro, *che guá*. Juro. É uma maldição que caiu em cima de mim. Não gosto de saber que o santo Deus me fez assim. Rezo todo dia para que me tire esse dom que me deu. É um negócio terrível, sabe. Eu acabo me sentindo culpada de todas as coisas ruins que acontecem com as pessoas.

— Mas o que foi que a senhora viu? Por que me disse naquela manhã que era melhor não entrar no caminhão?

— Eu não vi nada, nunca vejo essas coisas que vão acontecer. Já lhe disse. Só tive um palpite. De que se o senhor subisse no caminhão poderia lhe acontecer alguma coisa. Não sabia o quê. Nunca sei o que é que vai acontecer. Só sei que é preferível não fazer certas coisas, porque vão ter consequências ruins. E então, vai comer essa pamonha e tomar uma Inca Kola?

Ficaram amigos a partir de então e logo depois começaram a tratar-se de você. Quando dona Adelaida saiu das barracas do quilômetro cinquenta e abriu sua lojinha de ervas, aviamentos, bugigangas e imagens religiosas nas vizinhanças do antigo camal, Felícito vinha visitá-la pelo menos uma vez por semana e conversar um pouco. Quase sempre trazia algum presentinho, doces, uma torta, umas sandálias e, na despedida, deixava algum dinheiro naquelas mãos de homem duras e calosas que tinha. Consultou com ela sobre todas as decisões importantes que teve que tomar nesses vinte e tantos anos, principalmente desde que fundou a Transportes Narihualá: as dívidas que contraiu, os caminhões, ônibus e carros que foi comprando, os espaços que alugou, os motoristas, mecânicos e funcionários que contratava ou despedia. Na maioria das vezes, Adelaida ria das suas perguntas. "E o que vou saber disso, Felícito, *che guá*. Como quer que lhe diga se é melhor um Chevrolet ou um Ford, eu lá sei de marcas de carros, nunca tive nem vou ter um." Mas, às vezes, mesmo não sabendo do que se tratava, tinha uma inspiração e lhe dava um conselho: "Sim, entre nisso, Felícito, vai dar certo, eu acho." Ou então: "Não, Felícito, não vale a pena, não sei bem o que é mas tem alguma coisa cheirando mal nessa história." Para o transportista, as palavras da santeira eram verdades reveladas e ele as obedecia ao pé da letra por mais incompreensíveis ou absurdas que parecessem.

— Você adormeceu, papaizinho — ouviu-a dizer.

De fato, tinha caído no sono depois de beber o copo de água gelada que Adelaida lhe trouxera. Quanto tempo tinha ficado cabeceando nessa cadeira de balanço dura que lhe deu cãibras no traseiro? Olhou o relógio. Bem, só uns minutinhos.

— Foram as tensões e a agitação desta manhã — disse, já se levantando. — Até logo, Adelaida. Que tranquilidade aqui na sua lojinha. Sempre me faz bem vir lhe fazer uma visita, mesmo que você não tenha nenhuma inspiração.

E, no mesmo instante em que pronunciou a palavra-chave, inspiração, a palavra que Adelaida usava para definir o misterioso dom que possuía, de adivinhar as coisas boas ou más que iam acontecer com algumas pessoas, Felícito se deu conta de que a expressão da santeira não era mais aquela com que o havia recebido, escutado a leitura da carta da aranhinha e afirmado que não lhe causava nenhuma reação. Agora estava muito séria, com uma expressão grave, o cenho franzido, mordiscando uma unha. Parecia tentar controlar a angústia que começava a dominá-la.

Seus grandes olhos estavam fixos nele. Felícito sentiu o coração acelerar.

— O que foi, Adelaida? — perguntou, alarmado. — Não me diga que agora sim...

A mão rija da mulher apertou seu braço e cravou nele os dedos.

— Dê a eles o que estão pedindo, Felícito — murmurou. — Vai ser melhor assim, dê o que estão pedindo.

— Pagar quinhentos dólares por mês a esses chantagistas para não me incomodarem? — o transportista se escandalizou. — É isso que a inspiração está lhe dizendo, Adelaida?

A santeira soltou o seu braço e lhe deu uma palmadinha, carinhosa.

— Eu sei que é ruim, sei que é muito dinheiro — assentiu. — Mas, afinal, que importância tem o dinheiro, não é? Mais importante é sua saúde, sua tranquilidade, seu trabalho, sua família, seu amorzinho de Castilla. Enfim. Sei que você não gosta de ouvir isso. Eu também não gosto de dizer, você é um bom amigo, papaizinho. Além do mais, quem sabe estou enganada e acabei dando um mau conselho. Você não tem por que acreditar, Felícito.

— Não é pelo dinheiro, Adelaida — disse ele, com firmeza. — Um homem não pode se deixar pisar por ninguém nesta vida. A questão é essa, comadre.

II

Quando don Ismael Carrera, o dono da companhia de seguros, passou em sua sala e propôs que fossem almoçar juntos, Rigoberto pensou: "Vai me pedir de novo que reconsidere." É que Ismael, como todos os seus colegas e subordinados, tinha ficado muito surpreso com seu inesperado anúncio de que ia adiantar a sua aposentadoria em três anos. Por que se aposentar aos sessenta e dois, diziam todos, quando podia ficar mais três anos nessa gerência que exercia com o respeito unânime dos quase trezentos funcionários da empresa.

"De fato, por quê, por quê?", pensou. Nem para ele mesmo estava muito claro. Mas, isso sim, sua determinação era inflexível. Não daria um passo atrás mesmo sabendo que, ao se aposentar antes dos sessenta e cinco anos, não teria direito ao salário completo nem às mesmas bonificações e benesses daqueles que o faziam por idade.

Tentou se animar pensando no tempo livre que ia ter. Passar as horas em seu pequeno espaço de civilização, defendido contra a barbárie, admirando suas amadas gravuras, os livros de arte que se avolumavam nas suas estantes, ouvindo boa música, a viagem anual à Europa com Lucrecia na primavera ou no outono, frequentando festivais, visitando museus, feiras de arte, fundações, galerias, revendo os quadros e esculturas mais queridos e descobrindo outros que depois incorporaria à sua pinacoteca secreta. Fazia cálculos, e ele era bom em matemática. Gastando de maneira ajuizada e administrando com prudência o seu quase milhão de dólares de economias e mais a pensão, Lucrecia e ele teriam uma velhice muito confortável e ainda poderiam deixar o futuro de Fonchito garantido.

"Sim, sim", pensou, "uma velhice longa, culta e feliz". Por que, então, apesar desse futuro promissor, sentia tanta inquietação? Seria Edilberto Torres ou saudade antecipada? Ainda mais quando, como agora, passava a vista pelos retratos e diplomas pendurados nas paredes do escritório, os livros alinhados em duas prateleiras, sua mesa milimetricamente arrumada com os cadernos de anotações, canetas e lápis, calculadora, relatórios, o computador ligado e o aparelho de televisão sempre sintonizado no canal Bloomberg com as cotações das bolsas. Como podia sentir saudade antecipada de tudo isso? A única coisa importante naquele escritório eram os retratos de Lucrecia e Fonchito — recém-nascido, criança e adolescente —, que levaria consigo no dia da mudança. Aliás, este velho edifício no largo Carabaya, bem no centro de Lima, deixaria muito em breve de ser a sede da companhia de seguros. O novo espaço, em San Isidro, à beira do Zanjón, já estava terminado. Este prédio feio, no qual trabalhara trinta anos de sua vida, provavelmente seria demolido.

 Pensou que Ismael o levaria, como sempre que o convidava para almoçar, ao Clube Nacional e que ele, mais uma vez, não resistiria à tentação do enorme bife empanado em *tacu-tacu* que chamavam de "lençol" e das duas taças de vinho, depois do que se sentiria inchado a tarde inteira, com dispepsia e sem vontade de trabalhar. Para sua surpresa, quando entraram no Mercedes Benz estacionado na garagem do edifício, seu chefe ordenou ao motorista: "Para Miraflores, Narciso, vamos ao Rosa Náutica." Virando-se para Rigoberto, explicou: "Vai nos fazer bem respirar um pouco de ar salgado e ouvir os gritos das gaivotas."

 — Se está pensando que vai me subornar com um almoço, você enlouqueceu, Ismael — avisou ele. — Vou me aposentar de qualquer maneira, mesmo que você encoste um revólver no meu peito.

 — Não vou fazer isso — disse Ismael, com cara de deboche. — Sei que você é teimoso como uma mula. E também sei que vai se arrepender, que vai se sentir inútil e entediado em casa e que vai passar o dia inteiro enchendo a paciência da Lucrecia. Logo, logo vai me pedir de joelhos que lhe dê a gerência de novo. E eu darei, é claro. Mas antes vou fazer você sofrer algum tempo, fique sabendo.

 Tentou lembrar desde quando conhecia Ismael. Muitos anos. Ele era boa-pinta quando jovem. Elegante, distinto, sociável. E, até se casar com Clotilde, um sedutor. Fazia suspirar as solteiras e casadas, as velhas e jovens. Agora havia perdido o cabelo, só tinha umas mechas esbranquiçadas na careca, estava todo enrugado, gordo, e andava arrastando os pés. Dava para notar a dentadura postiça que um dentista de Miami lhe fizera. Os anos, e principalmente os gêmeos, o tinham destruído fisicamente. Eles se conheceram no dia em que Rigoberto começou a trabalhar na companhia de seguros, no departamento jurídico. Trinta longos anos! Caramba, uma vida. Lembrou-se do pai de Ismael, don Alejandro Carrera, o fundador da empresa. Robusto, incansável, um homem difícil, mas íntegro, cuja mera presença impunha ordem e contagiava segurança. Ismael o respeitava, embora nunca tenha gostado dele. Porque don Alejandro fez seu filho único, recém-chegado da Inglaterra, onde tinha se formado em Economia na Universidade de Londres e passado por um ano de estágio na Lloyd's, trabalhar em todos os setores da companhia, que já começava a ser importante. Ismael estava beirando os quarenta anos e se sentiu humilhado com esse treinamento que o obrigou até a classificar a correspondência, administrar a cantina e cuidar dos geradores, da vigilância e da limpeza do local. Don Alejandro podia ser um tanto despótico, mas Rigoberto se lembrava dele com admiração: um verdadeiro capitão de empresa. Tinha construído a companhia a partir do nada, começando com um capital ínfimo e empréstimos que pagou até o último centavo. Mas, na verdade, Ismael foi um continuador que superou a obra do pai. Ele também era incansável e sabia exercer sua capacidade de comando quando fazia falta. Em compensação, a estirpe dos Carrera iria por água abaixo com os gêmeos à frente. Nenhum dos dois havia herdado as qualidades empresariais do pai e do avô. Quando Ismael desaparecesse, adeus companhia de seguros! Felizmente, ele já não seria mais o gerente para presenciar essa catástrofe. Mas por que o chefe o convidara para almoçar se não era para falar da sua aposentadoria antecipada?

O Rosa Náutica estava cheio de gente, muitos turistas falando inglês e francês, e don Ismael havia reservado uma mesa ao lado da janela. Tomaram um Campari observando uns surfistas que pegavam ondas com seus trajes de borracha. Era uma manhã de inverno cinza, com umas nuvens baixas cor de chumbo que ocultavam as serras e uns bandos de gaivotas gritalhonas. Uma esquadrilha de mergulhões planava quase ao nível do mar.

O rumor compassado das ondas e da maré eram agradáveis. "O inverno é muito triste em Lima, mas mil vezes preferível ao verão", pensou Rigoberto. Pediu uma corvina na brasa com salada e avisou ao chefe que não ia tomar nem uma gota de vinho; tinha trabalho no escritório e não queria passar a tarde toda bocejando feito um crocodilo e sentindo-se meio sonâmbulo. Achou que Ismael, distraído, nem estava escutando. O que havia com ele?

— Nós dois somos bons amigos, não somos? — soltou de repente o chefe, como se houvesse acordado.

— Acho que sim, Ismael — respondeu Rigoberto. — Se é que pode existir amizade verdadeira entre um patrão e um empregado. É a luta de classes, você sabe.

— Tivemos os nossos conflitos, às vezes — continuou Ismael, muito sério. — Mas, de um jeito ou de outro, considero que nós nos demos bastante bem nesses trinta anos. Você não acha?

— Todo este rodeio sentimental é para me pedir que não me aposente? — provocou Rigoberto. — Veio me dizer que se eu for embora a companhia pode quebrar?

Ismael não estava de ânimo para gozação. Observava as conchinhas com queijo ralado que tinham acabado de trazer como se elas pudessem estar envenenadas. Movia a boca, fazendo ruídos com a dentadura. Havia inquietação em seus olhinhos entrefechados. A próstata? Um câncer? O que tinha?

— Quero lhe pedir um favor — murmurou, em voz muito baixa, sem olhar para ele. Quando levantou os olhos, Rigoberto viu que estavam cheios de inquietação. — Um favor, não. Um favorzão, Rigoberto.

— Se eu puder, claro que sim — concordou, intrigado. — O que foi, Ismael? Que cara esquisita.

— Que você seja minha testemunha — disse Ismael, voltando a esconder os olhos nas conchinhas. — Vou me casar.

O garfo com um pedaço de corvina ficou parado no ar por um instante e, afinal, em vez de levá-lo à boca, Rigoberto o deixou no prato. "Quantos anos ele tem?", pensava. "Não menos que setenta e cinco ou setenta e oito, talvez até oitenta." Não sabia o que dizer. A surpresa o deixou mudo.

— Preciso de duas testemunhas — continuou Ismael, agora encarando-o e um pouco mais senhor de si. — Passei em revista todos os meus amigos e conhecidos. E cheguei à conclusão de que as pessoas mais leais, as pessoas em quem mais confio, são Narciso e você. O meu motorista já aceitou. Você aceita?

Ainda sem conseguir articular palavras nem fazer algum gracejo, Rigoberto só atinou a assentir, balançando a cabeça.

— Claro que sim, Ismael — balbuciou, finalmente. — Mas jure que isso é uma coisa séria, que não é seu primeiro sintoma de demência senil.

Agora Ismael sorriu, mas sem um pingo de alegria, abrindo muito a boca e exibindo a brancura explosiva dos seus dentes falsos. Havia setuagenários e octogenários bem conservados, pensava Rigoberto, mas não era o caso do seu chefe, certamente. O seu crânio oblongo, sob as mechas brancas, estava cheio de sardas, a testa e o pescoço eram atravessados por rugas e em seu semblante como um todo havia algo de derrota. Estava vestido com a elegância de sempre, terno azul, uma camisa que parecia recém-engomada, gravata presa com um alfinete de ouro, um lencinho no bolso.

— Você ficou maluco, Ismael? — exclamou Rigoberto, de repente, reagindo tardiamente à notícia. — Vai se casar mesmo? Na sua idade?

— Foi uma decisão muito pensada — ouviu-o dizer, com firmeza. — Eu a tomei sabendo muito bem o que me espera pela frente. Nem é preciso dizer que, se você for minha testemunha de casamento, também terá problemas. Enfim, para que falar do que você já sabe perfeitamente.

— Eles estão informados?

— Não diga bobagem, por favor — seu chefe perdeu a paciência. — Os gêmeos vão botar a boca no mundo, mover a terra e o inferno para anular meu casamento, vão tentar me declarar incapaz, querer me internar num hospício e mil coisas mais. Mandam até um bandido me matar, se puderem. Narciso e você também serão vítimas desse ódio, evidentemente. Você sabe de tudo isso, e mesmo assim aceitou. Então não me enganei. Você é o sujeito limpo, generoso e nobre que sempre pensei que era. Obrigado, meu velho.

Levantou a mão, segurou o braço de Rigoberto e o deixou ali por um tempo, com uma pressão afetuosa.

— Pelo menos me conte quem é a feliz noiva — perguntou Rigoberto, tentando engolir um pedaço de corvina. A vontade de comer tinha desaparecido totalmente.

Dessa vez, Ismael sorriu de verdade, olhando-o com ironia. Uma luzinha maliciosa brilhava em suas pupilas enquanto sugeria:

— Tome um gole antes, Rigoberto. Se quando eu contei que ia me casar você ficou tão pálido, quando disser com quem você pode ter um infarto.

— É assim tão feia essa caçadora de fortunas? — murmurou ele. Depois daquele preâmbulo, sua curiosidade era enorme.

— Com Armida — disse Ismael, separando as sílabas do nome. Esperava a reação dele como um entomólogo observa um inseto.

Armida, Armida? Rigoberto vasculhava todas as suas conhecidas, mas nenhuma delas se encaixava nesse nome.

— Eu conheço? — perguntou por fim.

— Armida — repetiu Ismael, examinando-o e medindo-o com um sorrisinho. — Você a conhece muito bem. Viu-a mil vezes na minha casa. Só que nunca reparou nela. Porque ninguém repara nas empregadas domésticas.

O garfo, com um outro pedaço de corvina, escorreu entre seus dedos e caiu no chão. Enquanto se agachava para apanhá-lo, sentiu o coração bater mais forte. Ouviu seu chefe rir. Seria possível? Ia mesmo se casar com a empregada? Essas coisas não acontecem só nos livros? Será que Ismael estava falando sério ou era gozação? Imaginou os falatórios, as invenções, as conjeturas, as piadas que incendiariam a Lima das fofocas: teriam diversão por um bom tempo.

— Alguém aqui ficou doido — afirmou, entre os dentes. — Ou você ou eu. Ou será que nós dois ficamos doidos, Ismael?

— Ela é uma boa mulher e nós nos amamos — disse o chefe, já sem o menor constrangimento. — Já a conheço há muito tempo. Vai ser uma excelente companheira para a minha velhice, você vai ver.

Agora sim: Rigoberto a viu, recriou, inventou. Moreninha, de cabelo bem preto, uns olhos vivos. Uma caboclinha, uma costeira cheia de desenvoltura, magra, não muito baixa. Uma *cholita* bastante apresentável. "Deve ser quarenta anos mais velho que ela, talvez mais", pensou. "Ismael ficou maluco."

— Se você se propôs a ser protagonista, na velhice, do escândalo mais comentado da história de Lima, vai conseguir — suspirou. — Vai ser o assunto preferido dos fofoqueiros só Deus sabe por quantos anos. Séculos, talvez.

Ismael riu, dessa vez com explícito bom humor, concordando.

— Finalmente eu lhe contei, Rigoberto — exclamou, aliviado. — Na verdade, foi muito difícil. Confesso que tive muitas dúvidas. Eu morria de vergonha. Quando contei para o Narciso, o preto abriu os olhos deste tamanho e quase engoliu a língua. Bem, agora você já sabe. Vai haver um estardalhaço mas eu não estou ligando. Mesmo assim, você aceita ser minha testemunha?

Rigoberto balançava a cabeça: sim, sim, Ismael, se ele lhe pedia isso, não podia recusar. Mas, mas... Carambola, não sabia que merda dizer.

— Esse casamento é mesmo imprescindível? — soltou afinal. — Quer dizer, arriscar-se a tudo o que você vai desencadear. Não estou pensando só no escândalo, Ismael. Você sabe o que eu quero dizer. Será que vale a pena a briga monumental com seus filhos que isso vai provocar? Um casamento tem efeitos legais, econômicos. Enfim, imagino que você já deve ter pensado em tudo isso e na certa estou fazendo reflexões estúpidas. Não é, Ismael?

Viu seu chefe beber meia taça de vinho branco, num só gole. Viu-o encolher os ombros e assentir:

— Eles vão querer me declarar incapaz — explicou, em tom sarcástico, fazendo uma expressão de desprezo. — Vai ser preciso molhar muitas mãos de juízes e rábulas, é claro. Eu tenho mais dinheiro que eles, de forma que não vão ganhar a causa, se tentarem.

Falava sem olhar para Rigoberto, sem levantar a voz para não ser ouvido das mesas vizinhas, dirigindo a vista para o mar. Mas na certa também não via os surfistas, nem as gaivotas, nem as ondas que chegavam à praia soltando espuma branca, nem a fila dupla de carros que passava pela Costa Verde. Sua voz foi se enchendo de fúria.

— Será que vale a pena tudo isso, Ismael? — insistiu Rigoberto. — Advogados, cartórios, juízes, audiências, a escória jornalística fuçando a sua vida privada de uma forma nojenta. Todo esse horror, além do dinheirão que esse capricho vai custar. As dores de cabeça, os desgostos. Será que vale a pena?

Em vez de responder, Ismael surpreendeu-o com outra pergunta:

— Lembra quando eu tive o enfarte, em setembro?

Rigoberto lembrava muito bem. Todo mundo pensou que Ismael ia morrer. Foi no carro, voltando para Lima depois de um almoço em Ancón. Narciso o levou desmaiado para a Clínica San Felipe. Ficou em terapia intensiva durante vários dias, com oxigênio, tão fraco que não conseguia falar.

— Pensamos que você não ia sair daquela, que susto nos deu. Mas por que vem com isso agora?

— Foi aí que decidi me casar com Armida — o rosto de Ismael de repente ficou azedo, e sua voz carregada de amargura. Parecia mais velho agora. — Eu estive à beira da morte, claro que sim. Vi a morte bem de perto, toquei nela, cheirei-a. A fraqueza não me deixava falar. Mas ouvir, sim. Aqueles safados dos meus filhos não sabem disso, Rigoberto. Mas posso contar a você. Só a você. Isso não pode sair nunca da sua boca, nem mesmo para a Lucrecia. Jure, por favor.

— O doutor Gamio foi bem claro — disse Miki, entusiasmado, sem abaixar a voz. — Ele bate as botas ainda esta noite, irmão. Um infarto maciço. Um infartaço, foi o que ele disse. Com possibilidades mínimas de recuperação.

— Fale mais baixo — advertiu Escovinha. Ele sim falava bem baixinho, dentro de uma penumbra que deformava as silhuetas, naquele quarto estranho que cheirava a formol. — Deus lhe ouça, compadre. Você não conseguiu descobrir nada sobre o testamento no escritório do doutor Arnillas? Porque, se ele quiser nos foder, vai nos foder. Esse velho de merda sabe todas.

— Arnillas não conta nada porque foi comprado — disse Miki, também abaixando a voz. — Fui vê-lo agora de tarde e tentei lhe arrancar alguma coisa, mas não houve jeito. De qualquer maneira, andei averiguando. Se ele tentar nos foder, não vai conseguir. O dinheiro que nos deu quando nos tirou da empresa não conta, não há documentos nem provas. A lei é claríssima.

Somos herdeiros necessários. É assim que se diz: necessários. Não vai conseguir, irmão.

— Não fique tão confiante, compadre. Ele conhece todas as manhas. Para nos foder, é capaz de fazer qualquer coisa.

— Tomara que não passe de hoje — disse Miki. — Senão, ainda por cima o velhote vai nos deixar outra noite sem dormir.

— Era velho de merda para cá, que exploda de uma vez para lá, tudo isso a menos de um metro de mim, felizes por saber que eu estava agonizando — lembrou Ismael, falando devagar, com os olhos perdidos no vazio. — Sabe de uma coisa, Rigoberto? Eles me salvaram da morte. Sim, eles, juro. Porque quando ouvi essas barbaridades me deu uma vontade incrível de viver. Para não dar esse prazer a eles, para não morrer. E juro que meu corpo reagiu. Foi aí que decidi, ali mesmo na clínica. Se me recuperar, eu me caso com a Armida. Vou foder com eles antes que eles me fodam. Querem guerra? Pois vão ter. E vão mesmo, meu velho. Já estou até vendo as caras deles.

O fel, a decepção, a raiva impregnavam não só suas palavras e sua voz, mas também o esgar que entortava a sua boca, as mãos que espremiam o guardanapo.

— Pode ter sido uma alucinação, um pesadelo — murmurou Rigoberto, sem acreditar no que estava dizendo. — Com a quantidade de drogas que enfiaram no seu corpo, você pode ter sonhado tudo isso, Ismael. Estava desvairando, eu vi.

— Eu sabia muito bem que os meus filhos nunca gostaram de mim — prosseguiu o chefe, sem lhe prestar a menor atenção. — Mas não que me odiassem a esse ponto. Que chegassem até a desejar minha morte, para herdar os meus bens de uma vez. E, claro, dilapidar num instantinho o que meu pai e eu construímos ao longo de tantos anos, dando um duro tremendo. Pois sim. Aquelas hienas vão ficar esperando, garanto.

A palavra hienas combinava bastante bem com os dois filhinhos de Ismael, pensou Rigoberto. Umas boas biscas, cada um pior que o outro. Vagabundos, farristas, abusados, dois parasitas que desonravam o sobrenome do pai e do avô. Por que tinham saído assim? Não foi por falta de carinho e cuidado dos pais, com certeza. Muito pelo contrário. Ismael e Clotilde sempre se sacrificaram por eles, fizeram o impossível para dar-lhes a melhor educação. Sonhavam fazer deles dois pequenos cavalheiros. Como diabos tinham se transformado nuns velhacos assim? Não era nada estranho que tivessem mantido aquela conversa sinistra ao pé da cama do pai moribundo. E burros ainda por cima, nem pensaram que ele podia escutar. Eram capazes disso e de coisas ainda piores, sem dúvida. Rigoberto sabia muito bem disso, porque em todos aqueles anos tinha sido muitas vezes o ombro amigo, o confidente do chefe em relação às barbaridades dos seus filhos. Como Ismael e Clotilde sofreram com os escândalos que eles provocaram desde jovens.

Tinham estudado no melhor colégio de Lima, contado com professores particulares para as matérias em que eram fracos, frequentado cursos de verão nos Estados Unidos e na Inglaterra. Aprenderam inglês, mas falavam um espanhol de analfabetos todo recheado com aquele jargão cheio de apócopes da juventude limenha, não tinham lido um livro e nem sequer um jornal na vida, provavelmente não sabiam as capitais de metade dos países latino-americanos e nenhum dos dois havia conseguido terminar nem o primeiro ano da faculdade. Começaram cometendo pequenos delitos ainda adolescentes, estuprando uma menina que pegaram numa festinha ordinária, em Pucusana. Floralisa Roca, era assim que ela se chamava, um nome que parecia tirado de um romance de cavalaria. Magra, bastante bonita, olhos assustados e chorosos, um corpinho que tremia de medo. Rigoberto se lembrava muito bem dela. Ainda a mantinha na consciência e sentia remorsos pelo papel feio que teve que desempenhar nessa história. Reviveu toda a confusão: advogados, médicos, inquéritos policiais, contatos desesperados para que *La Prensa* e *El Comercio* não incluíssem os nomes dos gêmeos nas notícias sobre o episódio. Ele mesmo tivera que falar com os pais da garota, um casal de iquenhos já idosos que para aplacar e silenciar lhes custou quase cinquenta mil dólares, uma fortuna para a época. Ainda tinha bem nítida na memória uma conversa com Ismael, naqueles dias. Seu chefe apertava a cabeça, segurava as lágrimas e sua voz estava embargada: "Em que falhamos, Rigoberto? O que Clotilde e eu fizemos para que Deus nos castigue assim? Como pudemos ter esses marginais como filhos! Eles nem ao menos se arrependem da barbaridade que fizeram. Jogam a culpa na pobre da garota, imagine! E não foi só que a estupraram. Também a espancaram, maltrataram." Marginais, era esta a palavra certa. Talvez Clotilde e Ismael os tivessem mimado demais, talvez nunca tenham conseguido impor um pouco de autoridade. Não deviam ter perdoado todas as gracinhas que eles aprontavam, em todo caso não com tanta rapidez. As gracinhas dos gêmeos! Batidas de carro por dirigirem bêbados e drogados, dívidas contraídas usando o nome do pai, recibos falsificados no escritório quando Ismael teve a péssima ideia de incorporá-los à empresa para que fossem se preparando. Eram um pesadelo para Rigoberto. Ele tinha que ir pessoalmente informar ao chefe as proezas dos irmãozinhos. Chegaram a limpar a caixinha da sua escrivaninha onde guardava o dinheiro das despesas cotidianas. Isso foi a gota que fez o copo transbordar, felizmente. Ismael os despediu e preferiu pagar-lhes uma mesada, financiar a indolência. O prontuário dos dois era interminável. Por exemplo, entraram para a Universidade de Boston e os pais ficaram felizes. Meses depois, Ismael descobriu que nunca haviam pisado lá, que tinham embolsado o dinheiro da matrícula e a mesada, falsificando notas e listas de presença. Um deles — Miki ou Escovinha? — atropelou um transeunte em Miami e era considerado um fugitivo nos Estados Unidos porque aproveitou a liberdade condicional e escapou para Lima. Se voltasse lá iria para a cadeia.

Depois da morte de Clotilde, Ismael desistiu. Que eles fizessem o que bem entendessem. Adiantou-lhes sua parte da herança, para que investissem como quisessem ou então dilapidassem, que naturalmente foi o que fizeram, viajando pela Europa e aproveitando a vida. Eram homens-feitos, já com quarenta anos. Ismael não queria mais ter dores de cabeça com aqueles dois incorrigíveis. E agora essa! Claro que eles iam tentar anular o casamento, se fosse realizado. Jamais abririam mão de uma herança que, obviamente, esperavam com uma voracidade de canibais. Imaginou a raiva deles. Seu pai casado com Armida! Com a empregada! Com uma chola! Riu por dentro: sim, que caras iam fazer. O escândalo seria de cinema. Já se podia ouvir, ver, cheirar o rio de maledicências, conjeturas, piadas e invencionices que ia correr pelos telefones de Lima. Ele não via a hora de contar as novidades a Lucrecia.

— Você se dá bem com Fonchito? — a voz do chefe tirou-o de suas reflexões. — Quantos anos o seu filho já tem? Quatorze ou quinze, não é?

Rigoberto tremeu imaginando que Fonchito pudesse transformar-se em alguém parecido com os filhos de Ismael. Felizmente, ele não gostava de farra.

— Nós nos damos bastante bem — respondeu. — E com a Lucrecia é melhor ainda. Fonchito a ama exatamente como se fosse sua mãe.

— Você deu sorte, nem sempre é fácil a relação de um menino com a madrasta.

— Ele é um bom menino — reconheceu don Rigoberto. — Estudioso, dócil. Mas muito solitário. Está nessa etapa difícil da adolescência. É muito retraído. Eu gostaria que fosse mais sociável, que saísse, que namorasse, que fosse a festas.

— É o que faziam aquelas hienas na idade dele — lamentou-se don Ismael. — Iam se divertir em festas. Melhor que ele continue como é, velho. Foram as más companhias que corromperam meus filhos.

Rigoberto sentiu vontade de contar a Ismael aquela tolice de Fonchito e as aparições do tal personagem, Edilberto Torres, que ele e dona Lucrecia chamavam de diabo, mas se conteve. Para quê, sabe-se lá como ia reagir. No começo, ele e Lucrecia se divertiam com as supostas aparições daquele sacana e aplaudiam a imaginação fosforescente do menino, convencidos de que era mais um joguinho desses que ele de vez em quando gostava de fazer para surpreendê-los. Mas, agora, já estavam preocupados e considerando a possibilidade de levá-lo a um psicólogo. De fato, estava precisando reler aquele capítulo sobre o diabo do *Doktor Faustus*, de Thomas Mann.

— Ainda não estou acreditando em tudo isso, Ismael — exclamou de novo, soprando a xícara de café. — Você tem certeza de que quer mesmo se casar de novo?

— Tanta certeza quanto de que a Terra é redonda — disse o chefe. — E não é só para dar uma lição naqueles dois. Eu sinto muito carinho pela Armida. Não sei o que teria sido de mim sem ela. Desde a morte de Clotilde, sua ajuda foi inestimável.

— Se não me engano, Armida é uma mulher muito jovem — murmurou Rigoberto. — Quantos anos vocês têm de diferença, pode-se saber?

— Só trinta e oito — riu Ismael. — Ela é jovem, sim, e espero que me ressuscite, como aquela mocinha da Bíblia fez com Salomão. A Sulamita, não é?

— Tudo bem, você é quem sabe, a vida é sua — Rigoberto se resignou. — Eu não sou bom para dar conselhos. Então se case com a Armida, e que o fim do mundo caia nas nossas cabeças. Tanto faz, meu velho.

— Para seu conhecimento, nós nos damos maravilhosamente bem na cama — gabou-se Ismael, rindo, enquanto pedia com a mão ao garçom que trouxesse a conta. — E fique sabendo, eu raramente uso Viagra, porque quase não preciso. E não me pergunte onde vamos passar a lua de mel, porque não digo.

III

Felícito Yanaqué recebeu a segunda carta com a aranhinha poucos dias depois da primeira, numa sexta à tarde, o dia da semana em que visitava Mabel. Quando, oito anos antes, montou para ela a casinha de Castilla, nas cercanias da desaparecida Ponte Velha, vítima dos estragos do El Niño, ia vê-la duas ou até três vezes por semana; mas, com o passar dos anos, o fogo da paixão foi declinando, e fazia algum tempo que se limitava a vê-la às sextas-feiras, quando saía do escritório. Ficava algumas horas com ela e quase sempre iam jantar juntos, num restaurante chinês das redondezas ou num de comida peruana no centro. De vez em quando, Mabel preparava um *seco de chabelo*, sua especialidade, que Felícito comia feliz, com uma cervejinha cusquenha bem gelada.

Mabel se conservava muito bem. Naqueles oito anos não havia engordado e mantinha intacta sua silhueta de atleta, sua cintura fina, seus peitos levantados e a bundinha redonda e íngreme que ela arqueava alegre ao caminhar. Era morena, com cabelo liso, boca carnuda, dentes muito brancos, sorriso radiante e gargalhadas que contagiavam de alegria o ambiente. Felícito continuava achando-a tão bonita e atraente como na primeira vez em que a viu.

Isso tinha acontecido no antigo estádio, no bairro de Buenos Aires, durante um jogo histórico, pois o Atlético Grau, que há mais de trinta anos não conseguia voltar para a primeira divisão, enfrentou e derrotou nada mais nada menos que o Alianza Lima. Quando a viu, o transportista ficou fascinado. "Você está aturdido, compadre", debochou o Ruivo Vignolo, seu amigo, colega e concorrente — era dono da Transportes La Perla del Chira —, com quem costumava ir ao futebol quando os times de Lima e de outros lugares vinham jogar em Piura. "De tanto olhar essa moreninha você está perdendo os gols." "É que nunca vi nada tão bonito", murmurou Felícito, estalando a língua. "É lindississíssima!" Ela estava a poucos metros, em companhia de um jovem que lhe passava o braço pelos ombros e de tanto em tanto acariciava seus cabelos. Pouco depois, o Ruivo Vignolo sussurrou em seu ouvido: "Eu a conheço. Chama-se Mabel. Você se deu bem, compadre. Essa aí dá mole." Felícito quase pulou: "Você está me dizendo, compadre, que esta belezinha é puta?"

— Não exatamente — retificou o Ruivo, dando-lhe uma cotovelada. — Eu falei que ela dá, não que é puta. Dar e ser puta são coisas diferentes, coleguinha. Mabel é uma cortesã ou coisa parecida. Só com alguns privilegiados e em casa. Custa os olhos da cara, imagino. Quer que eu arranje o telefone dela?

Arranjou, e Felícito, morrendo de vergonha — porque, ao contrário do Ruivo Vignolo, farrista e puteiro desde garoto, ele sempre levara uma vida muito austera, dedicada ao trabalho e à família —, telefonou para a linda mulherzinha do estádio e, depois de muitos rodeios, marcou um encontro. Ela escolheu um café da avenida Grau, o Balalaika, que ficava perto dos bancos onde os velhos fofoqueiros fundadores do CIVA (Centro de Investigação da Vida Alheia) se juntavam para tomar o ar fresco do anoitecer. Fizeram um lanche e conversaram durante um bom tempo. Ele se sentia intimidado diante de uma garota tão bonita e tão jovem, perguntando-se volta e meia o que faria se Gertrudis ou Tiburcio e Miguelito aparecessem de repente no café. Como apresentaria Mabel? Ela brincava com ele como um gato com um ratinho: "Você já está velho e gasto demais para namorar uma mulher como eu. Além do mais, é muito baixinho, se eu saísse com você teria que andar sempre de salto baixo." Flertava à vontade com o transportista, aproximando dele seu rosto risonho, seus olhos cheios de faíscas e tocando em sua mão ou no seu braço, um contato que fazia Felícito estremecer da cabeça aos pés. Teve que sair com Mabel por quase três meses, levá-la ao cinema, convidá-la para almoçar, para jantar, passear na praia de Yacila e ir às *chicherías* de Catacaos, dar-lhe muitos presentes, de medalhinhas e braceletes a sapatos e vestidos que ela mesma escolhia, até que lhe permitiu visitá-la na casinha onde morava, ao norte da cidade, perto do antigo cemitério de San Teodoro, numa esquina daquele labirinto de becos, cachorros vagabundos e areia que era o último resíduo da Mangachería. No dia em que foi para a cama com ela, Felícito Yanaqué, pela segunda vez em sua vida, chorou (a primeira tinha sido no dia em que seu pai morreu).

— Por que está chorando, velhinho? Não gostou, é?

— Nunca fui tão feliz na minha vida — confessou Felícito, ajoelhando-se e beijando suas mãos. — Até hoje eu não sabia o que era gozar, juro. Você me ensinou a felicidade, Mabelita.

Pouco tempo depois, e sem maiores preâmbulos, se ofereceu para instalá-la no que os piuranos chamavam de "segunda casa" e lhe dar uma mesada para que pudesse viver tranquila, sem preocupações de dinheiro, num lugar melhor que aquela periferia cheia de cabras e *mangaches* arruaceiros e vagabundos. Ela, surpresa, só atinou a lhe dizer: "Jura que nunca vai me perguntar pelo meu passado nem fazer uma única cena de ciúmes em toda a sua vida." "Juro, Mabel." Ela encontrou a casinha de Castilla, vizinha ao Colégio Dom Juan Bosco dos padres salesianos, e a mobiliou a seu gosto. Felícito assinou o contrato de locação e pagou todas as despesas, sem reclamar do preço. Trazia a mesada pontualmente, em dinheiro, no último dia do mês, como fazia com os funcionários da Transportes Narihualá. Sempre combinava com ela os dias em que ia vê-la. Em oito anos, jamais apareceu na casinha de Castilla sem avisar. Não queria passar pelo dissabor de encontrar calças no quarto da sua amante. Tampouco lhe perguntava o que fazia nos dias da semana em que não se viam. Pressentia, isso sim, que ela tomava suas liberdades e agradecia em silêncio que o fizesse com discrição, sem humilhá-lo. Como poderia reclamar? Mabel era jovem, alegre, tinha o direito de se divertir. Já era demais que aceitasse ser amante de um homem já envelhecido, e baixinho e feio como ele. Não era que não se importasse, nada disso. Quando, uma que outra vez, via Mabel de longe, saindo de uma loja ou de um cinema na companhia de um homem, seu estômago se contorcia de ciúmes. Às vezes tinha pesadelos em que Mabel lhe anunciava, muito séria: "Vou me casar, esta é a última vez em que nos vemos, velho." Se pudesse, Felícito se casaria com ela. Mas não podia. Não só porque já era casado, mas porque não queria abandonar Gertrudis como sua mãe, uma desnaturada que ele não conheceu, tinha abandonado seu pai e a ele, lá em Yapatera, quando Felícito ainda era bebê de peito. Mabel era a única mulher que ele amara de verdade. Nunca amou Gertrudis, tinha se casado com ela por obrigação, devido àquele passo em falso que deu na juventude e, talvez, talvez, porque ela e a Mandona lhe armaram uma baita arapuca. (Um assunto que procurava não lembrar, porque o deixava amargurado, mas sempre lhe voltava à cabeça como um disco arranhado.) Mesmo assim, sempre foi um bom marido. Deu à esposa e aos filhos mais do que podiam esperar do pobretão que era quando se casou. Para isso, passou a vida trabalhando como um escravo, sem nunca tirar férias. Sua vida consistiu nisso, até conhecer Mabel: trabalhar, trabalhar, trabalhar, dando um duro danado dia e noite para reunir um pequeno capital e abrir a sua sonhada empresa de transportes. Essa garota lhe ensinou que dormir com uma mulher podia ser algo bonito, intenso, emocionante, uma coisa que ele sequer imaginava nas poucas vezes em que transou com as putas dos bordéis da estrada de Sullana ou com algum casinho que surgia — muito de quando em quando, aliás — numa festa e durava apenas uma noite. Fazer amor com Gertrudis sempre foi uma coisa rápida, uma necessidade física, um expediente para acalmar as ânsias. Deixaram de dormir juntos quando Tiburcio nasceu, já fazia seus bons vinte e tantos anos. Quando ouvia o Ruivo Vignolo contar suas transas aqui e ali, Felícito ficava atônito. Comparado com seu compadre, tinha vivido como um monge.

Mabel o recebeu de roupão, carinhosa e brincalhona como sempre. Tinha acabado de ver um capítulo da novela das sextas-feiras e a comentou enquanto o puxava pela mão até o quarto. Já tinha fechado as persianas, ligado o ventilador e colocado o pano vermelho em cima do abajur, porque Felícito gostava de vê-la nua nessa atmosfera avermelhada. Ajudou-o a tirar a roupa e a se deitar de costas na cama. Mas, ao contrário de outras vezes, de todas as outras vezes, o sexo de Felícito Yanaqué não deu o menor sinal de endurecer. Continuava ali, miúdo e escorrido, envolto em suas dobras, indiferente aos carinhos que os dedos quentes de Mabel lhe proporcionavam.

— O que aconteceu com ele hoje, velho? — surpreendeu-se Mabel, dando um apertão no sexo flácido do amante.

— Deve ser porque não estou me sentindo bem — desculpou-se Felícito, constrangido. — Acho que vou me resfriar. Tive dor de cabeça o dia inteiro e de repente sinto calafrios.

— Vou preparar um chá com limão bem quentinho e depois fazer uns carinhos nele para ver se acordamos este dorminhoco. — Mabel pulou da cama e vestiu de novo o roupão. — Não vá dormir você também, velhinho.

Mas quando voltou da cozinha com a xícara de chá fumegando e um comprimido na mão, Felícito tinha se vestido. Estava sentado na salinha com móveis grenás floreados, encolhido e grave sob a imagem iluminada do Coração de Jesus.

— Alguma coisa está acontecendo com você além do resfriado — disse Mabel, aninhando-se ao seu lado e examinando-o de forma espalhafatosa. — Será que não gosta mais de mim? Não terá se apaixonado por alguma piuraninha por aí?

Felícito negou com a cabeça, segurou sua mão e beijou-a.

— Gosto de você mais que de ninguém neste mundo, Mabelita — afirmou, com ternura. — Nunca mais vou me apaixonar por ninguém, sei que não encontraria uma mulherzinha como você em lugar nenhum.

Suspirou e tirou do bolso a carta da aranhinha.

— Recebi esta carta e estou muito preocupado — disse, entregando-a. — Eu confio em você, Mabel. Leia, quero ouvir sua opinião.

Mabel leu e releu, muito devagar. O sorrisinho que sempre bailava em seu rosto foi se eclipsando. Seus olhos se encheram de inquietação.

— Vai ter que ir à polícia, não é? — disse afinal, vacilante. Parecia desconcertada. — Isto é uma chantagem e você tem que denunciar, sem dúvida.

— Já fui à delegacia. Mas não deram muita importância. Na verdade, eu não sei o que fazer, amor. O sargento da polícia que me atendeu disse uma coisa que de repente é verdade. Que agora, com tanto progresso em Piura, também aumentaram os crimes. Apareceram bandos de malfeitores que pedem dinheiro aos comerciantes e às empresas. Eu já tinha ouvido falar disso. Mas nunca me ocorreu que podia acontecer comigo. Confesso que estou um pouco nervoso, Mabelita. Não sei o que fazer.

— Não vai dar a eles o dinheiro que estão pedindo, não é, velho?

— Nem um centavo, claro que não. Eu nunca vou ser pisado por ninguém, pode ter certeza disso.

Contou que Adelaida o havia aconselhado a ceder aos chantagistas.

— Acho que é a primeira vez na vida que não vou seguir a inspiração da minha amiga santeira.

— Como você é ingênuo, Felícito — reagiu Mabel, incomodada. — Consultar aquela feiticeira por uma coisa tão delicada. Não sei como você pode engolir as histórias que essa espertinha conta.

— Comigo ela nunca errou — Felícito lamentou ter falado de Adelaida, sabendo que Mabel a detestava. — Não se preocupe, desta vez não vou seguir o conselho dela. Não posso. Nem vou fazer. Deve ser isso que me deixou um pouco amargurado. Sinto que uma desgraça está chegando.

Mabel estava muito séria. Felícito viu que os seus bonitos lábios vermelhos se franziam, nervosos. Ela ergueu a mão e alisou o cabelo, devagar.

— Eu queria poder ajudar, velho, mas não sei como.

Felícito sorriu, assentindo. Levantou-se, indicando que tinha decidido ir embora.

— Não quer esperar que eu me vista e vamos a um cinema? Você vai se distrair um pouco, anime-se.

— Não, meu amor, não estou com disposição para ver filmes. Outro dia. Desculpe. Vou para a cama, é melhor. Porque o resfriado é de verdade.

Mabel o acompanhou e abriu a porta para deixá-lo sair. E, então, com um pequeno sobressalto, Felícito viu o envelope colado ao lado da campainha da casa. Era branco, não azul como o primeiro, e menor. Adivinhou imediatamente de que se tratava. Uns meninos estavam soltando pião na calçada, a poucos passos. Antes de abrir o envelope, Felícito foi até lá para perguntar se tinham visto quem o deixou ali. Os garotos se entreolharam, surpresos, e encolheram os ombros. Nenhum deles tinha visto nada, claro. Quando voltou para a casa, Mabel estava muito pálida e uma luzinha angustiosa piscava no fundo dos seus olhos.

— Você acha que...? — murmurou, mordendo os lábios. Olhava para o envelope branco ainda sem abrir que estava na mão dele como se aquilo pudesse mordê-la.

Felícito entrou, acendeu a luz do corredorzinho e, com Mabel pendurada em seu braço e esticando o pescoço para ler o que ele lia, reconheceu as letras maiúsculas, sempre em tinta azul:

> Senhor Yanaqué:
> O senhor cometeu um erro recorrendo à polícia, apesar da recomendação que a organização lhe fez. Nós queremos que este problema seja solucionado de forma privada, por meio de um diálogo. Mas o senhor está nos declarando guerra. E vai ter guerra, se é isso o que quer. Neste caso, pode ter certeza de que vai sair perdendo. E se lamentando. Muito em breve terá provas de que nós somos capazes de responder às suas provocações. Não seja teimoso, estamos avisando pelo seu bem. Não ponha em perigo tudo o que conseguiu com tantos anos de trabalho tão duro, senhor Yanaqué. E, principalmente, não volte a dar queixa na polícia, senão vai se arrepender. Cuide-se das consequências.
> Deus o proteja.

O desenho da aranhinha que fazia as vezes de assinatura era igual ao da primeira carta.
— Mas por que a deixaram aqui, na minha casa — balbuciou Mabel, apertando seu braço com força. Ele a sentia tremer da cabeça aos pés. Tinha ficado pálida.
— Para me avisar que conhecem a minha vida pessoal, é claro. — Felícito passou o braço pelo ombro de Mabel e apertou-a. Notou que ela estremecia e sentiu pena. Beijou-a no cabelo. — Você não imagina como eu lamento que tenha se envolvido nesta história por minha culpa, Mabelita. Seja cuidadosa, amor. Não abra a porta sem antes verificar pelo olho mágico. E é melhor não sair sozinha de noite até que tudo isso se esclareça. Sei lá do que esses sujeitos são capazes.
Beijou-a de novo no cabelo e sussurrou em seu ouvido antes de ir embora: "Pela memória do meu pai, que para mim é a coisa mais sagrada do mundo, juro que ninguém vai machucar você nunca, amorzinho."

Nos poucos minutos que passaram desde que ele saíra para falar com os garotos que estavam soltando pião, havia escurecido. As luzes rançosas das redondezas iluminavam precariamente as calçadas cheias de buracos e irregularidades. Ouviu latidos e uma música obsessiva, como se alguém estivesse afinando um violão. A mesma nota, mil vezes. Mesmo tropeçando, ele andava depressa. Atravessou quase correndo a estreita Ponte Pênsil, agora só para pedestres, e lembrou que, quando era garoto, aqueles brilhos noturnos que se refletiam nas águas do rio Piura lhe davam medo, fazendo-o imaginar um mundo de diabos e fantasmas no fundo das águas. Não respondeu ao cumprimento de um casal que vinha na direção oposta. Levou quase meia hora para chegar à delegacia da avenida Sánchez Cerro. Estava suando, e a agitação quase não o deixava falar.

— Não é horário de atendimento ao público — disse o guarda novinho da entrada. — A menos que seja coisa muito urgente, senhor.

— É urgente, urgentissíssimo — atropelou-se Felícito. — Posso falar com o sargento Lituma?

— Quem quer falar com ele?

— Felícito Yanaqué, da Transportes Narihualá. Estive aqui há poucos dias, para fazer uma queixa. Diga a ele que aconteceu uma coisa muito grave.

Teve que esperar algum tempo, no meio da rua, ouvindo o rumor de vozes masculinas falando palavrões lá dentro. Viu despontar uma lua minguante sobre os tetos em volta. Seu corpo inteiro ardia, como se uma febre o estivesse devorando. Lembrou-se das tremedeiras do seu pai quando tinha as terçãs, lá em Chulucanas, e de como as curava suando, embrulhado num monte de couros crus. Mas não era a temperatura e sim a raiva que o fazia tremer. Finalmente, o guarda novinho e imberbe voltou e mandou-o entrar. A luz interna era tão rala e triste como a das ruas de Castilla. Dessa vez o guarda não o levou para o minúsculo cubículo do sargento Lituma e sim para um escritório mais amplo. O sargento estava lá, com um oficial — um capitão, pelos três galões nas ombreiras da camisa — gordo, atarracado e de bigode. Olhou sem alegria para Felícito. Sua boca aberta exibia uns dentes amarelos. Pelo visto, ele havia interrompido um jogo de damas entre os policiais. O transportista ia falar, mas o capitão o deteve com um gesto:

— Conheço o seu caso, senhor Yanaqué, o sargento me informou. Já li a carta com as aranhinhas que lhe mandaram. O senhor não vai se lembrar, mas nós nos conhecemos num almoço do Rotary Club, no Centro Piurano, já faz um tempinho. Havia uns bons coquetéis de *algarrobina*, se não me engano.

Sem dizer nada, Felícito pôs a carta em cima do tabuleiro de damas, desarrumando as peças. Sentiu que a fúria lhe havia subido ao cérebro e quase não o deixava pensar.

— Sente-se aí antes que tenha um infarto, senhor Yanaqué — brincou o capitão, apontando para uma cadeira. Mordiscava as pontas do bigode e falava com um jeitinho arrogante e provocador. — Aliás, o senhor se esqueceu de dar boa-noite. Eu sou o capitão Silva, o delegado daqui, às suas ordens.

— Boa noite — articulou Felícito, com uma voz estrangulada de contrariedade. — Acabaram de me deixar outra carta. Eu exijo uma explicação, senhores policiais.

O capitão leu a carta, aproximando-a da luzinha da mesa. Depois passou-a ao sargento Lituma, murmurando entre os dentes: "Caramba, o negócio está ficando pesado."

— Exijo uma explicação — repetiu Felícito, engasgando. — Como os bandidos souberam que eu vim à delegacia dar queixa dessa carta anônima?

— De muitas maneiras, senhor Yanaqué — o capitão Silva encolheu os ombros, olhando para ele com cara de pena. — Porque o seguiram até aqui, por exemplo. Porque conhecem o senhor e sabem que não é homem de aceitar chantagens e vai e denuncia as chantagens à polícia. Ou porque alguma pessoa a quem o senhor disse que tinha dado queixa contou a eles. Ou porque, de repente, somos nós os autores dessas cartas anônimas, os miseráveis que querem extorquir o senhor. Pensou nisso, não foi? Deve ser por esta razão que está tão mal-humorado, *che guá*, como dizem os seus patrícios.

Felícito reprimiu a vontade de lhe responder que sim. Nesse momento estava com mais raiva dos dois policiais que dos autores das cartas da aranhinha.

— Também a encontrou pregada na porta da sua casa?

Seu rosto ardia quando respondeu, disfarçando o constrangimento:

— Na porta da casa de uma pessoa que eu visito.

Lituma e o capitão Silva trocaram um olhar.

— Então quer dizer que conhecem a sua vida a fundo, senhor Yanaqué — comentou o capitão Silva com uma lentidão maliciosa. — Esses sacanas sabem até quem o senhor visita. Fizeram um bom trabalho de inteligência, pelo visto. Podemos deduzir que são profissionais, não amadores.

— E agora, o que vai acontecer? — perguntou o transportista. A raiva de um instante atrás havia sido substituída por um sentimento de tristeza e impotência. Era injusto, era cruel o que estava lhe acontecendo. De que e por que o castigavam lá de cima? Que mal ele tinha feito, santo Deus?

— Agora vão querer lhe dar um susto, para amolecer o senhor — afirmou o capitão, como se estivesse comentando como estava quente a noite. — Para fazê-lo pensar que são poderosos e intocáveis. E, zás, aí é que vão cometer o primeiro erro. Então, nós começaremos a seguir a pista deles. Paciência, senhor Yanaqué. Embora o senhor não acredite, as coisas estão no bom caminho.

— Isso é fácil dizer quando se assiste da plateia — filosofou o transportista.— Não quando você recebe ameaças que transtornam a sua vida, que a viram de cabeça para baixo. O senhor me pede paciência enquanto esses marginais planejam uma maldade comigo ou com minha família para me amolecer?

— Traga um copo d'água para o senhor Yanaqué, Lituma — ordenou o capitão Silva ao sargento, com sua habitual ironia. — Não quero que desmaie aqui, porque podem nos acusar de violar os direitos humanos de um respeitável empresário de Piura.

Não era só piada o que esse tira estava dizendo, pensou Felícito. Sim, ele podia mesmo ter um infarto e cair duro aqui mesmo, neste chão sujo e coberto de guimbas de cigarro. Morte triste, numa delegacia, doente de frustração, por culpa de uns filhos da puta sem rosto e sem nome que debochavam dele desenhando aranhinhas. Lembrou-se do pai e se emocionou evocando o rosto duro, cortado como que a navalhadas, sempre sério, muito bronzeado, o cabelo espetado e a boca sem dentes do seu progenitor. "O que devo fazer, pai? Já sei, não deixar que ninguém pise em mim, não dar um centavo daquilo que ganhei honestamente. Mas que outro conselho ele me daria se estivesse vivo? Passar o dia esperando a próxima carta anônima? Isto está destroçando os meus nervos, pai." Por que sempre dizia pai e nunca papai? Nem sequer nesses diálogos secretos que tinha com ele se atrevia a chamá-lo de você. Como seus filhos com ele. Porque Tiburcio e Miguel jamais o trataram de você. E em compensação era assim que ambos tratavam a mãe.

— Está melhor, senhor Yanaqué?

— Sim, obrigado — bebeu outro golinho do copo d'água que o sargento tinha trazido e se levantou.

— Avise imediatamente se houver qualquer novidade — o capitão tentou animá-lo, à guisa de despedida. — Confie em nós. O seu caso agora é nosso, senhor Yanaqué.

Ele achou as palavras do oficial meio irônicas. Saiu da delegacia profundamente deprimido. Fez todo o trajeto até sua casa pela rua Arequipa, bem devagar, quase colado nas paredes. Tinha a desagradável sensação de que alguém o seguia, alguém que se divertia pensando que o estava demolindo aos pouquinhos, imerso na insegurança e na incerteza, um filho da puta muito seguro de que mais cedo ou mais tarde o derrotaria. "Pois está muito enganado, seu desgraçado", murmurou.

Em casa, Gertrudis se surpreendeu quando o viu voltar tão cedo. Perguntou se a diretoria da Associação de Transportistas de Piura, da qual Felícito era conselheiro, havia cancelado o jantar das sextas-feiras no Clube Grau. Será que Gertrudis sabia de Mabel? Difícil que não soubesse. Mas, naqueles oito anos, nunca deu o menor indício de que sim: nenhuma reclamação, nenhuma cena, nenhuma indireta, nenhuma insinuação. Não era possível que não lhe houvessem chegado rumores, fofocas, de que ele tinha uma amante. Piura não era um ovinho? Todo mundo sabia tudo de todo mundo, principalmente as histórias de alcova. Talvez ela soubesse e preferisse fingir, para evitar confusões e levar a vida em paz. Mas, às vezes, Felícito pensava que não, que com aquela vida tão enclausurada que sua mulher levava, sem parentes, só saindo para ir à missa ou às novenas e aos rosários da catedral, não se podia descartar a possibilidade de que não soubesse de nada.

— Vim mais cedo porque não estou me sentindo bem. Acho que vou me resfriar.

— Então você não deve ter comido nada. Quer que lhe prepare alguma coisa? Eu mesma cozinho, a Saturnina já foi embora.

— Não, não estou com fome. Vou ver um pouquinho de televisão e me deitar mais cedo. Alguma novidade?

— Recebi uma carta da minha irmã Armida, de Lima. Parece que vai se casar.

— Ah, ótimo, temos que mandar um presente, então — Felícito nem sabia que Gertrudis tinha uma irmã na capital. Primeira notícia. Tentou se lembrar. Seria aquela garotinha descalça de poucos anos de idade que corria pela pensão El Algarrobo, onde ele conheceu sua mulher? Não, essa garota era filha de um caminhoneiro chamado Argimiro Trelles que enviuvou.

Gertrudis assentiu e foi para o seu quarto. Desde que Miguel e Tiburcio saíram de casa, Felícito e a esposa tinham quartos separados. Viu o vulto sem formas da mulher desaparecendo no patiozinho escuro em volta do qual ficavam os quartos, a sala, a saleta e a cozinha. Nunca a havia amado como se ama uma mulher, mas sentia afeto por ela, mesclado com um pouco de pena, porque, embora não se queixasse, Gertrudis devia se sentir muito frustrada com um marido tão frio e distante. E não podia ser diferente, num casamento que não era fruto do amor mas de uma bebedeira e uma trepada meio às cegas. Ou então, sabe-se lá. Era um assunto que, embora ele fizesse de tudo para esquecer, volta e meia voltava à cabeça de Felícito e estragava o seu dia. Gertrudis era filha da proprietária de El Algarrobo, uma pensão baratinha na rua Ramón Castilla, uma região que na época era a mais pobre de Chipe, na qual se hospedavam muitos caminhoneiros. Felícito tinha transado com ela umas duas vezes, quase sem perceber, em duas noites de farra e bebida. Foi uma coisa porque sim, porque ela estava lá e era mulher, não porque ele gostasse da garota. Ninguém gostava dela, quem podia gostar daquela dona meio vesga, desarrumada, sempre com cheiro de alho e cebola. Como resultado de uma dessas duas trepadas sem amor e quase sem vontade, Gertrudis ficou grávida. Pelo menos foi o que ela e a mãe disseram a Felícito. A proprietária da pensão, dona Luzmila, que os motoristas chamavam de Mandona, deu queixa na polícia. Ele teve que prestar depoimento ao delegado e reconheceu que tinha ido para a cama com aquela menor de idade. Aceitou o casamento com ela porque sentiu remorsos de fazer seu filho nascer sem ser reconhecido e porque acreditou na história. Depois, quando Miguelito nasceu, começaram as dúvidas. Seria mesmo seu filho? Nunca arrancou a verdade de Gertrudis, é claro, nem falou do assunto com Adelaida nem com mais ninguém. Mas conviveu todos esses anos com a suspeita de que não era. Porque não era só ele que transava com a filha da Mandona naquelas festinhas que aconteciam aos sábados no El Algarrobo. Miguel não se parecia nada com ele, era um menino de pele branca e olhos claros. Por que Gertrudis e sua mãe o responsabilizaram? Talvez porque fosse solteiro, boa pessoa, trabalhador, e porque a Mandona queria casar a filha de qualquer jeito. Talvez o verdadeiro pai de Miguel fosse casado ou um branquinho de má reputação. De tempos em tempos essa história voltava a lhe azedar o humor. Nunca deixou que ninguém percebesse nada, a começar pelo próprio Miguel. Sempre o tratou como se fosse tão filho seu quanto Tiburcio. Só o mandou para o Exército para lhe fazer um bem, porque ele estava se desencaminhando. Nunca demonstrou preferência pelo filho menor. Este último era a sua cópia, um cholo chulucano da cabeça aos pés, sem o menor sinal de branquidade no rosto nem no corpo.

 Gertrudis foi uma mulher trabalhadora e sacrificada nos anos difíceis. E depois também, quando Felícito conseguiu abrir a Transportes Narihualá e as coisas melhoraram. Embora agora tivessem uma boa casa, empregada doméstica e uma renda certa, ela continuava vivendo com a mesma austeridade de quando eram pobres. Nunca lhe pedia dinheiro para nada pessoal, só o da comida e as outras despesas do dia a dia. Ele precisava insistir, de vez em quando, para que comprasse sapatos ou um vestido novo. Mas, mesmo quando comprava, estava sempre de chinelos e com uma bata que mais parecia batina. Quando tinha ficado tão religiosa? No começo ela não era assim. Felícito sentia que com o passar dos anos sua mulher tinha se transformado numa espécie de móvel, que deixara de ser uma pessoa viva. Os dois passavam dias inteiros sem trocar uma palavra, fora os bom-dia e boa-noite. Ela não tinha amigas, não fazia nem recebia visitas, não ia ver os filhos quando passavam muito tempo sem aparecer. De vez em quando Tiburcio e Miguel vinham à casa, sempre nos aniversários e no Natal, e então ela se mostrava carinhosa, mas, tirando essas ocasiões, tampouco parecia se interessar muito pelos filhos. Uma vez ou outra, Felícito lhe propunha ir ao cinema, dar um passeio pelo malecón ou ouvir a retreta dos domingos na Praça de Armas, depois da missa do meio-dia. Ela aceitava docilmente, mas eram passeios em que quase não trocavam uma palavra e parecia que Gertrudis estava impaciente para voltar para casa, sentar na cadeira de balanço, num canto do quintalzinho, perto do rádio ou da televisão onde sempre procurava os programas religiosos. Felícito não se lembrava de ter tido uma única briga ou desavença com essa mulher que sempre se rendia à sua vontade com uma submissão completa.

Ficou algum tempo na sala, ouvindo o noticiário. Crimes, assaltos, sequestros, o mesmo de sempre. Entre as notícias, ouviu uma que o deixou arrepiado. O locutor contava que uma nova modalidade de roubar carros estava se popularizando entre os assaltantes de Lima. Aproveitar um sinal vermelho para jogar um rato vivo no interior de um carro dirigido por uma mulher. Morrendo de medo e de nojo, ela soltava o volante e saía correndo do veículo aos berros. Então os ladrões o levavam com toda a tranquilidade. Um rato vivo em cima da saia, que porcaria! A televisão envenenava as pessoas com tanto sangue e imundície. Normalmente, em vez de notícias ele ouvia um disco de Cecilia Barraza. Mas agora acompanhou com ansiedade o comentário do apresentador do programa *24 Horas* afirmando que a delinquência crescia em todo o país. "Ninguém precisa me dizer isso", pensou.

Foi se deitar por volta das onze e dormiu logo, na certa devido às fortes emoções do dia, mas acordou às duas da madrugada. Não conseguiu mais pregar os olhos. Foi assaltado por temores, uma sensação de catástrofe e, principalmente, pela amargura de sentir-se inútil e impotente diante do que estava lhe acontecendo. Quando cochilava, sua cabeça fervilhava de imagens de doenças, acidentes e desgraças. Teve um pesadelo com aranhas.

Levantou-se às seis. Ao lado da cama, olhando-se no espelho, fez os exercícios de Qi Gong, evocando como sempre seu professor, o vendeiro Lau. A posição da árvore que balança para a frente e para trás, da esquerda para a direita e em círculo, movida pelo vento. Com os pés bem firmes no chão e tentando esvaziar a mente, ele se balançava, procurando o centro. Procurar o centro. Não perder o centro. Levantar os braços e abaixá-los bem devagar, uma chuvinha que caía do céu refrescando seu corpo e sua alma, serenando os nervos e os músculos. Manter o céu e a terra em seus lugares e impedir que se juntem, com os braços — um no alto, segurando o céu, e o outro embaixo, segurando a terra — e, depois, massagear os braços, o rosto, os rins, as pernas, para soltar as tensões acumuladas em todas as partes do corpo. Abrir as águas com as mãos e depois juntá-las. Aquecer a região lombar com uma massagem suave e demorada. Estender os braços como uma borboleta abre as asas. No começo, ele ficava impaciente com a extraordinária lentidão dos movimentos, com a respiração em câmara lenta para levar o ar a todos os recantos do seu organismo; mas com o tempo foi se acostumando. Agora entendia que era na lentidão que consistia o benefício, para o seu corpo e sua mente, dessa delicada e profunda inspiração e expiração, desses movimentos com os quais, levantando uma das mãos e estendendo a outra para o chão, com os joelhos ligeiramente dobrados, ele mantinha os astros do firmamento em seus lugares e conjurava o apocalipse. Quando, afinal, fechava os olhos e ficava imóvel por alguns minutos, de mãos postas como se estivesse rezando, havia transcorrido meia hora. Já se via nas janelas a luz clara e branca das madrugadas piuranas.

  Umas batidas fortes na porta interromperam o seu Qi Gong. Foi abrir, pensando que Saturnina tinha se adiantado naquela manhã, pois nunca chegava antes das sete. Mas quem estava na porta era Lucindo.

  — Corra, corra, don Felícito — o ceguinho da esquina estava muito agitado. — Um senhor me disse que o seu escritório na avenida Sánchez Cerro está queimando, chame os bombeiros e corra para lá.

IV

O casamento de Ismael e Armida foi o mais breve e sem público que Rigoberto e Lucrecia já tinham visto, mas lhes trouxe mais de uma surpresa. Transcorreu de manhã bem cedo, na Prefeitura de Chorrillos, quando ainda se viam nas ruas estudantes de uniforme afluindo aos colégios e escriturários de Barranco, Miraflores e Chorrillos apressados para chegar ao trabalho em vans, carros e ônibus. Ismael, que tinha tomado as precauções necessárias para que seus filhos não soubessem de nada, só avisou a Rigoberto na véspera que ele tinha que comparecer à Prefeitura de Chorrillos, em companhia de sua esposa se assim desejasse, às nove da manhã em ponto e com um documento de identidade. Quando chegaram à Prefeitura lá estavam os noivos e também Narciso, que para a ocasião usava um terno escuro, camisa branca e uma gravata azul com estrelinhas douradas.

Ismael foi de cinza, com a elegância de sempre, e Armida estava de tailleur, sapatos novos, e parecia inibida e confusa. Tratava dona Lucrecia de "senhora", embora esta, ao abraçá-la, tenha lhe pedido que a tratasse de você — "Agora nós vamos ser grandes amigas, Armida" —, mas para a ex-empregada era difícil, senão impossível, atender esse pedido.

A cerimônia foi muito rápida; o alcaide leu meio aos trambolhões as obrigações e os deveres dos nubentes e, quando terminou a leitura, as testemunhas assinaram o livro. Seguiram-se os abraços e apertos de mão de praxe. Mas tudo parecia frio e, pensava Rigoberto, fingido e artificial. A surpresa foi quando, ao saírem da Prefeitura, Ismael se dirigiu a Rigoberto e Lucrecia com um sorrisinho malicioso: "E, agora, meus amigos, se estiverem disponíveis, estão convidados para a cerimônia religiosa." Iam se casar também pela igreja! "O negócio é mais sério do que parece", comentou Lucrecia enquanto rumavam para a antiga igrejinha de

Nuestra Señora del Carmen de la Legua, às margens do Callao, onde se deu o casamento católico.

— A única explicação é que o seu amigo Ismael está caidinho por ela, apaixonado de verdade — continuou Lucrecia.

— Será que não ficou caduco? Para dizer a verdade, não parece. Vá entender isso, meu Deus. Eu, pelo menos, não consigo.

Tudo estava preparado também na igrejinha onde, dizia-se, na época da colônia os viajantes que se dirigiam de Callao a Lima faziam um alto para pedir à Santíssima Virgen del Carmen que os protegesse dos bandos de assaltantes que infestavam os descampados que nessa época separavam o porto da capital do vice-reino. O padre não demorou mais de vinte minutos para casar e dar sua bênção ao novo par. Não houve qualquer festejo, nem brinde, exceto, de novo, os parabéns e abraços de Narciso, Rigoberto e Lucrecia no casal. Foi só então que Ismael revelou que Armida e ele iriam direto dali para o aeroporto, começar a lua de mel. A bagagem já estava no porta-malas do carro. "Mas não me perguntem aonde vamos, porque não vou dizer. Ah, e antes que me esqueça. Não deixem de ver amanhã a página de anúncios sociais do *El Comercio*. Vão ler lá um comunicado anunciando o nosso casamento à sociedade limenha." Deu uma gargalhada e piscou o olho com malícia. Ele e Armida se despediram logo a seguir, levados por Narciso, que de testemunha passara a ser novamente o motorista de don Ismael Carrera.

— Não dá para acreditar que tudo isso esteja acontecendo — disse Lucrecia mais uma vez, enquanto ela e Rigoberto voltavam pela Costanera para a casa de Barranco. — Não dá a impressão de ser uma espécie de gozação, um teatro, uma farsa? Enfim, sei lá o quê, mas não uma coisa que esteja acontecendo de verdade na vida real.

— É, tem razão — concordou o marido. — O espetáculo desta manhã dava uma sensação de irrealidade. Pois bem, agora Ismael e Armida começam a curtir a vida. E a se livrar do que vem por aí. Quer dizer, do que vem para cima dos que ficaram. Vai ser melhor nós também irmos logo para a Europa. Por que não adiantamos a nossa viagem, Lucrecia?

— Não, não podemos enquanto Fonchito estiver passando por esse problema — disse Lucrecia. — Você não sente remorsos de viajar neste momento, deixando o menino sozinho, com toda essa confusão na cabeça?

— Claro que sinto — corrigiu-se don Rigoberto. — Se não fossem essas malditas aparições, eu já teria comprado as passagens. Você sabe como eu quero fazer esta viagem, Lucrecia. Estudei o itinerário com lupa, nos mais mínimos detalhes. Você vai adorar, pode acreditar.

— Os gêmeos só vão tomar conhecimento amanhã, com o anúncio no jornal — calculou Lucrecia. — Quando souberem que os pombinhos voaram, a primeira pessoa a quem vão pedir explicações é você, com certeza.

— Claro que sim — concordou Rigoberto. — Mas, como isso só vai acontecer amanhã, o dia de hoje será de paz e de tranquilidade absolutas. Não vamos falar mais das hienas, por favor.

Tentaram. Nem durante o almoço, nem à tarde ou durante o jantar fizeram qualquer menção aos filhos de Ismael Carrera. Quando Fonchito voltou do colégio lhe contaram do casamento. O menino, que desde os seus encontros com Edilberto Torres vivia sempre distraído, parecendo concentrado em preocupações íntimas, não pareceu dar a menor importância ao assunto. Ouviu o que eles diziam, sorriu por educação e foi se fechar no quarto, porque, disse, tinha muitos deveres para fazer. Mas, embora Rigoberto e Lucrecia não tenham mencionado os gêmeos durante o resto do dia, ambos sabiam que, fizessem o que fizessem, falassem do que falassem, estavam sempre com a inquietação no fundo da mente: como os dois reagiriam ao saber do casamento do pai? Não seria uma reação civilizada e racional, sem a menor dúvida. Porque os irmãozinhos não eram civilizados nem racionais, não tinham sido apelidados de hienas por acaso, foi um apodo certeiro que ganharam no bairro quando ainda usavam calças curtas.

Depois do jantar, Rigoberto foi para o escritório e se dispôs a fazer, mais uma vez, um daqueles cotejos que o apaixonavam, porque absorviam sua atenção e com isso ele se despreocupava de todo o resto. Dessa vez ouviu as duas gravações que tinha de uma de suas músicas preferidas: o *Concerto número 2 para piano e orquestra*, op. 83, de Johannes Brahms, pela Filarmônica de Berlim, dirigida, no primeiro caso, por Claudio Abbado e com Maurizio Pollini como solista e, no segundo, com sir Simon

Rattle na regência e Yefim Bronfman ao piano. As duas versões eram soberbas. Ele nunca havia conseguido decidir-se inequivocamente por uma delas; sempre achava que ambas, sendo diferentes, eram igualmente perfeitas. Mas, esta noite, aconteceu uma coisa durante a interpretação de Bronfman, ao começar o segundo movimento — *Allegro appassionato* —, que decidiu sua escolha: sentiu que seus olhos estavam úmidos. Poucas vezes na vida ele havia chorado ouvindo um concerto: seria Brahms, seria o pianista, seria o estado de hipersensibilidade a que os episódios do dia o tinham levado?

Quando foi se deitar estava como queria: muito cansado e totalmente sereno. Ismael, Armida, as hienas, Edilberto Torres, tudo parecia ter ficado lá longe, muito atrás, abolido. Então será que dormiria a noite toda? Que esperança. Depois de passar um bom tempo se virando na cama, no quarto quase às escuras, apenas com a luz do abajur de Lucrecia acesa, insone, tomado por um súbito entusiasmo perguntou de repente à esposa, bem baixinho:

— Você já pensou como deve ter sido a história de Ismael com Armida, coração? Quando e como começou. Quem tomou a iniciativa. Que tipo de joguinhos, de coincidências, de toques ou de brincadeiras foram precipitando as coisas.

— Justamente — murmurou ela, virando-se e parecendo se lembrar de alguma coisa. Trouxe o rosto e o corpo para bem perto do marido e sussurrou em seu ouvido: — Fiquei pensando o tempo todo, amor. Desde o primeiro minuto em que você me contou a história.

— Ah, foi? Em que pensou? O que imaginou, por exemplo? — Rigoberto voltou-se para ela e passou as mãos por sua cintura. — Por que não me conta?

Fora do quarto, nas ruas de Barranco, reinava o grande silêncio noturno que, vez por outra, interrompia o murmúrio distante do mar. Haveria estrelas no céu? Não, nesta época do ano nunca apareciam estrelas em Lima. Mas lá na Europa aqueles dois deviam vê-las brilhar e refulgir todas as noites. Lucrecia, com a voz densa e lenta das melhores ocasiões, uma voz que era música para os ouvidos de Rigoberto, disse bem devagar, como se recitasse um poema:

"Por incrível que pareça, posso reconstruir o romance de Ismael e Armida com todos os detalhes. Sei que você perdeu o sono, ficou cheio de maus pensamentos desde que o seu amigo lhe contou no Rosa Náutica que ia se casar. E eu fiquei sabendo graças a quem? Não caia para trás: a Justiniana. Ela e Armida são amigas íntimas há muito tempo. Quer dizer, desde que Clotilde começou a ter achaques e a mandamos ajudar Armida durante alguns dias no trabalho da casa. Eram aqueles tempos de tristeza, quando o mundo do coitado do Ismael quase veio abaixo pensando que sua companheira de toda a vida e mãe dos seus filhos podia morrer. Não se lembra?"

— Claro que me lembro — mentiu Rigoberto, silabando no ouvido da esposa como se fosse um segredo inconfessável. — Como não ia me lembrar, Lucrecia. E o que aconteceu nesses dias?

"Bem, nessa época as duas ficaram amigas e começaram a sair juntas. Armida já tinha na cabeça, ao que parece, o plano que afinal lhe saiu tão perfeito. De empregada que fazia as camas e limpava os quartos a nada mais, nada menos que legítima esposa de don Ismael Carrera, um senhor respeitado e ricaço conhecido em Lima. E, ainda por cima, setentão ou talvez octogenário."

— Esqueça os comentários e tudo o que nós já sabemos — Rigoberto protestou, agora com aflição. — Vamos ao que interessa de verdade, amor. Você sabe muito bem o que é. Os fatos, os fatos.

"Estou chegando lá. Armida planejou tudo, com astúcia. Claro que se a piuraninha não tivesse alguns encantos físicos de nada teriam adiantado sua inteligência nem sua astúcia. Justiniana a viu nua, claro. Se você me perguntar como e por quê, não sei. Na certa devem ter tomado banho juntas alguma vez. Ou dormido uma noite na mesma cama, quem sabe. Ela diz que é uma surpresa descobrir que Armida é bem-feita de corpo quando está pelada, coisa que não se nota porque sempre está mal-ajambrada com aqueles vestidos soltos, para gordas. Justiniana diz que ela não é gorda, que tem peitos e bunda levantados e durinhos, mamilos firmes, pernas bem torneadas e, pode acreditar, uma barriga esticada feito um tambor. E um púbis quase sem pelo, feito uma japonesinha."

— Seria possível que Armida e Justiniana tenham se excitado quando se viram peladinhas? — Rigoberto interrompeu-a, excitado. — Seria possível que tenham ficado brincando de se tocar, de se acariciar, e terminaram fazendo amor?

— Tudo é possível nesta vida, filhinho — propôs dona Lucrecia, com sua costumeira sabedoria. Agora os dois estavam colados um ao outro. — O que eu posso dizer é que Justiniana teve até cócegas lá naquele lugar quando viu Armida nua. Ela mesma me confessou, toda vermelha e rindo. Ela sempre brinca muito com essas coisas, você sabe, mas acho que é verdade que ficou excitada quando viu a outra nua. Então, quem sabe, qualquer coisa pode ter acontecido entre as duas. De qualquer jeito, ninguém iria imaginar como era realmente o corpo de Armida, sempre escondido debaixo dos aventais e das saias ordinárias que ela usava. Você e eu não percebíamos, mas Justiniana acha que desde que a pobre Clotilde entrou no período final da doença, e sua morte já parecia inevitável, Armida começou a cuidar da própria pessoinha muito mais que antes.

— O que fazia, por exemplo? — voltou a interromper Rigoberto. Estava com a voz lenta e espessa e o coração acelerado. — Ela se insinuava para cima do Ismael? Fazendo o quê? Como?

"Cada manhã ela aparecia mais arrumada que antes. Bem penteada e com uns pequenos toques brejeiros, quase imperceptíveis. E uns movimentos novos, nos braços, nos peitos, na bundinha. Mas o velhote do Ismael percebeu. Mesmo ficando como ficou quando Clotilde morreu, aturdido, sonâmbulo, destroçado de tristeza. Perdeu a bússola, não sabia quem era nem onde estava, e no entanto percebeu que estava acontecendo alguma coisa ao seu redor. Claro que percebeu."

— Você fugiu do assunto outra vez, Lucrecia — reclamou Rigoberto, apertando-a. — Não é hora de falar da morte, amor.

"Então, ah, que maravilha, Armida se transformou no ser mais devoto, atencioso e serviçal do mundo. Lá estava ela, sempre ao alcance do patrão para preparar um mate de camomila, uma xícara de chá, servir um uísque, passar a camisa, costurar um botão, retocar o terno, mandar o mordomo engraxar os sapatos, apressar Narciso para que fosse tirar o carro imediatamente porque don Ismael ia sair e não gostava de esperar."

— Que importância tem tudo isso — Rigoberto parecia aborrecido, mordiscando uma orelha da mulher. — Quero saber coisas mais íntimas, amor.

"Ao mesmo tempo, com uma sabedoria que só as mulheres têm, uma sabedoria que nos vem de Eva em pessoa, que está na nossa alma, no nosso sangue e, imagino, também no nosso coração e nos nossos ovários, Armida começou a montar essa armadilha em que o viúvo arrasado pela morte da esposa cairia feito um patinho."

— Mas que coisas ela fazia — implorou Rigoberto, impaciente. — Conte com todos os detalhes, amor.

"Nas noites de inverno, Ismael, sozinho em seu escritório, de repente começava a chorar. E, por artes de mágica, lá aparecia Armida ao seu lado, devota, respeitosa, comovida, dizendo palavras no diminutivo com aquele seu sotaque do norte que soa tão musical. E ela também derramava umas lágrimas, bem juntinho do dono da casa. Ele podia senti-la e cheirá-la, porque seus corpos se tocavam. Enquanto Armida enxugava a testa e os olhos do patrão, involuntariamente, pode-se dizer, nos seus esforços para consolá-lo, tranquilizá-lo e dar-lhe carinho, seu decote escorregava e os olhos de Ismael não podiam deixar de notar, roçando em seu peito e no seu rosto, aquelas tetinhas frescas, moreninhas, jovens, tetas de uma mulher que, vista da perspectiva dos seus anos de vida, devia lhe parecer não uma jovem mas uma menina. Aí deve ter começado a lhe rondar pela cabeça a ideia de que Armida não era somente duas mãos incansáveis para fazer e desfazer camas, espanar paredes, encerar o chão, lavar roupa, mas também um corpo cheio, tenro, palpitante, quente, uma intimidade fragrante, úmida, excitante. Aí o pobre Ismael deve ter começado a sentir que, com essas manifestações carinhosas de lealdade e afeto de sua empregada, aquela coisa encoberta e encolhida, praticamente condenada por falta de uso que tinha entre as pernas, começava a dar sinais de vida, a ressuscitar. Isso, naturalmente, Justiniana não sabe, adivinha. Eu também não sei, mas tenho certeza de que foi assim que tudo começou. Você não acha, amor?"

— Quando Justiniana lhe contava essas coisas você e ela estavam nuas, meu amor? — Rigoberto falava mordiscando de leve o pescoço, as orelhas, os lábios de sua mulher, e com as mãos lhe acariciava as costas, as nádegas, entre as pernas.

— E eu fazia com ela o que você está me fazendo agora — respondeu Lucrecia, acariciando-o, mordendo-o, beijando-o, falando dentro de sua boca. — Quase não conseguíamos respirar, porque estávamos engasgadas, eu engolindo a saliva dela e ela a minha. Justiniana acha que foi Armida quem deu o primeiro passo, não ele. Que foi ela quem tocou primeiro em Ismael. Aqui, é, sim. Assim.

— Sim, sim, claro que sim, vamos, continue — Rigoberto ronronava, ofegava e sua voz quase não saía. — Só pode ter sido assim. Foi assim.

Ficaram algum tempo em silêncio, abraçando-se, beijando-se, mas de repente Rigoberto, com um grande esforço, se conteve. E afastou-se ligeiramente da esposa.

— Não quero gozar ainda, meu amor — sussurrou. — Estou gostando tanto. Eu desejo você, amo você.

— Uma pausa, então — disse Lucrecia, também se afastando. — Neste caso vamos falar de Armida. Em certo sentido, é admirável o que ela fez e conseguiu, você não acha?

— Em todos os sentidos — disse Rigoberto. — Uma verdadeira obra de arte. Merece o meu respeito e a minha reverência. É uma grande mulher.

— Entre parênteses — disse a esposa, alterando a voz —, se eu morrer antes de você, não me incomodaria em absoluto que você se casasse com Justiniana. Ela já conhece todas as suas manias, tanto as boas como as ruins, principalmente estas últimas. Então, não esqueça.

— Chega de falar de morte — implorou Rigoberto. — Volte a falar de Armida e não se desvie tanto, pelo amor de Deus.

Lucrecia suspirou, estreitou-se contra o marido, procurou sua orelha com a boca e continuou bem baixinho:

"Como ia dizendo, lá estava ela, sempre disponível, sempre pertinho de Ismael. Às vezes, quando se inclinava para tirar uma manchinha da poltrona, sua saia subia e revelava, sem que ela percebesse — mas ele sim —, aquele joelho redondo, aquela coxa lisa e elástica, aqueles tornozelos fininhos, um pedaço de ombro, de braço, o pescoço, a fenda dos peitos. Não houve nem pode ter havido o menor indício de vulgaridade nesses descuidos. Tudo parecia natural, casual, nunca forçado. O acaso organizava as coisas de tal maneira que, com esses ínfimos episódios, o viúvo, o experiente, nosso amigo, o pai horrorizado com seus filhos, descobriu que ainda era homem, que tinha um pinto vivo, bem vivo. Como este que estou segurando, amor. Duro, molhadinho, trêmulo."

— Fico até emocionado imaginando a felicidade que Ismael deve ter sentido quando viu que ainda tinha pinto e que este, apesar de não ter feito coisa nenhuma durante tanto tempo, começava a piar de novo — divagou Rigoberto, mexendo-se sob os lençóis. — É comovente, meu amor, pensar como deve ter sido doce e bonito quando, ainda imerso na amargura da viuvez, ele começou a ter fantasias, desejos, poluções, pensando na empregada. Quem tocou primeiro em quem? Vamos adivinhar.

"Armida nunca pensou que as coisas iam chegar tão longe. Ela esperava que Ismael fosse se afeiçoando à sua proximidade, descobrindo graças a ela que não era a ruína humana que sua aparência indicava, que debaixo do rosto maltratado, do andar inseguro, dos dentes frouxos e da vista ruim, seu sexo ainda batia as asas. Que era capaz de ter desejo. Que, vencendo o senso de ridículo, um dia finalmente teria a coragem de dar um passo audacioso. E assim se estabeleceu entre eles uma cumplicidade secreta, íntima, no grande casarão colonial que a morte de Clotilde transformara num limbo. Pensou que talvez tudo aquilo pudesse fazer Ismael promovê-la de empregada a amante. A montar inclusive uma casinha para ela, a pagar-lhe uma pequena mesada. Era isso que ela sonhava, tenho certeza. E mais nada. Nunca poderia imaginar a revolução que ia provocar no bondoso Ismael, nem que as circunstâncias a transformariam num instrumento de vingança do pai magoado e despeitado."

— Mas o que é isso? Quem é este intruso? O que está acontecendo aqui debaixo dos lençóis? — Lucrecia interrompeu o relato, contorcendo-se, exagerando, tocando nele.

— Continue, continue, meu amor, pelo amor de Deus — implorou, sufocado, Rigoberto, cada vez mais ansioso. — Não pare de falar, logo agora que tudo está tão bom.

— Já vi — riu Lucrecia, mexendo-se para tirar a camisola, ajudando o marido a se livrar do pijama, enredando-se um no outro, desarrumando a cama, abraçando-se e beijando-se.

— Preciso saber como foi a primeira vez que dormiram juntos — ordenou Rigoberto. Apertava com força a sua mulher contra o corpo e falava com os lábios grudados nos dela.

— Vou contar, mas me deixe respirar só um pouquinho — respondeu Lucrecia com calma, aproveitando para passar a língua pela boca do marido e receber a dele na sua. — Começou com um choro.

— Um choro de quem? — Rigoberto se desconcentrou, ficou tenso. — Por quê? Armida era virgem? É disso que você está falando? Ele a deflorou? Será que a fez chorar?

— Um ataque de choro daqueles que Ismael tinha às vezes de noite, seu bobo — dona Lucrecia censurou-o, beliscando--lhe as nádegas, apertando, deixando as mãos correrem até os testículos, embalando-os suavemente. — Quando se lembrava de Clotilde, claro. Um choro forte, com uns soluços que atravessavam a porta, as paredes.

— Soluços que chegaram até o quarto de Armida, é lógico — Rigoberto se animou. Enquanto falava fazia Lucrecia girar sobre si mesma e a acomodava debaixo dele.

— Que a acordaram, que a tiraram da cama e a fizeram ir correndo consolá-lo — disse ela, escorregando com facilidade para baixo do corpo do marido, abrindo as pernas, abraçando-o.

— Não teve tempo de botar o roupão nem os chinelos — Rigoberto lhe tomou a palavra. — Nem de se pentear nem de nada. E entrou correndo no quarto de Ismael assim como estava, meio nua. Eu quase estou vendo a cena, meu amor.

— Não esqueça que estava escuro; ela foi tropeçando nos móveis, guiando-se pelo choro do coitado até a cama. Quando chegou abraçou-o e...

— E ele também a abraçou e com uns safanões foi tirando sua blusa. Ela fingiu que resistia, mas não por muito tempo. Assim que começaram a forcejar, ela também o abraçou. Deve ter levado uma grande surpresa quando descobriu que nesse momento Ismael era um unicórnio, que a perfurava, que a fazia gritar...

— Que a fazia gritar — repetiu Lucrecia e por sua vez também gritou, implorando. — Espere, espere, não goze ainda, não seja mau, não me faça isso.

— Eu amo você, amo você — explodiu ele, beijando a esposa no pescoço e sentindo que ela ficava rígida e, poucos segundos depois, gemia, afrouxava o corpo e permanecia imóvel, ofegando.

Ficaram assim, parados e calados, por alguns minutos, para se recuperar. Depois pilheriaram, levantaram-se, foram se lavar, esticaram os lençóis, voltaram a vestir o pijama e a camisola, apagaram a luz do abajur e tentaram dormir. Mas Rigoberto ficou acordado, sentindo a respiração de Lucrecia ir se serenando e espaçando à medida que ela mergulhava no sono e seu corpo se imobilizava. Já estava dormindo. Estaria sonhando?

E nesse momento, de forma totalmente imprevista, encontrou a razão de ser daquela associação que sua memória vinha tecendo de forma esporádica e embaralhada havia algum tempo; ou melhor, desde que Fonchito começou a mencionar aqueles encontros impossíveis, aquelas coincidências improváveis com o extravagante Edilberto Torres. Precisava reler imediatamente um capítulo do *Doktor Faustus,* de Thomas Mann. Tinha lido o romance havia muitos anos, mas se lembrava com nitidez do episódio, o núcleo da história.

Levantou-se sem fazer ruído e, descalço no escuro, foi até o escritório, seu pequeno espaço de civilização, apalpando as paredes. Acendeu a lâmpada da poltrona onde gostava de ler e ouvir música. Havia um silêncio cúmplice na noite de Barranco. O mar era um rumor muito distante. Não foi difícil encontrar o livro na prateleira dos romances. Ali estava. Era o capítulo vinte e cinco: tinha marcado com uma cruz e dois pontos de exclamação. O núcleo, o episódio de máxima concentração de vivências, que alterava a natureza de toda a história, introduzindo uma dimensão sobrenatural num mundo realista. O episódio em que o diabo aparece pela primeira vez, conversa com o jovem compositor Adrian Leverkühn, em seu retiro italiano de Palestrina, e lhe propõe o celebérrimo pacto. Quando começou a reler ficou comovido com a sutileza da estratégia narrativa. O diabo se apresenta a Adrian como um homenzinho normal e comum; o único sintoma insólito é, a princípio, o frio que emana dele e faz o jovem músico sentir arrepios. Teria que perguntar a Fonchito, como uma curiosidade assim meio boba, casual, "Por acaso você sente frio quando esse sujeito aparece?". Ah, e Adrian também tem enxaquecas e náuseas premonitórias antes do encontro que vai mudar a sua vida. "Escute, Fonchito, por acaso você tem dor de cabeça, desarranjo na barriga, transtornos físicos de algum tipo quando esse indivíduo aparece?"

Segundo o relato do seu filho, Edilberto Torres também era um homenzinho normal e comum. Rigoberto teve um sobressalto de pavor com a descrição da risada sarcástica do personagem, que explodia de repente na penumbra do casarão nas montanhas italianas onde ocorreu a perturbadora conversa. Mas por que seu subconsciente havia relacionado o que estava lendo com Fonchito e Edilberto Torres? Não fazia sentido. O diabo no romance de Thomas Mann se refere à sífilis e à música como as duas manifestações do seu poder maléfico na vida, e seu filho jamais tinha ouvido o tal Edilberto Torres falar de doenças ou de música clássica. Não seria o caso de perguntar se o surgimento da Aids, que causava tantos estragos no mundo de hoje como outrora a sífilis, não é um indício da hegemonia que a presença infernal estava conquistando na vida contemporânea? Era estúpido imaginar isso; e, no entanto, ele, um incrédulo, um agnóstico inveterado, sentia nesse momento, enquanto lia, que aquela penumbra de livros e gravuras que o rodeava, e as trevas lá de fora, estavam impregnadas nesse mesmo instante por um espírito cruel, violento e maligno. "Fonchito, você não teve a impressão de que o riso de Edilberto Torres não parece humano? Quer dizer, que o som que ele faz não parece ter saído da garganta de um homem, é mais como o uivo de um louco, o grasnido de um corvo, o sibilo de um ofídio?" O menino ia começar a rir às gargalhadas e pensar que o pai estava maluco. Foi dominado outra vez pelo desânimo. O pessimismo apagou em poucos segundos os momentos de intensa felicidade que tinha acabado de compartilhar com Lucrecia, o prazer que a releitura do capítulo do *Doktor Faustus* lhe proporcionara. Apagou a luz e voltou para o quarto arrastando os pés. Aquilo não podia continuar assim, tinha que perguntar a Fonchito com prudência e astúcia, desmascarar o que havia de verdade naqueles encontros, dissipar de uma vez por todas aquela fantasmagoria absurda forjada pela imaginação febril do seu filho. Meu Deus, os tempos não eram lá muito apropriados para que o diabo voltasse a dar sinais de vida e aparecesse de novo para as pessoas.

V

O anúncio que Felícito Yanaqué publicou, pagando do próprio bolso, no *El Tiempo* fez dele um homem famoso em toda Piura da noite para o dia. Todo mundo o parava na rua para cumprimentar, manifestar solidariedade, pedir autógrafos e, principalmente, para aconselhá-lo a tomar cuidado: "O que o senhor fez foi temerário, don Felícito. *Che guá!* Agora sim a sua vida corre perigo de verdade."

Nada disso envaideceu nem assustou o transportista. O que mais o impressionou foi notar a mudança que o pequeno anúncio no principal jornal de Piura provocou no sargento Lituma e principalmente no capitão Silva. Ele nunca simpatizou com esse delegado vulgar, que aproveitava qualquer pretexto para encher a boca falando da bunda das piuranas, e achava que a antipatia era mútua. Mas, agora, sua atitude era menos arrogante. Na própria tarde do dia do anúncio, os dois policiais apareceram em sua casa da rua Arequipa, amáveis e lisonjeiros. Vinham manifestar sua preocupação com o que estava acontecendo, senhor Yanaqué. Nem depois do incêndio provocado pelos bandidos da aranhinha que destruiu parte das instalações da Transportes Narihualá eles se mostraram tão atenciosos. Que diabos estava acontecendo agora com os dois tiras? Pareciam realmente preocupados com a sua situação e ansiosos para apanhar os chantagistas.

Afinal o capitão Silva tirou do bolso o recorte do *El Tiempo* com o anúncio.

— O senhor deve estar maluco para publicar isto, don Felícito — disse ele, meio de brincadeira meio a sério. — Não pensou que pode levar uma navalhada ou um tiro na nuca por causa deste desplante?

— Não foi um desplante, pensei muito antes de fazer isso — explicou com suavidade o transportista. — Queria que esses filhos da puta ficassem sabendo de uma vez por todas que não vão tirar nem um centavo de mim. Podem queimar esta casa, todos os meus caminhões, ônibus e vans. E até carregar minha mulher e meus filhos se quiserem. Nem um puto centavo!

Pequeno e firme, ele dizia isso sem fazer drama, sem raiva, com as mãos paradas, o olhar firme e uma tranquila determinação.

— Certo, don Felícito — assentiu o capitão, pesaroso. E foi direto ao ponto: — O problema é que, sem querer, sem saber, o senhor nos meteu numa encrenca desgraçada. O coronel Raspaxota, nosso chefe regional, ligou esta manhã para a delegacia por causa do seu anuncinho. Sabe para quê? Diga a ele, Lituma.

— Para nos xingar de tudo que é nome e nos chamar de inúteis e fracassados, don — explicou o sargento, compungido.

Felícito Yanaqué riu. Pela primeira vez desde que começou a receber as cartas da aranhinha ele se sentia de bom humor.

— É o que vocês são, capitão — murmurou, sorrindo.

— Fico contente de saber que foram advertidos por seu chefe. O nome dele é esse mesmo, de verdade, essa grossura? Raspaxota?

O sargento Lituma e o capitão Silva também riram, constrangidos.

— Claro que não, isso é apelido — esclareceu o delegado. — Ele se chama coronel Asundino Ríos Pardo. Não sei quem nem por que lhe deram esse palavrão como apelido. É um bom oficial, mas um sujeito muito rabugento. Não leva desaforos para casa, por qualquer coisa ele xinga meio mundo.

— O senhor está muito enganado se pensa que nós não levamos sua denúncia a sério, senhor Yanaqué — disse o sargento Lituma.

— Era preciso esperar que os bandidos se manifestassem para agir — emendou o capitão, com súbita energia. — Agora que fizeram um movimento, já estamos em plena atividade.

— Grande consolo para mim — disse Felícito Yanaqué, com uma expressão de desgosto. — Não sei o que vocês estão fazendo, mas, pelo meu lado, ninguém vai me devolver o escritório que queimaram.

— O seguro não cobre os prejuízos?

— Deveria, mas estão querendo me passar a perna. Alegam que só estavam cobertos pelo seguro os veículos, não as instalações. O doutor Castro Pozo, meu advogado, diz que talvez seja preciso entrar com um processo. O que significa que eu saio perdendo de qualquer jeito. O caso é esse.

— Não se preocupe, don Felícito — o capitão o tranquilizou, dando-lhe uma palmadinha. — Essa gente vai cair. Mais cedo ou mais tarde, vai cair. Palavra de honra. Mantemos o senhor informado. Até breve. E meus cumprimentos à senhora Josefita, aquele primor de secretária que o senhor tem, por favor.

De fato, a partir desse dia os policiais começaram a mostrar mais zelo. Interrogaram todos os motoristas e funcionários da Transportes Narihualá. Mantiveram Miguel e Tiburcio, os dois filhos de Felícito, várias horas na delegacia submetidos a uma enxurrada de perguntas que os garotos nem sempre sabiam responder. E até atormentaram Lucindo para que ele identificasse a voz da pessoa que veio lhe pedir que avisasse a don Felícito que sua empresa estava pegando fogo. O ceguinho jurava que nunca havia escutado antes a voz da pessoa que falou. Mas, apesar de todo esse trabalho dos policiais, o transportista se sentia abatido e cético. Tinha o pressentimento íntimo de que nunca os pegariam. Os chantagistas iam continuar a acossá-lo e, de repente, tudo aquilo terminaria em tragédia. Mas esses pensamentos sombrios não fizeram recuar um milímetro sua resolução de não se render às ameaças e agressões.

O que mais o deprimiu foi uma conversa com seu compadre, colega e concorrente, o Ruivo Vignolo. Este veio procurá-lo certa manhã na Transportes Narihualá, onde Felícito se instalara num escritório improvisado — uma tábua apoiada em dois barris de óleo — num canto da garagem. Dali se podia ver a mixórdia de telhas, paredes e móveis chamuscados em que o incêndio tinha transformado seu antigo escritório. As chamas destruíram até uma parte do teto. Pelo buraco se divisava um pedaço de céu alto e azul. Ainda bem que em Piura raramente chovia, só nos anos de El Niño. O Ruivo Vignolo estava muito preocupado.

— Você não devia ter feito isso, compadre — disse, enquanto o abraçava mostrando-lhe o recorte do *El Tiempo*. — Como vai arriscar assim a vida! Você, sempre tão calmo para tudo, Felícito, o que deu na sua cabeça agora. Para que servem os amigos, *che guá*. Se tivesse me consultado, eu nunca o deixaria fazer uma barbaridade dessas.

— Foi por isso que não consultei, compadre. Sabia que você ia me aconselhar a não publicar o anúncio — Felícito apontou para as ruínas do seu velho escritório. — Eu tinha que responder de algum jeito às pessoas que me fizeram isto.

Saíram para tomar um cafezinho num bar recém-aberto na esquina da Plaza Merino com a rua Tacna, ao lado de um restaurante chinês. O local era escuro e havia muitas moscas revoando na penumbra. De lá se divisavam as amendoeiras empoeiradas da pracinha e a fachada desbotada da igreja del Carmen. Não havia outros fregueses e os dois puderam conversar com tranquilidade.

— Já lhe aconteceu alguma vez, compadre? — perguntou Felícito. — Alguma vez lhe chegou uma cartinha dessas, com uma chantagem?

Com surpresa, viu o Ruivo Vignolo fazer uma cara estranha, ficar meio atarantado e, por um instante, não saber o que responder. Havia um brilho de culpa nos seus olhos nublados; ele piscava sem parar e evitava encará-lo.

— Não me diga que você, compadre... — balbuciou Felícito, apertando o braço do amigo.

— Eu não sou nem quero ser herói — admitiu em voz baixa o Ruivo Vignolo. — De maneira que vou lhe dizer de uma vez. Eu pago uma pequena quota todo mês. E, mesmo sem provas, posso garantir que todas, ou quase todas, as empresas de transportes de Piura também pagam essas quotas. É isso que você deveria ter feito, e não a temeridade de enfrentá-los. Todos nós achávamos que você também pagava, Felícito. Que disparate você fez, nem eu nem nenhum dos nossos colegas entende. Você ficou maluco? Não se entra em batalhas que não se podem ganhar, homem.

— Não consigo acreditar que você abaixou as calças para esses filhos da puta — lamentou Felícito. — Isso não entra na minha cabeça, juro. Logo você, que sempre foi um galo de briga, compadre.

— Não é muito, uma quantia módica que a gente desconta dos gastos gerais — o Ruivo encolheu os ombros, envergonhado, sem saber o que fazer com as mãos, movendo-as como se não tivesse onde colocá-las. — Não vale a pena arriscar a vida por uma coisa pequena, Felícito. Esses quinhentos que eles pediram teriam caído para a metade se você negociasse numa boa, garanto. Está vendo o que fizeram com o seu escritório? E, ainda por cima, vai e publica esse anúncio no *El Tiempo*. Você está arriscando a sua vida e a da sua família. E até a pobre Mabel, não percebe? Você nunca vai conseguir ganhar deles, tenho tanta certeza disso quanto de que me chamo Vignolo. A Terra é redonda, não é quadrada. Aceite isso logo e não queira endireitar o mundo torto em que vivemos. A máfia é muito poderosa, está infiltrada em toda parte, a começar pelo governo e os juízes. Você é muito ingênuo confiando na polícia. Eu não me surpreenderia se os tiras também estiverem envolvidos na coisa. Você não sabe em que país vivemos, compadre?

Felícito Yanaqué só escutava. Era verdade, não conseguia acreditar no que tinha ouvido: o Ruivo Vignolo pagando mesada para a máfia. Já o conhecia há vinte anos e sempre o considerou um sujeito muito correto. Puta merda, que mundo era esse.

— Tem certeza de que todas as companhias de transporte pagam quotas? — insistiu, procurando os olhos do amigo. — Não está exagerando?

— Se não acredita, pergunte a eles. Tanta certeza quanto de que me chamo Vignolo. Se não são todas, quase todas. Não é uma boa época para brincar de herói, amigo Felícito. O que interessa é poder trabalhar tranquilo, e que o negócio funcione. Se não há outro remédio a não ser pagar as quotas, pagam-se as quotas e pronto. Faça o mesmo que eu e não meta as mãos na fogueira, compadre. Você vai se arrepender. Não jogue fora o que construiu com tanto sacrifício. Eu não gostaria de ir à sua missa de sétimo dia.

Depois dessa conversa, Felícito ficou arrasado. Sentia tristeza, compaixão, irritação, assombro. Nem quando, na solidão da noite, na saleta de sua casa, ouvia as canções de Cecilia Barraza conseguia se distrair. Como era possível que seus colegas se deixassem intimidar daquela maneira? Não entendiam que, fazendo o que os bandidos pediam, ficavam em suas mãos e comprometiam o próprio futuro? Os chantagistas iam pedir cada vez mais, até quebrá-los. Parecia que toda Piura estava de conluio contra ele, que mesmo aqueles que o paravam na rua para lhe dar abraços e parabéns eram uns hipócritas envolvidos na conspiração para lhe tirar o que tinha construído com tantos anos de suor. "Aconteça o que acontecer, pode ficar tranquilo, pai. Seu filho não vai se deixar pisar por esses covardes nem por mais ninguém."

A fama que o anúncio no *El Tiempo* lhe trouxe alterou a vida metódica e diligente de Felícito Yanaqué, que nunca se acostumou a ser reconhecido na rua. Ele ficava coibido e não sabia como responder aos elogios e gestos de solidariedade dos passantes. Todo dia se levantava bem cedo, fazia seus exercícios de Qi Gong e chegava à Transportes Narihualá antes das oito. Estava preocupado com a redução do número de passageiros, mas entendia; depois daquele incêndio não era estranho que alguns clientes ficassem assustados, temendo que os bandidos tomassem represálias contra os veículos e resolvessem atacá-los e queimá-los na estrada. Os ônibus para Ayabaca, que subiam mais de duzentos quilômetros por uma estradinha estreita e ziguezagueante à beira dos profundos precipícios andinos, perderam quase a metade dos seus usuários. Enquanto não se resolvesse o problema com a companhia de seguros, não podiam refazer o escritório. Mas Felícito não se incomodava de trabalhar em cima da tábua e dos barris num canto do depósito. Passou horas e horas conferindo com a senhora Josefita o que havia sobrado dos livros de contabilidade, das faturas, dos contratos, dos recibos e da correspondência. Felizmente, não tinham sido destruídos muitos papéis importantes. Quem não se consolava era a secretária. Josefita tentava disfarçar, mas Felícito viu que estava tensa e contrariada por ter que trabalhar ao ar livre, sob as vistas de motoristas, mecânicos e passageiros que chegavam e partiam e das pessoas que faziam fila para despachar encomendas. Ela lhe confessou, soluçando feito uma garotinha com o rosto zangado:

— Trabalhar assim, na frente de todo mundo, me dá não sei o quê. Tenho a impressão de que estou fazendo um striptease. O senhor também, don Felícito?

— Muitos deles ficariam felizes se você fizesse um striptease, Josefita. Repare só nos galanteios que o capitão Silva lhe faz toda vez que aparece aqui.

— Eu não gosto nada das gracinhas desse policial — corou Josefita, encantada. — E muito menos dos olhares que ele me dá o senhor sabe onde, don Felícito. Será que ele é um pervertido? Andam dizendo por aí. Que o capitão só olha para essa parte das mulheres, como se também não tivéssemos outras coisas no corpo, *che guá*.

No mesmo dia em que saiu o anúncio no *El Tiempo*, Miguel e Tiburcio quiseram ter uma conversa com ele. Seus dois filhos trabalhavam como motoristas e fiscais nos ônibus, caminhões e vans da companhia. Felícito levou-os para comer um ceviche de conchas pretas e um *seco de chabelo* no restaurante do Hotel Oro Verde, em El Chipe. Havia um rádio ligado e a música os obrigava a falar em voz alta. Da sua mesa viam uma família na piscina, sob as palmeiras. Em vez de cerveja, Felícito pediu refrigerantes. Pelas caras dos filhos, desconfiou o que vinham lhe dizer. Primeiro falou o mais velho, Miguel. Forte, atlético, branco, de olhos e cabelos claros, ele sempre se vestia com certo esmero, ao contrário de Tiburcio, que raramente tirava os jeans, camisetas e tênis. Agora, por exemplo, Miguel estava usando mocassins, uma calça de veludo e uma camisa azul-clara com estampas de carros de corrida. Era um perfeito dândi, com vocação e maneiras de janota. Quando Felícito o obrigou a fazer o serviço militar, pensava que no Exército ia perder aquele jeito de filhinho do papai; mas não foi o que aconteceu, porque o rapaz saiu do quartel tal como tinha entrado. Mais uma vez na vida, o transportista pensou: "Será que é meu filho?" Miguel estava com um relógio e uma pulseirinha de couro que acariciava enquanto lhe dizia:

— Eu e Tiburcio pensamos uma coisa, pai, e também consultamos a mamãe — parecia um pouco incomodado, como sempre que lhe dirigia a palavra.

— Então quer dizer que vocês pensam — brincou Felícito. — Muito bom saber disso, é uma ótima notícia. Pode-se saber que ideia brilhante tiveram? Não vão sugerir que eu procure os xamãs de Huancabamba para falar dos chantagistas da aranhinha, espero. Porque já consultei a Adelaida e nem mesmo ela, que adivinha tudo, tem a menor ideia de quem possam ser.

— Isto é sério, pai — interveio Tiburcio. Nas veias deste, sim, corria o seu próprio sangue, sem a menor dúvida. Era

muito parecido com ele, com sua pele queimada, o cabelo liso e bem preto e o corpinho mirrado. — Não caçoe, pai, por favor. Escute. É para o seu bem.
— Tudo bem, certo, eu escuto. De que se trata, rapazes?
— Depois desse anúncio que saiu no *El Tiempo*, o senhor está correndo perigo — disse Miguel.
— Não sei se entende até que ponto, pai — acrescentou Tiburcio. — É como se tivesse amarrado uma corda no próprio pescoço.
— Já estava em perigo antes — corrigiu Felícito. — Todos nós estamos. Gertrudis e vocês também. Desde que chegou a primeira carta desses filhos da puta querendo me chantagear. Será que vocês não entendem? Essa história não é só comigo, é com toda a família. Ou por acaso não são vocês que vão herdar a Transportes Narihualá?
— Mas agora o senhor está mais exposto que antes, porque os desafiou publicamente, pai — disse Miguel. — Eles vão reagir, não podem ficar parados diante desse desafio. Vão querer se vingar, porque o senhor os fez cair no ridículo. Toda Piura está dizendo isso.
— As pessoas nos param na rua para avisar-nos — tomou a palavra Tiburcio. — "Cuidem do seu pai, rapazes, essa gente não vai perdoar esse desplante." Vêm nos dizer isso nas ruas e nas praças.
— Quer dizer, agora sou eu que os provoco, coitadinhos — interrompeu Felícito, indignado. — Ameaçam, queimam o meu escritório, e o provocador sou eu porque digo a eles que não vou aceitar a chantagem como os covardes dos meus colegas.
— Não estamos criticando o senhor, pai, ao contrário — insistiu Miguel. — Nós o apoiamos, estamos orgulhosos desse anúncio que saiu no *El Tiempo*. O senhor colocou o nome da família lá em cima.
— Mas não queremos que o matem, entenda isso, por favor — apoiou Tiburcio. — Seria prudente contratar um guarda-costas. Nós já averiguamos, há uma companhia muito séria. Presta serviços a todos os figurões de Piura. Banqueiros, agricultores, mineradores. E não sai tão caro, olhe aqui as tarifas.
— Um guarda-costas? — Felícito começou a rir, com um risinho forçado e zombeteiro. — Um cara para me seguir

como a minha própria sombra com sua pistolinha no bolso? Se eu contratasse um segurança, seria um ponto a favor dos ladrões. Vocês têm miolos na cabeça, ou é serragem? Seria como confessar que estou com medo, que gasto meu dinheiro nisso porque eles me deixaram assustado. Seria como pagar a quota que me pedem. Não se fala mais nisso. Comam, comam, o *seco de chabelo* está esfriando. E vamos mudar de assunto.

— Mas, pai, é para o seu bem — ainda tentou convencê-lo Miguel. — Para não lhe acontecer nada de mau. Escute o que estamos lhe dizendo, somos seus filhos.

— Nem mais uma palavra sobre este assunto — ordenou Felícito. — Se acontecer alguma coisa comigo, vocês vão assumir o comando da Transportes Narihualá e podem fazer o que quiserem. Podem até contratar um guarda-costas, se lhes der na telha. Mas eu não faço isso nem morto.

Viu que os filhos abaixavam as cabeças e, desanimados, começavam a comer. Ambos sempre foram bastante dóceis, mesmo na adolescência, quando os garotos costumam se rebelar contra a autoridade paterna. Não se lembrava de muitas dores de cabeça com eles, só uma ou outra molecagem sem maiores consequências. Como o acidente de Miguel, que matou um lavrador na estrada de Catacaos quando estava aprendendo a dirigir e o burrinho cruzou no seu caminho. Continuavam bastante obedientes até hoje, apesar de já serem homens-feitos. Mesmo quando ele mandou Miguel se apresentar como voluntário por um ano ao Exército para amadurecer, este obedeceu sem dizer nada. E faziam bem seus trabalhos, a verdade seja dita. Nunca foi muito duro com eles, mas também nunca foi desses pais que paparicam e estragam os filhos e os transformam em vagabundos ou veados. Procurou prepará-los para enfrentar os percalços da vida e tocar a empresa com eficiência quando ele não pudesse mais estar à frente. Fez com que terminassem o colégio, aprendessem mecânica, tirassem carteira de motorista de ônibus e caminhão. E ambos trabalharam, na Transportes Narihualá, em todos os ofícios: vigias, varredores, assistentes de cobrador, ajudantes de motorista, inspetores, motoristas etc., etc. Já podia morrer tranquilo, estavam preparados para substituí-lo. E os dois se davam bem, eram muito unidos, felizmente.

— Pois eu não tenho medo desses filhos da puta — exclamou de repente, batendo na mesa. Seus filhos pararam de comer. — O pior que eles podem fazer é me matar. Mas também não tenho medo de morrer. Vivi cinquenta e cinco anos, e é o bastante. Fico tranquilo sabendo que a Transportes Narihualá vai ficar em boas mãos quando eu for reencontrar o meu pai.

Viu que os dois rapazes tentavam sorrir, mas achou-os perturbados e nervosos.

— Não queremos que o senhor morra, pai — murmurou Miguel.

— Se eles lhe fizerem alguma coisa, vão pagar muito caro — afirmou Tiburcio.

— Não acredito que se atrevam a me matar — tranquilizou-os Felícito. — São ladrões e chantagistas, não passam disso. Para assassinar é preciso mais colhões que para enviar cartas com desenhos de aranhinhas.

— Pelo menos compre um revólver e ande armado, pai — voltou a insistir Tiburcio. — Para se defender em caso de necessidade.

— Vou pensar nisso, veremos — negociou Felícito. — Agora quero que me prometam que, quando eu não estiver mais neste mundo e a Transportes Narihualá ficar nas suas mãos, vocês nunca vão aceitar chantagens desses filhos da puta.

Viu os seus filhos trocarem um olhar entre surpreso e alarmado.

— Jurem por Deus, agora mesmo — pediu. — Quero ficar tranquilo quanto a isso, caso me aconteça alguma coisa.

Ambos assentiram e, fazendo o sinal da cruz, murmuraram: "Juramos por Deus, pai."

Passaram o resto do almoço falando de outras coisas. Uma velha ideia começou a rondar a cabeça de Felícito. Desde que os dois tinham ido morar sozinhos, ele sabia muito pouco do que Tiburcio e Miguel faziam quando não estavam trabalhando. Não moravam juntos. O mais velho se hospedava numa pensão no distrito de Miraflores, um bairro de branquinhos, naturalmente, e Tiburcio dividia com um amigo um apartamento em Castilla, perto do novo estádio. Tinham namoradas, amantes? Eram farristas, jogadores? Bebiam com os amigos nas noites de sábado? Frequentavam cantinas, *chicherías*, iam a puteiros?

Como empregariam o tempo livre? Nos domingos em que vinham almoçar na casa da rua Arequipa, não contavam muito das suas vidas particulares, e nem ele nem Gertrudis faziam perguntas. Talvez precisasse conversar com eles um dia desses e se informar um pouco sobre as vidas pessoais dos rapazes.

O pior nesse período foram as entrevistas que teve que dar sobre o anúncio no *El Tiempo*. Para várias rádios locais, para repórteres dos jornais *Correo* e *La República* e para o correspondente em Piura do *RPP Notícias*. As perguntas dos jornalistas o deixavam tenso; suas mãos ficavam úmidas, sentia umas cobrinhas subindo pelas costas. Sempre respondia fazendo longas pausas, procurando as palavras, negando com firmeza que fosse um herói civil ou um exemplo para alguém. Nada disso, que ideia, ele só estava seguindo a filosofia do seu pai que de herança lhe havia deixado este conselho: "Nunca se deixe pisar por ninguém, filhinho." Todos sorriam, e alguns o olhavam com cara de fanfarrões. Ele não se importava. Fazendo das tripas coração, continuou. Era um homem de trabalho, nada mais. Tinha nascido pobre, muito pobre, pertinho de Chulucanas, em Yapatera, e tudo o que possuía ele ganhara com seu trabalho. Pagava todos os impostos, cumpria as leis. Por que iria deixar que uns marginais tirassem o que era seu fazendo ameaças sem sequer mostrar a cara? Se ninguém cedesse às chantagens, não haveria mais chantagistas.

Também não gostava de receber honrarias, suava frio quando tinha que fazer discursos. Claro que, no fundo, se orgulhava e pensava como ficaria feliz seu pai, o arrendatário Aliño Yanaqué, se visse a medalha de Cidadão Exemplar que o Rotary Clube pôs no seu peito, num almoço no Centro Piurano a que compareceram o delegado, o prefeito e o bispo de Piura. Mas, quando ele teve que ir ao microfone agradecer, sua língua deu um nó e sua voz sumiu. Aconteceu o mesmo quando a Sociedade Cívico-Cultural-Esportiva Enrique López Albújar o escolheu como Piurano do Ano.

Nesses mesmos dias chegou à sua casa na rua Arequipa uma carta do Clube Grau, assinada pelo seu presidente, o distinto químico-farmacêutico doutor Garabito León Seminario. Vinha lhe comunicar que a diretoria tinha aceitado por unanimidade seu pedido de ingresso na instituição como sócio.

Felícito não podia acreditar nos próprios olhos. Tinha enviado a solicitação dois ou três anos antes e, como nunca responderam, pensou que foi recusado por não ser branquinho, como se consideravam aqueles senhores que iam ao Clube Grau jogar tênis, pingue-pongue, sapo, generala, tomar banho na piscina e dançar nos bailes de sábado com as melhores orquestras da Piura. Tomou coragem de encaminhar o pedido quando viu Cecilia Barraza, a artista *criolla* que mais admirava, cantar numa festa do Clube Grau. Ele estava com Mabel, e ficaram na mesa do Ruivo Vignolo, que era sócio. Se lhe perguntassem qual foi o dia mais feliz da sua vida, Felícito Yanaqué escolheria aquela noite.

Cecilia Barraza já era o seu amor secreto antes mesmo de vê-la em fotografia ou em pessoa. Ele se apaixonou quando ouviu sua voz. Não contou nada a ninguém, era uma coisa íntima. Estava no La Reina, um restaurante que existia na esquina do malecón Eguiguren com a avenida Sánchez Cerro, onde, no primeiro sábado de cada mês, a diretoria da Associação de Motoristas Interprovinciais de Piura, à qual ele pertencia, se reunia para almoçar. Estavam brindando com um copinho de *algarrobina* quando, de repente, ouviu no rádio do local uma de suas valsas preferidas, *Alma, corazón y vida*, cantada com mais graça, emoção e sinceridade do que já tinha ouvido até então. Nem Jesus Vásquez, nem Los Morochucos, nem Lucha Reyes, nem qualquer cantor *criollo* que conhecia interpretava aquela linda valsa com tanto sentimento, graça e malícia como aquela cantora que ouvia pela primeira vez. Ela imprimia tanta verdade e harmonia, tanta delicadeza e ternura a cada palavra, a cada sílaba, que dava vontade de dançar e até de chorar. Perguntou o nome da artista e lhe disseram: Cecilia Barraza. Ouvindo a voz daquela garota sentiu que entendia perfeitamente, pela primeira vez, muitas palavras das valsas *criollas* que antes lhe pareciam misteriosas e incompreensíveis como arpejos, presságios, arroubo, cadência, desejo, fímbria:

Alma para conquistarte
corazón para quererte
y vida para vivirla
¡junto a ti!

Sentiu-se conquistado, comovido, enfeitiçado, amado. A partir desse dia, à noite, antes de dormir, ou ao amanhecer, antes de se levantar, às vezes se imaginava vivendo entre arpejos, cadências, presságios e arroubos ao lado dessa cantora chamada Cecilia Barraza. Sem dizer nada a ninguém, e muito menos a Mabel, claro, vivia platonicamente enlevado por aquele rostinho risonho, com uns olhos tão expressivos e um sorriso tão sedutor. Havia reunido uma boa coleção de fotos dela tiradas de jornais e revistas, que trancava zelosamente numa gaveta da escrivaninha. O incêndio deu cabo dessas fotos, mas não da coleção de discos de Cecilia Barraza que dividira entre sua casa na rua Arequipa e a de Mabel, em Castilla. Acreditava ter todos os discos gravados por essa artista que, em sua modesta opinião, tinha elevado a novos patamares a música *criolla*, as valsas, as *marineras*, os *tonderos*, os *pregones*. Ouvia esses CDs quase diariamente, em geral à noite, depois do jantar, quando Gertrudis ia dormir, na saleta onde ficavam a televisão e o aparelho de som. A música fazia sua imaginação voar; às vezes se emocionava tanto que seus olhos ficavam úmidos com aquela vozinha tão doce e acariciante que impregnava a noite. Por isso, quando ficou sabendo que ela viria a Piura para cantar no Clube Grau e o espetáculo seria aberto ao público, foi um dos primeiros a comprar ingresso. Convidou Mabel, e o Ruivo Vignoli os levou para a sua mesa, onde, antes do espetáculo, fizeram uma opípara refeição com vinho branco e tinto. Ver a cantora em pessoa, ainda que não fosse de muito perto, deixou Felícito em estado de transe. Achou-a mais bonita, graciosa e elegante que nas fotos. Aplaudia cada canção com tanto entusiasmo que Mabel disse a Vignolo, apontando em sua direção: "Olhe só, Ruivo, como ficou o nosso velhinho gagá."

— Não seja maliciosa, Mabelita — disfarçou ele —, o que estou aplaudindo é a arte de Cecilia Barraza, só a arte.

A terceira carta com a aranhinha chegou bastante depois da segunda, quando Felícito já se perguntava se, após o incêndio, o anúncio no *El Tiempo* e o alvoroço que tudo isso provocara, os mafiosos, assustados, não teriam se resignado a deixá-lo em paz. Já haviam passado três semanas desde o dia do incêndio, e a pendência com a companhia de seguros ainda não estava resolvida, quando certa manhã, no escritório improvisado da garagem, a senhora Josefita, que estava abrindo a correspondência, exclamou:

— Que estranho, don Felícito, uma carta sem remetente.

O transportista puxou-a das suas mãos. Era o que temia.

    Estimado senhor Yanaqué:
    Folgamos em saber que agora o senhor é um homem popular e respeitado em nossa querida cidade de Piura. Fazemos votos de que essa popularidade traga benefícios para a Transportes Narihualá, principalmente depois do contratempo que a empresa sofreu devido à sua teimosia. Seria melhor para o senhor aceitar as lições da realidade e ser pragmático, em vez de se obstinar como uma mula. Não nos agradaria que tivesse que sofrer outro desgosto, mais grave que o anterior. É por isso que lhe sugerimos que seja flexível e atenda as nossas solicitações.
    Como toda Piura, nós tomamos conhecimento do anúncio que o senhor publicou no *El Tiempo*. Não lhe guardamos rancor. E mais, consideramos que publicou esse anúncio por um arrebato temperamental em função do incêndio que destruiu seu escritório. Nós já esquecemos o caso, esqueça também e vamos recomeçar de zero.
    Estamos lhe dando um prazo de duas semanas — quatorze dias contando a partir de hoje — para pensar melhor, entender a situação, e depois vamos resolver este assunto. Do contrário, aguarde as consequências. Elas serão mais graves que aquelas que o senhor sofreu até agora. Para bom entendedor meia palavra basta, como diz o ditado, senhor Yanaqué.
    Deus o proteja.

A carta, dessa vez, estava escrita à máquina, mas a assinatura era o mesmo desenho em tinta azul das duas anteriores: uma aranhinha com cinco patas longas e um ponto no centro que representava a cabeça.

— O senhor está passando mal, don Felícito? Não me diga que é outra cartinha daquelas — insistiu a secretária.

Ele tinha abaixado os braços e se escarranchado na cadeira, muito pálido, com os olhos fixos no pedaço de papel. Afinal, fez que sim e levou o dedo à boca, pedindo-lhe que ficasse em silêncio. As pessoas que passavam por ali não precisavam saber. Pediu um copo de água e bebeu devagar, fazendo um esforço para controlar a agitação que o dominava. Com o coração agitado, ele respirava com dificuldade. Claro que esses canalhas não iam desistir, claro que continuavam com a sua ladainha. Mas estavam muito enganados se pensavam que Felícito Yanaqué daria o braço a torcer. Sentia cólera, ódio, uma raiva que o fazia tremer. Provavelmente Miguel e Tiburcio tivessem razão. Não em relação ao guarda-costas, é claro, ele nunca desperdiçaria seu dinheirinho nisso. Mas quanto ao revólver, talvez sim. Nada lhe daria mais prazer na vida, se tivessem esses merdas ao seu alcance, que liquidá-los. Crivá-los de balas e até cuspir sobre seus cadáveres.

Quando se acalmou um pouco, seguiu a toda pressa para a delegacia, mas nem o capitão Silva nem o sargento Lituma estavam lá. Tinham ido almoçar e voltariam por volta das quatro da tarde. Sentou-se num bar da avenida Sánchez Cerro e pediu um refrigerante bem gelado. Duas senhoras se aproximaram dele para lhe dar a mão. Ambas o admiravam, ele era um modelo e uma inspiração para todos os piuranos. Na despedida o abençoaram. Agradeceu com um sorrisinho. "Na verdade, agora eu não me sinto um herói nem nada parecido", pensava. "Um panaca, na verdade. Um bobalhão completo, isso é o que eu sou. Eles me sacaneando como bem entendem e eu sem dar um passo para sair dessa encrenca."

Estava voltando lentamente para o escritório pelas calçadas altas da avenida, entre ruidosos mototáxis, ciclistas e pedestres, quando, em meio a todo o seu desânimo, sentiu uma vontade súbita, enorme, de ver Mabel. Ver, conversar com ela, talvez sentir que pouco a pouco lhe vinha uma vontade, uma turbação que o deixaria tonto por alguns instantes e o faria esquecer o incêndio, os problemas com o seguro que o doutor Castro Pozo tentava acertar, a última carta com a aranhinha. E, talvez, depois de gozar, poderia dormir um pouquinho, sossegado e feliz. Pelo que ele se lembrava, naqueles oito anos nunca tinha aparecido de sopetão e ao meio-dia na casa de Mabel, era sempre ao anoitecer e nos dias combinados previamente. Mas agora estavam vivendo tempos extraordinários e ele podia infringir o hábito. Sentia-se cansado, calorento e, em vez de ir a pé, pegou um táxi. Quando já estava saltando, em Castilla, viu Mabel na porta da sua casa. De saída ou de regresso? Ficou olhando para ele, muito surpresa.

— Você por aqui? — disse à guisa de cumprimento. — Hoje? A estas horas?

— Não quero incomodar — desculpou-se Felícito. — Se você tiver algum compromisso, eu vou embora.

— Tenho, mas posso cancelar — sorriu Mabel, recuperando-se da surpresa. — Entre, entre. Espere um pouquinho, eu me ajeito e já volto.

Felícito notou que, apesar das palavras gentis, ela parecia contrariada. Tinha chegado num mau momento. Ia fazer compras, talvez. Não, não. Ia encontrar uma amiga para passear um pouco e almoçar juntas. Ou, quem sabe, havia um homem à sua espera, jovem como ela, de quem ela gostasse e com quem talvez se encontrasse às escondidas. Teve um ataque de ciúmes imaginando que Mabel ia se encontrar com um amante. Um homem que a despiria e a faria gritar. Tinha frustrado o plano deles. Sentiu uma maré de desejo, cócegas na virilha, um sinal de ereção. Puxa, depois de tantos dias. Mabel estava bonita nessa manhã, com um vestidinho branco que deixava os braços e os ombros de fora, uns sapatos bordados de salto agulha, muito bem penteada, os olhos e os lábios pintados. Teria um caso? Já tinha entrado na casa, tirou o paletó e a gravata. Quando Mabel voltou, estava lendo mais uma vez a carta da aranhinha. A contrariedade já havia passado. Agora, ela estava risonha e carinhosa como sempre era com ele.

— É que recebi outra carta esta manhã — explicou Felícito, entregando-a. — Tive um grande desgosto. E, de repente, senti vontade de ver você. É por isso que estou aqui, amor. Desculpe por aparecer assim, sem avisar. Espero não estar atrapalhando nenhum plano.

— A casa é sua, velho — Mabel sorriu outra vez. — Pode vir aqui quando quiser. Não atrapalhou nenhum plano. Eu estava indo à farmácia comprar uns remédios.

Pegou a carta, sentou-se ao lado dele e, à medida que ia lendo, sua expressão foi se amargurando. Uma nuvenzinha embaçou seus olhos.

— Ou seja, esses malditos não sossegam — exclamou, muito séria. — O que você vai fazer agora?

— Fui à delegacia mas os tiras não estavam. Voltarei à tarde. Nem sei para quê, aqueles dois paspalhões não fazem nada. Ficam me enrolando, é só o que sabem fazer. Enrolar com conversa fiada.

— Então você veio aqui para ser um pouquinho mimado — Mabel tentou animá-lo, sorrindo. — Não é isso, meu velho? Passou a mão em seu rosto e ele a segurou e a beijou.

— Vamos para o quarto, Mabelita — sussurrou-lhe no ouvido. — Estou com muita vontade de você, agora mesmo.

— Nossa, por essa sim é que eu não esperava — tornou a rir ela, fingindo-se escandalizada. — A estas horas? Não estou reconhecendo você, velho.

— Pois é — disse ele, abraçando-a e beijando-a no pescoço, aspirando-a. — Como você cheira bem, amorzinho. Eu devo estar mudando, rejuvenescendo, *che guá*.

Foram para o quarto, tiraram a roupa e fizeram amor. Felícito estava tão excitado que teve um orgasmo assim que a penetrou. Ficou abraçado a ela, acariciando-a em silêncio, brincando com seus cabelos, beijando-a no pescoço e no corpo, mordiscando seus mamilos, fazendo-lhe cócegas, tocando-a.

— Que carinhoso, velho — Mabel o segurou pelas orelhas, olhando-o nos olhos bem de perto. — Qualquer dia destes vai me dizer que me ama.

— Por acaso já não lhe disse muitas vezes, boboca?

— Disse quando estava excitado e assim não vale — criticou Mabel, brincando. — Mas nunca fala isso antes nem depois.

— Pois então digo agora, que já não estou mais tão excitado. Amo muito você, Mabelita. Você é a única mulher que amei de verdade.

— Mais que Cecilia Barraza?

— Ela é apenas um sonho, é o meu conto de fadas — disse Felícito, rindo. — Você é meu único amor na realidade.

— Vou cobrar sua palavra, velho — e o despenteou com a mão, morrendo de rir.

Conversaram por um bom tempo, ainda deitados na cama, e depois Felícito se levantou e foi se lavar e se vestir. Voltou para a

Transportes Narihualá e lá ficou boa parte da tarde atarefado com os assuntos do trabalho. Ao sair, passou pela delegacia de novo. O capitão e o sargento já estavam de volta e o receberam no escritório do primeiro. Sem dizer uma palavra, entregou-lhes a terceira carta com a aranhinha. O capitão Silva leu-a em voz alta, articulando cada palavra, diante do olhar atento do sargento Lituma que o escutava manuseando um caderno com as suas mãos gordinhas.

— Bem, as coisas seguem o curso previsível — afirmou o capitão Silva, quando terminou de ler. Parecia muito satisfeito por ter previsto tudo o que estava acontecendo. — Não dão o braço a torcer, como era de se esperar. Essa persistência vai ser a ruína deles, eu já disse.

— Eu devia ficar muito alegre, então? — perguntou Felícito, sarcástico. — Não satisfeitos em queimar meu escritório, eles continuam mandando cartas anônimas e agora me dão um ultimato de duas semanas, ameaçando algo pior que o incêndio. Venho aqui e o senhor me diz que as coisas estão seguindo o curso previsível. Na verdade, vocês não avançaram um milímetro na investigação enquanto esses filhos da puta fazem comigo o que bem entendem.

— Quem disse que não avançamos? — protestou o capitão Silva, gesticulando e levantando a voz. — Nós progredimos bastante. Por ora, já descartamos que sejam de algum dos três bandos conhecidos de Piura que pedem quotas aos comerciantes. Além disso, o sargento Lituma encontrou uma coisa que pode ser uma boa pista.

Disse isto de um jeito que fez Felícito acreditar, apesar do seu ceticismo.

— Uma pista? De verdade? Onde? Qual?

— Ainda é cedo para dizer. Mas já é alguma coisa. Assim que houver algo mais concreto nós lhe informaremos. Pode acreditar em mim, senhor Yanaqué. Estamos entregues ao seu caso de corpo e alma. Dedicamos mais tempo a ele que a todos os outros. O senhor é a nossa primeira prioridade.

Felícito contou que seus filhos, preocupados, sugeriram que contratasse um guarda-costas e que ele se recusou. Também sugeriram que comprasse um revólver. O que eles achavam?

— Não lhe aconselho — respondeu o capitão Silva, imediatamente. — Só se deve andar com uma arma quando se está disposto a usá-la, e o senhor não me parece uma pessoa capaz de matar ninguém. Seria se expor inutilmente, senhor Yanaqué. Enfim, é o senhor quem sabe. Se, apesar do meu conselho, quiser uma autorização para porte de armas, nós podemos facilitar o processo. Leva algum tempo, vou logo avisando. O senhor vai ter que passar por um exame psicológico. Enfim, pense bem no caso.

Felícito chegou em casa quando já estava escuro, com os grilos cantando e os sapos coaxando no quintal. Jantou logo depois, uma canja de galinha, uma salada e uma gelatina que Saturnina lhe serviu. Quando já ia para a saleta ver as notícias na televisão aproximou-se dele a forma calada e semovente que era Gertrudis. Tinha um jornal na mão.

— A cidade inteira está falando desse anúncio que você publicou no *El Tiempo* — disse sua mulher, sentando-se numa poltrona ao lado da sua. — Até o padre, na missa desta manhã, falou do anúncio no sermão. Toda Piura leu. Menos eu.

— Eu não queria que você ficasse preocupada, por isso não lhe disse nada — desculpou-se Felícito. — Mas, está aí. Por que não leu, então?

Notou que ela se mexia no assento, incômoda, desviando a vista.

— Esqueci — ouviu-a dizer, entre os dentes. — Como nunca leio nada por causa da minha vista, quase não entendo mais o que leio. As letras ficam dançando.

— Então você precisa ir ao oculista examinar sua vista — advertiu ele. — Como é possível que você tenha esquecido de ler, não acredito que isso possa acontecer com alguém, Gertrudis.

— Pois está acontecendo comigo — disse ela. — Sim, um dia destes vou ao oculista. Mas você não pode me ler o que saiu no *El Tiempo*? Pedi a Saturnina, mas ela também não sabe ler.

Entregou-lhe o jornal e, depois de colocar os óculos, Felícito leu:

Senhores chantagistas da aranhinha:
Apesar de terem incendiado o escritório da Transportes Narihualá, empresa que criei com o honesto esforço de toda uma vida, venho

comunicar-lhes publicamente que nunca pagarei a quantia que estão pedindo para me dar proteção. Prefiro que me matem antes disso. Não vão receber de mim um único centavo, porque eu acho que as pessoas honestas, trabalhadoras e decentes não devem ter medo de bandidos e ladrões como vocês, e sim enfrentá-los com determinação até mandá-los para a cadeia, onde merecem estar.

Digo e assino:
Felícito Yanaqué
(não tenho sobrenome materno).

O vulto feminino ficou algum tempo imóvel, ruminando o que tinha ouvido. Por fim, murmurou:

— Então é verdade o que o padre falou no sermão. Você é um homem valente, Felícito. Que o Senhor Cativo tenha compaixão de nós. Se sairmos desta, eu vou rezar na festa dele em Ayabaca, no dia 12 de outubro.

VI

— Esta noite não vai haver história, Rigoberto — disse Lucrecia, quando se deitaram e apagaram a luz. A voz da sua esposa estava cheia de preocupação.

— Eu também não estou em clima de fantasias esta noite, meu amor.

— Afinal teve notícias deles?

Rigoberto assentiu. Já eram sete dias desde o casamento de Ismael e Armida, e ele e Lucrecia tinham passado a semana inteira aflitos, esperando a reação das hienas. Mas o tempo transcorria, e nada. Até que, dois dias antes, o advogado de Ismael, o doutor Claudio Arnillas, telefonou para lhe avisar. Os gêmeos tinham descoberto que o casamento civil fora realizado na prefeitura de Chorrillos e portanto sabiam que ele era uma das testemunhas. Devia ficar preparado, iam telefonar para ele a qualquer momento.

Ligaram algumas horas depois.

— Miki e Escovinha me pediram um encontro e eu tive que aceitar, o que podia fazer? — disse. — Eles vêm amanhã. Não lhe contei antes para não estragar o seu dia, Lucrecia. Vamos ter um problemão. Espero sair dessa com todos os ossos inteiros, pelo menos.

— Sabe de uma coisa, Rigoberto? Não estou tão preocupada com eles, nós já sabíamos que isso ia acontecer. Já estávamos esperando, não é mesmo? Vamos ter que enfrentar uma baita encrenca, que remédio — e sua esposa mudou de assunto. — O casamento de Ismael e o chilique dos dois bandidos não me interessam nem um pouquinho agora. O que me preocupa mesmo, o que tira o meu sono, é Fonchito.

— Aquele camarada outra vez? — alarmou-se Rigoberto. — Voltaram as aparições?

— Nunca pararam, meu filho — lembrou Lucrecia, com a voz trêmula. — O que está acontecendo, na minha opinião, é que o garoto está desconfiado de nós e não nos conta mais as coisas. Isso é o que mais me preocupa. Você não viu como está o coitadinho? Triste, aéreo, fechado em si mesmo. Antes ele nos contava tudo, mas agora acho que guarda as coisas para si. E, talvez por isso mesmo, está sendo devorado pela angústia. Não percebe? De tanto pensar nas hienas, você nem notou como o seu filho mudou nestes últimos meses. Se não tomarmos alguma atitude logo, pode acontecer alguma coisa com ele, e então vamos nos arrepender o resto da vida. Você não entende?

— Entendo perfeitamente — Rigoberto se moveu sob os lençóis. — O problema é que não sei o que mais podemos fazer. Se você sabe, diga logo e fazemos. Eu não sei o que mais. Já o levamos à melhor psicóloga de Lima, já falei com os professores, todo dia eu tento conversar com ele e reconquistar sua confiança. Diga o que mais quer que eu faça e farei. Estou tão agoniado quanto você por causa do Fonchito, Lucrecia. Acha que não me importo com meu filho?

— Eu sei, eu sei — assentiu ela. — Mas pensei que, talvez, enfim, sei lá, não ria, fiquei tão aturdida com o que está acontecendo com ele que, enfim, bem, é uma ideia, uma simples ideia.

— Diga em que você pensou e fazemos, Lucrecia. Eu faço o que quer que seja, juro.

— Por que não fala com seu amigo, o padre O'Donovan. Enfim, não ria de mim, sei lá.

— Você quer que vá falar com um padre sobre este assunto? — surpreendeu-se Rigoberto. E deu um risinho. — Para quê? Para exorcizar Fonchito? Você levou a sério a brincadeira do diabo?

Aquilo tinha começado fazia muitos meses, talvez um ano antes, da maneira mais corriqueira possível. Num almoço de fim de semana, Fonchito, como quem não quer nada e como se não tivesse a menor importância, de repente contou ao pai e à madrasta o primeiro encontro que teve com o tal personagem.

— Eu sei qual é o seu nome — disse o tal senhor, sorrindo com amabilidade na mesa ao lado. — Você se chama Luzbel.

O menino ficou olhando com surpresa para ele, sem saber o que dizer. Estava bebendo uma Inca Kola do gargalo da garrafa, com sua mochila do colégio nos joelhos e só agora notava a presença daquele homem no boteco solitário do Parque de Barranco, não longe da sua casa. Era um cavalheiro de têmporas prateadas, olhos risonhos, muito magro, vestido com modéstia mas muita correção. Estava usando um pulôver roxo com rombos brancos, sob um paletó cinza. E tomava uma xícara de café aos golinhos.

— Eu proibi terminantemente que você fale com desconhecidos na rua, Fonchito — rememorou don Rigoberto. — Já esqueceu?

— Meu nome é Alfonso, não é Luzbel — respondeu ele.
— Meus amigos me chamam de Foncho.

— Seu pai diz isso pelo seu bem, pequenino — interveio a madrasta. — Nunca se sabe quem são esses homens que ficam puxando conversa com os escolares na porta dos colégios.

— Se não vendem drogas, são sequestradores ou pedófilos. Portanto, muito cuidado.

— Pois deveria se chamar Luzbel — sorriu o cavalheiro. Sua voz lenta e educada pronunciava cada palavra com a correção de um professor de gramática. Seu rosto comprido e ossudo parecia recém-barbeado. Tinha uns dedos compridos, com as unhas aparadas. "Juro que parecia uma pessoa muito direita, papai." — Você sabe o que quer dizer Luzbel?

Fonchito negou com a cabeça. "Luzbel, foi isso mesmo que ele disse?", interessou-se don Rigoberto. "Você falou Luzbel?"

— Aquele que leva a luz, o portador da luz — explicou o homem, calmamente. "Ele falava como em câmara lenta, papai."

— É uma forma de dizer que você é um jovem muito bonito. Quando crescer, todas as garotas de Lima vão ficar loucas por você. Não lhe ensinaram no colégio quem foi Luzbel?

— Já vi tudo, dá para imaginar perfeitamente o que ele estava querendo — murmurou Rigoberto, prestando agora muita atenção no que o filho dizia.

Fonchito voltou a negar com a cabeça.

— Eu sabia que precisava ir embora o quanto antes, lembro direitinho quantas vezes você me disse que não devo falar com desconhecidos como esse homem que queria puxar conversa, papai — explicou, gesticulando. Mas, mas, é como eu disse, tinha alguma coisa nele, no seu jeito, no seu modo de falar, que não parecia má pessoa. Além do mais, atiçou a minha curiosidade. Lá no Markham, que eu me lembre, nunca nos falaram de Luzbel.

— Era o mais belo dos arcanjos, o preferido de Deus lá em cima — ele não estava brincando, falava muito sério, com um esboço de sorrisinho benévolo em seu rosto bem barbeado; apontando para o céu. — Mas Luzbel, como sabia que era bonito, tornou-se vaidoso, cometeu o pecado da soberba. Sentiu-se igual a Deus, nada mais, nada menos. Imagine só. Então Ele o castigou e, de anjo da luz, passou a ser o príncipe das trevas. Foi assim que tudo começou. A história, o surgimento do tempo e do mal, a vida humana.

— Ele não parecia um padre, papai, nem um desses missionários evangélicos que vão de casa em casa distribuindo revistas religiosas. Eu lhe perguntei: "O senhor é padre, moço?" "Não, não, que padre que nada, Fonchito, não sei como lhe passou pela cabeça uma coisa assim." E começou a rir.

— Foi uma imprudência muito grande conversar com ele, vai ver que seguiu você até aqui — ralhou dona Lucrecia, acariciando-lhe a testa. — Nunca mais, nunca mais. Prometa, pequenino.

— Tenho que ir embora, senhor — disse Fonchito, levantando-se. — Estão me esperando em casa.

O cavalheiro não tentou retê-lo. À guisa de despedida sorriu-lhe de uma forma mais aberta, fazendo uma pequena vênia e dando adeus com a mão.

— Você sabe perfeitamente o que era, não sabe? — repetiu Rigoberto. — Já tem quinze anos e está informado sobre essas coisas, não é? Um pervertido. Um pedófilo. Imagino que você entende o que isto significa, não preciso nem explicar. Estava assediando você, é claro. Lucrecia tem razão. Você fez muito mal em responder. Devia ter se levantado e saído de lá assim que ele falou.

— Não parecia bicha, papai — Fonchito tranquilizou-o. Juro. — Os veados que andam atrás de meninos eu reconheço na hora, pela maneira como olham. Antes até de abrirem a boca, palavra. E porque eles sempre tentam me tocar. Com esse era justamente o contrário, um homem muito educado, muito fino. Não parecia ter más intenções, mesmo.

— Esses são os piores, Fonchito — disse dona Lucrecia, francamente alarmada. — Os santinhos, os que não parecem mas são.

— Escute, papai — mudou de assunto Fonchito. — Essa história do arcanjo Luzbel que o homem me contou é verdade?

— Bem, isso diz a Bíblia — hesitou don Rigoberto. — É verdade para os crentes, em todo caso. Incrível que no Colégio Markham não façam vocês lerem a Bíblia, pelo menos como cultura geral. Mas não vamos fugir do assunto. Repito mais uma vez, filhinho. É terminantemente proibido aceitar qualquer coisa de desconhecidos. Nem convites, nem conversas, nem nada. Você entende isto, certo? Ou prefere que eu proíba todas as suas saídas de uma vez?

— Já estou grande demais para isso, papai. Tenho quinze anos, por favor.

— Sim, já está quase na idade de Matusalém — riu dona Lucrecia. Mas, logo a seguir, Rigoberto ouviu-a suspirar na escuridão. — Se nós soubéssemos aonde essa história ia levar. Que pesadelo, meu Deus. Já está durando quase um ano, calculo.

— Um ano, ou talvez mais um pouquinho, amor.

Rigoberto se esqueceu logo desse episódio do desconhecido que falou com Fonchito sobre Luzbel no boteco do Parque de Barranco. Mas começou a se lembrar e a se preocupar uma semana depois, quando, segundo seu filho, depois de um jogo de futebol no Colégio San Agustín, aquele cavalheiro voltou a aparecer.

— Eu tinha acabado de tomar banho no vestiário do San Agustín, estava indo me encontrar com o Chato Pezzuolo para voltarmos no ônibus de Barranco. E, acredite se quiser, lá estava ele, papai. Era o mesmo homem, ele.

— Olá, Luzbel — cumprimentou o cavalheiro, com o mesmo sorriso afetuoso da outra vez. — Lembra de mim?

Estava sentado no vestíbulo que separava a quadra de esportes de futebol da porta de saída do Colégio San Agustín. Atrás dele se via a espessa torrente de carros, caminhonetes e ônibus que avançava pela avenida Javier Prado. Alguns já estavam com os faróis acesos.

— Sim, lembro sim — disse Fonchito, levantando-se. E, num tom categórico, enfrentou-o: — Meu pai me proibiu de falar com desconhecidos, desculpe.

— Rigoberto faz muito bem — disse o homem, balançando a cabeça. Vestia o mesmo terno cinza da outra vez, mas o pulôver roxo era outro, sem rombos brancos. — Lima está cheia de gente ruim. Tem pervertidos e degenerados em toda parte. E garotos bonitos como você são os alvos preferidos.

Don Rigoberto arregalou os olhos:

— Falou o meu nome? Disse que me conhecia?

— O senhor conhece o meu pai, moço?

— E também conheci a Eloísa, sua mãe — assentiu o cavalheiro, com o rosto muito sério. — E conheço Lucrecia, sua madrasta. Não posso dizer que nós sejamos amigos, porque nos vimos muito pouco. Mas os dois me caíram muito bem e, desde que os vi pela primeira vez, achei que formavam um casal magnífico. É bom saber que eles cuidam muito de você e se preocupam. Um garoto tão bonito não está nada seguro nesta Sodoma e Gomorra que é Lima.

— Você pode me dizer o que é Sodoma e Gomorra, papai? — perguntou Fonchito, e Rigoberto notou em seus olhos uma luzinha maliciosa.

— Duas cidades antigas, muito corrompidas, que, por isso mesmo, Deus arrasou — respondeu, caviloso. — É nisso que os fiéis acreditam, pelo menos. Você tem que ler um pouco a Bíblia, filhinho. Como cultura geral. O Novo Testamento, pelo menos. O mundo em que vivemos está repleto de referências bíblicas, e se você não as percebe vai viver na confusão e numa ignorância total. Por exemplo, não vai entender nada de arte clássica, de história antiga. Tem certeza de que esse sujeito disse que conhecia a Lucrecia e a mim?

— E que também conheceu a minha mãe — ampliou Fonchito. — Até me disse o nome dela: Eloísa. E falou de um jeito que era impossível não acreditar que era verdade, papai.

— Ele não disse como se chama?

— Bem, isso não — confundiu-se Fonchito. — Não perguntei nem lhe dei tempo de dizer. Como você me mandou não falar uma palavra com ele, saí correndo. Mas com certeza ele conhece você, com certeza conhece vocês. Se não, não iria me falar o seu nome, não saberia o da minha mãe e nem que a minha madrasta se chama Lucrecia.

— Se algum dia você voltar a vê-lo, não deixe de perguntar o seu nome — disse Rigoberto, esquadrinhando o menino com desconfiança: será que o que havia contado era verdade, ou não passava de mais um dos seus inventos? — Mas, claro, nada de conversar com ele, nem muito menos aceitar uma Coca-Cola ou coisa assim. Cada vez estou mais convencido de que ele é um desses depravados que ficam por aí em Lima buscando meninos. O que ele podia estar fazendo, senão, no Colégio San Agustín.

— Quer que eu lhe diga uma coisa, Rigoberto? — perguntou dona Lucrecia, tocando em seu corpo nas trevas, como se lesse o seu pensamento. — Às vezes penso que ele está inventando tudo isso. Típico de Fonchito e suas fantasias. Ele já fez essa gracinha outras vezes, não foi? E acho que não há motivo de preocupação, que o tal cavalheiro não existe e nem pode existir. Que ele o inventou para se fazer de interessante e nos deixar inquietos e preocupados. Mas o problema é que Fonchito é um enganador de primeira. Porque, quando nos conta esses encontros, eu fico achando impossível que não seja verdade o que ele diz. Fala de uma forma tão autêntica, tão inocente, tão persuasiva, enfim, sei lá. Não acontece a mesma coisa com você também?

— Claro que sim, igualzinho — confessou Rigoberto, abraçando a mulher, aquecendo-se em seu corpo e aquecendo-a. — Um grande enganador, sem dúvida. Tomara que ele tenha inventado toda esta história, Lucrecia. Tomara, tomara. No começo eu não levei a coisa muito a sério, mas essas aparições já estão começando a me deixar obcecado. Vou ler, e o sujeitinho me distrai. Vou ouvir música, e lá está ele. Vou apreciar minhas gravuras, e o que vejo é seu rosto, que não é um rosto, mas um ponto de interrogação.

— Com Fonchito a gente nunca sente tédio, é verdade — quis gracejar dona Lucrecia. — Vamos tentar dormir um pouco. Não quero passar a noite em claro de novo.

Transcorreram muitos dias sem que o menino voltasse a falar do desconhecido. Rigoberto começou a pensar que Lucrecia tinha razão. Tudo havia sido uma fantasia do filho para se fazer de interessante e capturar a atenção deles. Até uma tarde de inverno com muito frio e garoa em que Lucrecia o recebeu em casa com uma expressão que o deixou sobressaltado.

— Por que esta cara? — beijou-a Rigoberto. — É por causa da minha aposentadoria antecipada? Você acha má ideia? Tem medo de me ver o dia todo enfiado aqui em casa?

— Fonchito — Lucrecia apontou para o andar de baixo, onde ficava o quarto do menino. — Aconteceu alguma coisa no colégio e ele não quer me contar o quê. Notei assim que ele entrou. Chegou muito pálido, tremendo. Pensei que era febre. Pus o termômetro e não, não era. Parecia ausente, assustado, mal conseguia falar. "Não, não, eu não tenho nada, madrasta." Quase nem lhe saía a voz. Vá falar com ele, Rigoberto, está no quarto. Peça que lhe conte o que aconteceu. Talvez seja melhor chamar a Alerta Médica, não estou gostando da cara dele.

"O diabo, outra vez", pensou Rigoberto. Desceu a escada em passos largos rumo ao andar de baixo do apartamento. De fato, era o tal sujeitinho de novo. A princípio Fonchito resistiu um pouco: — "Para que contar, se você não vai acreditar mesmo, papai" —, mas, afinal, se rendeu aos argumentos carinhosos do pai: "É melhor tirar esse peso das costas e dividir comigo, pequenino. Vai lhe fazer bem me contar tudo, você vai ver." De fato, o filho estava pálido e tinha perdido a naturalidade. Falava como se alguém estivesse ditando as palavras, ou como se fosse cair no choro a qualquer momento. Rigoberto não o interrompeu uma vez; escutou tudo sem se mexer, totalmente concentrado no que ouvia.

Aconteceu durante os trinta minutos de recreio no meio da tarde que tinham no Colégio Markham, antes das últimas aulas do dia. Em vez de ir jogar futebol na quadra, onde seus colegas estavam batendo bola ou conversando estendidos na grama, Fonchito foi se sentar num canto das arquibancadas vazias, para reler a última aula de matemática, matéria que lhe dava mais dores de cabeça. Estava começando a mergulhar numa complicada equação com vetores e raízes cúbicas quando alguma coisa, "foi como um sexto sentido, papai", lhe deu a sensação de que era observado. Levantou a vista e lá estava o homem, também sentado, bem perto dele, na arquibancada deserta. Estava vestido com a correção e a simplicidade de sempre, com gravata e um pulôver roxo debaixo do paletó cinza. Tinha uma pasta de documentos debaixo do braço.

— Olá, Fonchito — disse, sorrindo com naturalidade, como se fossem velhos conhecidos. — Enquanto seus colegas brincam, você estuda. Um aluno modelo, eu já esperava isso de você. Como tem que ser, é claro.

— Em que momento ele chegou e subiu a arquibancada? O que esse homem fazia lá? Na verdade eu comecei a tremer e não sei por que foi, papai — o menino estava um pouco mais pálido e parecia meio aturdido.

— O senhor é professor aqui do colégio? — perguntou Fonchito, assustado e sem saber de quê.

— Professor, não, não sou — respondeu o outro, sempre com a calma e as maneiras corteses que nunca deixava de lado. — Ajudo o Colégio Markham de vez em quando, em questões práticas. Dou conselhos ao diretor na área administrativa. Gosto de vir aqui, quando o tempo está bom, para ver vocês, alunos. Vocês me fazem lembrar da minha juventude e, de certa forma, me rejuvenescem. Mas esse detalhe do tempo não está valendo mais. Que pena, começou a garoar.

— Meu pai quer saber qual é o seu nome — disse Fonchito, surpreso ao ver a dificuldade que tinha para falar e que sua voz estava trêmula. — Porque o senhor o conhece, não é? E também conhece a minha madrasta, não é?

— Meu nome é Edilberto Torres, mas Rigoberto e Lucrecia não devem se lembrar de mim porque nós nos conhecemos muito de passagem — explicou o cavalheiro, com sua habitual parcimônia. Mas hoje, ao contrário das outras vezes, aquele sorriso educado e aqueles olhinhos amáveis, penetrantes, em vez de tranquilizá-lo deixaram Fonchito muito assustado.

Rigoberto notou que a voz do filho se cortava. Seus dentes batiam.

— Calma, pequenino, não tem pressa. Está passando mal? Quer um copo d'água? Não prefere continuar contando a história mais tarde, ou amanhã?

Fonchito negou com a cabeça. As palavras lhe saíam com dificuldade, como se estivesse com a língua dormente.

— Sei que o senhor não vai acreditar, sei que estou lhe contando tudo isso à toa, papai. Mas, mas, é que nesse momento aconteceu uma coisa muito estranha.

Desviou a vista do pai e pousou-a no chão. Estava sentado na beira da cama, ainda com o uniforme do colégio, todo encolhido, com uma expressão atormentada. Don Rigoberto sentiu uma onda de ternura e de compaixão pelo menino. Era evidente que estava sofrendo. E não sabia como ajudá-lo.

— Se você me diz que é verdade, eu acredito — disse, passando a mão em seu cabelo, num carinho que não era frequente nele. — Sei que você nunca me mentiu e não vai começar agora, Fonchito.

Don Rigoberto, que tinha se levantado, sentou-se na cadeira da escrivaninha do filho. Via o esforço que ele fazia para falar e que estava angustiado, fitando a parede, percorrendo os livros da prateleira, para evitar os seus olhos. Por fim, reuniu forças e conseguiu continuar:

— Nisso, enquanto eu estava conversando com aquele senhor, chegou correndo o Chato Pezzuolo. Meu amigo, que você conhece. Vinha gritando:

— O que foi, Foncho. O recreio já acabou, todo mundo está voltando para as aulas. Depressa, rapaz.

Fonchito se levantou com um pulo.

— Desculpe, eu tenho que ir, já terminou o recreio — despediu-se do senhor Edilberto Torres e saiu correndo ao encontro do amigo.

— O Chato Pezzuolo me recebeu fazendo caretas e apontando para a cabeça como se eu tivesse um parafuso a menos, papai.

— Você está doido, compadre, o que é isso, Foncho? — perguntou, enquanto corriam para o prédio das salas de aula. — Pode-se saber de quem se despediu, porra?

— Não sei quem é esse cara — explicou Fonchito, ofegante. — Ele se chama Edilberto Torres e diz que ajuda o diretor do colégio em coisas práticas. Você já o tinha visto alguma vez por aqui?

— Mas de que cara você está falando, rapaz — exclamou o Chato Pezzuolo, ofegando e parando de correr. Girou e olhou para ele. — Você não estava com ninguém, só vi que falava com o ar, como quem está mal da cabeça. Será que não está meio pirado, compadre?

Já tinham chegado à sala e dali não se viam as arquibancadas da quadra.

— Você não viu? — Fonchito pegou-o pelo braço. — Um homem com cabelos grisalhos, de terno, gravata e pulôver roxo, ali sentado, ao meu lado? Jura que não viu, Chato.

— Não brinque com isso — o Chato Pezzuolo bateu com um dedo na têmpora de novo. — Você estava sozinho como um idiota, não tinha mais ninguém lá. Ou seja, ou você ficou doido ou tem visões. Não chateie, Alfonso. Está querendo me sacanear, é? Pois não vai conseguir.

— Eu sabia que você não ia acreditar em mim, papai — sussurrou Fonchito, suspirando. Fez uma pausa e continuou: — Mas sei muito bem o que vejo e o que não vejo. E também pode ter certeza de que não estou meio doidinho. Isso que eu contei foi exatamente o que aconteceu. Foi assim mesmo.

— Tudo bem, tudo bem — tentou tranquilizá-lo Rigoberto. — Quem sabe o seu amigo Pezzuolo não viu o tal Edilberto Torres. Podia estar num ângulo morto, com algum obstáculo impedindo a visão. Esqueça o assunto. Que outra explicação pode haver? O seu amigo Chato não conseguiu ver e pronto. Não vamos acreditar em fantasmas a esta altura da vida, não é mesmo, filhinho? Esqueça tudo isso e esqueça, antes de mais nada, Edilberto Torres. Vamos combinar que ele não existe nem nunca existiu. Que já era, como dizem agora.

— Mais uma das imaginações febris desse garoto — comentaria dona Lucrecia, depois. — Ele nunca vai parar de nos surpreender. Então quer dizer que apareceu um sujeito que só ele viu, ali, na quadra de futebol do colégio. Que cabecinha mais desenfreada, meu Deus!

Mas, depois, foi ela quem convenceu Rigoberto a ir ao Markham, sem que Fonchito soubesse, para conversar com Mr. McPherson, o diretor. Essa conversa fez don Rigoberto passar um mau pedaço.

— Claro, ele não conhecia Edilberto Torres e nem tinha ouvido falar — contou depois a Lucrecia, quando chegou a noite, hora em que costumavam conversar. — Além do mais, como era de se esperar, o gringo me deu um baile. Que era absolutamente impossível que um desconhecido houvesse entrado no colégio e muito menos na quadra de futebol. Ninguém que não seja professor ou funcionário está autorizado a pôr os pés ali. Mr. McPherson também acha que se trata de uma fantasia dessas a que são tão propensos os meninos inteligentes e sensíveis. Disse que eu não devia dar a menor importância ao caso. Que na idade do meu filho é muito normal que um menino veja um fantasma de vez em quando, a menos que seja tolo. Decidimos que nem ele nem eu falaríamos com Foncho sobre aquela conversa. E ele tem toda razão, sabe. Para que ficar alimentando uma coisa que não tem pés nem cabeça.

— Espere aí, vai que o diabo existe mesmo, que é peruano e que se chama Edilberto Torres — Lucrecia teve um súbito ataque de riso. Mas Rigoberto notou que era um riso nervoso.

Estavam deitados e era evidente que, a essa altura da noite, não haveria mais histórias, fantasias, nem iam fazer amor. Isso acontecia com certa frequência ultimamente. Em vez de inventar histórias estimulantes, eles ficavam conversando e volta e meia se distraíam tanto que o tempo ia passando até que o sono os vencia.

— Acho que não é coisa para fazer graça — consertou ela mesma, um instante depois, séria outra vez. — Esta história está ficando complicada, Rigoberto. Temos que fazer alguma coisa. Não sei o quê, mas alguma coisa. Não podemos olhar para o outro lado, como se nada estivesse acontecendo.

— Pelo menos agora tenho certeza de que se trata de uma fantasia, é muito típico dele — refletiu Rigoberto. — Mas o que está querendo com essas histórias? Estas coisas não são gratuitas, têm um fundo, têm raízes no inconsciente.

— Às vezes eu o vejo tão calado, tão fechado em si mesmo que morro de pena, amor. Sinto que o menino está sofrendo em silêncio e fico com o coração apertado. Como ele já sabe que não acreditamos nessas aparições, não as conta mais. E isso é ainda pior.

— Pode ser que tenha visões, alucinações — divagou don Rigoberto. — Isso acontece com as pessoas mais normais, inteligentes ou burras. Acreditam que veem o que não estão vendo, aquilo que só está na própria cuca.

— Claro que sim, com certeza são invenções — concluiu dona Lucrecia. — Parto do princípio de que o diabo não existe. Eu acreditava nele quando conheci você, Rigoberto. Em Deus e no diabo, como faz toda família católica normal. Então você me convenceu de que eram superstições, tolices dos ignorantes. E agora acontece que aquele tal que não existe se meteu com a nossa família, o que me diz disso?

Deu outro risinho nervoso e depois ficou calada. Rigoberto a via quieta e pensativa.

— Não sei se existe ou não existe, para ser franco — admitiu. — Agora só tenho certeza é daquilo que disse. Pode ser que exista, até aí eu poderia chegar. Mas não dá para aceitar que seja peruano, que se chame Edilberto Torres e dedique seu tempo a cercar os alunos do Colégio Markham. Não me sacaneiem, porra.

Voltaram ao assunto várias vezes e, finalmente, decidiram levar Fonchito para fazer uma avaliação com um psicólogo. Pediram informações entre as suas amizades. Todas recomendaram a doutora Augusta Delmira Céspedes. Havia estudado na França, era especialista em psicologia infantil e aqueles que tinham levado a ela seus filhos ou filhas com problemas falavam maravilhas da sua ciência e do seu bom tino. O casal teve receio de que Fonchito resistisse à ideia e tomou mil precauções para abordar o assunto com delicadeza. Mas, para sua surpresa, o menino não fez a menor objeção. Aceitou vê-la, foi ao consultório várias vezes, fez todas as provas que a doutora Céspedes lhe pediu e conversou com ela com a melhor boa vontade do mundo. Quando Rigoberto e Lucrecia foram ao consultório, a doutora os recebeu com um sorriso tranquilizador. Era uma mulher que devia estar beirando os sessenta anos, um tanto rechonchuda, ágil, simpática e brincalhona:

— Fonchito é o menino mais normal do mundo — garantiu. — Uma pena, porque ele é tão encantador que eu gostaria de tê-lo mais um tempinho sob os meus cuidados. Cada sessão com ele foi uma delícia. É inteligente, sensível e, por isso mesmo, às vezes se sente um pouco distante dos colegas. Mas, isso sim, normalíssimo, sem dúvida alguma. Se existe uma coisa de que podem ter certeza absoluta, é que Edilberto Torres não é uma fantasia, e sim uma pessoa de carne e osso. Tão real e concreto como vocês dois e como eu. Fonchito não mentiu. Coloriu um pouco as coisas, sim, talvez. É para isso que serve a sua rica imaginação. Ele nunca considerou os encontros com esse cavalheiro aparições celestiais ou diabólicas. Jamais! Que bobagem. É um menino com os pés bem firmes no chão e a cabecinha no seu lugar. Foram vocês que inventaram toda essa história e, por isso mesmo, que precisam na verdade de um psicólogo. Vamos marcar uma consulta? Eu não trato só de crianças, também posso atender adultos que de repente passam a acreditar que o diabo existe e que leva o dia passeando pelas ruas de Lima, Barranco e Miraflores.

A doutora Augusta Delmira Céspedes continuou gracejando enquanto os acompanhava até a porta. Ao se despedir, pediu a don Rigoberto que lhe mostrasse algum dia a sua coleção de gravuras eróticas. "Fonchito me disse que é formidável", foi a gracinha final. Rigoberto e Lucrecia saíram do consultório mergulhados num mar de confusão.

— Eu disse que era perigoso recorrer a um psicólogo — lembrou Rigoberto a Lucrecia. — Não sei onde estava com a cabeça quando dei ouvidos a você. Um psicólogo pode ser mais perigoso que o próprio diabo, percebi isso quando li Freud.

— Se você acha que deve levar essa história na brincadeira, como faz a doutora Céspedes, tudo bem — Lucrecia se defendeu. — Espero que não se arrependa.

— Eu não levo na brincadeira — respondeu ele, agora sério. — Era melhor pensar que Edilberto Torres não existia. Se é verdade o que disse a doutora Céspedes, e esse sujeito existe mesmo e está perseguindo Fonchito, então me diga que raios vamos fazer agora.

Não fizeram nada e, durante algum tempo, o menino não voltou a falar do assunto. Continuava sua vida normal, indo e voltando do colégio nas horas costumeiras, ficando uma hora e às vezes até duas no quarto, à tarde, para fazer os deveres, e saindo em alguns fins de semana com o Chato Pezzuolo. Embora a contragosto, empurrado por don Rigoberto e dona Lucrecia, às vezes também saía com outros meninos do bairro para ir a um cinema, ao estádio, jogar futebol ou a alguma festa. Mas, em suas conversas noturnas, Rigoberto e Lucrecia opinavam que, por mais que ele aparentasse normalidade, não era o mesmo de antes.

Em que tinha mudado? Não era fácil dizer, mas ambos estavam certos de que ele estava diferente. E a transformação era profunda. Um problema de idade? A difícil transição entre a infância e a adolescência na qual o menino sente, enquanto sua voz se modifica, enrouquecendo, e começa a sentir no rosto uma penugem anunciando a futura barba, que já não é mais menino mas também que ainda não é homem e tenta, pelo jeito de se vestir, de se sentar, de gesticular, de falar com os amigos e com as garotas, ser desde agora o homem que será mais tarde. Fonchito parecia mais lacônico e concentrado, muito mais parco ao responder às perguntas, na hora das refeições, sobre o colégio e as suas amizades.

— Sei o que está acontecendo com você, pequenino — Lucrecia o desafiou, um dia. — Você está apaixonado! É isso, Fonchito? Está gostando de alguma garota?

Sem ficar encabulado, ele negou com a cabeça.

— Não tenho tempo para essas coisas agora — respondeu, grave, sem um pingo de humor. — Os exames estão chegando e eu quero tirar boas notas.

— Muito bem, Fonchito — aprovou don Rigoberto. — Você vai ter tempo de sobra para as garotas, depois.

E, de repente, o rostinho corado se iluminou com um sorriso e nos olhos de Fonchito apareceu a malícia brejeira de tempos passados:

— Além do mais, você sabe que a única mulher que me interessa no mundo é você, madrasta.

— Ai, meu Deus, deixe eu lhe dar um beijo, pequenino — comemorou dona Lucrecia. — Mas o que significam estas mãos, marido?

— Significam que, de repente, falar do diabo acendeu a minha imaginação e também outras coisas, meu amor.

E, durante um longo tempo, fizeram amor, imaginando que aquela brincadeira de diabo e Fonchito tinha ficado para trás. Mas não, ainda não tinha.

VII

Foi numa manhã em que o sargento Lituma e o capitão Silva, esquecendo este por alguns instantes a sua obsessão pelas piuranas e em particular pela senhora Josefita, estavam trabalhando com os cinco sentidos em alerta para encontrar algum fio condutor que orientasse a investigação. O coronel Ríos Pardo, codinome Raspaxota, chefe policial da região, lhes passara outra descompostura na véspera, gritando como um energúmeno, porque o desafio aos mafiosos de Felícito Yanaqué no *El Tiempo* havia chegado até Lima. O próprio ministro do Interior em pessoa o chamara para exigir que o caso fosse resolvido imediatamente. A imprensa repercutiu a história e não era só a polícia, mas o próprio Governo também estava caindo no ridículo frente à opinião pública. Capturar os chantagistas e puni-los com severidade era a ordem das autoridades!

— Temos que defender o bom nome da polícia, porra — bramou, por trás dos seus enormes bigodes, com os olhos em brasa, o mal-humorado Raspaxota. — Um punhado de espertinhos não pode rir de nossa cara desta maneira. Se vocês não os pegarem agora mesmo, vão lamentar pelo resto das suas carreiras. Juro por San Martín de Porres e por Deus!

Lituma e o capitão Silva analisaram minuciosamente os depoimentos de todas as testemunhas, fizeram fichas, cotejos, cruzaram informações, considerando hipóteses e descartando uma atrás da outra. Às vezes, fazendo uma pausa, o capitão emitia exclamações laudatórias, carregadas de febre sexual, sobre as protuberâncias da senhora Josefita, por quem estava apaixonado. Muito sério e com gestos febris, explicava ao subordinado que aqueles glúteos não eram apenas grandes, redondos e simétricos, eles também "davam um pulinho ao andar", coisa que comovia o seu coração e os seus testículos em uníssono. Por isso, sustentava ele, "apesar da idade, da cara de lunática e de suas pernas meio tortas, Josefita é uma mulher do cacete".

— Mais comível que aquela gostosona da Mabel, se é para fazer comparações, Lituma — explicou, com os olhos saltando das órbitas como se estivesse vendo ali à sua frente os traseiros das duas damas e avaliando-os. — Reconheço que a amante de don Felícito tem uma silhueta bonita, tetas belicosas e pernas e braços bem torneados e carnudos, mas a bundinha, você deve ter reparado, deixa bastante a desejar. Não é muito apalpável. Não acabou de se desenvolver, não floresceu, em algum momento ficou atrofiada. No meu sistema de classificação, é uma bundinha tímida, se você me entende.

— Por que não se concentra na investigação, meu capitão — pediu Lituma. — O senhor viu como o coronel Ríos Pardo está furioso. Neste ritmo não vamos sair mais deste caso e nunca seremos promovidos.

— Dá para ver que você não se interessa nem um pouquinho pelas bundas das mulheres, Lituma — sentenciou o capitão, compadecendo-se, com cara de luto. Mas imediatamente sorriu e passou a língua nos lábios como um gatinho. — Um defeito na sua formação varonil, pode acreditar. Uma boa bunda é o dom mais divino que Deus pôs no corpo das fêmeas, para a felicidade dos machos. Até a Bíblia reconhece isso, dizem.

— Claro que eu me interesso, capitão. Mas no seu caso não é mais interesse, é obsessão e vício, com todo o respeito. Vamos voltar de uma vez para as aranhinhas.

Passaram muitas horas lendo, relendo e examinando, palavra por palavra, letra por letra, linha por linha, as cartas e os desenhos dos chantagistas. Tinham pedido à Central um exame grafológico das cartas anônimas, mas o especialista estava no hospital, operado de hemorroidas, com duas semanas de licença. Foi num desses dias, enquanto cotejavam umas cartas contendo assinaturas e escritos de delinquentes com prontuários na promotoria, que surgiu de repente a suspeita, como uma faísca na escuridão, na cabeça da Lituma. Uma lembrança, uma associação. O capitão Silva notou que estava acontecendo alguma coisa com seu auxiliar.

— Você ficou meio leso de repente. O que houve, Lituma?

— Nada, nada, capitão — o sargento encolheu os ombros. — Bobagem. É que me lembrei de um sujeito que conheci.

Ele ficava desenhando aranhinhas, se não me falha a memória. Uma bobagem, na certa.

— Na certa — repetiu o capitão, observando-o. Depois aproximou mais o rosto e mudou o tom de voz. — Mas, como nós não temos nada, uma bobagem é melhor que nada. Quem era esse sujeito? Vamos, conte.

— Uma história bastante antiga, meu capitão — o delegado percebeu que a voz e os olhos do auxiliar se enchiam de constrangimento, como se não lhe agradasse mergulhar nessas recordações mas não conseguisse evitar. — Não deve ter nada a ver com isto aqui, imagino. Mas, é verdade, lembro bem, aquele filho da puta vivia fazendo desenhinhos, uns rabiscos que talvez fossem aranhinhas. Em papéis, em jornais. Às vezes, até no piso de terra das *chicherías*, com um pauzinho.

— E quem era esse tal filho da puta, Lituma? Diga de uma vez e não encha mais a paciência com tantos rodeios.

— Vamos tomar um suquinho para sair um pouco deste forno, capitão — propôs o sargento. — É uma história comprida e, se o senhor não se incomoda, posso lhe contar. Eu pago os sucos, não se preocupe.

Foram ao La Perla del Chira, um barzinho na rua Libertad ao lado de um casarão onde, na sua juventude, contou Lituma ao chefe, havia uma rinha de galos em que se apostava forte. Ele viera algumas vezes, mas não gostava de rinhas, ficava triste ao ver os pobres animais quase se destroçando com bicadas e navalhadas. Não havia ar-condicionado no bar, mas sim ventiladores que refrescavam o ambiente. O lugar estava deserto. Pediram dois sucos de lúcuma com muito gelo e acenderam cigarros.

— O filho da puta se chamava Josefino Rojas e era filho do barqueiro Carlos Rojas, que antigamente trazia cabeças de gado das fazendas para o matadouro, pelo rio, nos meses de cheia — disse Lituma. — Eu o conheci quando era muito novo, ainda garotinho. Tínhamos uma turma. Nós gostávamos de farra, de violão, de cervejinha e de mulheres. Alguém nos batizou, ou talvez nós mesmos, como "os inconquistáveis". Compusemos até um hino.

E, com uma voz baixinha e raspada, Lituma cantou, afinado e risonho:

*Somos os inconquistáveis
que não querem trabalhar:
só beber!
só jogar!
só trepar!*

O capitão comemorou, soltando uma gargalhada e aplaudindo:
— Boa, Lituma. Quer dizer que você, pelo menos quando era jovem, também ficava de pau duro.
— No começo os inconquistáveis eram três — continuou o sargento, nostálgico, mergulhado em suas lembranças.
— Meus primos, os irmãos León — José e o Mono — e um empregado. Três mangaches. Não sei como Josefino se aproximou de nós. Ele não era da Mangachería, era da Gallinacera, onde ficavam o antigo mercado e o matadouro. Não sei por que se incorporou ao grupo. Nessa época havia uma rivalidade terrível entre os dois bairros. De socos e navalhadas. Uma guerra que fez correr muito sangue em Piura, sabe.
— Puxa, você está falando da pré-história desta cidade — disse o capitão. — Sei perfeitamente onde ficava a Mangachería, lá para o norte, para baixo da avenida Sánchez Cerro, pelos lados do antigo cemitério de San Teodoro. Mas, e a Gallinacera?
— Ali pertinho da Praça de Armas, encostada no rio, ao sul — disse Lituma, apontando. — Era chamada de Gallinacera por causa da quantidade de *gallinazos* — quer dizer, de urubus — que o matadouro atraía quando beneficiava as cabeças de gado. Os mangaches eram sanchezcerristas e os *gallinazos,* apristas. O filho da mãe do Josefino era *gallinazo* e dizia que tinha sido aprendiz de açougueiro quando era garoto.
— Então vocês eram uns bandidos.
— Só pivetes, meu capitão. Fazíamos umas molecagens, nada muito sério. Brigas de rua, não passávamos disso. Mas depois Josefino virou cafetão. Seduzia as garotas e depois as mandava como putas para a Casa Verde. Era este o nome do bordel, na saída para Catacaos, quando Castilla ainda não se chamava Castilla e sim Tacalá. O senhor chegou a conhecer esse prostíbulo? Era de luxo.

— Não, mas ouvi falar muito da famosa Casa Verde. Um verdadeiro mito em Piura. Quer dizer que virou cafetão. Era ele quem desenhava as aranhinhas?

— Esse mesmo, meu capitão. Eu acho que eram aranhinhas, mas às vezes a memória me prega umas peças. Não tenho muita certeza.

— E por que você odeia tanto esse cafetão, Lituma, posso saber?

— Por várias razões — o rosto gordo do sargento ficou mais escuro e seus olhos se injetaram de raiva; começou a acariciar a papada com muita rapidez. — A principal delas é o que ele me fez quando eu estava preso. O senhor já conhece a história, fui preso por fazer roleta-russa com um fazendeiro daqui. Na Casa Verde, justamente. Um branquinho bêbado chamado Seminario que estourou os próprios miolos na aposta. Aproveitando que eu estava na cadeia, Josefino roubou a minha garota. Botou a garota trepando para ele na Casa Verde. Ela se chamava Bonifacia. Eu a tinha trazido do Alto Marañón, lá de Santa María de Nieva, no Amazonas. Quando virou mulher da vida, passou a ser conhecida como Selvática.

— Ah, bom, então não lhe faltavam motivos para odiá-lo — admitiu o capitão, cabeceando. — Mas você tem um passado e tanto, Lituma. Quem diria, vendo-o assim tão manso, agora. Parece que nunca matou uma mosca. Não consigo imaginar você fazendo uma roleta-russa, para dizer a verdade. Eu só fiz uma vez, com um colega, numa noite de bebedeira. Meus ovos ainda ficam gelados quando me lembro. E esse Josefino, por que você não o matou, pode-se saber?

— Não foi por falta de vontade, mas para não voltar para a cadeia — explicou o sargento, com parcimônia. — Mas dei uma sova nele que ainda deve estar doendo. Isso foi há vinte anos, pelo menos, meu capitão.

— Tem certeza de que esse cafetão ficava desenhando aranhinhas o tempo todo?

— Não sei se eram aranhinhas — corrigiu Lituma outra vez. — Mas desenhava, sim, o tempo todo. Em guardanapos, em qualquer papelzinho que aparecesse pela sua frente. Era a mania dele. Mas não deve ter nada a ver com o que estamos procurando.

— Pense bem e tente se lembrar, Lituma. Concentre-se, feche os olhos, olhe para trás. Aranhinhas parecidas com as das cartas que mandaram para Felícito Yanaqué?

— Minha memória não dá para tanto, capitão — desculpou-se Lituma. — Estou falando de um bocado de anos atrás, já disse que talvez uns vinte, ou mais. Não sei por que fiz essa associação. É melhor esquecer.

— Você sabe o que foi da vida desse cafetão Josefino? — insistiu o capitão. Tinha uma expressão grave e não tirava os olhos do sargento.

— Nunca mais o vi, nem os outros dois inconquistáveis, meus primos. Desde que fui readmitido na corporação eu já estive na serra, na selva, em Lima. Rodando pelo Peru inteiro, pode-se dizer. Só voltei para Piura recentemente. Por isso eu lhe dizia que provavelmente é uma bobagem isso que pensei. Nem sequer tenho certeza de que eram aranhinhas, sabe. Mas que ele desenhava alguma coisa, desenhava. Ficava desenhando o tempo todo, e os inconquistáveis caçoavam dele.

— Se o cafetão Josefino estiver vivo, eu gostaria de conhecê-lo — disse o delegado, dando uma pancadinha na mesa.

— Descubra isso, Lituma. Não sei por quê, mas farejei alguma coisa. Quem sabe abocanhamos um pedaço de carne. Macia e suculenta. Sinto isso na saliva, no sangue e nos testículos. Com essas coisas eu nunca me engano. Já estou vendo uma luzinha lá no fim do túnel. Boa, Lituma.

O capitão ficou tão contente que o sargento lamentou ter-lhe contado a sua intuição. Tinha mesmo certeza de que, na época dos inconquistáveis, Josefino desenhava sem parar? Já não tinha tanta assim. Nessa noite, depois do serviço, quando subia a avenida Grau, como de costume, em direção à pensão onde morava, no bairro de Buenos Aires, perto do quartel Grau, vasculhou a memória tentando se certificar de que não era uma lembrança falsa. Não, não, se bem que agora já não tinha tanta certeza. Voltavam-lhe à memória, em ondas, imagens dos seus tempos de menino, nas ruas poeirentas da Mangachería, quando ia com o Mono e José ao areal que ficava ali pertinho, colado na cidade, deixar armadilhas para as iguanas ao pé dos algarrobos, caçar passarinhos com atiradeiras que eles mesmos fabricavam, ou, escondidos entre as moitas e as dunas do areal, espiar as lavadeiras que, já perto da Atarjea, entravam até a cintura no rio para lavar a roupa. Às vezes, com a água, seus peitos transpareciam e eles ficavam com os olhos e as braguilhas acesos de excitação. Como foi que Josefino se juntou ao grupo? Não lembrava mais como, quando nem por quê. Em todo caso, o *gallinazo* se uniu a eles quando não eram mais tão garotos. Porque nessa época já iam gastar nas *chicherías* os soles que ganhavam em biscates, como vender apostas nas corridas de cavalos, ou em jogo, farras e bebedeiras. Talvez não fossem aranhinhas, mas desenhos, sim, isso Josefino fazia o tempo todo. Ele se lembrava com clareza. Enquanto conversava, cantava, ou quando ficava refletindo sobre suas maldades, isolado dos outros. Não era uma lembrança falsa, talvez o que ele desenhava fossem sapos, cobras, paus. Foi assaltado por dúvidas. De repente eram cruzes e círculos do jogo da velha, ou caricaturas de gente que eles viam no boteco da Chunga, um dos seus lugares preferidos. Será que a Chunga Chunguita ainda existia? Impossível. Se estivesse viva, ela já devia ser tão velha que não teria condições físicas para tomar conta de um bar. Mas, quem sabe. Era mulher de dar soco na mesa, não tinha medo de ninguém, enfrentava os bêbados de igual para igual. Uma vez deu uma dura no próprio Josefino, que tentou lhe dizer uma gracinha.

Os inconquistáveis! A Chunga! Puxa, como o tempo passava tão rápido. Quem sabe os León, Josefino e Bonifacia já estavam mortos e enterrados e só restavam deles as recordações. Que tristeza.

Avançava quase no escuro porque, depois de deixar para trás o Clube Grau e entrar no bairro residencial de Buenos Aires, o sistema de iluminação pública raleava e empobrecia. Ia devagar, tropeçando nos buracos do asfalto, passando por casas que, primeiro com jardins e dois andares, iam ficando cada vez mais baixas e pobretonas. À medida que se aproximava da pensão, as casas viravam barracos, umas construções rústicas, com paredes de barro, vigas de algarrobo e teto de zinco, construídas em ruas sem calçadas por onde quase não circulavam carros.

Quando voltou a Piura, depois de servir muitos anos em Lima e na serra, tinha se instalado num quartinho na vila militar, onde os guardas também tinham direito de morar, como os milicos. Mas não gostou daquela promiscuidade com os companheiros de corporação. Era como continuar no serviço, vendo as mesmas pessoas e falando as mesmas coisas. Por isso, seis meses depois se mudou para a casa dos Calancha, que tinham cinco quartos para alugar. Era muito modesta, e o quarto de Lituma, minúsculo, mas lá pagava pouco e se sentia mais independente. O casal Calancha estava assistindo à televisão quando ele chegou. O homem tinha sido professor e sua esposa, funcionária municipal. Já estavam aposentados havia algum tempo. O preço só incluía o café da manhã, mas, se o inquilino quisesse, os Calancha mandavam buscar o almoço e o jantar em uma lanchonete vizinha cujas sopas eram bastante substanciosas. O sargento perguntou se por acaso eles se lembravam do boteco, perto do antigo estádio, de uma mulher meio machona que se chamava, ou apelidava, Chunga. Os dois olharam desconcertados para ele, negando com a cabeça.

Nessa noite passou muito tempo acordado e com mal-estar no corpo. Maldita a hora em que foi falar de Josefino com o capitão Silva. Agora já tinha certeza de que o cafetão não desenhava aranhinhas, e sim alguma outra coisa. Mexer nesse passado não lhe fazia bem. Ficava triste quando se lembrava da juventude, da idade que tinha — já beirava os cinquenta —, de como a sua existência era solitária, as desgraças que havia enfrentado, aquela besteira da roleta-russa com Seminario, os anos de cadeia, a história de Bonifacia que, cada vez que lhe voltava à memória, deixava um sabor amargo em sua boca.

Afinal dormiu, mas mal, com pesadelos que quando acordou lhe deixaram imagens incongruentes e aterrorizantes na cabeça. Lavou-se, tomou café e antes das sete já estava na rua, rumo ao lugar onde sua memória presumia que ficava o boteco da Chunga. Não era fácil orientar-se. Na sua lembrança, aquilo era uma periferia da cidade, com uns raros casebres de barro e bambu no areal. Agora havia ruas, cimento, casas de material nobre, postes de luz elétrica, calçadas, carros, colégios, postos de gasolina, lojas. Quantas mudanças! O antigo arrabalde agora formava parte da cidade e nada ali se parecia com as suas recordações. Suas tentativas de abordar os moradores — só foi perguntar aos mais velhos — foram inúteis. Ninguém se lembrava do boteco nem da Chunga, muita gente aqui nem sequer era piurana, tinham vindo da serra. Ele teve a ingrata sensação de que sua memória mentia; nada do que lembrava havia existido, eram fantasmas e nunca passaram, nunca, de frutos da sua imaginação. Pensar estas coisas o deixava assustado.

No meio da manhã desistiu da busca e voltou ao centro de Piura. Antes de ir à delegacia, sentindo calor tomou um refrigerante na esquina. As ruas já estavam cheias de sons, carros, ônibus, estudantes de uniforme. Vendedores de loteria e de bugigangas apregoando suas mercadorias aos gritos, pessoas suadas e apressadas superlotando as calçadas. E, então, a memória lhe devolveu o nome e o número da rua onde moravam seus primos, os León: Morropón, 17. No coração da Mangachería. Entrecerrando os olhos, viu a fachada desbotada da casinha de um andar, as janelas gradeadas, os vasos com flores de cera, a *chichería* sobre a qual ondeava, presa num bambu, uma bandeirinha branca indicando que ali se servia carne fresca.

Tomou um mototáxi até a avenida Sánchez Cerro e, sentindo que gotas de suor lhe escorriam pelo rosto e molhavam as costas, internou-se a pé pelo velho labirinto de ruas, vielas, meia-luas, becos sem saída e descampados que no passado havia sido a Mangachería, um bairro que, diziam, tinha este nome porque foi povoado, na época da colônia, por escravos malgaches, importados de Madagascar. Tudo ali também havia mudado de forma, pessoas, textura e cor. As ruas de terra estavam asfaltadas, as casas eram de tijolos e cimento, havia alguns edifícios, iluminação pública, não se via uma única *chichería* ou um burro pelas ruas, só cachorros vira-latas. O caos virou ordem, ruas retas e paralelas. Nada se parecia mais com suas lembranças mangaches. O bairro se organizou, ficou anódino e impessoal. Mas a rua Morropón existia e também o número 17. Só que, em vez da casinha dos seus primos, encontrou uma grande oficina mecânica, com um cartaz que dizia: "Vendem-se peças para todas as marcas de carros, caminhonetes, caminhões e ônibus." Entrou e no amplo e escuro recinto com cheiro de óleo viu carrocerias e motores ainda desmontados, ouviu o barulho de soldas, observou três ou quatro operários de macacão azul, debruçados sobre as suas máquinas. Um rádio tocava uma música frenética, *La Contamanina*. Entrou num escritório onde ronronava um ventilador. Sentada diante de um computador, viu uma mulher muito jovem.

— Boa tarde — disse Lituma, tirando o quepe.

— Em que posso ajudar? — ela o olhava com a ligeira inquietação com que se costuma olhar para policiais.

— Estou precisando de informação sobre uma família que morava aqui — explicou Lituma, apontando o lugar. — Quando isto aqui não era oficina e sim uma casa de família. O sobrenome deles era León.

— Que eu me lembre, aqui sempre foi uma oficina mecânica — disse a garota.

— Você é muito nova, não pode se lembrar — respondeu Lituma. — Mas talvez o dono saiba de alguma coisa.

— Pode esperá-lo, se quiser — a garota apontou para uma cadeira. E, de repente, seu rosto se iluminou: — Ai, que boba. Claro! O dono da oficina se chama León, justamente. Don José León. Quem sabe ele pode ajudar o senhor.

Lituma caiu na cadeira. Seu coração batia com força. Don José León. Puxa. Era ele, era o seu primo José. Tinha que ser o inconquistável. Quem mais podia ser.

Quase morreu de ansiedade enquanto esperava. Os minutos pareciam intermináveis. Quando o inconquistável José León afinal apareceu na oficina, embora fosse agora um homem gordo e barrigudo, com mechas de fios brancos em seus cabelos ralos, e se vestisse feito um branquinho, de paletó, camisa de colarinho e sapatos brilhantes como espelhos, ele o reconheceu no ato. Levantou-se, emocionado, e abriu os braços. José não o reconheceu e examinou-o avançando muito o rosto, com estranheza.

— Já vi que você não sabe quem sou eu, primo — disse Lituma. — Mudei tanto?

O rosto de José se abriu num grande sorriso.

— Não acredito! — exclamou, também abrindo os braços. — Lituma! Que surpresa, irmão. Depois de tantos anos, *che guá*.

Os dois se abraçaram, deram-se palmadas nas costas, diante dos olhos surpresos da funcionária e dos mecânicos. Examinaram-se mutuamente, sorridentes e efusivos.

— Você tem tempo para tomar um cafezinho, primo? — perguntou Lituma. — Ou prefere marcar para mais tarde ou amanhã?

— Deixe eu resolver duas ou três coisinhas e vamos lembrar o tempo dos inconquistáveis — disse José, dando-lhe outra palmadinha. — Sente-se aí, Lituma. Eu fico livre num instante. Que prazer, irmão.

Lituma voltou a sentar-se na cadeira e de lá viu León consultar uns papéis na escrivaninha, verificar alguma coisa nuns calhamaços com a secretária, sair do escritório e dar uma volta pela oficina, inspecionando o trabalho dos mecânicos. Viu como ele parecia seguro dando ordens, sendo cumprimentado pelos empregados e a desenvoltura com que passava instruções ou respondia a consultas. "Quem te viu e quem te vê, primo", pensou. Não conseguia identificar o maltrapilho José da sua juventude, correndo descalço entre os cabritos e os camponeses da Mangachería, com este branquinho dono de uma grande oficina mecânica que usava terno e sapato de festa ao meio-dia.

Saíram, Lituma e José de braços dados, em direção a um bar-restaurante chamado Piura Linda. O primo lhe disse que precisavam festejar o encontro e pediu cerveja. Brindaram pelos velhos tempos e ficaram comparando com nostalgia as lembranças comuns. O Mono havia sido sócio de José na oficina quando ele a abriu. Mas depois tiveram divergências e saiu do negócio, embora os dois irmãos continuassem muito unidos e se vendo sempre. O Mono estava casado e tinha três filhos. Trabalhou alguns anos na Prefeitura, depois abriu uma fábrica de tijolos. Foi bem-sucedido, fornecendo para muitas construtoras de Piura, principalmente agora, um período de vacas gordas em que estavam surgindo novos bairros. Todos os piuranos sonhavam com uma casa própria e era fantástico que soprassem bons ventos. José não podia reclamar. Foi difícil no começo, havia muita concorrência, mas pouco a pouco a qualidade do seu serviço foi se impondo, e agora, sem alarde, a oficina era uma das melhores da cidade. Não faltava trabalho, graças a Deus.

— Quer dizer, você e o Mono deixaram de ser inconquistáveis e mangaches e viraram branquinhos e ricos — brincou Lituma. — Só eu continuo pobre de dar dó e vou ser tira para todo o sempre.

— Há quanto tempo você chegou, Lituma? Por que não me procurou antes?

O sargento mentiu que fazia pouco tempo e que não tinha conseguido descobrir seu paradeiro, até pensar em dar uma volta pelos velhos bairros. Foi assim que se deparou com a rua

Morropón número 17. Nunca podia imaginar que aquele areal com casebres miseráveis tivesse se transformado naquilo. E com uma oficina mecânica de tirar o chapéu!

— Os tempos mudam e, felizmente, para melhor — assentiu José. — Esta é uma boa época para Piura e para o Peru, primo. Tomara que dure, vamos bater na madeira.

Ele também se casara, com uma moça de Trujillo, mas o casamento foi um desastre. Os dois brigavam feito cão e gato e estavam divorciados. Tinham duas filhas, que moravam com a mãe em Trujillo. José ia vê-las de vez em quando e elas vinham passar as férias com ele. Estavam na universidade, a mais velha estudava Odontologia e a menor, Farmácia.

— Meus parabéns, primo. Vão ter uma profissão, que bom.

E, então, quando Lituma ia introduzir o nome do cafetão na conversa, José, como se houvesse lido o seu pensamento, se adiantou:

— Lembra do Josefino, primo?

— Como vou me esquecer daquele filho da mãe — suspirou Lituma. E, após uma longa pausa, como se não estivesse muito interessado, perguntou: — O que aconteceu com ele?

José encolheu os ombros e fez uma expressão de desprezo.

— Há anos que não sei nada. Foi para o mau caminho, você sabe. Vivia de mulheres, tinha umas gostosas que trabalhavam para ele. Foi se afundando cada vez mais. O Mono e eu nos afastamos. Vinha dar uma facada de vez em quando, com uma conversa de doenças e de credores que o ameaçavam. Andou envolvido até numa história pesada, ligada a um crime. Foi acusado de cúmplice ou encobridor. Eu não me surpreenderia se um dia desses aparecer morto em algum lugar por esses marginais que tanto o atraíam. Deve estar apodrecendo numa cadeia, quem sabe.

— É verdade, a maldade o atraía como o mel atrai as moscas — disse Lituma. — O filho da puta nasceu para ser delinquente. Até hoje eu não entendo por que nós nos juntamos com ele, primo. Sendo *gallinazo*, ainda por cima, e nós mangaches.

E, nesse momento, Lituma, que estivera olhando sem ver os movimentos da mão do primo sobre a mesa, percebeu que, com a unha do dedão, José fazia uns risquinhos no tampo cheio de escritos, queimaduras e manchas. Quase perdendo o fôlego, fixou melhor a vista e pensou e repetiu que não estava doido nem obcecado, porque aquilo que o seu primo estava desenhando com a unha, sem se dar conta, eram aranhinhas. Sim, aranhinhas, como as das cartas anônimas cheias de ameaças que Felícito Yanaqué recebia. Ele não estava sonhando nem tendo visões, porra. Eram aranhinhas, aranhinhas. Caralho, caralho.

— Nós agora estamos com um problema dos mil diabos — murmurou, disfarçando o nervosismo e apontando para a avenida Sánchez Cerro. — Você deve saber. Deve ter lido no *El Tiempo* a carta de Felícito Yanaqué, o dono da Transportes Narihualá, aos chantagistas.

— O cara com mais colhões em Piura — exclamou o primo. Seus olhos brilhavam de admiração. — Não fui só eu que li essa carta, todos os piuranos leram. Eu a recortei, mandei emoldurar e pendurei na parede do meu escritório, primo. Felícito Yanaqué é um exemplo para todos esses veados de empresários e comerciantes piuranos que abaixam as calças para as máfias e pagam as quotas. Eu conheço don Felícito há muito tempo. Fazemos todos os consertos e a manutenção dos ônibus e caminhões da Transportes Narihualá lá na oficina. Escrevi umas linhas para ele elogiando a cartinha no *El Tiempo*.

Deu uma cotovelada em Lituma, apontando para os galões nas ombreiras.

— Vocês têm a obrigação de proteger esse homem, primo. Seria uma tragédia que as máfias mandassem um matador liquidar don Felícito. Você já viu que já queimaram o escritório dele.

O sargento o olhava, assentindo. Tanta indignação e admiração não podiam ser fingidas; ele tinha se enganado, José não tinha desenhado aranhas com a unha, e sim listrinhas. Uma coincidência, uma casualidade como tantas que há na vida. Mas nesse momento sua memória deu outra reviravolta porque, iluminando-se para que ele visse de forma mais clara e evidente, lembrou-lhe, com uma lucidez que o deixava trêmulo, que na verdade, desde que eram garotos, quem vivia desenhando com lápis, galhinhos ou facas essas estrelinhas que pareciam aranhas era seu primo José, não o cafetão Josefino. Claro, claro. Era José. Muito antes de conhecerem o Josefino, José vivia fazendo os desenhinhos. O Mono e ele tinham debochado muitas vezes daquela mania. Puta merda, puta merda.

— Vamos marcar um almoço ou um jantar, para rever o Mono, Lituma. Que prazer ele vai ter em reencontrar você!

— E eu também, José. As minhas melhores recordações são piuranas, sabe. Do tempo em que nós andávamos sempre juntos, o tempo dos inconquistáveis. A melhor época da minha vida, acho eu. Naquele tempo fui feliz. Depois é que vieram as desgraças. Além do mais, que eu me lembre, você e o Mono são os únicos parentes que me restam no mundo. Quando vocês quiserem, podem me dizer a data que eu vou.

— É melhor um almoço que um jantar, então — disse José. — Rita, a minha cunhada, é mais ciumenta que não sei o quê, tem um ciúme do Mono que não dá para imaginar. Faz um escândalo quando ele sai de noite. E parece até que bate nele.

— Um almoço, então, sem problema — Lituma estava tão agitado que, com receio de que José desconfiasse do que estava lhe passando pela cabeça, arranjou um pretexto para despedir-se.

Quando voltou para a delegacia estava sem ar, confuso e aturdido, sem saber muito bem onde pisava, a tanto que quase foi atropelado pelo triciclo de um vendedor de frutas quando ia atravessar numa esquina. Quando chegou, o capitão Silva notou o seu estado de ânimo assim que o viu.

— Não me traga mais encrencas do que já tenho, Lituma — advertiu ele, levantando-se da escrivaninha com tanta fúria que o cubículo tremeu. — Que merda aconteceu agora? Quem morreu?

— Morreu a suspeita de que Josefino Rojas podia ser o tal das aranhinhas — balbuciou Lituma, tirando o quepe e enxugando o suor com o lenço. — O caso é que agora o suspeito não é mais o tal cafetão, e sim meu primo José León. Um dos inconquistáveis de que lhe falei, meu capitão.

— Você está de gozação, Lituma? — exclamou o capitão, desconcertado. — Explique melhor essa bobagem que acabou de dizer.

O sargento sentou-se, procurando que a brisa do ventilador batesse de cheio no seu rosto. Contou ao delegado com os mínimos detalhes tudo o que havia acontecido de manhã.

— Então quer dizer que agora é seu primo José quem desenha as aranhinhas com a unha — irritou-se o capitão. — E, além do mais, é tão completamente burro que se delata na frente de um sargento da polícia, sabendo muito bem que as aranhinhas de Felícito Yanaqué e a Transportes Narihualá são o assunto do dia em Piura. Você está com uma tremenda bagunça na cabeça, Lituma.

— Não tenho certeza de que desenhava aranhinhas com as unhas — desculpou-se o subordinado, constrangido. — Posso estar enganado nisso também, peço desculpas. Não tenho mais certeza de nada, capitão, nem do chão onde piso. Sim, o senhor tem razão. Minha cabeça parece um enxame de abelhas.

— Um enxame de aranhinhas, talvez — riu o capitão.

— E agora, veja só quem está chegando. Era só o que nos faltava. Bom dia, senhor Yanaqué. Vamos, entre.

Pelo rosto do transportista, Lituma percebeu imediatamente que estava acontecendo alguma coisa grave: outra cartinha da máfia? Felícito estava pálido, com olheiras, a boca entreaberta numa expressão idiota, os olhos dilatados de horror. Tinha tirado o chapéu mostrando um cabelo desgrenhado, como se não tivesse se lembrado de pentear-se. Ele, que sempre andava tão arrumado, tinha abotoado mal o colete, com o primeiro botão na segunda casa. Estava com uma aparência ridícula, descuidada e cômica. Não conseguia nem falar. Não respondeu ao cumprimento, limitou-se a tirar do bolso um envelope que entregou ao capitão com uma mãozinha trêmula. Parecia menor e mais frágil que nunca, quase um anão.

— Puta merda — disse o delegado entre os dentes, pegando a carta e começando a ler em voz alta:

Estimado senhor Yanaqué:
Nós avisamos que a sua teimosia e o seu desafio no *El Tiempo* iriam ter consequências ingratas. Avisamos que o senhor lamentaria ter se recusado a ser razoável e entrar em entendimento com aqueles que só querem dar proteção aos seus negócios e segurança à sua família. Nós sempre cumprimos o que dizemos. Temos em nosso poder um dos seus seres queridos e o manteremos assim até que o senhor dê o braço a torcer e faça um acordo conosco.

Já sabemos que o senhor tem o péssimo costume de dar queixa na polícia, como se isso adiantasse alguma coisa, mas supomos que para o seu bem desta vez manterá a devida discrição. Não é do interesse de ninguém que se espalhe por aí que estamos com essa pessoa, principalmente se quiser que ela não sofra as consequências de outra imprudência sua. Isto deve ficar só entre nós e ser resolvido com toda discrição e rapidez.

Já que o senhor gosta de usar a imprensa, ponha um anuncinho no *El Tiempo*, agradecendo ao Senhor Cativo de Ayabaca por ter feito o milagre que o senhor pediu. Assim vamos saber que concorda com as condições que sugerimos. E, imediatamente, a pessoa em questão voltará para casa sã e salva. Do contrário, pode ser que não volte ou que nunca mais se saiba dela.

Deus o proteja.

Lituma não viu, mas adivinhou a aranhinha que assinava aquela carta.

— Quem foi que sequestraram, senhor Yanaqué? — perguntou o capitão Silva.

— Mabel — articulou, quase sufocado, o transportista. Lituma viu que os olhos do homenzinho estavam molhados e umas lágrimas corriam por suas bochechas.

— Sente-se aqui, don Felícito — o sargento lhe cedeu a cadeira que estava usando e o guiou até ela.

O transportista sentou-se e cobriu o rosto com as mãos. Chorava devagar, sem fazer nenhum som. Seu corpinho franzino sofria súbitos tremores. Lituma sentiu pena dele. Pobre homem, agora sim aqueles sacanas tinham encontrado um jeito de amolecê-lo. Não tinham esse direito, que injustiça.

— Posso lhe garantir uma coisa, don — o capitão também parecia comovido com o que Felícito Yanaqué estava passando. — Eles não vão tocar num fio de cabelo da sua amiga. Querem assustar o senhor, só isso. Sabem que machucar Mabel é um mau negócio. Sabem que têm nas mãos alguém intocável.

— Pobre garota — balbuciou, entre soluços, Felícito Yanaqué. — A culpa é minha, fui eu que a meti nisso. O que vou fazer, meu Deus, nunca vou me perdoar.

Lituma viu o rosto bochechudo e com uma sombra de barba do capitão Silva passar da pena à raiva e de novo à compaixão. Viu-o estender o braço, bater no ombro de don Felícito e, inclinando a cabeça, dizer com firmeza:

— Juro pelo mais sagrado para mim, que é a memória da minha mãe, que não vai acontecer nada com Mabel. Eles vão devolvê-la sã e salva. Juro pela minha santíssima mãe que vou resolver o caso e que esses filhos da puta hão de pagar caro. Eu nunca faço esses juramentos, don Felícito. O senhor é um homem de colhões, toda Piura diz isso. Não vá fraquejar agora, pelo amor de Deus.

Lituma estava impressionado. O que o delegado disse era verdade: ele nunca fazia juramentos como aquele que acabava de fazer. Ficou mais animado: ia conseguir, iam conseguir. Pegariam os caras. Esses merdas iam lamentar todas as canalhices que fizeram com esse pobre homem.

— Não vou fraquejar agora nem nunca — balbuciou o transportista, enxugando os olhos.

VIII

Miki e Escovinha chegaram pontualmente, às onze da manhã. A própria Lucrecia abriu a porta e eles a beijaram no rosto. Depois, já sentados na saleta, Justiniana veio perguntar o que queriam tomar. Miki pediu um cafezinho pingado e Escovinha, um copo de água mineral com gás. Era uma manhã cinzenta e havia nuvens baixas sobrevoando o mar verde-escuro cheio de manchas de espuma da baía de Lima. Em alto-mar viam-se uns barquinhos de pescadores. Os filhos de Ismael Carrera estavam de terno escuro, gravata, lencinho no bolso e uns pomposos Rolex brilhando nos pulsos. Quando viram Rigoberto entrar se levantaram: "Olá, tio." "Maldito costume", pensou o dono de casa. Não sabia por quê, mas ficava exasperado com aquela moda, tão difundida nos últimos anos entre os jovens de Lima, de chamar de "tio" ou "tia" todos os conhecidos da família e todas as pessoas mais velhas, inventando um parentesco que não existia. Miki e Escovinha apertaram sua mão, sorrindo, com uma cordialidade efusiva demais para ser verdadeira. "Você está com um aspecto ótimo, tio Rigoberto", "A aposentadoria lhe fez bem, tio", "Desde a última vez que nos vimos você rejuvenesceu sei lá quantos anos."

— Tem uma linda vista aqui — disse finalmente Miki, apontando para o malecón e o mar de Barranco. — Quando está claro dá para ver de La Punta até Chorrillos, não é, tio?

— E também vejo e sou visto por todos esses caras que fazem asa-delta e parapente e passam por aqui quase roçando nas janelas do edifício — assentiu Rigoberto. — Qualquer dia desses um golpe de vento vai empurrar um desses voadores intrépidos para dentro de casa.

Seus "sobrinhos" receberam o gracejo com risos exagerados. "Estão mais nervosos do que eu", Rigoberto se surpreendeu.

Eram gêmeos, mas quase não se pareciam, só na altura, nos corpos atléticos e nos maus costumes. Deviam passar muitas horas no ginásio do Clube de Villa ou no Regatas fazendo exercícios e levantando pesos. Como será que conciliavam esses músculos com a vida boêmia, a bebida, a cocaína e as festanças? Miki tinha um rosto redondo e satisfeito, uma boca grossa com dentes carnívoros e umas orelhas de abano. Era muito branco, quase gringo, tinha cabelos claros e, de tanto em tanto, sorria de forma mecânica, como um boneco articulado. Escovinha, pelo contrário, era bem moreno, com olhos escuros e penetrantes, uma boca sem lábios e uma vozinha fina e altissonante. Usava costeletas compridas de *cantaor* flamenco ou de toureiro. "Qual dos dois será o mais burro?", pensou Rigoberto. "E o mais malvado?"

— Você não sente falta do escritório, agora que tem todo o seu tempo livre, tio? — perguntou Miki.

— Na verdade, não, sobrinho. Leio muito, ouço boa música, passo horas mergulhado nos meus livros de arte. Sempre gostei mais de pintura que de seguros, como Ismael deve ter contado a vocês. Agora finalmente posso dedicar bastante tempo a isso.

— Que biblioteca você tem, tio — exclamou Escovinha, apontando as prateleiras bem-arrumadas do escritório contíguo. — Quantos livros, que diabo! Já leu todos?

— Bem, todos ainda não — "Este é o mais burro", decidiu. — Alguns são apenas livros de consulta, como os dicionários e as enciclopédias daquela prateleira do canto. Mas minha tese é de que tenho mais chances de ler um livro que esteja aqui em casa do que outro que ficou numa livraria.

Os dois irmãos olharam desconcertados para ele, sem dúvida se perguntando se aquilo era uma piada ou estava falando sério.

— Tantos livros de arte, é como trazer todos os museus do mundo aqui para dentro do seu escritório — sentenciou Miki, fazendo cara de homem astuto e sábio. E concluiu: — Assim você pode visitá-los sem precisar sair de casa, que conforto.

"Ao lado de um imbecil como este bípede, qualquer um fica inteligente", pensou Rigoberto. Era impossível saber qual dos dois: empatavam. Houve um silêncio pesado, interminável, na saleta, e os três, para disfarçar a tensão, ficaram olhando a escrivaninha. "Chegou a hora", pensou Rigoberto. Teve um ligeiro sobressalto, mas estava curioso para saber o que iria acontecer.

Sentia-se absurdamente protegido por estar no próprio território, rodeado por seus livros e suas gravuras.

— Bem, tio — disse Miki, piscando muito, com um dedo no ar rumo à boca —, parece que chegou a hora de pegar o touro à unha. De começar a falar de coisas tristes.

Escovinha continuava bebendo sua água mineral no copo quase vazio, fazendo um som de gargarejo. Coçava a testa sem parar, e seus olhinhos pulavam do irmão para Rigoberto.

— Tristes? Por que tristes, Miki? — Rigoberto fez uma expressão de surpresa. — O que houve, rapazes? Estamos em dificuldades, outra vez?

— Você sabe muito bem o que houve, tio! — exclamou Escovinha com um laivo de ofensa na voz. — Não se faça de bobo, por favor.

— Está se referindo a Ismael? — Rigoberto se fez de bobo. — É dele que vocês querem falar? Do seu pai?

— Somos o alvo de todas as chacotas e das fofocas de Lima — Miki fez uma expressão melodramática, mordiscando o dedo mindinho com ímpeto. Falava sem tirá-lo da boca e sua voz saía insinuante. — Você deve ter ouvido, porque até as pedras já sabem. Não se fala de outra coisa nesta cidade, talvez em todo o Peru. Nunca na vida imaginei que a nossa família se veria envolvida num escândalo assim.

— Um escândalo que você poderia ter evitado, tio Rigoberto — afirmou Escovinha, aflito, fazendo uma espécie de beiço. Só agora parecia notar que o seu copo estava vazio. Deixou-o na mesinha de centro com uma precaução exagerada.

"Primeiro o melodrama e depois as ameaças", calculou Rigoberto. Ele se sentia inquieto, sem dúvida, mas cada vez mais intrigado com o que estava acontecendo. Via os gêmeos como dois atores incompetentes. Fazia uma cara atenta e comedida. Não sabia por quê, mas tinha vontade de rir.

— Eu? — fez-se de desconcertado. — Não sei o que você está querendo dizer, sobrinho.

— Você é a pessoa que meu pai sempre ouviu — disse Escovinha, muito enfático. — A única, talvez, que sempre levava em conta. Você sabe disso muito bem, tio, não se faça de bobo. Por favor. Não estamos aqui para brincar de adivinhações. Por favor!

— Se você tivesse lhe dado bons conselhos, se tivesse discordado, se tivesse lhe mostrado a barbaridade que ia fazer, esse casamento não teria acontecido — afirmou Miki, dando uma pancada na mesa. Agora ele estava diferente, no fundo dos seus olhos claros já ziguezagueava uma cobrinha. O volume da sua voz tinha aumentado.

Rigoberto ouviu uma música lá embaixo, no malecón: era o sibilo do afiador de facas. Sempre o escutava à mesma hora. Um sujeito pontual, esse homem. Tinha que ver a cara dele algum dia.

— Um casamento, aliás, que não vale coisa nenhuma, é lixo puro — Escovinha corrigiu o irmão. — Uma farsa sem o menor valor legal. Você sabe disso perfeitamente, tio, porque também é advogado. Então vamos falar de peito aberto, se você não se opõe. Pão, pão, queijo, queijo.

"O que este imbecil está querendo dizer?", perguntou-se don Rigoberto. "Estes dois usam os clichês assim, a esmo, como curingas, sem saber o que significam."

— Se tivesse nos informado a tempo o que o nosso pai estava tramando, nós impediríamos a coisa, nem que fosse com a polícia — insistiu Miki. Ainda falava com uma tristeza forçada, mas não podia evitar que já despontasse um toque de raiva em sua voz. Agora os seus olhinhos meio nublados ameaçavam Rigoberto.

— Mas você, em vez de nos avisar, aderiu à farsa e até assinou os papéis como testemunha, tio — Escovinha levantou a mão e fez um gesto furioso no ar. — Assinou junto com Narciso. Até o motorista, um pobre analfabeto, vocês enlodaram com essa história feia, feiíssima. Que maldade, abusar assim de um ignorante. Realmente, não esperávamos de você uma coisa dessas, tio Rigoberto. Ainda não acredito que tenha participado dessa palhaçada da pior espécie.

— Você nos decepcionou, tio — concluiu Miki, movendo-se como se sua roupa estivesse apertada. — É a triste verdade: de-cep-cio-nou. Isso mesmo. É uma pena ter que lhe dizer isso, mas a coisa é essa. E digo na sua cara com a maior franqueza, porque é a triste verdade. Você tem uma responsabilidade tremenda pelo que aconteceu, tio. Não somos só nós dois que estamos dizendo. Os advogados também dizem. E, para falar claramente, você não sabe a que se expõe. Isso pode ter consequências muito desagradáveis na sua vida privada e na outra.

"Qual é a outra?", pensou don Rigoberto. Os dois tinham levantado a voz, e a afetuosa cortesia inicial se evaporara, junto com os sorrisos. Agora os gêmeos estavam muito sérios; agora não disfarçavam mais o ressentimento que sentiam. Rigoberto os escutava inexpressivo e imóvel, aparentando uma tranquilidade que não tinha. "Vão me oferecer dinheiro? Vão me ameaçar com um assassino de aluguel? Vão puxar um revólver?" Tudo era possível com uma dupla assim.

— Não viemos aqui lhe fazer recriminações — Escovinha mudou subitamente de estratégia, voltando a adoçar a voz. Sorria, acariciando uma das costeletas, mas em seu sorriso havia algo de enviesado e belicoso.

— Nós gostamos muito de você, tio — secundou Miki, suspirando. — Nós o conhecemos desde pequenos, você é como o nosso parente mais próximo. Só que...

Não conseguiu concluir a ideia e ficou com a boca aberta e um olhar indeciso, aniquilado. Optou por mordiscar de novo o dedo mindinho, com fúria. "Sim, este é o mais burro", confirmou don Rigoberto.

— O sentimento é mútuo, sobrinhos — Rigoberto aproveitou o silêncio para soltar uma frase. — Tenham calma, por favor. Vamos conversar como pessoas racionais e civilizadas.

— Isso é mais fácil para você do que para nós — respondeu Miki, levantando a voz. "Óbvio", pensou ele. "Não sabe o que diz, mas às vezes acerta." — Quem se casou com a própria empregada, uma chola ignorante e piolhenta, e nos expôs à chacota de todas as famílias decentes de Lima não foi seu pai, foi o nosso.

— Um casamento que ainda por cima não vale porra nenhuma! — lembrou de novo Escovinha, gesticulando frenético. — Uma baboseira sem o menor valor legal. Sei que você entende perfeitamente o que está acontecendo, tio Rigoberto. Portanto pare de se fazer de babaca, que não fica nada bem.

— O que devo entender, sobrinho? — perguntou ele, muito calmo, com uma curiosidade que parecia genuína. — Eu queria que você me explicasse o sentido dessa palavra, babaca. É sinônimo de imbecil, não é?

— Significa que você se meteu numa grande encrenca por pura ignorância — explodiu Escovinha. — Uma puta encrenca, se me permite a expressão. Talvez tenha sido sem querer, pensando que estava ajudando o seu velho amigo. Nós aceitamos a sua boa intenção. Mas isso não interessa, porque a lei é igual para todos, principalmente neste caso.

— Isto pode trazer graves problemas pessoais a você e à sua família — apiedou-se Miki, falando com o dedo mindinho de novo na boca. — Não queremos assustar ninguém, mas a coisa é assim. Você não devia ter assinado aquele papel. Digo de forma objetiva e imparcial. E com todo o carinho, claro.

— Nós estamos falando pelo seu bem, tio Rigoberto — matizou o irmão. — Pensando mais no seu próprio interesse do que no nosso, embora você não acredite. Tomara que não se arrependa de ter feito essa besteira.

"Vão logo chegar à histeria, esses animais são capazes de me bater", deduziu Rigoberto. Os gêmeos foram se deixando levar pela ira e a cada instante seus olhares, gestos e expressões eram mais agressivos. "Será que vou ter que me defender a socos desses dois?", pensou. Já nem se lembrava de quando havia brigado pela última vez. No colégio de La Recoleta, certamente, durante algum recreio.

— Já fizemos todas as consultas, com os melhores advogados de Lima. Nós sabemos do que estamos falando. Por isso lhe dizemos que você se meteu numa encrenca do caralho, tio. Desculpe o palavrão, mas os homens têm que encarar a verdade de frente. É melhor ficar sabendo.

— Por cumplicidade e encobrimento — explicou Miki, em tom solene, pronunciando cada palavra bem devagar para dar-lhe um caráter mais belicoso. Sua vozinha desafinava o tempo todo e os olhos eram duas labaredas.

— O pedido de anulação do casamento está em andamento e a sentença não vai demorar muito — informou Escovinha. — Por isso, a melhor coisa a fazer é nos ajudar, tio Rigoberto. Quer dizer, a melhor para você.

— Ou seja, nós não queremos que você nos ajude, queremos que ajude o meu pai, tio Rigoberto. O seu amigo da vida toda, a pessoa que é como seu irmão mais velho. E que ajude a si mesmo, saindo desse rolo dos diabos em que você se meteu e nos meteu. Entende?

— Francamente, não, sobrinho. Não entendo nada, só vejo que vocês estão muito alterados — Rigoberto os admoestava com serenidade, de forma afetuosa, sorrindo. — Como vocês falam ao mesmo tempo, confesso que me deixam um pouco tonto. Não entendi muito bem do que se trata. Por que não se tranquilizam e me explicam com calma o que estão querendo de mim.

Será que os gêmeos acharam que tinham vencido a parada? Foi isso o que pensaram? Porque de repente a atitude deles se moderou. Agora o observavam risonhos, assentindo e trocando olhares cúmplices e satisfeitos.

— Sim, sim, desculpe, é que a gente se atropela um pouco — explicou Miki. — Você sabe que gostamos muito de você, tio.

"Tem orelhas grandes como as minhas", pensava Rigoberto. "Mas as dele são de abano e as minhas, não."

— E desculpe, principalmente, se levantamos a voz — encadeou Escovinha, sempre gesticulando às tontas, como um macaco frenético. — Mas, do jeito que as coisas estão, não é para menos, você tem que entender. Toda essa maluquice de velho caduco do meu pai nos deixou de cabeça quente, Miki e eu.

— É muito simples — explicou Miki. — Nós entendemos perfeitamente que, como meu pai é seu patrão na companhia, você não pôde se negar a assinar esse papel. Como o infeliz do Narciso, aliás. O juiz vai levar isso em conta, naturalmente. Será um atenuante. Não vai acontecer nada com vocês. Os nossos advogados garantiram.

"Na boca deles, a palavra advogado é como uma varinha de condão", pensou Rigoberto, divertido.

— Vocês estão enganados, Narciso e eu não aceitamos ser testemunhas do seu pai porque éramos subordinados dele — corrigiu, com amabilidade. — Eu aceitei porque Ismael, além de meu chefe, é um amigo da vida toda. E Narciso também, pelo grande afeto que sempre teve por seu pai.

— Pois fez um péssimo favor ao seu querido amigo — Escovinha se irritou de novo; agora sua cara estava muito vermelha, como se tivesse sofrido uma súbita insolação; seus olhos escuros o fulminavam. — O velho não sabia o que estava fazendo. Está caduco há muito tempo. Já não sabe mais onde está, nem quem é, e muito menos o que aconteceu quando se deixou enganar por essa chola de merda com que ele foi se enrabichar, se me permite a expressão.

"Enrabichar?", pensou don Rigoberto. "Deve ser a palavra mais feia da língua. Uma palavra que fede e tem pelos."

— Você acha que, se estivesse em pleno uso de suas faculdades mentais, meu pai, que sempre foi um homem sério, iria se casar com uma empregada que, ainda por cima, deve ser quarenta anos mais nova que ele? — apoiou Miki, abrindo muito a boca e exibindo seus dentes grandes.

— Acha possível uma coisa dessas? — agora Escovinha tinha os olhos vermelhos e a voz embargada. — É impossível, você é um homem inteligente e culto, não se iluda e nem tente nos iludir. Porque nem você nem ninguém vai conseguir nos passar para trás, saiba disso.

— Se eu achasse que Ismael não estava em pleno uso de suas faculdades mentais, não aceitaria ser testemunha, sobrinho. Por favor me deixem falar. Eu entendo que vocês estão muito abalados. Não é para menos, certamente. Mas precisam fazer um esforço e aceitar os fatos como são. Não é o que vocês estão pensando. O casamento de Ismael também me surpreendeu muito. Assim como a todo mundo, claro. Mas Ismael sabia muito bem o que estava fazendo, tenho certeza absoluta. Ele tomou a decisão de se casar com a maior lucidez, com completo conhecimento do que ia fazer. E das consequências.

Enquanto falava, ia vendo como a indignação e o ódio cresciam no rosto dos gêmeos.

— Imagino que você não vai se atrever a repetir na frente de um juiz as bobagens que está dizendo. — Escovinha se levantou e deu um passo em sua direção, inflamado. Agora não estava mais congestionado, e sim lívido e trêmulo.

Don Rigoberto não se mexeu na cadeira. Esperava que o outro o sacudisse e talvez o agredisse, mas o gêmeo se conteve, deu meia-volta e voltou a sentar-se. Seu rosto redondo estava todo molhado de suor. "Já começaram as ameaças. Começarão os socos, também?"

— Se você queria me assustar, conseguiu, Escovinha — reconheceu, com uma invariável calma. — Vocês dois conseguiram, melhor dizendo. Querem saber a verdade? Estou morrendo de medo, sobrinhos. Vocês são jovens, fortes, impulsivos, e têm um currículo de meter medo no mais valente. Eu o conheço muito bem porque, como devem se lembrar, ajudei-os muitas vezes a sair das encrencas e confusões em que se meteram desde muito jovens. Como aconteceu quando estupraram aquela menina em Pucusana, lembram? Eu me lembro até do nome: Floralisa Roca. Era assim que ela se chamava. E, claro, também não esqueci que tive que dar cinquenta mil dólares aos pais dela para que vocês não fossem presos por causa da gracinha que fizeram. Sei perfeitamente que, se vocês quiserem, podem me virar pelo avesso. Isso está claríssimo.

Desconcertados, os gêmeos se entreolhavam, faziam caras sérias, tentavam inutilmente sorrir, ficavam azedos.

— Não entenda as coisas assim — disse afinal Miki, tirando o mindinho da boca e dando uma palmada em seu braço.

— Estamos entre cavalheiros, tio.

— Nós nunca encostaríamos um dedo em você — afirmou Escovinha, alarmado. — Gostamos de você, tio, por mais que não acredite. Apesar da atitude que você teve conosco, assinando aquela porcaria de papel.

— Deixem eu terminar — Rigoberto apaziguou-os, movendo as mãos. — Mas, apesar do meu medo, se um juiz me chamar para prestar um depoimento vou dizer a verdade. Que o Ismael decidiu se casar sabendo perfeitamente o que estava fazendo. Que não está caduco e nem demente, não foi enganado pela Armida nem por ninguém. Porque o seu pai continua sendo mais esperto que vocês dois juntos. Essa é a estrita verdade, sobrinhos.

A sala caiu de novo num silêncio denso e perfurante. Lá fora as nuvens haviam escurecido e, ao longe, no horizonte marinho, viam-se umas luzinhas elétricas que podiam ser refletores de um navio ou relâmpagos de uma tempestade. Rigoberto sentia o peito agitado. Os gêmeos continuavam lívidos e o olhavam de tal forma que, pensou, deviam estar fazendo um esforço enorme para não se jogar para cima dele e triturá-lo. "Você não me fez um grande favor me metendo nisso, Ismael", pensou.

Escovinha foi o primeiro a falar. Abaixou a voz, como se fosse lhe contar um segredo, e encarou-o fixamente com um olhar em que faiscava o desprezo.

— Meu pai lhe pagou por isso? Quanto ele pagou, tio, pode-se saber?

A pergunta o pegou tão de surpresa que ele ficou boquiaberto.

— Não leve a mal esta pergunta — Miki quis ajeitar as coisas, também abaixando a voz e balançando a mão para tranquilizá-lo. — Você não tem por que se envergonhar, todo mundo tem as suas necessidades. Escovinha só lhe perguntou isso porque, se a questão é dinheiro, nós também estamos dispostos a lhe dar uma gratificação. Porque, para falar a verdade, nós precisamos de você, tio.

— Precisamos que declare ao juiz que assinou como testemunha sob pressão e ameaças — explicou Escovinha. — Se você e Narciso disserem isso, tudo vai ser mais rápido e o casamento se anula num instante. Claro que estamos dispostos a recompensá-lo, tio. E generosamente.

— Todos os serviços se pagam, nós conhecemos muito bem o mundo em que vivemos — acrescentou Miki. — E, claro, com a mais absoluta discrição.

— Além do mais, seria um grande favor ao meu pai, tio. O coitado deve estar desesperado agora, sem saber como escapar da armadilha em que se meteu num momento de fraqueza. Vamos tirá-lo dessa encrenca e ele acabará nos agradecendo, você vai ver.

Rigoberto escutava tudo aquilo sem piscar nem se mexer, petrificado na cadeira, como se estivesse imerso em profundas reflexões. Os gêmeos esperavam sua resposta, ansiosos. O silêncio se prolongou por quase um minuto. Ao longe se ouvia de vez em quando, já muito fraco, o sibilo do afiador.

— Vou pedir que vocês saiam agora desta casa e nunca mais ponham os pés aqui de novo — disse afinal don Rigoberto, sempre com a mesma calma. — Na verdade, vocês são piores do que eu pensava, rapazes. E olhem que, se existe alguém que os conhece bem, sou eu, e isso desde que usavam calça curta.

— Você está nos ofendendo — disse Miki. — Não se iluda, tio. Nós respeitamos os seus cabelos brancos, mas só até aí.

— Não vamos permitir que faça isso! — exclamou Escovinha, batendo na mesa. — Você só pode sair perdendo, quero que saiba disso. Até a sua aposentadoria está ameaçada.

— Não esqueça quem vai ser o dono da companhia assim que o velho maluco bater as botas — ameaçou Miki.

— Já pedi que vocês fossem embora — disse Rigoberto, levantando-se e apontando a porta. — E, principalmente, que não voltem mais a esta casa. Não quero vê-los nunca mais.

— Você acha que vai nos expulsar assim da sua casa, seu dedo-duro de uma figa? — disse Escovinha, levantando-se também e fechando os punhos.

— Cale a boca — o irmão o conteve, pegando-o pelo braço. — As coisas não podem descambar assim para uma briga. Peça desculpas ao tio Rigoberto por ofendê-lo, Escovinha.

— Não é necessário. Basta vocês irem embora e não voltarem mais — disse Rigoberto.

— Foi ele quem nos ofendeu, Miki. Está nos expulsando daqui como dois cachorros sarnentos. Por acaso você não ouviu?

— Peça desculpas, caralho — ordenou Miki, levantando-se também. — Agora mesmo. Peça desculpas.

— Tudo bem — cedeu Escovinha; estava tremendo como uma vara verde. — Desculpe pelo que eu disse, tio.

— Está desculpado — assentiu Rigoberto. — Agora esta conversa acabou. Obrigado pela visita, rapazes. Bom dia.

— Vamos conversar outro dia, mais calmos — despediu-se Miki. — Lamento que as coisas tenham terminado assim, tio Rigoberto. Nós queríamos chegar a um acordo amigável. Agora por causa da sua intransigência, o caso vai ter que passar pelo Judiciário.

— Pode ficar feio para o seu lado, digo isso numa boa, você ainda vai lamentar — disse Escovinha. — É melhor pensar duas vezes.

— Vamos embora, irmão, cale a boca — Miki pegou o outro pelo braço e o arrastou até a porta da rua.

Assim que os gêmeos saíram, Rigoberto viu Lucrecia e Justiniana aparecerem com caras alarmadas. Lucrecia tinha nas mãos, como uma arma contundente, o compacto rolo de amassar.

— Nós ouvimos tudo — disse ela, tocando no braço do marido. — Se eles tivessem feito alguma coisa, já estávamos prontas para interferir e pular em cima das hienas.

— Ah, então o rolo de amassar era para isso — quis saber Rigoberto, e Justiniana confirmou, muito séria, rodando no ar o seu cassetete improvisado.

— E eu estava com o ferro da lareira na mão — disse Lucrecia. — Íamos furar os olhos desses malfeitores. Juro, amor.

— Eu me saí bastante bem, não foi? — Rigoberto estufou o peito. — Não me deixei intimidar em momento algum por essa dupla de retardados.

— Você se saiu como um cavalheiro — disse Lucrecia. — E, pelo menos desta vez, a inteligência venceu a força bruta.

— Como um homem com agá maiúsculo, patrão — ecoou Justiniana.

— Não digam a Fonchito uma palavra de tudo isso — ordenou Rigoberto. — O menino já tem as suas dores de cabeça, para que mais uma.

Elas concordaram e de repente, ao mesmo tempo, os três começaram a rir.

IX

Seis dias depois da publicação do segundo anúncio de don Felícito Yanaqué no *El Tiempo* (anônimo, ao contrário do primeiro), os sequestradores ainda não tinham dado sinais de vida. O sargento Lituma e o capitão Silva, apesar dos seus esforços, não encontraram qualquer pista de Mabel. A notícia do sequestro não tinha vazado para a imprensa e o capitão Silva dizia que aquele milagre não ia durar; era impossível que, com o interesse que o caso do dono da Transportes Narihualá despertava em toda Piura, um fato daquela importância não ganhasse destaque muito em breve nos jornais, no rádio e na televisão. A qualquer momento tudo seria divulgado e o coronel Raspaxota ia ter outro acesso de raiva daqueles seus, com muita bronca, palavrão e esperneio.

  Lituma conhecia seu chefe o bastante para saber que o delegado estava preocupado, embora não dissesse nada, aparentasse segurança e continuasse a fazer os comentários cínicos e escabrosos de sempre. Na certa se perguntava, como ele próprio, se a máfia da aranhinha não teria exagerado na dose e aquela linda moreninha, a amante de don Felícito, já não estaria morta e enterrada em algum depósito de lixo dos arredores. Sempre que viam o transportista, cada vez mais abatido com aquela desgraça, o sargento e o capitão ficavam impressionados com suas olheiras, o tremor das suas mãos, com a voz que sumia no meio de uma frase, e o homem ficava aparvalhado, olhando para o vazio com terror, mudo e assaltado por um frenético piscar de seus olhinhos aquosos. "A qualquer momento vai ter um ataque do coração e cair duro", temia Lituma. Agora o chefe fumava o dobro de cigarros que antes, prendendo as guimbas entre os lábios e às vezes mordiscando-as, o que só fazia nos momentos de grande preocupação.

  — O que fazemos se a dona Mabel não aparecer, capitão. Esta história já está me tirando o sono.

— Só nos resta o suicídio, Lituma — o delegado tentou gracejar. — Fazemos uma roleta-russa e nos despedimos deste mundo como machos, feito o tal Seminário da sua aposta. Mas a garota vai aparecer, não seja tão pessimista. Eles sabem, ou pelo menos pensam, pelo anúncio no *El Tiempo*, que finalmente derrotaram Yanaqué. Agora o estão fazendo sofrer um pouco para completar o serviço. Não é isso o que me deixa preocupado, Lituma. Sabe o que é? Que de repente don Felícito pode perder a cabeça e resolver publicar outro anúncio recuando e estragando o nosso plano.

Não tinha sido fácil convencê-lo. O capitão levou várias horas para fazê-lo ceder, apresentando todos os argumentos possíveis para que fosse levar o anúncio a *El Tiempo* ainda naquele dia. Primeiro conversaram na delegacia e depois no El Pie Ajeno, um barzinho aonde ele e Lituma o levaram quase arrastado. Lá o viram beber, um atrás do outro, meia dúzia de coquetéis de *algarrobina*, muito embora, como repetiu diversas vezes, ele nunca bebesse. O álcool lhe fazia mal à barriga, dava azia e diarreia. Mas agora era diferente. Tinha sofrido um baque terrível, o mais doloroso da sua vida, e o álcool ia ajudar a evitar a choradeira.

— Por favor, acredite em mim, don Felícito — explicava o delegado, esbanjando paciência. — Não estou pedindo que o senhor se renda à máfia, entenda isso. Eu jamais pensaria em lhe aconselhar que pague as quotas que eles pedem.

— Eu nunca faria isso — repetia, trêmulo e categórico, o transportista. — Nem que matassem Mabel e eu tivesse que me suicidar para não viver com o remorso na consciência.

— Só estou lhe pedindo que finja, só isso. Faça de conta que aceita as condições deles — insistia o capitão. — O senhor não vai ter que pagar um centavo, juro pela minha mãe. E pela Josefita, aquele bombonzinho. Precisamos que eles soltem a garota, assim vão deixar rastros. Sei o que estou dizendo, acredite. Esta é minha profissão, conheço muito bem como esses merdas agem. Não seja teimoso, don Felícito.

— Não é por teimosia, capitão — o transportista estava mais calmo e agora tinha uma expressão tragicômica porque uma mecha de cabelo havia caído em sua testa e tapava parte do olho direito; ele não parecia notar. — Eu amo muito Mabel, muito mesmo. Fico com o coração em frangalhos ao ver uma pessoa como ela, que não tem nada a ver com a história, sendo vítima da cobiça e da maldade desses criminosos. Mas não posso fazer o que eles pedem. Não é por mim, entenda, capitão. Não posso atentar contra a memória do meu pai.

Ficou algum tempo calado, observando o copinho de *algarrobina* vazio, e Lituma pensou que ia começar a choramingar de novo. Mas não o fez. Em compensação, cabisbaixo, com o olhar parado, como se não se dirigisse a eles e estivesse falando consigo mesmo, aquele homenzinho miúdo, todo apertado dentro do paletó e do colete cinza, ficou se lembrando do pai. Umas moscas azuis zumbiam em volta de suas cabeças, e ao longe se ouvia uma discussão altissonante de dois homens por causa de um acidente de trânsito. Felícito falava pausadamente, escolhendo as palavras para dar a ênfase adequada ao que contava e volta e meia deixando-se levar pelos sentimentos. Lituma e o capitão Silva entenderam logo que o arrendatário Aliño Yanaqué, da Fazenda Yapatera, em Chulucanas, era a pessoa que Felícito mais tinha amado na vida. E não só por terem nas veias o mesmo sangue. E sim porque, graças ao pai, pudera sair da pobreza, ou melhor, da miséria em que nasceu e passou a infância — uma miséria tão grande que eles não podiam sequer imaginar —, até se tornar empresário, dono de uma frota de muitos carros, caminhões e ônibus, de uma respeitada companhia de transportes que abrilhantava o seu humilde sobrenome. Tinha conquistado o respeito das pessoas; todos os que o conheciam sabiam que era decente e honrado. Pôde dar uma boa educação aos filhos, uma vida digna, uma profissão, e ia deixar para eles a Transportes Narihualá, uma empresa muito bem considerada tanto pelos clientes quanto pelos concorrentes. Tudo isso se devia, mais que ao seu próprio esforço, aos sacrifícios de Aliño Yanaqué. Ele não foi somente seu pai, mas também sua mãe e sua família, porque Felícito não conheceu a mulher que o trouxe ao mundo nem qualquer outro parente. Não sabia por que tinha nascido em Yapatera, um povoado de negros e mulatos, onde os Yanaqué, sendo nativos, ou seja, cholos, pareciam forasteiros. Os dois levavam uma vida bastante isolada, porque os pretos de Yapatera não faziam amizade com Aliño e o filho. Fosse porque não tinham família, fosse porque seu pai não quis que Felícito soubesse quem era e onde estavam seus tios e primos, os dois sempre viveram sozinhos. Ele não lembrava, era muito pequeno quando aconteceu, mas sabia que, pouco depois do seu nascimento, um dia sua mãe sumiu, sabe-se lá para onde e com quem. Nunca mais apareceu. Desde que se entende por gente, via o pai trabalhando feito uma mula, na chácara que o patrão lhe cedia e na fazenda deste, sem domingos nem feriados, todos os dias da semana e todos os meses do ano. Aliño Yanaqué gastava tudo o que ganhava, que não era muito, para que Felícito pudesse comer, ir à escola, ter sapatos, roupa, cadernos e lápis. Às vezes lhe dava um brinquedo de presente de Natal ou uma moeda para comprar um pirulito ou um pão de mel. Não era desses pais que ficam o tempo todo beijocando e mimando os filhos. Era parco, austero, nunca lhe deu um beijo nem um abraço, nem disse gracinhas para fazê-lo rir. Mas se privou de tudo para que o filho, quando crescesse, não fosse um arrendatário analfabeto como ele. Nessa época, não havia em Yapatera uma só escolinha. Felícito tinha que andar da sua casa até a escola pública de Chulucanas, uns cinco quilômetros de ida e outros cinco de volta, e nem sempre encontrava um motorista caridoso que parasse seu caminhão e o poupasse da caminhada. Não se lembrava de ter faltado ao colégio um único dia. Sempre tirava boas notas. Como seu pai não sabia ler, ele mesmo tinha que lhe dizer o que estava escrito na caderneta, e Felícito se sentia feliz quando via Aliño como um pavão ouvindo os comentários elogiosos dos professores. Para que Felícito pudesse fazer o curso secundário, como não encontraram vaga no único colégio de ensino médio de Chulucanas, tiveram que se mudar para Piura. Felícito, para alegria de Aliño, foi aceito na Unidade Escolar San Miguel de Piura, o colégio federal mais prestigioso da cidade. Por ordem do pai, escondeu dos colegas e dos professores que aquele ganhava a vida carregando e descarregando mercadorias no Mercado Central, lá na Gallinacera, e, de noite, recolhia o lixo nos caminhões da Prefeitura. Todo esse esforço era para que seu filho pudesse estudar e, mais adiante, não virasse arrendatário, carregador e nem lixeiro. O conselho que Aliño lhe dera antes de morrer, "Nunca se deixe pisar por ninguém, filhinho", se tornou o lema da sua vida. E não ia se deixar pisar agora por aqueles ladrões, incendiários e sequestradores filhos de uma puta.

— Meu pai nunca pediu esmola nem deixou que ninguém o humilhasse — concluiu.

— Seu pai devia ser uma pessoa respeitável como o senhor, don Felícito — adulou o delegado. — Eu nunca lhe pediria para traí-lo, juro. Só lhe peço que faça de conta, como truque, publicando esse anúncio que eles pedem no *El Tiempo*. Vão pensar que derrotaram o senhor e soltarão Mabel. Isso é o mais importante agora. Vão deixar pistas e poderemos pegá-los.

Finalmente don Felícito aceitou. Ele e o capitão redigiram o texto que no dia seguinte seria publicado no jornal:

Agradecimento ao Senhor Cativo de Ayabaca

Agradeço com toda a alma ao divino Senhor Cativo de Ayabaca que, em sua infinita bondade, realizou o milagre que lhe pedi. Sempre estarei grato e disposto a seguir todos os passos que em sua grande sabedoria e misericórdia quiser me indicar.

Um devoto.

Nesses dias, enquanto esperavam algum sinal dos mafiosos da aranhinha, Lituma recebeu um recado dos irmãos León. Tinham convencido Rita, a mulher do Mono, a deixá-lo sair à noite, de modo que em vez de almoço teriam um jantar, no sábado. Marcaram num chinês, perto do convento das freiras do Colégio Lourdes. Lituma deixou a farda na pensão dos Calancha e foi à paisana, com o único terno que tinha. Antes o levou à tinturaria para lavar e engomar. Não pôs gravata, mas comprou uma camisa nova numa loja que estava liquidando o estoque. Engraxou os sapatos ao lado do jornaleiro e tomou uma chuveirada num banheiro público antes de ir ao encontro dos primos.

Teve mais dificuldade para reconhecer o Mono que José. Aquele sim tinha mudado. Não apenas fisicamente, embora estivesse bem mais gordo que quando era jovem, com pouco cabelo, bolsas violáceas debaixo dos olhos e ruguinhas nas têmporas, em volta da boca e no pescoço. Usava roupa esporte, muito elegante, e uns mocassins de branquelo. Tinha uma correntinha no pulso e outra no peito. Mas a maior transformação era nas suas maneiras repousadas, serenas, de pessoa que tem uma grande segurança em si mesma porque descobriu o segredo da existência e a forma de se dar bem com todo mundo. Não conservava nada das macaquices e palhaçadas que fazia quando era jovem e pelas quais ganhou aquele apelido de macaco.

Abraçou-o com muito carinho: "Que maravilha ver você de novo, Lituma!"

— Só falta agora nós cantarmos o hino dos inconquistáveis — exclamou José. E batendo palmas pediu ao chinês que trouxesse umas cervejas cusquenhas bem geladas.

No começo a conversa foi um pouco tensa e difícil porque, depois de cotejar as lembranças compartilhadas, transcorriam grandes parênteses de silêncio, acompanhados de risinhos forçados e olhares nervosos. Havia passado muito tempo, cada qual tinha vivido a sua vida, não era fácil ressuscitar a camaradagem de antigamente. Lituma se mexia meio sem jeito na cadeira, pensando se não teria sido melhor evitar esse reencontro. Lembrava-se de Bonifacia, de Josefino, e alguma coisa se contraía em sua barriga. Mas, à medida que iam se esvaziando as garrafas de cerveja que acompanhavam as travessas de arroz *chaufa*, o talharim chinês, o pato laqueado, a sopa *wantan* e os camarões empanados, o sangue dos três foi se animando e as línguas se soltando. Começaram a sentir-se mais relaxados e confortáveis. José e o Mono contaram piadas e Lituma incitou o primo a fazer algumas das imitações que eram o seu ponto forte na juventude. Por exemplo, os sermões do padre García em sua igreja da Virgem del Carmen, na Praça Merino. O Mono a princípio relutou um pouco, mas de repente se animou e começou a pregar e a disparar as fulminações bíblicas do velho padre espanhol, filatelista e rabugento, de quem se dizia que havia queimado, junto com um grupo de beatas, o primeiro bordel da história de Piura, que ficava em pleno areal, na direção de Catacaos, e era do pai da Chunga Chunguita. Pobre padre García! Como os inconquistáveis infernizaram a sua vida, gritando-lhe pelas ruas "Incendiário! Incendiário!". Transformaram os últimos anos do velho rabugento num calvário. Ele, toda vez que os via na rua, soltava impropérios em voz alta: "Vagabundos! Bêbados! Degenerados!" Ah, que engraçado. Aqueles tempos que, como dizia o tango, se foram para não voltar.

Quando já haviam arrematado a refeição com uma sobremesa chinesa de maçã, mas continuavam bebendo, a cabeça de Lituma parecia um redemoinho suave e agradável. Tudo girava, e de vez em quando sentia uns bocejos incontroláveis querendo escapar pela mandíbula afora. De repente, numa espécie de cochilo semilúcido, percebeu que o Mono tinha começado a falar de Felícito Yanaqué. Estava lhe perguntando alguma coisa. Sentiu que o início de porre tinha evaporado e recuperou o domínio da consciência.

— O que está havendo com o coitado de don Felícito, primo? — repetiu o Mono. — Você deve saber alguma coisa. Continua teimando em não pagar as quotas que lhe pedem? Miguelito e Tiburcio estão muito preocupados, esse problema os deixa arrasados. Porque, embora Felícito tenha sido muito duro com eles como pai, os dois gostam do velho. Têm medo de que os mafiosos o matem.

— Você conhece os filhos de don Felícito? — perguntou Lituma.

— José não lhe contou? — replicou o Mono. — Nós os conhecemos há um tempão.

— Eles vinham sempre à oficina, trazer os veículos da Transportes Narihualá para consertos e manutenção — José parecia incomodado com a confidência do Mono. — Os dois são boa gente. Não é que sejamos muito amigos. Conhecidos, só isso.

— Nós já jogamos muitas vezes com eles — continuou o Mono. — Tiburcio é bom demais com os dados.

— Contem mais alguma coisa desses dois — insistiu Lituma. — Só os vi duas ou três vezes, quando vieram prestar depoimento na delegacia.

— Excelentes pessoas — afirmou o Mono. — Sofrem demais pelo que está acontecendo com o pai. E o velho, ao que parece, foi muito autoritário com eles. Sempre os obrigou a fazer de tudo na empresa, começando lá de baixo. São motoristas até hoje, dizem que recebendo o mesmo que os outros. Não os trata diferente, apesar de serem seus filhos. Não lhes paga um tostão a mais nem dá licenças extras. E, como você deve saber, mandou Miguelito servir o Exército, dizendo que era para endireitá-lo, porque estava saindo da linha. Que velho de merda!

— Don Felícito é um cara meio esquisito, desses que só aparecem na vida de vez em quando — sentenciou Lituma. — A pessoa mais correta que conheci. Qualquer outro empresário já estaria pagando as quotas e tirando esse pesadelo da cabeça.

— Bem, de qualquer maneira, Miguelito e Tiburcio vão herdar a Transportes Narihualá e deixar de ser pobres — José tentou mudar de assunto: — E você como vai, primo? Quer dizer, em termos de mulher, por exemplo. Você tem mulher, amante, amantes? Ou só putas?

— Não passe dos limites, José — fez o Mono, exagerando os gestos como fazia antigamente. — Olhe só como o primo ficou tonto com essa curiosidade malsã.

— Você ainda tem saudades daquela fulana que o Josefino fez de puta, primo? — riu José. — Todo mundo a chamava de Selvática, não era assim?

— Já nem lembro quem é — garantiu Lituma, olhando para o teto.

— Não ressuscite coisas tristes para o primo, *che guá*, José.

— Vamos falar de don Felícito — propôs Lituma. — Mas que homem de caráter, e que colhões. Eu fico impressionado.

— Quem não fica, ele virou o herói de Piura, quase tão famoso quanto o almirante Grau — disse o Mono. — Talvez, agora que ele se tornou uma pessoa tão popular, a máfia não se atreva a matá-lo.

— Pelo contrário, vão querer matá-lo justamente por ter ficado famoso; ele os ridicularizou e não podem admitir isso — alegou José. — A honra dos mafiosos está em jogo, irmão. Se don Felícito se der bem, todos os empresários que pagam quotas deixariam de pagar amanhã mesmo e a máfia iria à falência. Vocês acham que eles vão admitir isso?

Seu primo José tinha ficado nervoso? Lituma, entre os bocejos, notou que José voltava a fazer listrinhas no tampo da mesa com a ponta da unha. Não fixou a vista, para não se sugestionar como no outro dia e pensar que estava desenhando aranhinhas.

— E por que vocês não fazem alguma coisa, primo? — reclamou o Mono. — Vocês, a Guarda Civil, quero dizer. Não se ofenda, Lituma, mas a polícia, pelo menos aqui em Piura, é um zero à esquerda. Não faz coisa nenhuma, só serve para pedir suborno.

— Não é só em Piura — Lituma entrou no jogo. — Somos um zero à esquerda em todo o Peru, primo. Mas fique sabendo que eu, pelo menos, durante todos esses anos desde que comecei a usar este uniforme, nunca pedi suborno a ninguém. E por isso sou mais pobre que um mendigo. Voltando a don Felícito, o fato é que as coisas não avançam mais porque nós dispomos de poucos recursos técnicos. O grafologista que deveria nos ajudar está de licença porque foi operado de hemorroidas. Toda a investigação parada por causa do cu lesionado desse homem, imaginem só.

— Quer dizer que vocês ainda não têm a menor pista dos mafiosos? — insistiu o Mono. Lituma podia jurar que José estava implorando com os olhos ao irmão que não insistisse no assunto.

— Temos algumas pistas, mas nenhuma muito segura — matizou o sargento. — Só que mais cedo ou mais tarde eles vão dar um passo em falso. O problema é que agora, em Piura, não existe só uma máfia, existem várias. Mas eles vão cair. Sempre cometem algum erro e acabam se delatando. Infelizmente, estes por enquanto ainda não cometeram nenhum erro.

Fez mais perguntas sobre Tiburcio e Miguelito, os filhos do transportista, e novamente teve a impressão de que José não gostava muito desse assunto. Em dado momento surgiu uma contradição entre os dois irmãos:

— Na verdade nós os conhecemos muito recentemente — insistia José de tanto em tanto.

— Como assim, faz pelo menos seis anos — corrigiu o Mono. — Você já se esqueceu daquela vez em que Tiburcio nos levou a Chiclayo numa das suas caminhonetes? Quanto tempo faz disso? Um monte de anos. Quando estávamos tentando fazer aquele negocinho que não deu certo.

— Que negocinho era esse, primo?

— Venda de equipamentos agrícolas para as comunidades e cooperativas do norte — disse José. — Os filhos da puta nunca pagavam. Deixavam protestar todas as faturas. Perdemos quase tudo o que investimos.

Lituma não insistiu. Nessa noite, depois de se despedir do Mono e de José, agradecer o *chifa*, tomar um ônibus até a pensão e se deitar, ficou muito tempo acordado, pensando nos primos. Principalmente em José. Por que desconfiava tanto dele? Era só por causa dos desenhinhos que fazia com a unha no topo da mesa? Ou, de fato, havia qualquer coisa suspeita em seu comportamento? Ele parecia estranho, ficava meio agitado, cada vez que os filhos de don Felícito surgiam na conversa. Ou seriam apenas desconfianças suas, já que estavam tão perdidos na investigação? Deveria contar estas dúvidas ao capitão Silva? Era melhor esperar até que tudo estivesse menos gasoso e tomasse forma.

Entretanto, a primeira coisa que fez na manhã seguinte foi contar tudo ao seu chefe. O capitão Silva ouviu com atenção, sem interromper, tomando notas numa caderneta minúscula com um lápis tão pequeno que quase desaparecia entre seus dedos. Afinal, murmurou: "Não vejo nada de sério aí. Nenhuma pista a seguir, Lituma. Seus primos León parecem limpos e sem máculas." Mas ficou pensando, calado, mordiscando o lápis como se fosse uma guimba de cigarro. De repente, tomou uma decisão:

— Sabe de uma coisa, Lituma? Vamos conversar outra vez com os filhos de don Felícito. Pelo que você contou, parece que ainda não tiramos todo o suco desses dois. Temos que espremer mais um pouquinho. Convoque-os para amanhã, e separados, é claro.

Nesse momento, o guarda da entrada bateu na porta do cubículo e seu rosto jovem e imberbe surgiu pela abertura: o senhor Felícito Yanaqué ao telefone, meu capitão. Era urgentissíssimo. Lituma viu o delegado levantar o velho aparelho, ouviu-o murmurar: "Bom dia, don." E viu que seu rosto se iluminava como se tivessem acabado de lhe comunicar que ganhou o grande prêmio da loteria. "Vamos para aí", gritou e desligou.

— Mabel apareceu, Lituma. Está na casinha de Castilla. Vamos, correndo. Eu não disse? Engoliram a história! Eles a soltaram!

Estava tão feliz como se já tivesse capturado os mafiosos da aranhinha.

X

— Isto sim que é uma surpresa — exclamou o padre O'Donovan quando viu Rigoberto entrar na sacristia onde havia acabado de tirar a casula com que celebrou a missa das oito. — Você por aqui, Orelhinha? Faz tanto tempo. Não acredito.

Era um homem alto, gordo, jovial, com uns olhinhos amáveis faiscando atrás dos óculos de tartaruga e uma calvície avançada. Parecia ocupar todo o espaço daquela pequena sala de paredes descascadas, desbotadas, e piso rachado, onde a luz do dia penetrava através de uma claraboia cheia de teias de aranha.

Os dois se abraçaram com a cordialidade de sempre; não se viam fazia meses, talvez um ano. No colégio de La Recoleta, onde cursaram juntos do primeiro ano primário até o quinto do secundário, haviam sido muito amigos e, em mais de um ano letivo, até vizinhos de carteira. Depois, quando ambos foram estudar Direito na Universidade Católica, continuaram se vendo muito. Militavam na Ação Católica, faziam os mesmos cursos, estudavam juntos. Até que um belo dia Pepín O'Donovan deu ao seu amigo Rigoberto a maior surpresa da sua vida.

— Não venha me dizer que sua presença por aqui é porque se converteu e vem pedir confissão, Orelha — caçoou o padre O'Donovan, levando-o pelo braço até um pequeno gabinete que tinha na igreja. Ofereceu-lhe uma cadeira. Por ali havia prateleiras, livros, folhetos, um crucifixo, uma foto do papa e outra dos pais de Pepín. Um pedaço do teto tinha despencado, mostrando a mistura de bambu e barro de que era feito. Será que aquela igrejinha era uma relíquia colonial? Estava em ruínas e podia desabar a qualquer momento.

— Vim porque preciso da sua ajuda, simplesmente — Rigoberto se deixou cair na cadeira, que rangeu ao receber o seu peso, e respirou, aflito. Pepín era a única pessoa que ainda o chamava pelo apelido do colégio: Orelha, Orelhinha. Na adolescência, isso o deixava um pouco complexado. Agora, não mais.

Quando, no começo do segundo ano de Direito, certa manhã, no bar da Universidade Católica, Pepín O'Donovan lhe anunciou de repente, com a mesma naturalidade que teria para comentar uma aula de Direito Civil/Instituições ou o último clássico entre o Alianza e a U, que eles iam deixar de se ver por um tempo porque estava partindo naquela noite para Santiago do Chile onde ia começar seu noviciado, Rigoberto pensou que o amigo estava de gozação. "Quer dizer que você vai virar padre? Não brinque, rapaz." Certo, os dois tinham militado na Ação Católica, mas Pepín sequer insinuou alguma vez ao seu amigo Orelha que tinha ouvido o chamado. O que estava dizendo não era brincadeira, muito pelo contrário, era uma decisão profundamente sopesada, na solidão e no silêncio, durante anos. Depois, Rigoberto soube que Pepín teve muitos problemas com os pais, porque a família tentou por todos os meios dissuadi-lo de entrar para o seminário.

— Sim, homem, é claro — disse o padre O'Donovan.
— Se eu puder lhe dar uma mão, com todo o prazer, Rigoberto, não seja por isso.

Pepín nunca tinha sido daqueles meninos beatinhos que comungavam em todas as missas do colégio e que os padres paparicavam e tentavam convencer de que tinham vocação, que Deus os havia escolhido para o sacerdócio. Era o menino mais normal do mundo, esportista, festeiro, brincalhão, e teve até uma namorada por um tempo, Julieta Mayer, uma sardenta que jogava vôlei e estudava no Santa Úrsula. Cumpria sua obrigação de ir à missa, como todos os alunos de La Recoleta, e na Ação Católica foi um membro bastante diligente, mas, pelo que Rigoberto lembrava, não mais devoto que os outros, nem especialmente interessado em conversar sobre vocações religiosas. Nem sequer frequentava os retiros que os padres organizavam de tanto em tanto num sítio que tinham em Chosica. Não, não era gozação, aquilo era uma decisão irreversível. Ele já sentia o chamado desde criança e havia pensado muito no assunto, sem contar nada a ninguém, antes de decidir dar o grande passo. Agora não podia mais recuar. Na mesma noite viajou para o Chile. No encontro seguinte, um bom número de anos mais tarde, Pepín já era o padre O'Donovan, vestia-se de sacerdote, usava óculos, tinha uma calvície precoce e começava sua carreira de ciclista contumaz. Continuava sendo uma pessoa simples e simpática, tanto que para Rigoberto se tornou uma espécie de leitmotiv lhe dizer quando se viam: "Ainda bem que você não mudou, Pepín, ainda bem que, mesmo sendo padre, não parece." E este sempre respondia brincando com o apelido da juventude: "E esses seus equipamentos de burro continuam crescendo, Orelhinha. Por que será?"

— Não é nada comigo — explicou Rigoberto. — É o Fonchito. Lucrecia e eu não sabemos mais o que fazer com esse menino, Pepín. Ele está nos deixando de cabelos brancos, sério.

Continuaram se vendo com certa frequência. O padre O'Donovan casou Rigoberto com Eloísa, sua primeira mulher, a falecida mãe de Fonchito, e, depois que ele enviuvou, também o casou com Lucrecia, numa cerimônia íntima só assistida por um punhado de amigos. Também tinha batizado Fonchito, e muito de vez em quando ia almoçar e ouvir música no apartamento de Barranco, onde era recebido com todo o carinho. Rigoberto o ajudara algumas vezes com donativos (seus e da companhia de seguros) para as obras de caridade da igreja. Quando se encontravam, gostavam de falar principalmente de música, que Pepín O'Donovan sempre apreciou muito. Uma vez ou outra Rigoberto e Lucrecia o convidavam aos concertos que a Sociedade Filarmônica de Lima organizava no auditório do Santa Úrsula.

— Não se preocupe, homem, não deve ser nada — disse o padre O'Donovan. — Todos os jovens do mundo têm e dão problemas aos quinze anos. E se não, são tolos. É o normal.

— O normal seria que ele gostasse de beber, sair com mulheres, fumar um cigarro de maconha, fazer as bobeiras que você e eu fazíamos quando tínhamos espinhas na cara — disse Rigoberto, pesaroso. — Não, velho, Fonchito não foi por esse lado. O caso, enfim, sei que você vai rir, é que há algum tempo ele meteu na cabeça que o diabo lhe aparece.

O padre O'Donovan tentou se controlar, mas não conseguiu e soltou uma sonora gargalhada.

— Não estou rindo de Fonchito e sim de você — explicou, ainda dando risadas. — De que logo você, Orelhinha, venha me falar do diabo. É um personagem que soa muito estranho na sua boca. Desafina.

— Não sei se é o diabo, eu nunca falei isso, nunca usei essa palavra, não sei por que você a usa, papai — protestou Fonchito, com um fio de voz, obrigando o pai, para não perder uma palavra do que o menino dizia, a se inclinar e aproximar a cabeça.

— Tudo bem, desculpe, filho — retratou-se. — Só quero que me diga uma coisa. Estou falando sério, Fonchito. Você sente frio quando Edilberto Torres aparece? Como se uma ventania gelada viesse junto com ele?

— Que bobagem você está falando, papai — Fonchito abriu os olhos, na dúvida entre rir ou continuar sério. — Está de brincadeira comigo?

— Ele aparece como o diabo aparecia para o famoso padre Urraca, em forma de mulher pelada? — voltou a rir o padre O'Donovan. — Imagino que você deve ter lido essa *tradición* de Ricardo Palma, Orelhinha, é uma das mais divertidas.

— Certo, certo — Rigoberto se retratou de novo. — Tem razão, você nunca me disse que esse Edilberto Torres era o diabo. Peço desculpas, eu sei que não devo brincar com este assunto. Essa história do frio é por causa de um romance de Thomas Mann no qual o diabo aparece para o personagem principal, um compositor. Esqueça a minha pergunta. O fato é que não sei de que chamar esse sujeito, filhinho. Uma pessoa que aparece e desaparece assim, que se corporifica nos lugares mais inesperados, não pode ser de carne e osso, alguém como você e eu. Não é mesmo? Juro que não estou caçoando de você. Falo de coração aberto. Se não é o diabo, deve ser um anjo, então.

— Claro que está caçoando, papai, não vê? — protestou Fonchito. — Eu não disse que era o diabo e nem que era um anjo. Esse senhor me dá a impressão de ser uma pessoa como você e eu, de carne e osso, claro, e muito normal. Talvez seja melhor parar esta conversa por aqui e não se fala mais no senhor Edilberto Torres.

— Não é brincadeira, não parece — disse Rigoberto, muito sério. O padre O'Donovan tinha parado de rir e agora ouvia com atenção. — O pequeno, embora não nos diga quase nada, está completamente mudado com este assunto. É outra pessoa, Pepín. Sempre teve um ótimo apetite, nunca deu problemas com comida e agora quase não põe nada na boca. Parou de fazer esportes, os amigos vão chamá-lo e ele inventa desculpas. Lucrecia e eu quase temos que empurrá-lo para que decida sair. Ficou lacônico, reservado, introvertido, ele que era tão sociável e loquaz. Está sempre fechado em si mesmo, dia e noite, como se uma grande preocupação o estivesse devorando por dentro. Nem reconheço mais o meu filho. Já o levamos a uma psicóloga, que fez todo tipo de testes. E diagnosticou que ele não tinha nada, que era o menino mais normal do mundo. Juro que não sabemos mais o que fazer, Pepín.

— Se eu lhe contar a quantidade de gente que afirma ter visto aparições, Rigoberto, você vai cair para trás — tentou tranquilizá-lo o padre O'Donovan. — Geralmente são mulheres velhas. Crianças, é mais raro. As velhas têm maus pensamentos, quase sempre.

— Você não poderia conversar com ele, meu velho? — Rigoberto não estava de ânimo para brincadeiras. — Dar uns conselhos? Enfim, sei lá. Foi ideia de Lucrecia, não minha. Ela acha que talvez com você ele poderia se abrir mais que conosco.

— A última vez foi no cinema de Larcomar, papai — Fonchito tinha abaixado os olhos e hesitava ao falar. — Na noite da sexta-feira, quando fui com o Chato Pezzuolo ver o último filme de James Bond. Eu estava lá completamente envolvido na história, curtindo muito, e de repente, de repente...

— De repente o quê? — pressionou don Rigoberto.

— De repente estava ali, sentado ao meu lado — disse Fonchito, cabisbaixo e respirando fundo. — Era ele, não havia a menor dúvida. Juro, papai, estava ali. O senhor Edilberto Torres. Os olhos dele estavam brilhando e, então, vi que lhe corriam umas lagriminhas pelas bochechas. Não podia ser por causa do filme, papai, não estava acontecendo nada triste na tela, era pura porrada, beijos e aventuras. Quer dizer, estava chorando por outra razão. E, então, não sei como dizer, mas pensei que era por minha causa que ele estava tão triste. Que estava chorando por mim, quero dizer.

— Por você? — articulou Rigoberto com dificuldade. — E por que esse senhor iria chorar por você, Fonchito? O que podia deixá-lo triste em você?

— Isso eu não sei, papai, estou só imaginando. Mas, senão, por que iria chorar, ali sentado ao meu lado?

— E quando o filme acabou e as luzes se acenderam, Edilberto Torres continuava na poltrona ao lado da sua? — perguntou Rigoberto, sabendo perfeitamente a resposta.

— Não, papai. Tinha ido embora. Não sei em que momento se levantou e saiu. Eu não vi.

— Certo, tudo bem, claro que sim — disse o padre O'Donovan. — Eu converso com ele, desde que Fonchito queira conversar comigo. Antes de mais nada, não tente forçar. Nem pense em obrigá-lo a vir. Nada disso. Que venha de boa vontade, se quiser. Para conversarmos como dois amigos, diga isso a ele. Não dê tanta importância ao caso, Rigoberto. Aposto que é uma bobagem de criança, mais nada.

— Eu não dava importância, a princípio — assentiu Rigoberto. — Eu e Lucrecia achávamos que, como é um menino cheio de fantasias, ele inventava essa historia para se fazer de interessante, chamar a nossa atenção.

— Mas o tal Edilberto Torres existe ou é pura invenção dele? — perguntou o padre O'Donovan.

— Isto é o que eu queria saber, Pepín, por isso estou aqui. Até hoje não consegui descobrir. Um dia acho que sim e no dia seguinte, que não. Em certos momentos tenho a impressão de que o pequeno me diz a verdade. E, em outros, de que ele zomba de nós, faz trapaças.

Rigoberto nunca havia entendido por que o padre O'Donovan, em vez de orientar-se para o ensino e seguir, dentro da Igreja, uma carreira intelectual de estudioso e teólogo — era culto, sensível, amava as ideias e as artes, lia muito —, se confinou teimosamente nessa tarefa pastoral, numa modestíssima igreja de Bajo el Puente cujos frequentadores deviam ser pessoas de muito pouca instrução, um mundo no qual seu talento era praticamente desperdiçado. Uma vez se atreveu a tocar no assunto. Por que não escrevia ou fazia conferências, Pepín? Por que não ensinava na universidade, por exemplo? Se havia alguém entre os seus conhecidos que parecia ter uma clara vocação intelectual, uma paixão pelas ideias, era você, Pepín.

— Porque onde sou mais necessário é na minha igreja de Bajo el Puente — Pepín O'Donovan se limitou a encolher os ombros. — O que está faltando são pastores; intelectuais há de sobra, Orelhinha. Você está enganado se pensa que para mim é difícil fazer o que faço. O trabalho na igreja me estimula muito, me põe os pés e a cabeça na vida real. Nas bibliotecas, a gente às vezes se isola demais do mundo cotidiano, da pessoa comum. Eu não acredito nos seus espaços de civilização, que nos afastam dos outros e nos transformam em anacoretas, já debatemos muito sobre isso.

Nem parecia um padre, porque nunca tocava em assuntos religiosos com seu velho colega de colégio; sabia que Rigoberto tinha deixado de crer nos seus tempos de universidade e não parecia se incomodar nem um pouco em conviver com um agnóstico. Nas poucas vezes em que ia almoçar na casa de Barranco, depois de se levantarem da mesa, ele e Rigoberto costumavam ir para o escritório ouvir um CD, geralmente de Bach, por cuja música para órgão Pepín O'Donovan tinha predileção.

— Eu estava convencido de que essas aparições eram um invento dele — explicou Rigoberto. — Mas essa psicóloga que conversou com Fonchito, a doutora Augusta Delmira Céspedes, você deve ter ouvido falar dela, não é?, parece que é muito conhecida, me fez duvidar de novo. Ela disse a Lucrecia e a mim de forma categórica que Fonchito não está mentindo, que ele diz a verdade. Que Edilberto Torres existe. Nós ficamos muito confusos, como você pode imaginar.

Rigoberto contou ao padre O'Donovan que, depois de muito duvidar, ele e Lucrecia decidiram procurar uma agência especializada ("Dessas que os maridos ciumentos contratam para espionar as esposas malcomportadas?", zombou o padre e Rigoberto assentiu: "Essas mesmas"), para que seguisse os passos de Fonchito durante uma semana toda vez que ele fosse para a rua, sozinho ou com amigos. O relatório da agência — "que, aliás, custou um dinheirão" — era eloquente e contraditório: em nenhum momento, em lugar algum, o menino tivera o menor contato com homens mais velhos, nem no cinema, nem na festa da família Argüelles, nem quando ia para o colégio ou na saída, nem tampouco em sua fugaz incursão a uma discoteca de San Isidro com seu amigo Pezzuolo. Entretanto, nessa discoteca Fonchito teve um encontro inesperado ao entrar no banheiro para fazer xixi: lá estava o tal cavalheiro, lavando as mãos. (Claro que o relatório da agência não dizia isso.)

— Olá, Fonchito — disse Edilberto Torres.

— Na discoteca? — perguntou Rigoberto.

— No banheiro da discoteca, papai — precisou Fonchito. Falava com segurança, mas parecia que a língua lhe pesava e cada palavra significava um grande esforço.

— Está se divertindo aqui, com seu amigo Pezzuolo? — o cavalheiro parecia desolado. Tinha lavado as mãos e agora as enxugava com um pedaço de papel que arrancou de um pequeno rolo pendurado na parede. Estava com o mesmo pulôver roxo das outras vezes, mas o terno não era cinza e sim azul.

— Por que o senhor está chorando? — atreveu-se a perguntar Fonchito.

— Edilberto Torres também estava chorando lá, no banheiro de uma discoteca? — pulou don Rigoberto. — Como no dia em que estava no cinema de Larcomar, sentado ao seu lado?

— No cinema estava escuro e posso ter me enganado — respondeu Fonchito, sem vacilar. — No banheiro da discoteca, não. Havia bastante luz. Ele estava chorando. As lágrimas lhe escorriam pelos olhos, desciam pelo rosto. Era, era, não sei como dizer, papai. Triste, muito triste, juro. Vê-lo chorar ali, em silêncio, sem dizer nada, olhando para mim com tanta dor. Parecia estar sofrendo muito e me fazia sentir mal.

— Desculpe, mas eu preciso ir embora, senhor — balbuciou Fonchito. — Meu amigo Chato Pezzuolo está me esperando lá fora. Mas me dá não sei o quê ver o senhor chorando assim.

— Quer dizer, como está vendo, Pepín, não é para levar a coisa na galhofa — concluiu Rigoberto. — Ele está contando uma mentira? Delira? Tem visões? Tirando este assunto, o menino parece muito normal quando fala de outras coisas. As notas do colégio, este mês, foram boas como sempre. Lucrecia e eu não sabemos mais o que pensar. Será que ele está enlouquecendo? Será uma crise nervosa da adolescência, coisa passageira? Só quer nos assustar e chamar a nossa atenção? Foi por isso que eu vim aqui, meu velho, foi por isso que pensamos em você. Eu ficaria muito grato se nos desse uma ajuda. Foi ideia da Lucrecia, já disse: "O padre O'Donovan pode ser a solução." Ela é devota, você sabe.

— Claro que sim, era só o que faltava, Rigoberto — voltou a afirmar o amigo. — Mas só se ele aceitar conversar comigo. Esta é minha única condição. Posso ir vê-lo na sua casa. Ele também pode vir aqui à igreja. Ou então podemos nos encontrar em outro lugar. Qualquer dia desta semana. Já vi que é muito importante para vocês. Prometo fazer tudo o que for possível. Mas, lembre-se, não o force. Proponha e deixe ele dizer se quer conversar comigo ou não.

— Se você me tirar dessa eu até me converto, Pepín.

— Nem pensar — o padre O'Donovan fez o sinal de vade-retro. — Não queremos na Igreja pecadores refinados como você, Orelhinha.

Eles não sabiam como abordar o assunto com Fonchito. Foi Lucrecia quem se atreveu a falar primeiro. A princípio o menino ficou um pouco desconcertado e gracejou. "Mas como, madrasta, meu pai não era agnóstico? É ele quem quer que eu fale com um padre? Quer que eu me confesse?" Ela explicou que o padre O'Donovan era um homem com grande experiência de vida, uma pessoa cheia de sabedoria, fosse ou não fosse sacerdote. "E se ele me convencer a entrar para o seminário e virar padre, o que você e meu pai vão dizer?", continuou zoando o menino. "Isto é que não, Fonchito, não diga essas coisas nem brincando. Você, padre? Deus nos livre!"

O menino aceitou, como havia aceitado ver a doutora Delmira Céspedes, e disse que preferia ir à igreja de Bajo el Puente. O próprio Rigoberto o levou de carro. Deixou-o lá e duas horas depois foi buscá-lo.

— É um cara muito simpático, seu amigo — limitou-se a comentar Fonchito.

— Quer dizer que a conversa valeu a pena? — explorou o terreno don Rigoberto.

— Foi muito boa, papai. Você teve uma grande ideia. Aprendi um monte de coisas falando com o padre O'Donovan. Nem parece padre, não dá conselhos, escuta a gente. Você tinha razão.

Mas não quis dar nenhuma outra explicação nem a ele nem à madrasta, apesar dos apelos dos dois. Limitava-se a falar de generalidades, como o cheiro de urina de gato que impregnava a igreja ("você não sentiu, papai?"), embora o padre afirmasse que não tinha nem nunca tivera um gatinho e que, antes, às vezes apareciam ratos na sacristia.

Rigoberto logo deduziu que algo estranho, talvez grave, havia acontecido nessas duas horas em que Pepín e Fonchito ficaram conversando. Senão, por que o padre O'Donovan teria passado quatro dias fugindo dele com todo tipo de desculpas, como se receasse marcar um encontro para lhe contar sua conversa com o menino. Sempre tinha compromissos, obrigações na igreja, reunião com o bispo, consulta médica para fazer um exame de sei lá o quê. Bobagens desse tipo, para evitar um encontro.

— Você está arranjando pretextos para não me contar como foi sua conversa com Fonchito? — interpelou-o no quinto dia, quando o sacerdote se dignou a atender o telefone.

Houve um silêncio de vários segundos e, por fim, Rigoberto ouviu o padre dizer uma coisa que o deixou estupefato:

— Sim, Rigoberto. Na verdade, sim. Eu estava escapulindo. O que tenho a lhe dizer é uma coisa que você não espera — disse misteriosamente o padre O'Donovan. — Mas, como não há mais remédio, vamos falar do assunto, então. Posso almoçar na sua casa no sábado ou no domingo. Que dia é melhor para vocês?

— Sábado, porque nesse dia Fonchito costuma almoçar na casa do seu amigo Pezzuolo — disse Rigoberto. — O que você disse vai me deixar sem dormir até sábado, Pepín. E com a Lucrecia vai ser pior ainda.

— Pois foi como fiquei desde que você teve a ideia de me mandar conversar com seu filhinho — disse secamente o sacerdote. — Até sábado, então, Orelhinha.

O padre O'Donovan devia ser o único religioso que não se locomovia pela vasta Lima de ônibus ou de van, mas de bicicleta. Dizia que era seu único exercício, mas o praticava de forma tão assídua que o mantinha em excelente estado físico. Aliás, gostava de pedalar. Enquanto pedalava, pensava, preparava seus sermões, escrevia cartas, programava as tarefas do dia. Mas precisava ficar alerta o tempo todo, principalmente nas esquinas e nos sinais que ninguém respeita nesta cidade, onde os automobilistas dirigem mais com a intenção de atropelar os pedestres e os ciclistas que de levar seu veículo a bom porto. Apesar de tudo, teve sorte, porque, nos mais de vinte anos em que percorria a cidade em duas rodas, apenas foi atropelado uma vez, sem maiores consequências, e só lhe haviam roubado uma bicicleta. Um saldo excelente!

No sábado, lá pelo meio-dia, Rigoberto e Lucrecia, que estavam no terraço da cobertura onde moravam olhando a rua, viram aparecer o padre O'Donovan pedalando furiosamente pelo malecón Paul Harris de Barranco. Sentiram um grande alívio. Acharam tão estranho o religioso ter adiado tanto o encontro para contar-lhes sua conversa com Fonchito que chegaram a temer que agora ele inventasse uma desculpa de última hora para não aparecer. O que podia ter acontecido nessa conversa para deixá-lo com tantas reticências?

Justiniana desceu para dizer ao porteiro que autorizava o padre O'Donovan a deixar a bicicleta dentro do edifício para protegê-la dos ladrões e subiu no elevador com ele. Pepín abraçou Rigoberto, beijou Lucrecia no rosto e pediu licença para ir ao banheiro lavar as mãos e o rosto porque estava todo suado.

— Quanto tempo você levou de bicicleta desde Bajo el Puente? — perguntou Lucrecia.

— Só meia hora — disse ele. — Com esses engarrafamentos de agora em Lima, de bicicleta se chega mais rápido que de carro.

Pediu um suco de frutas como aperitivo e fitou os dois, devagar, sorrindo.

— Sei que vocês devem ter falado pestes de mim, por não ter contado como foi — disse.

— É, Pepín, exatamente, pestes, e também cobras e lagartos. Você sabe como essa história nos preocupa. Você é um sádico.

— Como foi a coisa? — perguntou com ansiedade dona Lucrecia. — Ele falou com franqueza? Contou tudo? Qual é a sua opinião?

O padre O'Donovan, agora muito sério, respirou fundo. Resmungou que aquela meia hora de pedaladas o cansara mais do que queria admitir. E fez uma longa pausa.

— Querem saber de uma coisa? — olhou-os com uma expressão entre aflita e desafiante. — Na verdade, não me sinto nada confortável com a conversa que vamos ter.

— Eu também não, padre — disse Fonchito. — Não precisamos conversar. Sei que meu pai está com os nervos à flor da pele por minha culpa. Se o senhor quiser, faça o que tem para fazer e me empreste uma revista, mesmo que seja de religião. Depois, dizemos ao meu pai e à minha madrasta que já conversamos e o senhor inventa alguma coisa para tranquilizá-los. E pronto.

— Caramba, caramba — disse o padre O'Donovan. — Filho de peixe peixinho é, Fonchito. Sabe que na sua idade, no La Recoleta, seu pai era um grande embusteiro?

— Chegaram a falar do assunto? — perguntou Rigoberto, sem esconder sua ansiedade. — Ele se abriu com você?

— Para dizer a verdade, não sei — disse o padre O'Donovan. — Esse menino é um azougue, tive a impressão de que ele escapulia o tempo todo. Mas fiquem tranquilos. De uma coisa pelo menos eu tenho certeza. Ele não está louco, nem delirando, nem caçoando de vocês. Parecia a criatura mais saudável e sensata do mundo. Essa psicóloga que o viu disse a mais estrita verdade: ele não tem problema psíquico nenhum. Até onde eu posso julgar, é claro, porque não sou psiquiatra nem psicólogo.

— Mas, e então, e as aparições desse sujeito — interrompeu Lucrecia. — Ele esclareceu alguma coisa? Edilberto Torres existe ou não existe?

— Mas chamá-lo de normal talvez não seja o mais justo — corrigiu-se o padre O'Donovan, fugindo da pergunta. — Porque esse menino tem algo de excepcional, algo que o diferencia dos outros. Não me refiro só ao fato de ser inteligente. Ele é, sim. Não estou exagerando, Rigoberto, nem querendo agradar. Mas é que, além do mais, o menino tem na mente, no espírito, uma coisa que chama a atenção. Uma sensibilidade muito especial, muito dele, que, acho, o comum dos mortais não tem. Isso mesmo. Aliás, não sei se é para ficar alegre ou assustado. Também não descarto a hipótese de que ele tenha querido me dar essa impressão, e de fato conseguiu, como um ator consumado. Vacilei muito antes de vir lhes dizer estas coisas. Mas achei que era melhor assim.

— Podemos ir direto ao assunto, Pepín? — impacientou-se don Rigoberto. — Vamos parar de escamotear. Para falar claramente, deixe de tanta bobagem e vamos logo ao xis da questão. Seja franco, sem tirar o cu da reta, por favor.

— Mas que palavrões são esses, Rigoberto — repreendeu Lucrecia. — É que nós estamos tão angustiados, Pepín. Perdoe. Acho que é a primeira vez que escuto o seu amigo Orelhinha falando como um carroceiro.

— Bem, desculpe, Pepín, mas me diga de uma vez, meu velho — insistiu Rigoberto. — Existe ou não esse ubíquo Edilberto Torres? Ele aparece mesmo nos cinemas, nos banheiros das discotecas, nas arquibancadas dos colégios? Pode ser verdade esse disparate?

O padre O'Donovan começou a suar de novo, copiosamente, e agora não era por causa da bicicleta, pensou Rigoberto, mas da tensão de dar um veredito sobre o caso. Mas que raios era aquilo? O que estava acontecendo com ele?

— Digamos assim, Rigoberto — começou o sacerdote, tratando as palavras com um cuidado extremo, como se tivessem espinhos. — Fonchito acredita mesmo que o vê e fala com ele. Isso me parece inquestionável. Bem, acho que ele acredita firmemente, assim como acredita que não mente quando diz que o viu e falou com ele. Por mais que esses aparecimentos e desaparecimentos pareçam absurdos, e que sejam mesmo. Vocês entendem o que estou tentando dizer?

Rigoberto e Lucrecia se entreolharam e depois olharam em silêncio o padre O'Donovan. O sacerdote agora parecia tão confuso quanto eles. Estava triste, e visivelmente ele tampouco se sentia satisfeito com aquela resposta. Mas também era evidente que não tinha outra, que não sabia nem podia explicar melhor.

— Entendo, claro que sim, mas o que você disse não quer dizer nada, Pepín — reclamou Rigoberto. — Que Fonchito não está querendo nos enganar era uma das hipóteses, claro. Que estivesse enganando a si mesmo, sugestionando-se. É isso que você pensa?

— Eu sei que o que disse é um pouco decepcionante, que vocês esperavam algo mais definitivo, mais preciso — continuou o padre O'Donovan. — Sinto muito, mas não posso ser mais concreto, Orelhinha. Não posso. Isso foi tudo o que consegui definir. Que o menino não mente. Ele acredita que vê esse homem e, talvez, talvez, é possível que o veja. E que só ele o veja, e não os outros. Não posso ir além disso. É uma simples conjetura. Repito que não excluo a hipótese de que seu filho tenha me enrolado. Em outras palavras, que seja mais ardiloso e esperto que eu. Deve ter puxado a você, Orelhinha. Lembra que no La Recoleta o padre Lagnier sempre o chamava de mitômano?

— Mas, então, o que você descobriu não é nada claro e sim bastante escuro, Pepín — murmurou Rigoberto.

— São visões? Alucinações? — tentou concretizar Lucrecia.

— Podem até ser chamadas assim, mas não se associarem essas palavras a um desequilíbrio, uma doença mental — afirmou o sacerdote. — Minha impressão é de que Fonchito tem um domínio total da sua mente e dos seus nervos. É um menino equilibrado, distingue com lucidez o real do fantástico. Isso eu posso garantir, ponho minhas mãos no fogo por sua sanidade. Em outras palavras, não se trata de um problema que um psiquiatra possa resolver.

— Espero que não esteja falando de milagres — disse Rigoberto, irritado e irônico. — Porque se Fonchito é a única pessoa que vê Edilberto Torres e conversa com ele, você está me falando de poderes milagrosos. Será que chegamos tão baixo, Pepín?

— Claro que não estou falando de milagres, Orelha, nem Fonchito tampouco — o padre também se irritou. — Estou falando de uma coisa que não sei como denominar, simplesmente. Esse menino está vivendo uma experiência muito especial. Uma experiência, não vou dizer religiosa porque você não sabe nem quer saber o que é isso, mas, negociemos a palavra, espiritual. De sensibilidade, de sentimento exacerbado. Algo que só tem a ver muito indiretamente com o mundo material e racional em que nós vivemos. Edilberto Torres simboliza para ele todo o sofrimento humano. Eu sei que você não me entende. É por isso que temia tanto vir contar-lhes minha conversa com Fonchito.

— Uma experiência espiritual? — repetiu dona Lucrecia. — O que isso quer dizer, exatamente? Pode nos explicar, Pepín?

— Quer dizer que o diabo aparece, que se chama Edilberto Torres e por acaso é peruano — resumiu Rigoberto, sarcástico e zangado. — No fundo, é isso que você está nos dizendo com esse blá-blá-blá insosso de padreco milagreiro, Pepín.

— O almoço está na mesa — disse a oportuna Justiniana, da porta. — Podem se sentar quando quiserem.

— A princípio aquilo não me incomodava, só me surpreendia — disse Fonchito. — Agora, sim. Se bem que incomodar não é a palavra exata, padre. É mais uma angústia, uma situação delicada, que dá tristeza. Desde que o vi chorar, sabe? Nas primeiras vezes não chorava, só queria conversar. E, ainda que ele não me diga por que chora, eu sinto que chora por tudo de ruim que acontece. E também por mim. Isso é o que me dá mais pena.

Fez-se uma longa pausa, e afinal o padre O'Donovan disse que o camarão estava uma delícia e que dava para ver que era do rio Majes. Ele devia dar parabéns a Lucrecia ou a Justiniana por aquele manjar?

— A nenhuma das duas, mas à cozinheira — respondeu Lucrecia. — Ela se chama Natividad e é arequipenha, lógico.

— Quando foi a última vez em que viu esse homem? — perguntou o padre. Ele havia perdido o ar confiante e seguro que tinha até então e parecia um pouco nervoso. Fez essa pergunta com uma profunda humildade.

— Ontem, atravessando a Ponte dos Suspiros, em Barranco, padre — respondeu imediatamente Fonchito. — Eu estava andando pela ponte e havia por perto mais umas três pessoas, calculo. E, de repente, sentado na balaustrada, lá estava ele.

— Também chorando? — perguntou o padre O'Donovan.

— Não sei, só o vi por um instante, de passagem. Eu não parei, continuei em frente, apressando o passo — explicou o menino, e agora parecia assustado. — Não sei se estava chorando. Mas, sim, com aquela expressão de muita tristeza. Não sei como explicar, padre. Nunca vi ninguém com uma tristeza como a do senhor Torres, juro. Ela me contagia, fico chateado um bocado de tempo, morrendo de pena, sem saber o que fazer. Eu gostaria de saber por que chora. O que ele quer que eu faça. Às vezes penso que chora por todas as pessoas que sofrem. Pelos doentes, pelos cegos, pelos que pedem esmolas na rua. Enfim, sei lá, cada vez que o vejo passam tantas coisas pela minha cabeça. Mas não sei como explicar, padre.

— Você explica muito bem, Fonchito — reconheceu o padre O'Donovan. — Não se preocupe com isso.

— Mas, então, o que devemos fazer? — perguntou Lucrecia.

— Qual é o seu conselho, Pepín — acrescentou Rigoberto. — Estou completamente paralisado. Se a coisa é assim como você diz, esse menino tem uma espécie de dom, uma hipersensibilidade, vê o que ninguém mais vê. É isso, então? Devo falar com ele sobre o assunto? Devo ficar em silêncio? Estou preocupado, assustado. Não sei o que fazer.

— Você deve dar carinho a ele e deixá-lo em paz — disse o padre O'Donovan. — O fato é que esse personagem, exista ou não, não é um pervertido nem quer fazer nenhum mal ao seu filho. Exista ou não, ele tem mais a ver com a alma, quer dizer, com o espírito, se você preferir, do que com o corpo de Fonchito.

— Uma coisa mística? — interveio Lucrecia. — Será isso? Mas Fonchito nunca foi muito religioso. Pelo contrário, diria eu.

— Eu queria poder ser mais exato, mas não posso — confessou de novo o padre O'Donovan, com uma expressão de derrota. — Acontece alguma coisa com esse menino que não tem explicação racional. Nós não conhecemos tudo o que há em nós mesmos, Orelhinha. Os seres humanos, cada pessoa, são abismos cheios de sombras. Alguns homens, algumas mulheres, têm uma sensibilidade mais intensa que outros, sentem e percebem certas coisas que passam despercebidas para os outros. Pode ser um simples produto da imaginação dele? Pode, quem sabe. Mas também pode ser outra coisa que não me atrevo a mencionar, Rigoberto. Seu filho vive essa experiência com tanta força, com tanta autenticidade, que não posso acreditar que seja algo puramente imaginário. E não quero nem vou dizer mais nada.

Calou-se e ficou olhando o prato de corvina e arroz com uma espécie de sentimento híbrido, de estupefação e ternura. Lucrecia e Rigoberto não haviam comido nada.

— Sinto muito por não ter ajudado grande coisa — continuou o sacerdote, com tristeza na voz. — Em vez de ajudá-los a sair deste rolo, eu também fiquei enrolado nele.

Fez uma longa pausa e olhou com ansiedade para um e para o outro.

— Não estou exagerando quando digo a vocês que foi a primeira vez na vida que enfrentei uma situação para a qual não estava preparado — murmurou, muito sério. — Uma coisa que, para mim, não tem explicação racional. Eu já disse que também não descarto a possibilidade de que o menino possua uma capacidade de simulação excepcional e tenha me enganado direitinho. Não é impossível. Eu pensei muito nisso. Mas não, acho que não. Creio que é muito sincero.

— Nós não vamos ficar muito sossegados sabendo que meu filho tem contatos cotidianos com o além — disse Rigoberto, encolhendo os ombros. — Que Fonchito é meio como a pastorinha de Lourdes. Era uma pastorinha, certo?

— Você vai achar graça, vocês dois vão achar graça — disse o padre O'Donovan, brincando com o garfo sem se interessar pela corvina. — Mas nestes últimos dias não parei de pensar nesse menino. Entre todas as pessoas que conheci na vida, e são muitas, acho que Fonchito é a que está mais perto daquilo que nós, fieis, chamamos de um ser puro. E não é só por ser bonito.

— Agora falou o padre, Pepín — indignou-se Rigoberto. — Está sugerindo que o meu filho pode ser um anjo?

— Um anjo sem asas, em todo caso — riu Lucrecia, agora sim com uma franca alegria e os olhos ardendo de malícia.

— Digo e repito, por mais que vocês achem engraçado — afirmou o padre O'Donovan, rindo também. — Sim, Orelhinha, sim, Lucrecia, é isso mesmo. Por mais que achem engraçado. Um anjinho, por que não.

XI

Quando chegaram à casinha de Castilla, no outro lado do rio, onde morava Mabel, o sargento Lituma e o capitão Silva estavam suando em bicas. O sol ardia com força em um céu sem nuvens onde uns urubus desenhavam círculos e não havia sequer uma leve brisa para aliviar o calor. Ao longo de todo o trajeto desde a delegacia, Lituma ficou se fazendo perguntas. Em que estado encontrariam a linda moreninha? Será que aqueles safados maltrataram a amante de Felícito Yanaqué? Terão tocado nela? Abusado? Bem possível que sim, considerando que era tão bonita. Como não iriam se aproveitar estando ali dia e noite à sua mercê.

Foi o próprio Felícito quem abriu a porta da casinha de Mabel. Parecia eufórico, aliviado, feliz. Estava mudada a cara séria que Lituma conhecia, sem a expressão tragicômica dos últimos dias. Agora sorria de orelha a orelha e seus olhinhos brilhavam de tão contente. Parecia rejuvenescido. Estava sem paletó e com o colete desabotoado. Como era magro, seu peito e suas costas quase se tocavam, e que baixinho, Lituma o achou quase um anão. Quando viu os dois policiais, fez uma coisa insólita num homem tão pouco dado a manifestações emotivas: abriu os braços e estreitou o capitão Silva.

— Aconteceu o que senhor disse, capitão — comemorava, efusivo. — Eles a soltaram, soltaram. O senhor tinha razão, delegado. Não tenho palavras para lhe agradecer. Estou vivendo de novo graças ao senhor. E também ao senhor, sargento. Muito obrigado, muito obrigado aos dois.

Seus olhinhos pareciam úmidos de emoção. Mabel estava no banho, viria agorinha mesmo. Levou os dois para sentar-se, debaixo da imagem do Coração do Jesus, na saleta em frente à mesinha onde havia uma lhaminha de papelão e uma bandeira peruana. O ventilador rangia de forma sincronizada e a corrente de ar balançava as flores de plástico. Ouvindo as perguntas do oficial, o transportista assentia, expansivo e alegre: sim, sim, ela estava bem, foi um grande susto, claro, mas felizmente não a tinham agredido, nem torturado, graças a Deus. Mas a mantiveram de olhos vendados e mãos amarradas durante todos esses dias, que gente mais desalmada, que gente cruel. A própria Mabel iria contar todos os detalhes agorinha mesmo quando saísse do banho. E de vez em quando Felícito levantava as mãos para o céu: "Se tivesse acontecido alguma coisa com ela eu nunca me perdoaria. Coitadinha! Toda esta via-crúcis por minha culpa. Eu nunca fui muito crente, mas prometi a Deus que a partir de agora vou à missa todos os domingos sem falta." "Está completamente apaixonado por ela", concluiu Lituma. Na certa deviam transar bem gostoso. Essa ideia o fez pensar na própria solidão, no longo tempo que estava sem mulher. Invejou don Felícito e sentiu raiva de si mesmo.

Mabel apareceu com uma bata floreada, sandálias e uma toalha na cabeça à guisa de turbante. Assim, sem maquiagem, pálida, os olhinhos ainda assustados, Lituma a achou menos bonita que no dia em que foi à delegacia prestar depoimento. Mas gostou de como pulsavam as asas do seu narizinho arrebitado, os tornozelos delicados, a curva de seus pés. A pele das suas pernas era mais clara que a das mãos e dos braços.

— Sinto muito, mas não posso oferecer nada a vocês — disse, indicando que se sentassem. E ainda tentou fazer uma piada: — Como hão de imaginar, não pude fazer compras nos últimos dias e não tem sequer uma Coca-Cola na geladeira.

— Lamentamos muito o que lhe aconteceu, senhora — o capitão Silva, muito cerimonioso, fez uma reverência. — O senhor Yanaqué nos disse que não a maltrataram. É verdade?

Mabel fez uma cara estranha, metade sorriso, metade soluço.

— Bem, mais ou menos. Não me bateram nem me estupraram, por sorte. Mas não posso dizer que não me maltrataram. Nunca senti tanto terror na minha vida, senhor. Nunca tinha dormido tantas noites no chão, sem colchão nem travesseiro. Com os olhos vendados e as mãos amarradas feito um *equeco*, ainda por cima. Acho que meus ossos vão doer pelo resto da vida. Isso não é maltratar? Enfim, pelo menos estou viva, isso sim.

Sua voz tremia, e por alguns instantes aparecia um medo profundo no fundo dos seus olhos pretos, que ela fazia um esforço para dominar. "Malditos filhos da puta", pensou Lituma. Sentia pena e raiva pelo que Mabel tinha passado. "Eles vão pagar bem caro, porra."

— Lamentamos muito ter que incomodá-la neste momento, a senhora deve querer descansar — desculpou-se o capitão Silva, brincando com o quepe. — Mas espero que entenda. Nós não podemos perder tempo, senhora. Não se importaria de responder a umas perguntinhas? É muito importante, antes que esses sujeitos evaporem.

— Claro, claro, eu entendo perfeitamente — concordou Mabel, demonstrando boa vontade, mas sem ocultar totalmente sua contrariedade. — Pode perguntar, senhor.

Lituma estava impressionado com as manifestações de carinho de Felícito Yanaqué por sua namoradinha. Passava a mão em seu rosto com doçura, como se fosse uma cadelinha mimada, afastava os cabelos que lhe caíam na testa e os empurrava para baixo da toalha que fazia as vezes de turbante, espantava as moscas que se aproximavam dela. Olhava-a com ternura, sem desviar os olhos. Mantinha uma das mãos dela apertada entre as suas.

— A senhora chegou a ver o rosto deles? — perguntou o capitão. — Poderia reconhecê-los se os visse de novo?

— Acho que não — Mabel negava com a cabeça, mas não parecia ter muita certeza do que dizia. — Só vi um deles, e pouquinho. O que estava ao lado da árvore, um flamboaiá que dá flores vermelhas, quando cheguei em casa naquela noite. Quase não olhei para ele. Estava meio de lado, acho, e no escuro. Mas bem na hora em que se virou para me dizer alguma coisa e consegui vê-lo, jogaram uma manta na minha cabeça. Fiquei quase sufocada. E não vi mais nada até esta manhã, quando...

Parou de falar, com o rosto alterado, e Lituma entendeu que fazia um grande esforço para não chorar. Tentou continuar falando, mas a voz não lhe saía. Felícito implorava com os olhos que tivessem compaixão de Mabel.

— Calma, calma — consolou-a o capitão Silva. — A senhora é muito corajosa. Passou por uma experiência terrível e não a derrotaram. Só lhe peço um último esforcinho, por favor.

É claro que nós preferiríamos não ter que falar disso, ajudá-la a enterrar essas lembranças ruins. Mas os safados que a sequestraram têm que ir para trás das grades, receber um castigo pelo que fizeram. E a senhora é a única pessoa que pode nos ajudar a chegar até eles.

Mabel assentiu, com um sorriso aflito. Recompondo-se, continuou a falar. Lituma achou seu relato coerente e fluido, embora vez por outra ela fosse sacudida por uns ataques de pânico que a obrigavam a ficar calada por alguns segundos, tremendo. E empalidecia, batia os dentes. Estaria revivendo os momentos de pesadelo, o medo horrível que deve ter sentido noite e dia ao longo da semana que ficou em poder da máfia? Mas, depois, voltava a contar sua história, interrompida de vez em quando pelo capitão Silva, que ("de forma tão educada", pensou Lituma, surpreso) perguntava algum detalhe do que ela contava.

O sequestro havia ocorrido sete dias antes, após o concerto de um coro marista na igreja de San Francisco, na rua Lima, a que Mabel foi com uma amiga, Flora Díaz, dona de uma loja de roupas na rua Junín chamada Criações Florita. As duas eram amigas fazia tempo e às vezes iam juntas ao cinema, tomar um lanche e fazer compras. Às sextas-feiras costumavam ir de tarde à igreja de San Francisco, onde foi proclamada a Independência de Piura, porque havia sessões de música, concertos, coros, bailes e apresentação de conjuntos profissionais. Nessa sexta o Coro dos Maristas cantou hinos religiosos, muitos em latim, ou pelo menos parecia. Como Flora e Mabel não gostaram, saíram antes do final. Despediram-se no começo da Ponte Pênsil e Mabel voltou para casa andando, já que estava tão pertinho. Não notou nada de estranho durante a caminhada, nem que algum pedestre ou automóvel a estivesse seguindo. Nada de nada. Só os cachorros vira--latas, as turmas de pivetes se drogando, as pessoas tomando ar fresco e conversando sentadas em poltronas e cadeiras de balanço nas portas das casas, os bares, lojas e restaurantes já com clientes e aparelhos de rádio a todo volume tocando músicas que se misturavam inundando o ambiente com um barulho ensurdecedor. ("Havia luar?", perguntou o capitão Silva e, por um instante, Mabel ficou desconcertada: "Luar? Desculpe, não me lembro.")

O beco onde mora estava deserto, pelo que se lembrava. Quase não notou aquela silhueta masculina meio encostada no flamboaiá. Ela estava com a chave na mão e, se o homem fizesse alguma tentativa de se aproximar, teria se assustado, pedido socorro, começado a correr. Mas não percebeu o menor movimento. Pôs a chave na fechadura e teve que forçar um pouco — Felícito já deve ter lhe contado que essa chave sempre trava um pouquinho —, quando notou umas silhuetas se aproximando. Não teve tempo de reagir. Sentiu que jogavam um cobertor na sua cabeça e que vários braços a agarravam, tudo ao mesmo tempo. ("Quantos braços?", "Quatro, seis, vá lá saber.") Então a levantaram no ar, taparam sua boca para sufocar os gritos. Parecia que tudo aquilo acontecia num segundo, a terra tremia e ela estava no centro do terremoto. Apesar do pânico, ainda tentou dar uns chutes e safanões, até sentir que era jogada num carro, caminhonete ou caminhão e que os homens a imobilizavam, prendendo seus pés, mãos e cabeça. Então, ouviu esta frase que ainda ecoava nos seus ouvidos: "Quieta aí e caladinha se quiser continuar viva." Sentiu que passavam algo frio no seu rosto, talvez uma faca, talvez a coronha ou o cano de um revólver. O veículo arrancou; com os sacolejos, seu corpo ia batendo contra o chão. Então se encolheu toda e ficou muda, pensando: "Vou morrer." Não tinha ânimo sequer para rezar. Sem reclamar nem resistir, deixou que lhe vendassem os olhos, pusessem um capuz na sua cabeça e amarrassem as mãos. Não viu a cara de ninguém porque fizeram tudo na escuridão, provavelmente enquanto rodavam por uma estrada. Não havia luzes elétricas e em volta tudo era noite fechada. Devia estar nublado, sem lua. Deram voltas e voltas durante um tempo que lhe pareceu horas, séculos, e talvez fossem apenas alguns minutos. Com o rosto coberto, as mãos amarradas e o medo, perdeu a noção do tempo. A partir de então, não soube mais em que dia estava, se era de noite, se havia gente vigiando ou se a tinham deixado sozinha no quarto. O chão onde a deitaram era muito duro. Às vezes sentia insetos andando em suas pernas, talvez as horríveis baratas que ela detestava mais que as aranhas e os ratos. Desceu da caminhonete agarrada pelos braços e depois a fizeram andar às cegas, tropeçando, entrar numa casa onde havia um rádio tocando música *criolla*, descer umas escadas. Depois de deitá-la numa esteira, foram embora. Ela ficou ali, na escuridão, tremendo. Agora sim conseguiu rezar. Pediu à Virgem e a todos os santos que lembrou, a Santa Rosa de Lima e ao Senhor Cativo de Ayabaca, naturalmente, que a amparassem. Que não a deixassem morrer assim, que acabassem com aquele suplício. Durante os sete dias em que esteve sequestrada não conversou uma única vez com os sequestradores. Não saiu desse quarto. Não voltou a ver a luz, porque não tiravam nunca a venda dos seus olhos. Havia um recipiente ou balde onde podia fazer suas necessidades, às apalpadelas, duas vezes por dia. Alguém o levava e o devolvia limpo, sem lhe dirigir a palavra. Duas vezes por dia, a mesma ou outra pessoa, sempre muda, trazia um prato de arroz com guisados e uma sopa, um refrigerante quase morno ou uma garrafinha de água mineral. Para que ela pudesse comer tiravam o capuz e soltavam suas mãos, mas nunca retiraram a venda dos olhos. Cada vez que Mabel suplicava, implorava que lhe dissessem o que iam fazer com ela, por que a tinham sequestrado, respondia sempre a mesma voz forte e autoritária: "Silêncio! Você está arriscando a vida com essas perguntas." Não pôde tomar um banho, nem se lavar. Por isso, a primeira coisa que fez quando recuperou a liberdade foi ficar por um longo tempo debaixo do chuveiro e se ensaboar com a esponja até ficar vermelha. E a segunda foi se livrar de toda a roupa, até os sapatos, que tinha usado naqueles sete dias horríveis. Ia fazer um embrulho e dar tudo para os pobres de San Juan de Dios.

Nessa manhã, de repente, tinham entrado no seu quarto-cárcere, vários, a julgar pelas pisadas. Sempre sem dizer nada, eles a levantaram e a fizeram caminhar, subir uns degraus, e deitar-se outra vez num veículo que devia ser o mesmo carro, caminhonete ou caminhão em que a tinham sequestrado. Ficavam dando voltas e mais voltas um bocado de tempo, quebrando todos os ossos do seu corpo com os sacolejos, até que o veículo parou. Então desamarraram suas mãos e ordenaram: "Conte até cem antes de tirar a venda. Se tirar antes, vai levar um tiro." Ela obedeceu. Quando puxou a venda descobriu que a tinham deixado no meio do areal, perto de La Legua. Andou mais de uma hora até chegar às primeiras casinhas de Castilla. Lá conseguiu o táxi que a trouxe até aqui.

Enquanto Mabel contava sua odisseia, Lituma seguia com atenção o relato, mas não perdia de vista as demonstrações de carinho que don Felícito fazia à amante. Havia algo de infantil, adolescente, angélico na maneira como o transportista alisava a sua testa, fitando-a com uma devoção religiosa, murmurando "coitadinha, coitadinha, meu amor". Às vezes Lituma ficava um pouco incomodado com essas manifestações, elas pareciam exageradas e um pouco ridículas, na sua idade. "Deve ter uns trinta anos mais do que ela", pensava, "essa garota podia ser sua filha". O velhote estava perdidamente apaixonado. Será que Mabelita era das fogosas ou das frias? Das fogosas, é claro.

— Eu sugeri que ela saia daqui por um tempo — disse Felícito Yanaqué aos policiais. — Que vá para Chiclayo, Trujillo, Lima. Qualquer lugar. Até que esta história acabe. Não quero que lhe aconteça mais nada. Não acha uma boa ideia, capitão?

O oficial encolheu os ombros.

— Não creio que aconteça alguma coisa com ela se ficar aqui — disse, refletindo. — Os bandidos sabem que agora está protegida e não seriam doidos de chegar perto dela sabendo a que se expõem. Agradeço muito as suas declarações, senhora. Vão ser muito úteis, garanto. Posso lhe fazer umas perguntinhas mais?

— Ela está muito cansada — protestou don Felícito. — Por que não a deixa tranquila por hoje, capitão? Interrogue Mabel amanhã ou depois. Quero que ela vá ao médico, que passe um dia inteiro no hospital fazendo um checkup completo.

— Não se preocupe, velhinho, eu descanso mais tarde — interveio Mabel. — Pode perguntar o que quiser, senhor.

Dez minutos depois, Lituma pensou que seu superior estava exagerando. O transportista tinha razão; a pobre mulher sofrera uma experiência terrível, pensou que ia morrer, aqueles sete dias foram um calvário para ela. Como o capitão podia pretender que Mabel se lembrasse daqueles detalhes insignificantes, tão estúpidos, sobre os quais a assediava com perguntas? Não estava entendendo. Para que seu chefe queria saber se ela tinha ouvido no cativeiro galos cantando ou galinhas cacarejando, gatos miando, cães latindo? E como Mabel poderia calcular pelas vozes o número de sequestradores e se eram todos piuranos ou se algum deles falava como limenho, serrano ou como emigrante da selva? Mabel fazia o que podia, esfregava as mãos, vacilava, era normal que às vezes ficasse confusa e fizesse cara de assombro. Disso não se lembrava, senhor, nisso não reparou, ai que pena. E pedia desculpas, encolhendo os ombros, esfregando as mãos: "Que boba, eu devia ter pensado nessas coisas, devia ter procurado reparar e guardar na cabeça. Mas é que eu estava tão atordoada, senhor."

— Não se preocupe, é normal a senhora não ter cabeça, seria impossível gravar tudo na memória — consolou-a o capitão Silva. — Mas, mesmo assim, faça um último esforcinho. Tudo o que puder lembrar será utilíssimo, senhora. Algumas das minhas perguntas devem lhe parecer supérfluas, mas não, muitas vezes de uma bobagem sem importância sai um fio que nos leva ao objetivo.

O que Lituma achou mais estranho foi a insistência do capitão Silva para que Mabel se lembrasse das circunstâncias e dos detalhes da noite em que foi sequestrada. Tinha certeza de que nenhum dos seus vizinhos estava na rua respirando o ar fresco da noite? Nenhuma vizinha com meio corpo para fora da janela ouvindo uma serenata ou conversando com o namorado? Mabel achava que não, mas talvez sim, não, não, não havia ninguém naquela parte da rua quando voltou do concerto dos maristas. Enfim, talvez houvesse alguém, era possível, só que ela não reparou, nem notou, que boba. Lituma e o capitão sabiam muito bem que não havia testemunhas do sequestro porque tinham interrogado toda a vizinhança. Ninguém viu nada, ninguém ouviu nada de estranho naquela noite. Talvez fosse verdade ou, talvez, como disse o capitão, ninguém queria se comprometer. "Todo mundo treme diante da máfia. Por isso preferem não ver nem saber nada, essa gentinha é mesmo cagona."

Por fim, o delegado deu um descanso à amante do transportista e lhe fez uma pergunta banal.

— O que a senhora acha que os sequestradores lhe fariam se don Felícito não dissesse que ia pagar o resgate?

Mabel arregalou os olhos e, em vez de responder ao oficial, virou-se para o amante:

— Pediram um resgate por mim? Você não me contou, velhinho.

— Não pediram resgate por você — explicou ele, beijando mais uma vez sua mão. — Eles a sequestraram para me obrigar a pagar a tal quota que pediram à Transportes Narihualá. E agora soltaram porque os fiz pensar que aceitava a chantagem. Tive que publicar um anúncio no *El Tiempo* agradecendo um milagre ao Senhor Cativo de Ayabaca. Era o sinal que eles esperavam. Foi por isso que soltaram você.

Lituma viu que Mabel empalidecia de novo. Estava tremendo, seus dentes batiam.

— Quer dizer que você vai pagar as quotas? — balbuciou.

— Nem morto, amorzinho — roncou don Felícito, negando com a cabeça e com as mãos, muito enérgico. — Isso, nunca.

— Então eles vão me matar — sussurrou Mabel. — E a você também, meu velho. O que vai acontecer agora conosco, senhor? Vão nos matar?

Deu um soluço, pondo as mãos no rosto.

— Não se preocupe. A senhora vai ter proteção vinte e quatro horas por dia. Não por muito tempo, não será necessário, a senhora vai ver. Estes marginais estão com os dias contados, garanto.

— Não chore, não chore, amorzinho — don Felícito a consolava, acariciando-a, abraçando-a. — Juro que nunca mais vai lhe acontecer nada de ruim. Nunca mais. Juro, minha vida, você tem que acreditar. É melhor sair desta cidade por um tempinho, como lhe pedi. Faça o que eu digo.

O capitão Silva se levantou e Lituma imitou-o. "Podemos lhe dar proteção permanente", voltou a dizer o delegado à guisa de despedida. "Fique tranquila, senhora." Mabel e don Felícito não os acompanharam até a porta; ficaram na saleta, ela choramingando e ele consolando-a.

Lá fora encontraram um sol tórrido e o espetáculo de sempre; pivetes esfarrapados batendo bola, cachorros famintos latindo, montes de lixo nas esquinas, vendedores ambulantes e uma coluna de carros, caminhões, motos e bicicletas disputando a pista. Não havia urubus somente no céu; dois desses avejões tinham aterrissado e escavavam no lixo.

— O que o senhor acha, capitão?

O chefe puxou um maço de cigarros escuros, ofereceu um ao sargento, tirou outro para si e acendeu-os com um velho isqueiro verde e negro. Deu uma longa tragada e soltou a fumaça fazendo argolas no ar. Estava com uma expressão muito satisfeita.

— Eles estão fodidos, Lituma — disse, dando um falso soco no seu auxiliar. — Esses babacas cometeram o primeiro erro, o erro que eu estava esperando. Agora estão fodidos! Vamos nos sentar no El Chalán, eu pago um bom suco de frutas com muito gelo para comemorar.

Sorria de orelha a orelha e esfregava as mãos como fazia quando ganhava no pôquer, nos dados ou em alguma partida de damas.

— A confissão dessa garota é ouro em pó, Lituma — acrescentou, fumando e soltando a fumaça com deleite. — Você deve ter percebido, imagino.

— Não percebi nada, meu capitão — confessou Lituma, desconcertado. — Está falando sério ou isso é gozação? A pobre mulher nem viu o rosto deles.

— Mas que policial mais fraquinho você é, Lituma, e psicólogo pior ainda — debochou o capitão, olhando-o de cima a baixo e rindo com grande entusiasmo. — Não sei como você conseguiu chegar a sargento, porra. E muito menos a ser meu auxiliar, o que não é pouca coisa.

Murmurou de novo, para si mesmo: "Ouro em pó, sim senhor." Estavam atravessando a Ponte Pênsil e Lituma viu um grupo de pivetes tomando banho, chapinhando e fazendo estardalhaço nas margens arenosas do rio. Ele fazia as mesmas coisas, junto com seus primos León, um bocado de anos atrás.

— Não me diga que você não percebeu que aquela sabidinha da Mabel não disse uma única palavra que fosse verdade, Lituma — continuou o capitão, agora muito sério. Chupava o cigarro, soltava a fumaça como se quisesse desafiar o céu, e havia uma sensação de triunfo em sua voz e em seus olhos. — Que ela não parou de se contradizer e de nos contar a porra de uma lorota atrás da outra. Que quis nos passar a perna. E nos deixar chupando o dedo. Como se nós dois fôssemos um par de babacas, Lituma.

O sargento parou em seco, estupefato.

— Está falando sério, meu capitão, ou quer me engabelar?

— Não me diga que você não percebeu o mais óbvio e evidente, Lituma — o sargento entendeu que o chefe estava falando sério, com uma convicção absoluta. Falava com a vista no céu, piscando por causa do mormaço, exaltado e feliz. — Não me diga que não percebeu que a Mabelita da bundinha triste nunca foi sequestrada. Que ela é cúmplice dos chantagistas e entrou nessa farsa do sequestro para amolecer o coração do pobre don Felícito, que ela também deve querer depenar. Não me diga que não percebeu que, graças à mancada que esses filhos da puta deram, o caso está praticamente resolvido, Lituma. O Raspaxota já pode dormir sossegado e parar de encher a paciência. A cama está feita, agora só falta cair em cima deles e empurrar até a garganta.

Jogou a guimba no rio e começou a gargalhar, coçando as axilas.

Lituma havia tirado o quepe e alisava o cabelo.

— Ou sou mais burro do que pareço ou o senhor é um gênio, meu capitão — afirmou, desanimado. — Ou então está louco de pedra, desculpe que lhe diga.

— Sou um gênio, Lituma, admita de uma vez, e também domino a psicologia das pessoas — afirmou o capitão, exultante. — E faço uma previsão, se quiser. No dia em que apanharmos esses palermas, coisa que vai acontecer logo, juro por Deus que meto no cu da senhora Josefita da minha alma e a faço gritar a noite inteira. Viva a vida, caralho!

XII

— Esteve com o pobre Narciso? — perguntou a senhora Lucrecia. — O que houve com ele?
   Don Rigoberto fez que sim e desabou no assento da sala de sua casa, extenuado.
   — Uma verdadeira odisseia — suspirou. — Que favorzinho nos fez o Ismael metendo-nos nas suas encrencas de cama e de filhos, amor.
   Os parentes de Narciso, o chofer de Ismael Carrera, haviam marcado um encontro no primeiro posto de gasolina na entrada de Chincha, e Rigoberto percorreu duas horas de estrada até lá, mas quando chegou não encontrou ninguém à sua espera no lugar indicado. Depois de permanecer um bom tempo debaixo do sol vendo passar caminhões e ônibus, e de engolir a poeira que um ventinho quente que descia da serra jogava contra o seu rosto, quando já estava a ponto de voltar para Lima, aborrecido e cansado, apareceu um menino que se apresentou como sobrinho de Narciso. Era um negrinho esperto e descalço, com grandes olhos loquazes e conspiratórios. Falava com tantas precauções que don Rigoberto quase não entendia o que estava tentando lhe dizer. Afinal ficou claro que houvera uma mudança de planos; seu tio Narciso estava à espera dele em Grocio Prado, na porta da casa onde viveu, fez milagres e morreu a Beata Melchorita (o menino fez um sinal da cruz ao mencioná-la). Mais meia hora de carro por uma estrada cheia de poeira e de buracos, entre vinhedos e chácaras de frutas para exportação. Na porta da casa-museu-santuário da Beatinha, na Praça de Grocio Prado, finalmente apareceu o motorista de Ismael.
   — Meio disfarçado, com uma espécie de poncho e um capuz de penitente para que ninguém o reconhecesse, e, claro, morrendo de medo — lembrou don Rigoberto, sorrindo. — O negro estava quase branco de pavor, Lucrecia. Não é para menos,

falando a verdade. As hienas o acossam dia e noite, mais do que eu imaginava.

Primeiro mandaram um advogado, um rábula conversador, tentar suborná-lo. Se ele declarasse ao juiz que tinha sido forçado a ser testemunha no casamento do patrão e que, a seu ver, o senhor Ismael Carrera não estava em seu juízo normal no dia em que se casou, eles lhe dariam uma gratificação de vinte mil soles. Quando o negro respondeu que ia pensar mas que, a princípio, preferia não ter que lidar com o Poder Judiciário nem com ninguém do governo, a polícia apareceu na casa de sua família, em Chincha, chamando-o para ir à delegacia. Os gêmeos tinham dado queixa contra ele por cumplicidade em vários delitos, entre os quais conspiração e sequestro do seu patrão!

— Não teve outro remédio a não ser esconder-se de novo — continuou Rigoberto. — Felizmente, Narciso tem amigos e parentes em toda Chincha. É uma sorte para Ismael que esse negro seja o sujeito mais íntegro e leal do mundo. Mesmo tão assustado, duvido que esses dois palermas consigam convencê-lo. Paguei o salário dele e lhe deixei um pouco mais de dinheiro, por via das dúvidas, para algum imprevisto. Essa história está ficando cada vez mais complicada, amor.

Don Rigoberto se espreguiçou e bocejou na poltrona da saleta e, enquanto dona Lucrecia preparava uma limonada, contemplou longamente o mar de Barranco. Era uma tarde sem vento, e no ar se viam vários praticantes de parapente. Um deles passou tão perto que ele pôde ver claramente a cabeça enfiada num capacete. Maldita confusão. E logo agora, no começo de uma aposentadoria que ele pensou que seria de descanso, arte e viagens, ou seja, de puro prazer. As coisas nunca acontecem como a gente planeja: era uma regra sem exceções. "Nunca imaginei que a minha amizade com Ismael ia acabar sendo tão onerosa", pensou. "Muito menos que por causa dele eu teria que sacrificar o meu pequeno espaço de civilização." Se houvesse sol, esta seria a hora mágica de Lima. Alguns minutos de beleza absoluta. A bola de fogo afundaria no horizonte atrás das ilhas de San Lorenzo e El Frontón, incendiando o céu, avermelhando as nuvens e apresentando, durante alguns minutos, o espetáculo entre sereno e apocalíptico que anunciava o começo da noite.

— O que você lhe disse? — perguntou dona Lucrecia, sentando-se ao seu lado. — Coitado do Narciso, em que confusão ele se meteu por ser tão boa gente com o patrão.

— Tentei acalmá-lo — contou don Rigoberto, saboreando com deleite a limonada. — Disse que não ficasse assustado, porque não ia acontecer nada com ele nem conosco por termos sido testemunhas do casamento. Que não havia nenhum crime no que fizemos. Que, além do mais, Ismael vai vencer esta briga com as hienas. Que a campanha e o estardalhaço de Escovinha e Miki não têm a menor base jurídica. Que ele, se quisesse ficar mais tranquilo, consultasse o caso com um advogado de Chincha de sua confiança e me mandasse a conta. Enfim, fiz tudo o que pude. Ele é um homem muito íntegro e repito que esses palermas não vão conseguir convencê-lo. Mas que estão fazendo Narciso passar um mau pedaço, isso estão.

— E nós, não? — queixou-se dona Lucrecia. — Porque, desde que começou essa brincadeira, eu tenho até medo de andar na rua. Todo mundo me pergunta pelo casalzinho, como se eles fossem a única coisa que interessa os limenhos. Acho que todo mundo tem cara de jornalista. Você não sabe como eu os detesto quando ouço e leio todas as bobagens e falsidades que eles escrevem.

"Ela também está assustada", pensou don Rigoberto. Sua mulher sorria mas ele percebeu uma luzinha fugidia em seus olhos e a inquietação com que esfregava as mãos o tempo todo. Coitada da Lucrecia. Não apenas havia perdido a viagem à Europa que tanto desejava. Ainda por cima, este escândalo. E o velhote do Ismael continuava em lua de mel na Europa, sem dar sinais de vida, enquanto em Lima seus filhinhos infernizavam a vida de Narciso, dele e de Lucrecia e deixavam em ebulição a própria companhia de seguros.

— O que foi, Rigoberto — Lucrecia se surpreendeu. — Quem ri sozinho, fez maldade com o vizinho.

— Estou rindo do Ismael — explicou Rigoberto. — Vai fazer um mês que saiu para a lua de mel. Com mais de oitenta anos! Já confirmei, ele não é setuagenário, é octogenário. *Chapeau!* Entendeu, Lucrecia? Com tanto Viagra, o cérebro dele vai se desmilinguir e a denúncia das hienas de que está de miolo mole será verdadeira. Essa Armida deve ser uma verdadeira fera. Na certa está deixando o Ismael de língua de fora!

— Não seja vulgar, Rigoberto — Lucrecia fingiu que o repreendia, rindo.

"Ela sabe enfrentar as tempestades sem perder a linha", pensou Rigoberto, enternecido. Lucrecia não tinha demonstrado o menor sinal de fraqueza nesses dias, enquanto a campanha intimidadora dos gêmeos enchia a casa de ordens judiciais e policiais e de notícias ruins — a pior delas: conseguiram travar seu processo da aposentadoria na companhia de seguros com um artifício legal — o menor sintoma de debilidade. Ela apoiou de corpo e alma a sua decisão de não ceder à chantagem das hienas e continuar leal ao seu chefe e amigo.

— A única coisa que me incomoda — disse Lucrecia, lendo seu pensamento — é que Ismael não nos telefona nem manda sequer um bilhete. Não é um pouco estranho? Será que ele tem noção das dores de cabeça que está nos causando? Ou do que o pobre do Narciso enfrenta?

— Sabe de tudo — afirmou Rigoberto. — Arnillas está em contato com ele e o mantém a par de tudo. Os dois se falam todo dia, pelo que me disse.

O doutor Claudio Arnillas, advogado de Ismael Carrera havia muitos anos, agora era o intermediário entre Rigoberto e seu ex-chefe. Segundo ele, Ismael e Armida estavam viajando pela Europa e muito em breve retornariam a Lima. Garantiu que toda a estratégia dos filhos de Ismael Carrera para anular o casamento e conseguir o afastamento do pai da companhia de seguros por incapacidade e demência senil estava condenada ao mais retumbante fracasso. Bastava Ismael se apresentar, submeter-se aos exames médicos e psicológicos correspondentes, e a denúncia ia cair de madura.

— Mas, então, não entendo por que não faz isso de uma vez, doutor Arnillas — exclamou don Rigoberto. — Para Ismael este escândalo deve ser ainda mais penoso que para nós.

— Sabe por quê? — explicou o doutor Arnillas, fazendo uma expressão maquiavélica e com os polegares enfiados nos suspensórios de um pomposo colorido psicodélico que prendiam sua calça. — Porque ele quer que os gêmeos continuem gastando o que não têm. O dinheiro que devem estar pegando aqui e ali para pagar esse exército de advogados e os subornos que andam distribuindo na polícia e nos tribunais. Devem estar sendo esfolados, é o mais provável, e ele quer que se arruínem totalmente. O senhor Carrera planejou tudo minuciosamente. Entendeu?

Agora don Rigoberto entendia muito bem que o rancor que Ismael Carrera sentia pelas hienas desde o dia em que descobriu que esperavam a sua morte com impaciência, ansiosos pela herança, era doentio e irreversível. Nunca imaginaria que o plácido Ismael era capaz de um ódio vingativo dessa magnitude, muito menos contra os próprios filhos. Será que algum dia Fonchito chegaria a desejar sua morte? A propósito, onde estava o menino?

— Saiu com um amigo, o Pezzuolo, acho que foram ao cinema — informou Lucrecia. — Você notou como ele parece melhor há alguns dias? É como se tivesse se esquecido de Edilberto Torres.

Sim, fazia pelo menos uma semana que ele não via o misterioso personagem. Em todo caso, era o que dizia e, até então, don Rigoberto nunca pegara seu filho contando uma mentira.

— Essa confusão toda estragou a nossa tão planejada viagem — suspirou dona Lucrecia, ficando triste de repente. — Espanha, Itália, França. Que pena, Rigoberto. Eu estava sonhando com essa viagem. E sabe por quê? A culpa é sua. Porque você foi me contando tudo de uma forma tão detalhada, tão maníaca. As visitas aos museus, os concertos, os teatros, os restaurantes. Enfim, o que se vai fazer, paciência.

Rigoberto assentiu:

— Foi só um adiamento, meu amor — consolou, beijando-lhe o cabelo. — Já que não podemos ir na primavera, vamos no outono. Uma época muito bonita também, com as árvores douradas e as folhas atapetando as ruas. Para óperas e concertos, é o melhor período do ano.

— Você acha que até outubro essa confusão das hienas já terá terminado?

— Eles não têm dinheiro, e estão gastando o pouco que sobrou tentando anular o casamento e interditar o pai — disse Rigoberto. — Não vão conseguir nada disso e ficarão arruinados. Sabe de uma coisa? Eu nunca imaginei que Ismael fosse capaz de fazer o que está fazendo. Primeiro se casar com Armida. E, depois, planejar uma vingança tão implacável contra Miki e Escovinha. Realmente, é impossível conhecer as pessoas a fundo, são todas insondáveis.

Ficaram conversando por um bom tempo, enquanto escurecia e as luzes da cidade se acendiam. Deixaram de ver o mar, o céu, e a noite ficou cheia de luzinhas que pareciam vaga-lumes. Lucrecia contou a Rigoberto que tinha lido uma redação de Fonchito para o colégio que a deixara impressionada. E não conseguia tirar isso da cabeça.

— Ele mesmo veio mostrar? — provocou Rigoberto. — Ou você ficou fuxicando na mesa do quarto?

— Bem, estava lá, bem à vista, e me deu curiosidade. Por isso li.

— É muito feio ler as coisas dele sem autorização e às escondidas — Rigoberto simulou uma bronca.

— Fiquei pensando no assunto — continuou ela, sem lhe prestar atenção. — É um texto meio filosófico, meio religioso. Sobre a liberdade e o mal.

— Está à mão? — interessou-se Rigoberto. — Eu também queria dar uma olhada.

— Tirei uma cópia, senhor fofoqueiro — disse Lucrecia. — Está no escritório.

Don Rigoberto se isolou entre seus livros, discos e gravuras para ler a redação de Fonchito. "A liberdade e o mal" era muito curta. Sustentava que provavelmente Deus, ao criar o homem, havia decidido que não seria um autômato, com uma vida programada do nascimento até a morte, como a das plantas e dos animais, mas um ser dotado de livre-arbítrio, capaz de decidir suas ações por conta própria. Assim havia nascido a liberdade. No entanto, essa faculdade de que foi dotado permitiu ao ser humano escolher o mal, e talvez criá-lo, fazendo coisas que contradiziam tudo aquilo que emanava de Deus e que, antes, representavam a razão de ser do diabo, o fundamento da sua existência. Portanto, o mal era filho da liberdade, uma criação humana. O que não significava que a liberdade fosse ruim em si mesma; não, era um dom que havia possibilitado grandes descobrimentos científicos e técnicos, o progresso social, o fim da escravidão e do colonialismo, os direitos humanos etc. Mas era também a origem de crueldades e sofrimentos terríveis que nunca se interrompem e acompanham o progresso como uma sombra.

Don Rigoberto ficou preocupado. Pensou que todas as ideias desse trabalho se associavam de algum modo com as aparições de Edilberto Torres e suas choradeiras. Ou este ensaio seria consequência da conversa de Fonchito com o padre O'Donovan? Será que seu filho tinha voltado a ver Pepín? Nesse momento, Justiniana irrompeu muito excitada no escritório. Vinha lhe dizer que o "recém-casado" estava ao telefone.

— Foi assim que ele pediu para lhe avisar, don Rigoberto — explicou a moça. — "Diga a ele que é o recém-casado, Justiniana."

— Ismael! — pulou da escrivaninha don Rigoberto — Alô? Alô? É você? Já está em Lima? Quando voltou?

— Ainda não voltei, Rigoberto — disse uma voz brincalhona, que reconheceu como a do chefe. — Estou ligando de um lugar que naturalmente não vou dizer qual é, porque um passarinho me contou que seu telefone está grampeado por quem já sabemos. Um lugar lindíssimo, para você morrer de inveja.

Soltou uma gargalhada cheia de felicidade e Rigoberto, alarmado, de repente teve a suspeita, quem sabe, sim, de que seu ex-chefe e amigo estava gagá, completamente caduco. Será que as hienas seriam mesmo capazes de mandar uma dessas agências de detetives grampear seu telefone? Impossível, a matéria cinza deles não chegava a tanto. Ou talvez sim?

— Muito bem, muito bem, o que mais você pode pedir — respondeu. — Que bom para você, Ismael. Estou vendo que a lua de mel vai de vento em popa e que ainda lhe resta um pouco de fôlego. Quer dizer, pelo menos continua vivo. Que alegria, meu velho.

— Estou em plena forma, Rigoberto. E vou lhe dizer uma coisa. Eu nunca me senti melhor nem mais feliz do que agora. É isso mesmo.

— Formidável, então — repetiu Rigoberto. — Bem, eu não queria lhe dar notícias ruins, muito menos pelo telefone. Mas imagino que você deve estar ciente da situação que provocou aqui. Do que estamos tendo que aguentar.

— Claudio Arnillas me mantém a par de todos os detalhes e me manda os recortes da imprensa. Eu me divirto muito lendo que fui sequestrado e sofro demência senil. Parece que você e Narciso foram cúmplices do meu sequestro, não é?

Deu outra gargalhada, longa, sonora, muito sarcástica.

— Acho ótimo que você leve as coisas com tanto humor — resmungou Rigoberto. — Narciso e eu não nos divertimos tanto, como você pode imaginar. Os irmãozinhos deixam o motorista quase louco com as suas intrigas e ameaças. E nós outro tanto.

— Sinto muito pelos incômodos que estou lhe causando, irmão — Ismael tentou consertar as coisas, muito sério. — Sei que eles impediram a sua aposentadoria, sei que você precisou cancelar a viagem à Europa. Eu sei de tudo, Rigoberto. Peço mil desculpas a você e a Lucrecia por esses probleminhas. Não vai ser por muito tempo, juro.

— O que são uma aposentadoria e uma viagem à Europa comparados com a amizade de um cara como você — ironizou don Rigoberto. — E é melhor nem lhe contar as citações para depor no tribunal como suposto cúmplice de encobrimento e sequestro, para não atrapalhar essa linda lua de mel. Enfim, espero que tudo isso acabe simplesmente como uma recordação, para rir e contar o caso.

Ismael soltou outra gargalhada, como se tudo aquilo não tivesse muito a ver com ele.

— Você é um amigo desses que não existem mais, Rigoberto. Eu sempre soube disso.

— Arnillas deve ter lhe contado que o seu motorista teve que se esconder. Os gêmeos mandaram a polícia pegá-lo e não me surpreenderia que, perturbados como estão, mandem também um par de capangas lhe cortar você sabe o quê.

— São bem capazes — reconheceu Ismael. — Esse negro vale o seu peso em ouro. Acalme-o, diga a ele que não se preocupe. Diga que a lealdade vai ter sua recompensa, Rigoberto.

— Você pretende voltar logo ou vai continuar na lua de mel até seu coração estourar e esticar as canelas?

— Estou fechando um negocinho que vai deixar você maravilhado, Rigoberto. Assim que terminar, volto para Lima e ponho as coisas em ordem. Você vai ver que toda essa confusão se desmancha num instante. Lamento seriamente todas essas dores de cabeça que estou dando. Liguei para lhe dizer isso, mais nada. Vamos nos rever logo. Beijos em Lucrecia e para você um grande abraço.

— Outro, e beijos em Armida — despediu-se don Rigoberto.

Quando desligou, ficou contemplando o aparelho. Veneza? Costa Azul? Capri? Onde estariam os pombinhos? Em algum lugar exótico como Indonésia ou Tailândia? Será que Ismael estaria mesmo tão feliz como dizia? Sim, sem dúvida, a julgar por suas gargalhadas juvenis. Aos oitenta anos descobriu que a vida pode ser mais que somente trabalhar, mas também fazer loucuras. Soltar-se, saborear os prazeres do sexo e da vingança. Melhor para ele. Nesse momento entrou Lucrecia no escritório, impaciente:

— O que aconteceu? O que Ismael disse? Conte, conte.

— Ele parece estar muito contente. Leva tudo na galhofa, imagine só — resumiu. E, nisso, lhe voltou a suspeita: — Sabe de uma coisa, Lucrecia? E se realmente estiver caducando? Se não tem ideia das loucuras que faz?

— Você está falando sério ou isso é brincadeira, Rigoberto?

— Até hoje ele me parecia absolutamente lúcido e senhor de si — duvidou. — Mas, ouvindo suas gargalhadas pelo telefone, comecei a pensar. Porque Ismael morreu de rir de tudo o que está acontecendo aqui, como se não estivesse ligando para o escândalo e a confusão em que nos meteu. Enfim, sei lá, eu devo estar um pouco suscetível. Você entende em que situação nós ficamos se Ismael caiu na demência senil da noite para o dia?

— Péssima hora para meter essa ideia na minha cabeça, Rigoberto. Agora não vai sair mais, a noite toda. Coitado de você se eu tiver insônia, estou avisando.

— É pura bobagem, não ligue, são apenas conjuros para que não aconteça o que eu disse que pode acontecer — acalmou-a Rigoberto. — Mas, para dizer a verdade, eu não esperava vê-lo tão despreocupado. Como se nada disso fosse com ele. Desculpe, desculpe. Eu sei o que está acontecendo com ele. Está feliz. Isso é a chave de tudo. Pela primeira vez na vida Ismael sabe o que é trepar de verdade, Lucrecia. O que fazia com a Clotilde eram passatempos conjugais. Com Armida tem pecado na jogada, e a coisa fica melhor.

— Outra vez você e suas molecagens — protestou a mulher. — Além do mais, não sei o que tem contra os passatempos conjugais. Eu acho que os nossos funcionam muito bem.

— Claro, meu amor, funcionam às mil maravilhas — disse ele, beijando Lucrecia na mão e na orelha. — É melhor fazer o mesmo que ele, não dar muita importância ao caso. Ter paciência e esperar que a ventania passe.

— Você não quer sair, Rigoberto? Podíamos ir ao cinema e depois comer alguma coisa na rua.

— Prefiro ver um filme aqui, acho melhor — respondeu o marido. — Fico enjoado só de pensar que pode aparecer um desses caras com seu gravadorzinho na mão para tirar fotos e me perguntar por Ismael e pelos gêmeos.

Porque, desde que o jornalismo tomou conhecimento da notícia do casamento de Ismael com Armida e das medidas policiais e judiciais dos filhos dele para anular esse casamento e pedir sua interdição judicial, não se falava de outra coisa nos jornais, rádios e programas de televisão, assim como nas redes sociais e nos blogues. Os fatos quase desapareciam sob uma frenética cintilação de exageros, invenções, bisbilhotices, calúnias e baixezas, na qual pareciam vir à tona toda a maldade, a incultura, as perversões, os ressentimentos, as mágoas e os complexos das pessoas. Se ele mesmo não tivesse sido arrastado por esse aluvião jornalístico, constantemente requisitado por repórteres que compensavam sua ignorância com doses de morbidez e insolência, don Rigoberto pensaria que aquele espetáculo em que Ismael Carrera e Armida passaram a ser a grande diversão da cidade, alvos de toda a lama impressa, radiofônica e televisiva, e incinerados sem piedade na fogueira que Miki e Escovinha tinham acendido e atiçavam diariamente com declarações, entrevistas, notas, fantasias e delírios, teria sido uma coisa divertida para ele, além de instrutiva e esclarecedora. A respeito deste país, desta cidade e da alma humana em geral. E a respeito do mesmo mal que agora estava preocupando Fonchito, a julgar por sua redação. "Instrutivo e esclarecedor, sim", pensou de novo. De muitas coisas. A função do jornalismo nesta época, por exemplo, ou, pelo menos, nesta sociedade, não era informar, era escamotear toda e qualquer forma de discernimento entre a mentira e a verdade, substituir a realidade por uma ficção na qual se manifesta a massa oceânica de complexos, frustrações, invejas, ódios e traumas de um público corroído pelo ressentimento e pela inveja. Mais uma prova de que os pequenos espaços de civilização nunca prevaleceriam sobre a incomensurável barbárie.

A conversa telefônica com seu ex-chefe e amigo o deixou deprimido. Não lamentava ter apoiado Ismael sendo testemunha do seu casamento. Mas as consequências dessa assinatura começavam a deixá-lo aflito. Não eram tanto os transtornos judiciais e policiais, nem o atraso no processo de aposentadoria, porque pensava (batendo na madeira, tudo podia acontecer) que tudo isso, mal que mal, se ajeitaria. E Lucrecia e ele iam poder fazer a viagem à Europa. O pior era o escândalo em que se via envolvido, aparecendo quase diariamente nas páginas de um jornalismo de esgoto, enlameado numa imprensa marrom infecta. Com amargura, Rigoberto se perguntou: "De que me adiantou ter este pequeno refúgio de livros, gravuras, discos, todas estas coisas bonitas, refinadas, sutis, inteligentes, colecionadas com tanto esmero, julgando que aqui neste minúsculo espaço de civilização eu estaria defendido contra a incultura, a frivolidade, a estupidez e o vazio?" Sua velha ideia de que era preciso erigir ilhas ou fortins de cultura no meio da tempestade, invulneráveis à barbárie em volta, não funcionava. O escândalo que seu amigo Ismael e as hienas haviam provocado infiltrara seus ácidos, seu pus, seus venenos, no seu próprio escritório, este território onde, há tantos anos — vinte, vinte e cinco, trinta? — ele se retirava para viver a verdadeira vida. A vida que o indenizava pelas apólices e os contratos da companhia, as intrigas e minúcias da política local, a hipocrisia e o cretinismo das pessoas com quem era obrigado a lidar diariamente. Agora, com o escândalo, de nada lhe valia buscar a solidão do escritório. Na véspera havia tentado. Pôs uma bela gravação no toca-discos, o oratório de Arthur Honegger, *O rei Davi*, feita na mesma catedral de Notre-Dame de Paris que sempre o havia emocionado. Dessa vez não conseguiu se concentrar na música nem por um minuto. Rigoberto se distraía, sua memória lhe devolvia as imagens e preocupações dos últimos dias, os sobressaltos, o desagrado bilioso cada vez que descobria seu nome nas notícias que, embora não comprasse esses jornais, as amizades lhe mostravam ou comentavam de maneira inflexível, envenenando a vida dele e de Lucrecia. Teve que desligar o som e ficar quieto, de olhos fechados, ouvindo as batidas do coração, com um gosto salobro na boca. "Não se pode construir um espaço de civilização neste país, nem que seja minúsculo", concluiu. "A barbárie acaba arrasando tudo." E mais uma vez pensou, como fazia sempre que se sentia deprimido, como tinha se enganado na juventude quando decidiu não emigrar e ficar aqui, em Lima, a Horrível, convencido de que poderia organizar a vida de tal maneira que, embora para pagar as contas ele tivesse que passar muitas horas por dia imerso no zum-zum mundano dos peruanos de classe alta, viveria de verdade nesse enclave puro, belo, elevado, feito de coisas sublimes, que ia construir como alternativa ao jugo do cotidiano. Foi nessa época que teve a ideia dos espaços salvadores, a ideia de que a civilização não era, nem nunca havia sido, um movimento, um estado de coisas geral, um ambiente que abarcasse o conjunto da sociedade, e sim pequenas cidadelas construídas ao longo do tempo e do espaço que resistiam ao assalto permanente dessa força instintiva, violenta, obtusa, feia, destrutiva e bestial que dominava o mundo e que agora se introduzira no seu próprio lar.

Nessa noite, depois do jantar, perguntou a Fonchito se ele estava cansado.

— Não — respondeu o filho. — Por quê, papai?

— Eu queria conversar um pouquinho, se você não se incomoda.

— Desde que não seja sobre Edilberto Torres, tudo bem — disse Fonchito, com astúcia. — Não o vi mais, pode ficar tranquilo.

— Prometo que não vamos falar dele — respondeu don Rigoberto. E, como costumava fazer quando era criança, pôs dois dedos em cruz diante da boca e jurou, beijando-os: — Por Deus.

— Não use o nome de Deus em vão porque eu sou devota — respondeu dona Lucrecia. — Vão para o escritório. Eu peço a Justiniana que leve os sorvetes para lá.

No escritório, enquanto saboreavam o sorvete de lúcuma, don Rigoberto, entre uma colherada e outra, espiava Fonchito. Sentado à sua frente de pernas cruzadas, o menino tomava o sorvete aos pouquinhos e parecia absorvido em algum pensamento remoto. Não era mais uma criança. Fazia quanto tempo que ele já se barbeava? Tinha o rosto liso e o cabelo sempre revolto; não praticava esportes mas dava a impressão de que sim, porque tinha um corpo magro e atlético. Ele era um menino muito bonito, que as garotas deviam disputar a tapa. Todo mundo dizia isso. Mas o seu filho não parecia ter interesse nessas coisas e agora estava envolvido com alucinações e preocupações religiosas. Isto era bom ou ruim? Seria preferível que Fonchito fosse um menino normal? "Normal", pensou, imaginando seu filho falando no jargão sincopado e simiesco dos jovens da sua geração, embebedando-se nos fins de semana, fumando maconha, cheirando coca ou engolindo comprimidos de ecstasy nas discotecas do balneário de Asia, no quilômetro cem da estrada Pan-Americana, como tantos mauricinhos de Lima. Um calafrio percorreu o seu corpo. Era mil vezes preferível que visse fantasmas ou o próprio diabo e escrevesse ensaios sobre a maldade.

— Li o que você escreveu sobre a liberdade e o mal — disse. — Estava lá, em cima da sua mesa, e eu senti curiosidade. Espero que você não se incomode. Fiquei muito impressionado, para dizer a verdade. Está bem escrito e cheio de ideias muito pessoais. Para que matéria é?

— Idioma — disse Fonchito, sem dar muita importância ao assunto. — O professor Iturriaga nos pediu uma redação com tema livre. Pensei nesse assunto. Mas é só um rascunho. Ainda preciso corrigir.

— Fiquei surpreso, porque não sabia que você se interessava tanto por religião.

— Parecia um texto religioso? — estranhou Fonchito. — Eu acho que é uma coisa mais filosófica. Bem, não sei, filosofia e religião se misturam, na verdade. Você nunca se interessou por religião, papai?

— Estudei no La Recoleta, um colégio de padres — disse don Rigoberto. — Depois, na Universidade Católica. E até fui dirigente da Ação Católica, junto com Pepín O'Donovan, por um tempo. Claro que me interessei muito, quando era jovem. Mas um dia perdi a fé e nunca mais recuperei. Acho que foi quando comecei a pensar. Para ser crente, não convém pensar muito.

— Ou seja, você é ateu. Pensa que não há nada antes nem depois desta vida. Isto é ser ateu, não é?

— Estamos nos metendo em coisas profundas — exclamou don Rigoberto. — Eu não sou ateu, porque um ateu também é um crente. Ele crê que Deus não existe, não é mesmo? Eu sou mais é agnóstico, se é que sou alguma coisa. Uma pessoa que se declara perplexa, incapaz de acreditar que Deus existe ou que Deus não existe.

— Ou seja, nem uma coisa nem outra — riu Fonchito.
— É uma forma fácil de fugir do problema, papai.

Ele tinha uma risada fresca, saudável, e don Rigoberto pensou que era um bom menino. Agora estava passando por uma crise de adolescência, sofrendo com dúvidas e incertezas sobre o além e o aquém, o que só falava a seu favor. Gostaria muito de ajudá-lo. Mas como, como fazer isso.

— Algo assim, mas não é para caçoar — assentiu. — Quer saber de uma coisa, Fonchito? Eu invejo os crentes. Não os fanáticos, claro, que me dão horror. Mas os verdadeiros crentes. Aquela pessoa que tem uma fé e tenta organizar sua vida de acordo com suas convicções. Com sobriedade, sem estardalhaço nem palhaçadas. Eu não conheço muitos, mas alguns, sim. E os acho invejáveis. A propósito, você crê?

Fonchito ficou sério e refletiu um pouco antes de responder.

— Eu gostaria de saber um pouco mais sobre religião, porque nunca me ensinaram — fugiu da resposta, num tom de recriminação. — Foi por isso que eu e o Chato Pezzuolo entramos num grupo de leitura da Bíblia. Vamos nos reunir às sextas-feiras, depois das aulas.

— Excelente ideia — alegrou-se don Rigoberto. — A Bíblia é um livro maravilhoso, que todo mundo deveria ler, creia ou não creia. Para a cultura geral, antes de mais nada. Mas, também, para entender melhor o mundo em que vivemos. Muitas coisas que ocorrem aqui ao nosso lado vêm direta ou indiretamente da Bíblia.

— Era sobre isso que você queria conversar, papai?

— Na verdade, não — disse don Rigoberto. — Queria falar de Ismael e do escândalo que está havendo. No seu colégio também devem ter falado do assunto.

Fonchito voltou a rir.

— Já me perguntaram mil vezes se era verdade que você o ajudou a se casar com a cozinheira, como dizem os jornais. Nos blogues você aparece o tempo todo metido nessa história.

— Armida nunca foi cozinheira — esclareceu don Rigoberto. — Ela era sua governanta, mais exatamente. Cuidava da limpeza e da organização da casa, principalmente depois que Ismael ficou viúvo.

— Eu estive duas ou três vezes nessa casa e não me lembro dela — disse Fonchito. — Pelo menos é bonita?

— Apresentável, digamos — concedeu don Rigoberto, de forma salomônica. — Muito mais jovem que Ismael, sem dúvida. Não vá acreditar em todas as bobagens que a imprensa diz. Que ele foi sequestrado, que está caduco, que não sabia o que fazia. O Ismael está lúcido, e foi por isso que aceitei ser testemunha. Claro que eu nem desconfiava de que a confusão ia ser tamanha. Enfim, vai passar. Eu queria lhe contar que impediram a minha aposentadoria na companhia. Os gêmeos me denunciaram por suposta cumplicidade num sequestro que nunca existiu. Então, agora estou enrolado aqui em Lima, com mandados e advogados. É isso que está acontecendo. Estamos passando por um período difícil e, até que tudo se resolva, vamos ter que apertar um pouco os cintos. Porque também não é o caso de raspar todas as economias que fizemos para o futuro. Principalmente o seu. Queria deixar você a par disso.

— Tudo bem, papai — disse Fonchito, animando-o. — Não se preocupe. Se for preciso pode suspender a minha mesada até tudo acabar.

— Não é para tanto — sorriu don Rigoberto. — Para a sua mesada, dá e sobra. Lá no seu colégio, entre os professores e alunos, o que se fala sobre este caso?

— A imensa maioria está com os gêmeos, claro.

— Com as hienas? Nota-se que não os conhecem.

— A questão é que são racistas — afirmou Fonchito. — Não perdoam o senhor Ismael por ter se casado com uma chola. Acham que ninguém faria isso com o juízo perfeito e que Armida só está querendo o dinheiro dele. Você não sabe com quanta gente eu briguei defendendo o casamento do seu amigo, papai. Só o Pezzuolo me apoia, mas é mais por amizade que por achar que tenho razão.

— Você defende uma boa causa, filhinho — don Rigoberto bateu em seu joelho. — Porque, embora ninguém acredite, o casamento de Ismael foi por amor.

— Posso lhe fazer uma pergunta, papai? — disse de repente o menino, quando parecia que já ia sair do escritório.

— Claro que pode, filho. Faça a pergunta que quiser.

— É que tem uma coisa que eu não entendo — aventurou Fonchito, incômodo. — Sobre você, papai. Você sempre gostou de arte, pintura, música, livros. É a coisa de que fala com mais paixão. E então, por que foi ser advogado? Por que passou a vida inteira trabalhando numa companhia de seguros? Você devia ser pintor, músico, sei lá. Por que não seguiu a sua vocação?

Don Rigoberto assentiu e pensou um pouco antes de responder.

— Por covardia, filhinho — murmurou, afinal. — Por falta de fé em mim mesmo. Nunca acreditei que tivesse talento para ser um artista de verdade. Mas talvez fosse só um pretexto para não tentar. Decidi não ser um criador, e sim um mero consumidor de arte, um diletante da cultura. Foi por covardia, é a triste verdade. Então, é isso. Não vá seguir o meu exemplo. Seja qual for a sua vocação, vá fundo com ela e não faça como eu, não a traia.

— Espero que você não tenha ficado chateado, papai. Era uma pergunta que eu queria lhe fazer há muito tempo.

— É uma pergunta que eu também me faço há muitos anos, Fonchito. Você me obrigou a responder, e fico grato por isso. Agora pode ir, boa noite.

Foi se deitar mais animado após a conversa com Fonchito. Contou a dona Lucrecia como tinha sido bom ouvir seu filho, tão sensato, depois da tarde de mau humor e desconsolo que passara. Mas omitiu a última parte da conversa com o filho.

— Fiquei feliz de vê-lo tão sereno, tão amadurecido, Lucrecia. Participando de um grupo de leitura da Bíblia, imagine. Quantos meninos da idade dele fariam uma coisa assim? Pouquíssimos. Você já leu a Bíblia? Confesso que só li parte, e faz muitos anos. O que acha de nós também lermos e comentarmos a Bíblia, como se fosse um jogo? É um livro muito bonito.

— Com o maior prazer, talvez assim você se converta e volte para a Igreja — disse Lucrecia, acrescentando, após uns segundos de reflexão. — Só espero que ler a Bíblia não seja incompatível com fazer amor, Orelhinha.

Ouviu o riso malicioso do marido e, quase ao mesmo tempo, suas mãos ávidas, percorrendo-lhe o corpo.

— A Bíblia é o livro mais erótico do mundo — ouviu-o dizer, laborioso. — Você vai ver, quando lermos o *Cântico dos Cânticos* e as barbaridades que Sansão faz com Dalila e Dalila com Sansão. Vai ver só.

XIII

— Nós estamos fardados mas isto não é uma visita oficial — disse o capitão Silva, fazendo um gesto cortês que inflou sua barriga e amassou a camisa cáqui do uniforme. — É uma visita de amigos, senhora.

— Claro, muito bem — disse Mabel, abrindo a porta. Olhava os policiais, entre surpresa e assustada, piscando muito. — Entrem, entrem, por favor.

O capitão e o sargento chegaram de improviso quando ela, pensativa, admitia mais uma vez que estava comovida com as demonstrações sentimentais do velho. Sempre tivera carinho por Felícito Yanaqué, ou, pelo menos, apesar de ser seu amante havia oito anos, nunca chegou a sentir por ele a fobia, o desagrado físico e moral que a levaram, no passado, a romper bruscamente com amantes e protetores temporários que lhe davam muitas dores de cabeça por seus ciúmes, exigências e caprichos, ou com seu ressentimento e despeito. Algumas rupturas lhe significaram um grave abalo econômico. Mas era mais forte que ela. Quando se cansava de um homem, não podia continuar indo para a cama com ele. Tinha alergia, dor de cabeça, calafrios, começava a pensar no padrasto, quase vomitava cada vez que tinha que se despir para ele e submeter-se aos seus desejos na cama. Por isso, pensava, embora tivesse dormido com muitos homens desde pequena — fugiu aos treze anos para a casa de uns tios, quando aconteceu a história com seu padrasto —, não era nem seria nunca o que chamam de puta. Porque as putas sabem fingir na hora de transar com os clientes, e ela não. Mabel, para transar, precisava sentir pelo menos alguma simpatia pelo homem e, além do mais, eles tinham que "enfeitar" a trepada, como os piuranos diziam vulgarmente: convites, saídas, presentinhos, gestos e maneiras que tornassem a foda mais decente, dando-lhe a aparência de uma relação sentimental.

— Obrigado, senhora — disse o capitão Silva, levando a mão à viseira num simulacro de continência. — Vamos tentar não lhe tomar muito tempo.

O sargento Lituma ecoou: "Obrigado, senhora."

Mabel os levou para a sala e serviu duas garrafinhas geladas de Inca Cola. Para disfarçar o nervosismo, ela procurava não falar; limitava-se a sorrir, esperando. Os policiais tiraram os quepes, acomodaram-se nas poltronas e Mabel viu que ambos estavam com a testa e o cabelo molhados de suor. Pensou que devia ligar o ventilador mas não o fez; temia que quando se levantasse da poltrona o capitão e o sargento notassem o tremor que estava começando a sacudir suas pernas e suas mãos. Que explicação daria se os seus dentes também começassem a bater? "Estou meio adoentada e com um pouco de febre, por causa, enfim, dessas coisas de mulher, vocês sabem do que estou falando." Será que acreditariam?

— O que nós queríamos, senhora — o capitão Silva adoçou um pouco a voz —, não era interrogá-la, mas ter uma conversa amistosa. São coisas bem diferentes, a senhora entende. Eu disse amistosa e repito.

Naqueles oito anos nunca chegou a ter alergia por Felícito. Sem dúvida porque o velho era tão boa gente. Se no dia da sua visita ela estivesse um pouco indisposta, com as regras ou simplesmente sem vontade de abrir as pernas para ele, o dono da Transportes Narihualá não insistia. Muito pelo contrário; ficava preocupado, queria levá-la ao médico, comprar remédios na farmácia, trazia o termômetro. Estava realmente muito apaixonado? Mabel pensou mil vezes que sim. Em todo caso, o velho não pagava o aluguel da casa e lhe dava alguns milhares de soles por mês só para transar com ela uma ou duas vezes por semana. Além de cumprir essas obrigações, trazia presentes o tempo todo, no seu aniversário e no Natal, e também em datas em que ninguém dava presentes como nas Festas da Pátria, ou em outubro, durante a Semana de Piura. Até pela maneira de transar ele sempre demonstrava que não era só o sexo que importava. Dizia coisinhas de namorados em seu ouvido, beijava-a com ternura, ficava olhando extasiado para ela, com gratidão, como se fosse um rapazinho imberbe. Isso não era amor? Mabel pensou muitas vezes que, se fizesse um esforço, podia convencer Felícito a largar a sua mulher, uma chola rechonchuda que mais parecia um espantalho que um ser humano, e se casar com ela. Seria facílimo. Bastava engravidar, por exemplo, cair no choro e tirá-lo do sério: "Imagino que você não vai querer que seu filho seja um bastardo, não é, velhinho?" Mas nunca tentou, nem ia tentar, porque Mabel prezava demais a sua liberdade, a sua independência. Não iria sacrificá-las em troca de uma relativa segurança; além do mais, também não via a menor graça em se transformar dentro de poucos anos em enfermeira e cuidadora de um velho de quem teria que limpar a baba e lavar os lençóis molhados de xixi durante a noite.

— Dou minha palavra de que não vamos lhe tomar muito tempo, senhora — repetiu o capitão Silva, cheio de rodeios, sem se animar a explicar com clareza o motivo daquela visita inoportuna. Olhava para ela de uma forma, pensou Mabel, que desmentia as suas boas maneiras. — Além disso, quando se cansar é só dizer, com toda a franqueza, e nós tiramos o time de campo.

Por que o policial levava a cortesia até aqueles extremos ridículos? O que tinha na manga? Queria tranquilizá-la, é claro, mas seus salamaleques e trejeitos melosos e seus sorrisinhos fingidos aumentaram a desconfiança de Mabel. A que se propunham esses dois? Ao contrário do oficial, seu auxiliar, o sargento, não conseguia esconder que estava um pouco perturbado. Olhava para ela de uma forma estranha, inquieta e com muita reserva, como se estivesse um pouco assustado com o que podia acontecer, e massageava a papada sem parar, com um movimento quase frenético dos dedos.

— Como a senhora pode ver com seus próprios olhos, não trouxemos gravador — continuou o capitão Silva, abrindo as mãos e batendo nos bolsos de maneira teatral. — Nem sequer papel e lápis. Então não se preocupe: não vai ficar o menor rastro do que falarmos aqui. Será confidencial. Entre a senhora e nós. E mais ninguém.

Nos dias posteriores à semana do sequestro, Felícito se mostrou tão incrivelmente carinhoso e solícito que Mabel ficou aflita. Recebeu um grande buquê de rosas vermelhas, embrulhadas em papel celofane, com um cartão do seu próprio punho que dizia: "Com todo o meu amor e o meu pesar pela dura experiência que fiz você passar, Mabelita querida, lhe envia estas flores o homem que a adora: seu Felícito." Era o maior buquê que ela já vira. Ao ler o cartão, seus olhos ficaram úmidos e as mãos molhadas, coisa que só lhe acontecia quando tinha pesadelos. Ia aceitar a oferta do velho de sair de Piura até que toda aquela confusão acabasse? Tinha dúvidas. Mais que uma oferta, era uma exigência. Felícito estava assustado, achava que podiam machucá-la e implorava que ela fosse para Trujillo, Chiclayo, Lima, ou conhecer Cuzco, se preferisse, para onde bem quisesse desde que ficasse longe dos malditos chantagistas da aranhinha. Ele prometia do bom e do melhor: não ia lhe faltar nada, gozaria de todos os confortos enquanto durasse a viagem. Mas ela não se decidia. Não é que não tivesse medo, nada disso. Medo era uma coisa que, ao contrário de tanta gente medrosa que conhecia, Mabel só havia sentido uma vez antes desta, na infância, quando, aproveitando que sua mãe havia ido ao mercado, o padrasto entrou no quarto dela, empurrou-a para a cama e tentou tirar sua roupa. Ela se defendeu, arranhou-o e, seminua, saiu correndo para a rua aos gritos. Soube dessa vez o que era o medo de verdade. Depois, nunca mais voltou a sentir algo assim. Até agora. Porque, nestes dias, o medo, um pânico total, profundo, constante, se instalou de novo em sua vida. Durante as vinte e quatro horas. De dia e de noite, de tarde e de manhã, dormindo e acordada. Mabel pensava que nunca mais ia se livrar dele, até morrer. Quando saía tinha a desagradável sensação de estar sendo vigiada; mesmo em casa, trancada a sete chaves, sentia sobressaltos que gelavam seu corpo e lhe cortavam a respiração. Tinha então a ideia de que o sangue havia deixado de circular em suas veias. Apesar de saber que estava protegida, e talvez por isso mesmo. Estava? Felícito tinha garantido que sim, depois de falar com o capitão Silva. Certo, em frente à sua casa havia um guarda e, quando ia para a rua, dois policiais à paisana, um homem e uma mulher, a seguiam a certa distância com toda a discrição. Mas era exatamente essa vigilância de vinte e quatro horas por dia o que aumentava ainda mais o seu nervosismo, junto com a certeza do capitão Silva de que os sequestradores não seriam tão imprudentes nem tão estúpidos a ponto de tentar outro ataque contra ela, sabendo que a polícia a rondava dia e noite. Mesmo assim, o velho não achava que estivesse a salvo de perigo. Segundo ele, quando os sequestradores entendessem que havia mentido, que publicou o anúncio no *El Tiempo* agradecendo um milagre ao Senhor Cativo de Ayabaca só para que a libertassem, e que não pretendia pagar-lhes a quota, iam ficar furiosos e tentariam se vingar em algum dos seus seres queridos. E, como sabiam tantas coisas sobre ele, também devia saber que Mabel era o ser mais querido no mundo para Felícito. Por isso tinha que sair de Piura, desaparecer por um tempinho, porque se aqueles miseráveis lhe fizessem outra maldade ele nunca se perdoaria.

Com o coração aos pulos, Mabel continuava calada. Por cima das cabeças dos dois policiais e ao pé do Coração de Jesus viu seu rosto refletido no espelho e se surpreendeu com a própria palidez. Estava branca como um fantasma de filme de terror.

— Vou lhe pedir que me escute sem ficar nervosa nem se assustar — disse o capitão Silva, depois de uma longa pausa. Falava suavemente, em voz muito baixa como se fosse lhe contar um segredo. — Porque pode não parecer, mas esta conversa particular que vamos ter, particular, repito, é pelo seu próprio bem.

— Diga de uma vez o que está havendo, o que o senhor quer — conseguiu articular Mabel, quase se sufocando. Já estava irritada com os rodeios e olhares hipócritas do capitão. — Diga logo o que veio me dizer. Eu não sou nenhuma boba. Não precisa perder tanto tempo, senhor.

— Então vamos ao ponto, Mabel — disse o delegado, transformando-se. De repente, desapareceram suas boas maneiras e seu ar respeitoso. Tinha levantado a voz e agora a encarava muito sério, com um ar impertinente e superior. E passou a tratá-la de você: — Sinto muito por você, mas nós já sabemos de tudo. Isso mesmo, Mabelita. Tudo, tudinho, tudinho. Por exemplo, sabemos que há um bom tempo você não tem só don Felícito Yanaqué como amante, tem também outra pessoinha. Mais bonito e mais jovem que o velho de chapéu e colete que paga esta casa.

— Como se atreve! — protestou Mabel, corando violentamente. — Não lhe permito! Que calúnia!

— É melhor me deixar terminar, não seja tão respondona — a voz enérgica e o gesto ameaçador do capitão Silva se impuseram. — Depois você pode dizer tudo o que quiser e pode chorar à vontade e até espernear, se quiser. Neste momento, cale a boca. Quem está com a palavra sou eu e você fica de bico fechado. Entendido, Mabelita?

Tinha mesmo que ir embora de Piura, quem sabe. Mas ficava desanimada com a ideia de viver sozinha, numa cidade desconhecida — ela só tinha saído de lá para ir a Sullana, a Lobitos, a Paita e Yacila, nunca havia cruzado os limites do departamento nem para o norte nem para o sul, nem subido a serra. O que iria fazer sua alma sozinha num lugar sem parentes nem amigas? Lá teria menos proteção do que aqui. Ia passar o tempo todo esperando que Felícito viesse visitá-la? Moraria num hotel, ficaria entediada o dia inteiro, sua única ocupação seria ver televisão, se houvesse televisão, e esperar, esperar. Também não gostava da ideia de sentir que um policial, homem ou mulher, vigiava seus passos dia e noite, anotava com quem conversava, quem cumprimentava, quem se aproximava dela. Mais que protegida ela se sentia espionada, e essa sensação, em vez de tranquilizá-la, a deixava tensa e insegura.

O capitão Silva parou de falar para acender calmamente um cigarro. Sem pressa, soltou uma longa baforada que vagabundeou pelo ar e impregnou a sala com um cheiro de tabaco picante.

— Você vai dizer, Mabel, que a polícia não tem nada com a sua vida particular, e com toda razão — prosseguiu o delegado, jogando a cinza no chão e adotando um estilo entre filosófico e truculento. — Mas o que nos preocupa não é o fato de você ter dois ou dez amantes. E sim que tenha cometido a loucura de entrar em conluio com um deles para chantagear don Felícito Yanaqué, o pobre velho que, ainda por cima, ama tanto você. Que ingrata, Mabelita

— O que está dizendo! O que está dizendo! — ela tinha se levantado e agora, vibrante, indignada, também levantou a voz, e um punho. — Não vou mais dizer nem uma palavra sem um advogado ao meu lado. Saiba que eu conheço os meus direitos. Eu...

Que teimosia de Felícito! Mabel nunca imaginou que o velho estivesse disposto a morrer antes de pagar uma quota aos chantagistas. Parecia tão complacente, tão compreensivo, e, de repente, demonstrou uma vontade de ferro diante de toda Piura. No dia seguinte à sua libertação, ela e Felícito tiveram uma longa conversa. A certa altura, Mabel, de repente, perguntou à queima-roupa:

— Se os sequestradores lhe dissessem que iam me matar se não pagasse as quotas, você deixaria que me matassem?

— Você viu que não foi assim, amor — balbuciou o transportista, constrangidíssimo.

— Responda com franqueza, Felícito — insistiu ela. — Você deixaria que me matassem?

— E depois me mataria — concedeu ele, com a voz dilacerada e fazendo uma expressão tão patética que ela teve pena. — Desculpe, Mabel. Mas eu nunca vou pagar nada a um chantagista. Nem que me matassem ou matassem a pessoa que mais amo neste mundo, que é você.

— Mas você mesmo me disse que todos os seus colegas fazem isso em Piura — replicou Mabel.

— E muitos comerciantes e empresários também, ao que parece — reconheceu Felícito. — É, soube disso agora pelo Vignolo. Coisa deles. Eu não os critico. Cada um sabe o que faz e como defende os seus interesses. Mas eu não sou como eles, Mabel. Não posso fazer isso. Não posso trair a memória do meu pai.

E então o transportista, com lágrimas nos olhos, começou a falar do pai para uma Mabel assustada. Nunca, em todos os anos em que estavam juntos, ela o tinha ouvido se referir ao pai dessa maneira tão emotiva. Com sentimentos, com delicadeza, como lhe dizia coisas ternas na intimidade enquanto a acariciava. O pai era um homem muito humilde, um arrendatário, um chulucano do campo, e depois, aqui em Piura, carregador e lixeiro municipal. Nunca aprendeu a ler nem a escrever, passou a maior parte da vida sem usar sapatos, coisa que se notava quando trocaram Chulucanas pela cidade para que Felícito pudesse ir à escola. Então teve que começar a usar, e era visível que se sentia estranho quando andava e seus pés doíam por estar calçado. Não era um homem que manifestasse afeto dando abraços e beijos no filho, nem dizendo essas coisas carinhosas que os pais dizem aos filhos. Era severo, duro, e até agia com mão de ferro quando se enfurecia. Mas demonstrou que o amava dando-lhe estudos, roupa, alimentação, por mais que ele mesmo não tivesse o que vestir ou o que botar na boca, e matriculando-o numa autoescola para que Felícito aprendesse a dirigir e tirasse carteira de motorista. Era graças a esse arrendatário analfabeto que a Transportes Narihualá existia. Seu pai era pobre mas era grande pela retidão da sua alma, porque nunca fez mal a ninguém, não transgrediu as leis, nem guardou rancor à mulher que o abandonou deixando um garotinho recém-nascido para criar. Se for verdade essa história de pecado e de maldade e de outra vida, ele agora deve estar no céu. Não tinha sequer tempo para fazer o mal, sua vida era trabalhar como um animal nos serviços mais mal remunerados. Felícito se lembrava de vê-lo desabar à noite, morto de fadiga. Mas, isso sim, nunca deixou que ninguém pisasse nele. Era isso, a seu ver, o que fazia um homem ter valor ou ser um capacho. Foi este o conselho que lhe deu antes de morrer numa cama sem colchão do Hospital Operário: "Que ninguém pise em você, filhinho." Felícito seguiu o conselho desse pai que, por falta de dinheiro, não pôde enterrar, sequer num nicho, nem impedir que o jogassem na fossa comum.

— Viu, Mabel? Não se trata dos quinhentos dólares que os mafiosos estão me pedindo. Não é isso. Se eu pagar, eles estariam me pisando, estariam me fazendo de capacho. Diga que entende, amorzinho.

Mabel não chegava a entender, mas, ouvindo-o dizer essas coisas, ficava impressionada. Só agora, depois de tanto tempo com ele, descobria que, sob aquele aspecto de homenzinho insignificante, tão magrinho, tão pequeno, havia em Felícito um caráter robusto e uma vontade à prova de balas. Era verdade, ele deixaria mesmo que a matassem antes de dar o braço a torcer.

— Cale a boca e sente-se — ordenou o oficial e Mabel se calou e deixou-se cair de novo na poltrona, derrotada. — Você não precisa de nenhum advogado *ainda*. Não está presa *ainda*. Não a estamos interrogando *ainda*. Isto é uma conversa amistosa e confidencial, eu já lhe disse. É bom que isso entre na sua moleira de uma vez por todas. Então me deixe falar, Mabelita, e assimile bem o que vou dizer.

Mas antes de prosseguir deu outra longa tragada no cigarro e voltou a soltar a fumaça lentamente, fazendo argolas. "Ele quer me martirizar, veio para isso", pensou Mabel. Estava se sentindo extenuada e com sono, como se a qualquer momento pudesse adormecer ali. Sentado na poltrona, um pouco inclinado para a frente como se não quisesse perder uma sílaba do que seu chefe dizia, o sargento Lituma não falava nem se mexia. Tampouco desviava o olhar nem por um segundo.

— As acusações são várias e de peso — prosseguiu o capitão, olhando-a nos olhos como se quisesse hipnotizá-la. — Você pretendeu nos impingir que foi sequestrada, mas era tudo uma farsa, montada por você e o seu cupincha para pressionar don Felícito, um cavalheiro que morre de amores por você. Não deu certo, porque vocês não contavam com a determinação desse senhor de não aceitar a chantagem. Então, para pressioná-lo, vocês queimaram o escritório da Transportes Narihualá na avenida Sánchez Cerro. Mas isso também não deu certo.

— Eu queimei? É disso que está me acusando? De incendiária também? — protestou Mabel, tentando em vão se levantar de novo, mas a fraqueza ou o olhar beligerante e o gesto agressivo do capitão não deixaram. Caiu outra vez na poltrona e se encolheu, cruzando os braços. Agora, além de sono, estava com calor e começou a transpirar. Sentia as mãos pingando de medo e de suor. — Então fui eu quem queimou o escritório da Transportes Narihualá?

— Temos outros detalhes, mas estes são os mais graves no que lhe diz respeito — disse o capitão, virando-se tranquilamente para o seu subordinado. — Então, sargento, informe à senhora por que delitos ela poderia ser julgada e que pena pode receber.

Lituma se animou, moveu-se no assento, umedeceu os lábios com a língua, tirou um papelzinho do bolso da camisa, desdobrou-o, pigarreou. E leu como um escolar recitando a lição para o professor:

— Formação de quadrilha para executar um plano criminoso de sequestro com envio de cartas anônimas e ameaças de extorsão. Associação ilícita para destruir mediante explosivos um estabelecimento comercial, com o agravante do risco para as casas, lojas e pessoas da vizinhança. Participação ativa num falso sequestro para amedrontar e coagir um empresário a fim de obrigá-lo a pagar as mensalidades solicitadas. Omissão, falsidade e engano às autoridades durante a investigação do falso sequestro — guardou o papelzinho no bolso e continuou: — Essas seriam as principais acusações contra esta senhora, meu capitão. A promotoria pode acrescentar outras, menos graves, como prática clandestina de prostituição.

— E a quanto poderia chegar a pena se esta senhora fosse condenada, Lituma? — perguntou o capitão, com os olhos zombeteiros pousados em Mabel.

— Entre oito e dez anos de cadeia — respondeu o sargento. — Depende dos agravantes e atenuantes, é claro.

— Vocês estão tentando me amedrontar, mas é inútil — murmurou Mabel, fazendo um esforço enorme para que sua língua seca e áspera como a de uma iguana se dignasse falar. — Não vou responder a nenhuma dessas mentiras sem a presença de um advogado.

— Ninguém está lhe fazendo perguntas *ainda* — ironizou o capitão Silva. — Por enquanto, só estamos lhe pedindo que escute. Entendido, Mabelita?

Ficou olhando-a com um olhar safado que a obrigou a abaixar os olhos. Abatida, vencida, ela assentiu.

Com o nervosismo, o medo, a ideia de que em cada passo que desse arrastaria como rabicho o invisível par de policiais, ficou cinco dias praticamente sem sair de casa. Só pisava na rua para ir correndo fazer compras no chinês da esquina, à lavanderia e ao banco. Voltava às pressas para se encerrar em sua aflição e nos seus pensamentos angustiantes. No sexto dia, não aguentou mais. Viver daquele jeito era como estar na prisão, e Mabel não tinha nascido para ficar trancada. Necessitava da rua, ver o céu, cheirar, ouvir e pisar a cidade, sentir o movimento de homens e mulheres, ouvir os burros zurrando e os cães latindo. Ela não era nem nunca seria uma freirinha de clausura. Ligou para sua amiga Zoila e propôs um cinema, na sessão da tarde.

— Para ver o quê, cholita — perguntou Zoila.

— Qualquer coisa, o que estiver passando — respondeu Mabel. — Preciso ver gente, conversar um pouco. Aqui me sinto sufocada.

Encontraram-se em frente ao Los Portales, na Praça de Armas. Lancharam no El Chalán e entraram num dos cinemas do Centro Comercial Open Plaza, próximo à Universidade de Piura. Viram um filme um pouco forte, com mulheres peladas. Zoila, bancando a recatada, fazia o sinal da cruz quando havia cenas de sexo. Era uma cínica, porque na sua vida pessoal ela se permitia muitas liberdades, trocava de parceiro com frequência e até se gabava disso: "Enquanto o corpo aguenta, a gente tem que aproveitar, filhinha." Não era muito agraciada, mas tinha um bom corpo e se arrumava com gosto. Por isso, e por suas maneiras desinibidas, fazia sucesso com os homens. Na saída do cinema, convidou Mabel para comer alguma coisa em sua casa, mas ela não aceitou, não queria voltar sozinha para Castilla muito tarde.

    Pegou um táxi e, enquanto o calhambeque mergulhava no bairro já meio escuro, Mabel pensou que, afinal de contas, era uma sorte que a polícia tivesse escondido da imprensa o episódio do sequestro. Pensavam que com isso iriam desconcertar os chantagistas e seria mais fácil pegá-los. Mas ela estava convencida de que a qualquer momento a notícia chegaria aos jornais, ao rádio e à televisão. O que seria da sua vida se o escândalo estourasse? Talvez fosse melhor concordar com Felícito e se afastar de Piura por uma temporada. Por que não Trujillo? Diziam que era grande, moderna, pujante, com uma linda praia e casas e parques coloniais. E também que o Concurso de Marineras que se realizava lá todo verão valia a pena ser visto. A dupla de policiais à paisana estaria atrás dela num carro ou em uma moto? Olhou pela janela de trás e para os lados e não viu nenhum veículo. Quem sabe a tal proteção era mentira. Bobagem acreditar nas promessas dos tiras.

    Desceu do táxi, pagou e andou os vinte passos entre a esquina e a sua casa pelo meio de uma rua vazia, embora em quase todas as portas e janelas vizinhas titilassem as luzinhas macilentas do bairro. Divisava silhuetas de gente lá dentro. Já havia separado a chave da porta. Abriu, entrou e, quando estendeu a mão em direção ao interruptor da luz, sentiu que outra mão se interpunha, puxava-a e tapava sua boca, sufocando um grito, ao mesmo tempo que um corpo varonil se colava no dela e uma voz conhecida sussurrava em seu ouvido: "Sou eu, não se assuste."

    — O que está fazendo aqui? — protestou Mabel, trêmula. Sentia que se ele não a estivesse segurando iria desabar no chão. — Você ficou maluco, seu...? Ficou maluco?

    — Tenho que comer você — disse Miguel, e Mabel sentiu seus lábios febris na orelha, no pescoço, laboriosos, ávidos, seus braços fortes apertando-a e suas mãos tocando em todo o seu corpo.

— Estúpido, imbecil, seu grosso de merda — protestou, defendeu-se, furiosa. Sentia náuseas de tanta indignação, ainda assustada. — Você não sabe que tem um guarda vigiando a casa? Não sabe o que pode nos acontecer por sua culpa, seu cretino de merda?

— Ninguém me viu entrar, o policial está no botequim da esquina tomando um café, não tinha ninguém na rua — Miguel continuava abraçando, beijando e encostando o corpo, esfregando-se nela. — Venha, vamos para a cama, só uma trepada e eu vou embora. Vamos, *cholita*.

— Seu safado, desgraçado, canalha, como se atreve a vir aqui, você está maluco — os dois continuavam na escuridão e ela tentava resistir e afastá-lo, furiosa e assustada, sentindo ao mesmo tempo que, apesar da raiva, seu corpo começava a ceder.

— Você não entende que vai arruinar a minha vida, seu maldito? E arruinar a sua também, desgraçado.

— Juro que ninguém me viu entrar, tomei todas as precauções — repetia ele, enquanto puxava a sua roupa para despi-la. — Venha, vamos. Estou louco de desejo, estou com fome de você, quero que grite, eu amo você.

Afinal Mabel parou de se defender. Ainda na escuridão, cansada, esgotada, permitiu que ele a despisse, que a deitasse na cama e, por alguns minutos, se abandonou ao prazer. Mas aquilo podia ser chamado de prazer? Foi muito diferente das outras vezes, em todo caso. Tenso, crispado, doloroso. Nem no auge da excitação, quando estava a ponto de gozar, ela conseguiu tirar da cabeça as imagens de Felícito, dos policiais que a interrogaram na delegacia, do escândalo que haveria se a notícia chegasse à imprensa.

— Agora vá embora e não ponha mais os pés nesta casa até que tudo isso acabe — ordenou, quando sentiu que Miguel a soltava e se virava de costas na cama. — Se o seu pai ficar sabendo de tudo por causa desta loucura, eu vou me vingar. Juro que me vingo. Juro que você vai se arrepender pelo resto da vida, Miguel.

— Eu já disse que ninguém me viu. Juro que não. Pelo menos me diga se gostou.

— Não gostei nada, e fique sabendo que estou odiando você com toda a minha alma — disse Mabel, soltando-se das mãos de Miguel e se levantando. — Suma de uma vez e não deixe ninguém ver você saindo. Não volte mais aqui, imbecil. Você vai nos botar na cadeia, desgraçado, como é que não vê isso.

— Tudo bem, já estou indo, não fique assim — disse Miguel, levantando-se. — Só aguento as suas ofensas porque está muito nervosa. Senão, você ia ter que engolir tudinho, *mami*.

Ouviu que Miguel estava se vestindo na penumbra. Depois se inclinou para beijá-la enquanto dizia, com a vulgaridade que sempre lhe brotava por todos os poros do corpo nessas situações íntimas:

— Enquanto eu tiver tesão por você, venho aqui trepar toda vez que a pica me pedir, *cholita*.

— Oito a dez anos de cadeia é muita coisa, Mabelita — disse o capitão Silva, mudando de novo a voz; agora se mostrava triste e compassivo. — Principalmente, se forem passados na prisão feminina de Sullana. Um inferno. Eu posso lhe dizer, conheço aquilo como a palma da minha mão. Não tem água nem eletricidade durante a maior parte do tempo. As internas dormem amontoadas lá, duas ou três em cada catre e com os filhos, muitas no chão, cheirando a cocô e a urina porque, como os banheiros quase sempre estão entupidos, fazem suas necessidades em baldes ou sacolas de plástico que só são retirados uma vez por dia. Não há corpo que resista muito tempo a esse regime. Muito menos uma mulherzinha como você, acostumada a outro tipo de vida.

Apesar da sua vontade de gritar e de xingá-lo, Mabel continuou calada. Nunca havia entrado na prisão feminina de Sullana, mas a conhecia de fora, ao passar por lá. Intuía que o capitão não exagerava nem um pouco naquela descrição.

— Depois de um ano ou um ano e meio de uma vida assim, entre prostitutas, assassinas, ladras, traficantes, muitas das quais enlouqueceram na cadeia, uma garota nova e bonita como você fica velha, feia e neurótica. Não lhe desejo isso, Mabelita.

O capitão suspirou, com pena desse possível destino para a dona da casa.

— Você pode pensar que é maldade nossa lhe dizer estas coisas e pintar um panorama assim — prosseguiu, implacável, o delegado. — Pois está enganada. Nem o sargento nem eu somos sádicos. Não queremos assustá-la. Diga você, Lituma.

— Claro que não, muito pelo contrário — afirmou o sargento, remexendo-se na poltrona outra vez. — Nós viemos com boas intenções, senhora.

— Queremos livrar você desses horrores — o capitão Silva fez uma careta que deformou seu rosto, como se tivesse visto uma alucinação atroz, e levantou as mãos, horrorizado: — O escândalo, o julgamento, os interrogatórios, as grades. Entende, Mabel? Queremos que você, em vez de cumprir uma pena por cumplicidade com esses malfeitores, fique livre de qualquer acusação e continue levando a boa vida de sempre. Entendeu por que eu lhe disse que esta visita é para o seu bem? Pois é isso mesmo, Mabelita, acredite.

Ela já pressentia do que se tratava. Do pânico tinha passado à raiva e da raiva a um profundo abatimento. Sentia as pálpebras pesadas outra vez e um sono que em certos momentos a obrigava a fechar os olhos. Que maravilhoso dormir, perder a consciência e a memória, dormir aqui mesmo, encolhida na poltrona. Esquecer, sentir que nada daquilo tinha acontecido, que a vida continuava igual a antes.

Mabel encostou o rosto no vidro da janela e viu, logo depois, Miguel sair e desaparecer, engolido pelas sombras, a poucos metros. Observou com cuidado os arredores. Não se via ninguém. Mas isso não a tranquilizou. O guarda podia estar postado no saguão de uma casa vizinha e tê-lo visto de lá. Podia informar aos seus chefes e a polícia podia informar a don Felícito Yanaqué: "Seu filho e funcionário, Miguel Yanaqué, visita de noite a casa da sua amante." Seria um escândalo. O que iria acontecer com ela? Enquanto se lavava no banheiro, trocava os lençóis da cama e, depois, deitada, com a luz do abajur acesa, tentava conciliar o sono, se perguntou mais uma vez, como tantas outras vezes nestes últimos dois anos e meio em que se encontrava às escondidas com Miguel, como reagiria Felícito se soubesse. Ele não era desses que puxam uma faca ou um revólver para lavar a honra, que acham que as afrontas de cama se limpam com sangue. Mas certamente a deixaria. Ela ia ficar no olho da rua. Suas economias mal davam para sobreviver por alguns meses, cortando muito as despesas. Não ia ser fácil, a essa altura, conseguir uma relação tão cômoda como a que tinha com o dono da Transportes Narihualá. Tinha sido estúpida. Uma imbecil. A culpa era toda sua. Sempre soube que mais cedo ou mais tarde iria pagar caro. Estava tão consternada que perdeu o sono. Ia ser outra noite de insônia e pesadelos.

Dormiu aos pedaços, intercalados com ataques de pânico. Ela era uma mulher prática, nunca havia perdido tempo sentindo pena de si mesma ou lamentando os próprios erros. Mas se arrependia enormemente de ter cedido à insistência daquele homem jovem que a seguiu, abordou e seduziu, e a quem se entregou sem desconfiar de que era filho de Felícito. A coisa tinha começado dois anos e meio antes, quando, nas ruas, lojas, restaurantes e bares do centro de Piura, notou que se cruzava frequentemente com aquele rapaz branquinho, atlético, de aparência agradável e sempre bem-vestido que lhe dava olhares insinuantes e sorrisos sedutores. Só soube quem era quando, depois de se fazer muito de rogada, de aceitar sucos de fruta em alguma confeitaria, de sair para jantar, de ir dançar algumas vezes numa discoteca ao lado do rio, aceitou ir para a cama com ele numa pousada de Atarjea. Nunca esteve apaixonada por Miguel. Bem, na verdade Mabel não se apaixonava por ninguém desde garota, talvez porque seu caráter era assim mesmo ou talvez pelo que lhe aconteceu com o padrasto aos treze anos. Ela sofreu tantos desenganos com seus primeiros namorados quando era menina que, a partir de então, teve apenas aventuras, algumas mais longas que outras, algumas curtíssimas, das quais seu coração nunca participava, só o corpo e a razão. Pensou que a aventura com Miguel seria assim, que depois de dois ou três encontros tudo se dissolveria quando ela decidisse. Mas dessa vez não aconteceu desse jeito. O rapaz se apaixonou. Agarrou-se a ela como um marisco na rocha. Mabel viu que a relação tinha se transformado num problema e quis cortá-la. Mas não conseguiu. Foi a única vez em que não conseguiu se livrar de um amante. Um amante? Não totalmente, porque ele era pobrinho ou pão-duro, raramente lhe dava presentes, não a levava a bons lugares e até lhe avisou que nunca teriam uma relação formal porque ele não era como esses homens que gostam de se reproduzir e ter família. Ou seja, ela só lhe interessava para a cama.

Quando quis forçar a ruptura, ele ameaçou contar tudo ao pai. A partir desse instante, soube que aquela história ia acabar mal e que ela seria a mais prejudicada dos três.

— Colaboração eficaz com a justiça — explicou o capitão Silva, sorrindo entusiasmado. — É assim que se diz no jargão jurídico, Mabelita. A palavra-chave não é colaboração, e sim eficaz. Isso quer dizer que a colaboração tem que ser útil e dar frutos. Se você colaborar com lealdade e sua ajuda nos permitir botar na cadeia os delinquentes que a meteram nessa enrascada, fica livre da prisão e até do processo. É o mais correto, porque você também foi vítima desses bandidos. Ficha limpinha, Mabelita! Você sabe o que isso quer dizer!

O capitão deu duas tragadas no cigarro e ela viu as nuvenzinhas de fumaça deixando ainda mais densa a atmosfera já rarefeita da saleta e se dispersando pouco a pouco.

— Você deve estar se perguntando que tipo de colaboração nós queremos. Por que não explica a ela, Lituma?

O sargento assentiu.

— Por enquanto, só queremos que continue fingindo, senhora — disse, todo respeitoso. — Assim como fingiu todo este tempo para o senhor Yanaqué e para nós. Igualzinho. Miguel não tem ideia de que nós já sabemos de tudo, e a senhora, em vez de lhe dizer, deve continuar agindo como se esta conversa nunca tivesse acontecido.

— É exatamente isso que queremos de você — encadeou o capitão Silva. — Vou ser bem sincero, como mais uma prova de confiança. A sua colaboração pode ser muito útil. Não para pegar Miguel Yanaqué. Este já está mais do que encrencado e não pode dar um passo sem o nosso conhecimento. Mas não temos informações sobre os cúmplices. Com a sua ajuda, vamos preparar uma armadilha e mandá-los para onde devem estar os mafiosos, na cadeia e não na rua, perturbando a vida das pessoas decentes. Seria um grande favor que você nos faria. E nós retribuiríamos, fazendo um outro grande favor a você. Não estou falando só em nome da Polícia Nacional. Também da justiça. Esta minha proposta tem aprovação do promotor. Isso mesmo, Mabelita. Do senhor promotor, o doutor Hernando Simula! Você ganhou na loteria, garota.

A partir de então, ela só continuou com Miguel para que este não cumprisse sua ameaça de delatar seus amores a Felícito, "nem que o velho despeitado dê um tiro em você e outro em mim, *cholita*". Ela sabia os disparates que um homem enciumado pode fazer. No fundo do coração, esperava que acontecesse alguma coisa, um acidente, uma doença, qualquer coisa que a tirasse daquela confusão. Procurava manter Miguel a distância, inventava pretextos para não sair com ele nem fazer o que ele pedia. Mas de vez em quando não tinha outro remédio e, mesmo com medo e sem vontade, os dois saíam para jantar em uns botecos pobrezinhos, dançar em boates de quinta categoria, trepar em hoteizinhos que alugavam quartos por hora no caminho de Catacaos. Pouquíssimas vezes o deixara ir visitá-la na casa de Castilla. Certa tarde, quando entrou com sua amiga Zoila no El Chalán para tomar um chá, Mabel se deparou cara a cara com Miguel. Estava com uma garota espaventosa, os dois muito apaixonadinhos e de mãos dadas. Viu que o rapaz ficava confuso, vermelho, e virava o rosto para não falar com ela. Em vez de ciúmes, sentiu alívio. Agora a ruptura ia ser mais fácil. Mas, na primeira vez em que se viram, Miguel choramingou, pediu perdão, jurou que estava arrependido, Mabel era o amor da sua vida etc. E ela, estúpida, estúpida, o perdoou.

 Nessa manhã, quase sem ter pregado os olhos, como vinha acontecendo ultimamente, Mabel estava desanimada, com a cabeça cheia de ameaças. Também sentia pena do velho. Não queria magoá-lo. Nunca teria se envolvido com Miguel se soubesse que era seu filho. Que estranho ele ter gerado um filho tão branco e tão bonitão. Não era o tipo de homem pelo qual uma mulher se apaixona, mas tinha as qualidades pelas quais uma mulher se afeiçoa a um homem. Acostumou-se com ele. Não o via como amante, mas como um amigo de confiança. Sempre lhe infundia segurança, dava a sensação de que, estando por perto, ela ficaria a salvo de qualquer problema. Era uma pessoa decente, de bons sentimentos, desses homens em quem se pode confiar. Ela lamentaria muito ter que magoá-lo, feri-lo, ofendê-lo. Porque o velho ia sofrer demais quando soubesse que foi para a cama com Miguel.

 Por volta de meio-dia, quando bateram na porta, teve a sensação de que nesse momento ia se materializar a ameaça que vinha esperando desde a noite anterior. Foi abrir e se deparou com o capitão Silva e o sargento Lituma na soleira. Meu Deus, meu Deus, o que ia acontecer.

 — Já sabe qual é o trato, Mabelita — disse o capitão Silva. E, como se tivesse se lembrado de alguma coisa, olhou para o relógio e se levantou. — Não precisa me responder agora, naturalmente. Eu lhe dou até amanhã, a esta mesma hora. Pense bem. Se o maluquinho do Miguel vier lhe fazer outra visita, nem pense em lhe contar esta conversa. Porque isso significaria que você tomou partido pelos mafiosos, contra nós. Um agravante no seu prontuário, Mabelita. Não é mesmo, Lituma?

Quando o capitão e o sargento já caminhavam em direção à porta, ela perguntou:

— Felícito sabe que vocês vieram me fazer esta proposta?

— O senhor Yanaqué não sabe nada sobre isso, e muito menos que o chantagista da aranhinha é o seu filho Miguel e que você é cúmplice dele — respondeu o capitão. — Quando souber, vai ter um troço. Mas a vida é assim, você sabe melhor que ninguém. Quem brinca com fogo pode queimar os dedos. Pense bem na nossa proposta, consulte o travesseiro e verá que é o melhor para você. Voltamos a conversar amanhã, Mabelita.

Quando os policiais saíram, ela fechou a porta e se apoiou de costas na parede. Seu coração batia com força. "Estou fodida. Estou fodida. Você está fodida, Mabel." Encostada na parede se arrastou até a sala — suas pernas tremiam, o sono continuava, irresistível — e se jogou na poltrona que estava mais perto. Fechou os olhos e adormeceu ou desmaiou na hora. Teve um pesadelo que já tivera outras vezes. Ela entrava numas areias movediças e ia afundando naquela superfície terrosa onde já estavam as duas pernas em que iam se enredando uns filamentos viscosos. Fazendo um grande esforço conseguiu avançar até a margem mais próxima, mas isso não era a salvação, muito pelo contrário, pois, toda encolhida, à sua espera, havia uma fera peluda, um dragão de filme, com umas presas pontudas e uns olhos lancinantes que não paravam de examiná-la.

Quando Mabel acordou sentiu dores no pescoço, na cabeça e nas costas e estava molhada de suor. Foi até a cozinha e bebeu um copo de água em golinhos curtos. "Você precisa se acalmar. Manter a cabeça fria. Pensar com calma no que vai fazer." Foi se deitar na cama, tirando só os sapatos. Não estava com vontade de pensar. Queria pegar um carro, um ônibus, um avião, partir para o mais longe possível de Piura, uma cidade onde ninguém a conhecesse. Começar uma vida nova a partir do zero. Mas era impossível, a polícia a encontraria aonde quer que fosse, e a fuga agravaria a sua culpa. Mas ela também não era uma vítima? Foi o que disse o capitão, e era a pura verdade. Por acaso a ideia foi dela? Nada disso. Tinha até discutido com o imbecil do Miguel quando soube o que estava planejando. Só aceitou se submeter à farsa do sequestro quando ele ameaçou — mais uma vez — contar seus namoricos ao velho: "Ele vai botar você na rua como se faz com uma cadela, *cholita*. E depois quero ver se vai conseguir viver tão bem como agora."

Ela foi forçada, não tinha nenhuma razão para ser leal àquele filho da puta. Talvez sua única opção fosse mesmo colaborar com a polícia e o promotor. Não ia ter uma vida fácil, claro. Podia haver vingança, ela se tornaria um alvo, podia levar um tiro ou uma punhalada. O que era preferível? Isso ou a cadeia?

Ficou o resto do dia e da noite sem sair de casa, devorada pelas dúvidas. Sua cabeça parecia um enxame de abelhas. Sua única certeza era de que estava fodida e continuaria fodida por causa do erro que cometeu se envolvendo com Miguel e aceitando aquela palhaçada.

De noite não comeu nada, fez um sanduíche de presunto e queijo mas nem provou. Foi se deitar pensando que os dois policiais voltariam de manhã para perguntar qual era a sua resposta. Passou a noite toda refletindo, alterando os planos uma vez depois da outra. Ocasionalmente o sono a vencia, mas, assim que adormecia, acordava assustada. Quando as primeiras luzes do novo dia entraram na casinha de Castilla, ela sentiu que estava serena. Tinha começado a ver as coisas com clareza. Pouco depois, já havia tomado a decisão.

XIV

Aquela terça-feira de inverno limenho que mais tarde don Rigoberto e dona Lucrecia iriam considerar o pior dia das suas vidas começou paradoxalmente com o céu aberto e indícios de sol. Depois de duas semanas de neblina pertinaz, muita umidade e um chuvisco intermitente que molhava pouco mas se infiltrava até os ossos, aquele amanhecer parecia de bom agouro.

O depoimento no gabinete do juiz de instrução era às dez da manhã. O doutor Claudio Arnillas, com seus infalíveis suspensórios coloridos e seu andar cambaio, foi buscar Rigoberto às nove, como tinham combinado. Rigoberto achava que aquele novo encontro com o magistrado seria, como os anteriores, pura perda de tempo, perguntas bobas sobre suas funções e atribuições como gerente da companhia de seguros que ele responderia com as inevitáveis razões óbvias e outras bobagens equivalentes. Mas dessa vez descobriu que os gêmeos haviam aumentado o acosso judicial; além de paralisar o processo da aposentadoria com o pretexto de verificar as suas responsabilidades e remunerações durante os anos de serviço na empresa, conseguiram abrir um novo inquérito judicial sobre uma suposta ação dolosa em prejuízo da companhia de seguros, da qual ele seria encobridor, beneficiário e cúmplice.

Don Rigoberto mal se lembrava do episódio, que acontecera três anos antes. O cliente, um mexicano residente em Lima, proprietário de uma chácara e de uma fábrica de laticínios no vale de Chillón, foi vítima de um incêndio que arrasou a sua propriedade. Após a perícia policial e a decisão do juiz, recebeu a indenização pelas perdas sofridas que a apólice determinava. Quando, por denúncia de um sócio, foi acusado de ter forjado o incêndio para receber fraudulentamente o valor do seguro, o personagem já havia saído do país sem deixar pistas do seu novo paradeiro e a companhia não conseguiu se ressarcir do prejuízo.

Agora, os gêmeos diziam ter provas de que Rigoberto, gerente da empresa, tinha agido de forma negligente e suspeita em toda essa história. Tais provas consistiam no testemunho de um ex--funcionário da companhia, despedido por incompetência, que afirmava poder demonstrar que o gerente atuara em conivência com o estelionatário. Tudo aquilo era uma confusão sem pé nem cabeça e o doutor Arnillas, que já havia redigido uma petição judicial por injúria e calúnia contra os gêmeos e sua falsa testemunha, garantiu que aquela denúncia ia desabar como um castelo de areia; Miki e Escovinha teriam que pagar indenizações por danos morais, falso testemunho e tentativa de obstruir a justiça.

O depoimento levou a manhã toda. O pequeno gabinete, estreito e asfixiante, com as paredes cobertas de inscrições e de tachinhas, fervia de calor e de moscas. Sentado numa cadeira pequena e raquítica, em que mal cabia a metade das suas nádegas e ainda por cima balançava, Rigoberto ficou o tempo todo se equilibrando para não cair no chão, enquanto respondia às perguntas do juiz, tão arbitrárias e absurdas que, pensava, não tinham outra finalidade além de tirar-lhe o humor, o tempo e a paciência. Será que ele também fora subornado pelos filhos de Ismael? Todo dia aqueles dois crápulas inventavam mais contratempos para forçá-lo a testemunhar que seu pai não estava em seu juízo perfeito quando se casou com a empregada. Além de paralisar sua aposentadoria, agora esta. Os gêmeos sabiam muito bem que aquela acusação podia ser muito prejudicial a ele. Por que a faziam? Era só um ódio cego, um obstinado desejo de vingança por ter sido cúmplice daquele casamento? Uma transferência freudiana, talvez. Estavam fora de si e se encarniçavam contra ele porque não podiam fazer nada com Ismael e Armida, que continuavam curtindo a vida na Europa. Pois estavam muito enganados. Não iriam fazê-lo ceder. Veríamos quem ia rir por último na guerrinha que tinham declarado.

O juiz era um homenzinho miúdo e esguio, vestido com pobreza; falava sem olhar nos olhos do interlocutor, com uma voz tão baixa e indecisa que o desagrado de don Rigoberto aumentava a cada minuto. Alguém gravava o interrogatório? Aparentemente, não. Havia um amanuense espremido entre o juiz e a parede, com a cabeça enfiada num enorme dossiê, mas não se via nenhum gravador. O magistrado, por seu lado, só dispunha de uma cadernetinha onde, às vezes, fazia uma anotação tão veloz que não podia sequer ser uma breve síntese do seu depoimento. Parecia que todo aquele interrogatório era uma farsa que só servia para chateá-lo. Estava tão irritado que teve que fazer um grande esforço para se prestar àquela ridícula pantomima e não explodir num ataque de fúria. Na saída, o doutor Arnillas disse que ele devia comemorar: ao mostrar tanto desinteresse no interrogatório, era evidente que o juiz não levava a sério a acusação das hienas. Iria declará-la nula e improcedente, com toda certeza.

Rigoberto chegou em casa cansado, mal-humorado e sem vontade de almoçar. Bastou ver o rosto transtornado de dona Lucrecia para saber que havia mais alguma notícia ruim à sua espera.

— O que houve? — perguntou, enquanto tirava o paletó e o pendurava no armário do quarto. Como sua mulher demorava a responder, virou-se para ela.

— Qual é a má notícia, meu amor?

Transfigurada e com a voz trêmula, dona Lucrecia murmurou:

— Edilberto Torres, imagine só — soltou um gemido baixinho e acrescentou: — Apareceu numa van. Outra vez, Rigoberto. Meu Deus, outra vez!

— Onde? Quando?

— Na van Lima-Chorrillos, madrasta — contou Fonchito, muito tranquilo, pedindo com os olhos que ela não desse importância ao assunto. — Subi no Passeio da República, perto da Praça Grau. No ponto seguinte, já em Zanjón, subiu ele.

— Ele? O mesmo? Ele? — exclamou dona Lucrecia, aproximando o rosto, inspecionando o menino. — Tem certeza do que está dizendo, Fonchito?

— Saudações, jovem amigo — cumprimentou o senhor Edilberto Torres, fazendo o seu gesto habitual. — Que coincidência, veja só onde viemos nos encontrar. É bom ver você, Fonchito.

— De roupa cinza, com paletó e gravata e o pulôver grená — explicou o menino. — Muito bem penteado e barbeado, educadíssimo. Claro que era ele, madrasta. E dessa vez, felizmente, não chorou.

— Acho que você cresceu um pouco desde a última vez que nos vimos — disse Edilberto Torres, examinando-o de cima a baixo. — Não apenas fisicamente. Você está com um olhar mais sereno, mais seguro. Um olhar quase de adulto, Fonchito.

— Meu pai me proibiu de falar com o senhor. Sinto muito, mas tenho que fazer o que ele mandou.

— Disse o porquê dessa proibição? — perguntou o senhor Torres, sem se abalar nem um pouco. Olhava para ele com curiosidade, sorrindo ligeiramente.

— Meu pai e minha madrasta acham que o senhor é o diabo.

Edilberto Torres não pareceu ficar muito surpreso, mas o motorista da van, sim. Reduziu um pouco a velocidade e virou-se para dar uma olhada nos dois passageiros do banco traseiro. Ao ver seus rostos, ficou tranquilo. O senhor Torres sorriu ainda mais, porém não soltou uma gargalhada. Assentiu, levando a coisa na brincadeira.

— No mundo em que vivemos, tudo é possível — comentou, com sua dicção perfeita de locutor, encolhendo os ombros. — Até que o diabo esteja solto nas ruas de Lima e ande de van. Falando em diabo, eu soube que você fez amizade com o padre O'Donovan, Fonchito. Sim, aquele que tem uma paróquia em Bajo el Puente, quem mais podia ser. Você se dá bem com ele?

— Era gozação, não percebeu, Lucrecia? — afirmou don Rigoberto. — Para começar, é uma piada que ele tenha aparecido de novo nessa van. E é completamente impossível que mencione Pepín. Ele estava zombando de você, simplesmente. Está zombando de nós dois desde o começo da história, essa é a verdade.

— Você não diria isso se tivesse visto a cara que ele fez, Rigoberto. Acho que o conheço o suficiente para saber quando está mentindo e quando não.

— O senhor conhece o padre O'Donovan?

— Às vezes vou ouvir sua missa de domingo, embora a igreja fique bastante longe de onde eu moro — respondeu Edilberto Torres. — Dou essa caminhada porque gosto dos sermões que ele faz. São palavras de um homem culto, inteligente, que fala para todo mundo, não só para os fiéis. Você não teve essa impressão quando conversou com ele?

— Nunca ouvi os sermões — explicou Fonchito. — Mas, sim, ele me pareceu muito inteligente. Com experiência de vida, e principalmente da religião.

— Você deveria ir escutar quando ele fala no púlpito — recomendou Edilberto Torres. — Principalmente agora, que se interessa por questões espirituais. Ele é eloquente, elegante, e suas palavras estão cheias de sabedoria. Deve ser um dos últimos bons oradores que a Igreja ainda tem. Porque a oratória sacra, tão importante no passado, entrou em decadência há muito tempo.

— Mas ele não conhece o senhor — Fonchito se atreveu a dizer. — Falei do senhor com o padre O'Donovan e ele não sabia quem era.

— Para ele eu não passo de mais um rosto entre os fiéis da igreja — respondeu Edilberto Torres, sem se alterar. — Um rosto perdido entre muitos outros. Que bom que agora você se interessa por religião, Fonchito. Ouvi dizer que está participando de um grupo que se reúne uma vez por semana para ler a Bíblia. É divertido fazer isso?

— Você está mentindo, coração — dona Lucrecia repreendeu-o com carinho, tentando disfarçar sua surpresa. — Ele não pode ter falado isso. Não é possível que o senhor Torres saiba do grupo de estudo.

— Sabia até que terminamos a leitura da Gênese na semana passada e começamos o Êxodo — de repente, o menino fez uma expressão de muita preocupação. Ele também parecia atônito. — Sabia até esse detalhe, juro. Fiquei tão surpreso que lhe disse, madrasta.

— Você não tem por que se surpreender, Fonchito — sorriu Edilberto Torres. — Eu gosto de você e me interesso por saber como está, no colégio, na sua família, na vida. É por isso que procuro me informar o que você faz e com quem anda. É uma manifestação de afeto por você, mais nada. Não precisa ficar procurando pelo em casca de ovo: conhecia essa expressão?

— Ele vai ouvir quando chegar do colégio — disse don Rigoberto, de repente furioso. — Foncho não pode continuar brincando assim com a gente. Já estou cansado dessa mania que ele tem de querer nos engrupir.

Mal-humorado, foi ao banheiro e lavou o rosto com água fria. Tinha uma sensação inquietante, adivinhava novos problemas. Nunca havia acreditado que o destino das pessoas já estivesse escrito, que a vida fosse um texto que os seres humanos declamavam sem saber, mas, desde o malfadado casamento de Ismael e os supostos aparecimentos de Edilberto Torres na vida de Fonchito, ele tinha a impressão de detectar um indício de predestinação em sua vida. Seus dias seriam uma sequência predeterminada por um poder sobrenatural, como pensavam os calvinistas? E o pior da história é que nessa infeliz terça-feira as dores de cabeça da família só tinham acabado de começar.

Sentaram-se à mesa. Rigoberto e Lucrecia estavam mudos e com cara de velório, explorando com relutância o prato de salada, totalmente inapetentes. Nisso Justiniana irrompeu na sala de jantar sem pedir licença:

— Telefone, senhor — estava muito agitada, com os olhos soltando faíscas como nas grandes ocasiões. — O senhor Ismael Carrera, ninguém menos!

Rigoberto se levantou dando um pulo. Aos tropeções, foi atender no escritório.

— Ismael? — perguntou, ansioso. — É você, Ismael? De onde está falando?

— Daqui, de Lima, de onde podia ser — respondeu seu ex-chefe e amigo no mesmo tom despreocupado e jovial da última ligação. — Chegamos ontem à noite e estamos impacientes para vê-los, Rigoberto. Mas, como nós dois temos tanto o que falar, por que não nos encontramos imediatamente. Já almoçou? Bem, então venha tomar um café comigo. Sim, agora mesmo, estou esperando aqui na minha casa.

— Vou correndo — despediu-se Rigoberto, como um autômato. "Que dia, que dia."

Não quis comer mais nada e saiu como um furacão, prometendo a Lucrecia que voltaria logo para lhe contar a conversa com Ismael. A volta do seu amigo, fonte de todos os conflitos com os gêmeos em que se via envolvido, fez com que se esquecesse da conversa com o juiz instrutor e do reaparecimento de Edilberto Torres numa van Lima-Chorrillos.

Então o velhote e a sua agora esposa finalmente tinham voltado da lua de mel. Será que estava mesmo a par, informado diariamente por Claudio Arnillas, de todos os problemas que a perseguição das hienas tinha lhe causado? Ia falar francamente com ele; diria que já era o suficiente, que desde que aceitou ser testemunha do casamento sua vida virou um pesadelo judicial e policial, e que ele devia fazer alguma coisa imediatamente para que Miki e Escovinha parassem a perseguição.

Mas quando chegou ao casarão neocolonial de San Isidro espremido entre os edifícios do entorno, Ismael e Armida o receberam com tantas demonstrações de amizade que sua intenção de falar claro e com firmeza foram por água abaixo. Ficou maravilhado ao ver como o casal parecia tranquilo, contente e elegante. Ismael estava usando uma roupa esporte, com um lenço de seda no pescoço e sandálias que deviam cair como luvas em seus pés; a jaqueta de couro fazia jogo com a camisa de colarinho evanescente do qual emergia seu rosto risonho, recém-barbeado e perfumado com uma delicada fragrância de anis. Ainda mais extraordinária era a transformação de Armida. Ela parecia ter acabado de sair das mãos de cabeleireiras, maquiadoras e manicures traquejadas. Seu antigo cabelo preto agora era castanho, e uma graciosa ondulação havia substituído os fios lisos. Estava com um conjunto leve com flores estampadas, um xale lilás nos ombros e uns sapatinhos da mesma cor, de meio salto. Tudo nela, as mãos bem-cuidadas, as unhas pintadas de um vermelho pálido, os brincos, a correntinha de ouro, o alfinete no peito e até suas maneiras desenvoltas — cumprimentou Rigoberto oferecendo a bochecha para que ele beijasse —, sugeria uma dama que passou a vida entre pessoas bem-educadas, ricas e mundanas, dedicada a cuidar do seu corpo e da sua roupa. À simples vista, não restava nela o menor traço da antiga empregada doméstica. Teria passado aqueles meses de lua de mel na Europa recebendo aulas de boas maneiras?

Depois dos cumprimentos foi conduzido para a saleta contígua ao salão. Pela ampla janela via-se o jardim cheio de crótons, buganvílias, gerânios e quinquilharias. Rigoberto notou que, junto à mesinha onde estavam preparadas as xícaras, a cafeteira e uma travessa com biscoitos e docinhos, havia vários pacotes, caixas e caixinhas primorosamente embrulhados com papéis e laços decorativos. Eram presentes? Sim. Ismael e Armida tinham trazido presentes para Rigoberto, Lucrecia, Fonchito, e até para Justiniana, como forma de agradecimento pelo carinho que tinham demonstrado pelos noivos: camisas e um pijama de seda para Rigoberto, blusas e xales para Lucrecia, roupa e um par de tênis para Fonchito, batas e sandálias para Justiniana, além de cintos, correias, abotoaduras, agendas, cadernetas feitas à mão, gravuras, chocolates, livros de arte e um desenho galante para pendurar no banheiro ou na intimidade do lar.

Pareciam rejuvenescidos, seguros de si, felizes, e tão soberanamente serenos que Rigoberto se sentiu contagiado pela placidez e pelo bom humor dos recém-casados. Ismael devia estar muito seguro do que estava fazendo, totalmente a salvo das maquinações dos seus filhos. Como previu naquele almoço no La Rosa Náutica, devia estar gastando mais do que eles para desmontar suas conspirações. Na certa tinha tudo sob controle. Ainda bem. Então por que ele ficava preocupado? Com Ismael em Lima, a confusão criada pelas hienas ia se resolver. Talvez com uma reconciliação, se o seu ex-chefe aceitasse dar um pouco mais de dinheiro para os dois doidivanas. Todos os perigos que tanto o preocupavam desapareceriam em poucos dias, e ele poderia recuperar a sua vida secreta, seu espaço civilizado. "Minha soberania e liberdade", pensou.

Depois de tomarem um café, Rigoberto ouviu algumas passagens da viagem dos noivos pela Itália. Armida, cuja voz mal se lembrava de ter ouvido antes, tinha recuperado o dom da palavra. E se expressava com desenvoltura, poucos erros de sintaxe e um excelente humor. Pouco depois se retirou, "para que os dois cavalheiros possam falar dos seus assuntos importantes". Explicou que antes nunca fazia a sesta, mas que, agora, Ismael lhe ensinou a se deitar de olhos fechados por uns quinze minutos depois do almoço e, de fato, à tarde se sentia muito bem graças a esse pequeno descanso.

— Não se preocupe com nada, querido Rigoberto — disse Ismael, batendo em suas costas, assim que os dois ficaram sozinhos. — Outra xícara de café? Um copinho de conhaque?

— Que bom ver você tão contente e cheio de vitalidade, Ismael — recusou com a cabeça Rigoberto —, que bom ver os dois tão bem. É verdade, você e Armida estão radiantes. Prova evidente de que o casamento vai de vento em popa. Eu fico muito feliz, naturalmente. Mas, mas...

— Mas esses dois demônios estão infernizando a sua vida, sei disso — terminou a frase Ismael Carrera, batendo de novo em suas costas sem deixar de sorrir para ele e para a vida. — Não se preocupe, Rigoberto, vá por mim. Agora estou aqui e eu vou cuidar de tudo. Sei como enfrentar esses problemas e resolvê--los. Peço mil desculpas pelos transtornos que a sua generosidade comigo lhe causou. Amanhã vou passar o dia todo trabalhando nisso com Claudio Arnillas e os outros advogados, no escritório dele. Vou resolver todos os seus processos e probleminhas, prometo. Agora, sente-se e escute bem. Tenho notícias que lhe interessam muito. Vamos tomar esse conhaquezinho, meu velho?

Ele mesmo foi servir as duas taças. Disse saúde. Brindaram e molharam os lábios e a língua com a bebida que cintilava com reflexos vermelhos no fundo do cristal e exalava um aroma com reminiscências do carvalho do tonel. Rigoberto viu que Ismael o observava com malícia. Um sorrisinho travesso, zombeteiro, animava seus olhinhos enrugados. Será que tinha mandado consertar a dentadura postiça durante a lua de mel? Antes se mexia e agora parecia bem firme nas gengivas.

— Vendi todas as minhas ações da companhia à Assicurazioni Generali, a melhor e maior seguradora da Itália, Rigoberto — exclamou, abrindo os braços e soltando uma gargalhada.

— Você os conhece bem, não é mesmo? Trabalhamos muitas vezes com eles. A sede da empresa fica em Trieste, mas eles estão no mundo todo. Faz tempo que queriam entrar no Peru, e agora aproveitei a ocasião. Um excelente negócio. Viu só, minha lua de mel não era só uma viagem de prazer. Foi de trabalho também.

Regozijava-se, divertido e feliz como uma criança abrindo os presentes de Papai Noel. Don Rigoberto não conseguia assimilar a notícia. Lembrou-se vagamente de ter lido algumas semanas antes, na *The Economist*, que a Assicurazioni Generali tinha planos expansionistas na América do Sul.

— Você vendeu a companhia que seu pai fundou, na qual trabalhou a vida toda? — perguntou, afinal, desconcertado. — Para uma multinacional italiana? Desde quando você estava negociando com eles, Ismael?

— Faz uns seis meses, só — explicou o amigo, balançando a taça de conhaque devagarzinho. — Foi uma negociação rápida, sem complicações. E muito boa, repito. Eu fiz um bom negócio. Fique à vontade e escute. Por motivos óbvios, antes de chegar a um bom porto esta história tinha que ser confidencial.

Foi essa a razão da auditoria que autorizei aquela empresa italiana a fazer e que chamou tanto a sua atenção no ano passado. Agora já sabe o que havia por trás: eles queriam examinar com lupa a situação da empresa. Não fui eu que a encomendei nem paguei, foi a Assicurazioni Generali. Como a transferência já é um fato, posso lhe contar tudo.

Ismael Carrera falou cerca de uma hora sem ser interrompido por Rigoberto, salvo umas poucas vezes, para pedir explicações. Ouvia o amigo admirado com sua memória, pois ia desembrulhando diante dele, sem a menor vacilação, como se fossem camadas de um palimpsesto, as incidências daqueles meses de ofertas e contraofertas. Estava atônito. Achava incrível que uma negociação tão delicada tivesse sido realizada com tanto sigilo que nem mesmo ele, o gerente geral da companhia, tomou conhecimento. Os encontros dos negociadores haviam sido em Lima, Trieste, Nova York e Milão; participaram das reuniões os advogados, os principais acionistas, procuradores, assessores e banqueiros de vários países, mas foram excluídos praticamente todos os funcionários peruanos de Ismael Carrera e, naturalmente, Miki e Escovinha. Eles, que haviam recebido suas partes da herança quando don Ismael os tirou da empresa, já tinham vendido boa parte de suas ações, e só agora Rigoberto sabia que quem as comprou, por meio de testas de ferro, foi o próprio Ismael. As hienas ainda tinham um pequeno pacote acionário e agora se transformariam em sócios minoritários (na realidade, ínfimos) da filial peruana da Assicurazioni Generali. Como reagiriam? Desdenhoso, Ismael encolheu os ombros: "Mal, claro. E daí?" Que esperneassem. A venda foi realizada obedecendo a todas as exigências nacionais e estrangeiras. Os órgãos administrativos da Itália, do Peru e dos Estados Unidos haviam autorizado a transação. Os impostos correspondentes foram pagos até o último centavo. Tudo estava ungido e sacramentado.

— O que você acha, Rigoberto? — Ismael Carrera tinha concluído sua exposição. Voltou a abrir os braços, como um comediante que cumprimenta o público e espera aplausos. — Continuo vivo e exercendo minhas atividades como homem de negócios?

Rigoberto assentiu. Estava desnorteado, não sabia o que dizer. Seu amigo o observava risonho e contente consigo mesmo.

— Na verdade tudo isso não deixa de me surpreender, Ismael — disse, finalmente. — Você está vivendo uma segunda juventude, dá para ver. Foi Armida quem o ressuscitou? Eu ainda não acredito que você se desfez com tanta facilidade da empresa que seu pai fundou e que depois você fez crescer investindo sangue, suor e lágrimas ao longo de meio século. Pode parecer absurdo, mas me dá pena, é como se eu tivesse perdido algo meu. E você alegre como um passarinho!

— Não foi tão fácil assim — corrigiu Ismael, agora sério. — Tive muitas dúvidas no começo. Fiquei com pena, também. Mas, do jeito que estavam as coisas, era a única solução. Se eu tivesse outros herdeiros, enfim, para que falar de coisas tristes. Nós dois sabemos perfeitamente o que aconteceria se os meus filhos ficassem com a companhia. Ia afundar num piscar de olhos. E, no melhor dos casos, eles venderiam tudo na bacia das almas. Nas mãos dos italianos, ela continuará existindo e prosperando. Você vai receber sua aposentadoria sem nenhum corte e até com um prêmio, meu velho. Já está tudo acertado.

Rigoberto achou que o sorriso do amigo parecia melancólico. Ismael suspirou e uma sombra cruzou em seus olhos.

— O que vai fazer com tanto dinheiro, Ismael?

— Passar meus últimos anos sossegado e feliz — respondeu ele, no ato. — Espero que com saúde, também. Gozando um pouco a vida, ao lado da minha mulher. Antes tarde do que nunca, Rigoberto. Você sabe melhor do que ninguém que até hoje eu vivi só para trabalhar.

— Uma boa filosofia, o hedonismo, Ismael — concordou Rigoberto. — É a minha, aliás. Por enquanto só pude aplicá-la parcialmente na minha vida. Mas espero seguir o seu exemplo, quando os gêmeos me deixarem em paz e Lucrecia e eu pudermos fazer a viagem à Europa que planejamos. Ela ficou muito decepcionada quando tivemos que cancelar os planos por causa das ações judiciais dos seus filhinhos.

— Amanhã vou cuidar disso, já disse. É o primeiro ponto da minha agenda, Rigoberto — disse Ismael, levantando-se. — Eu lhe telefono depois da reunião no escritório de Arnillas. E vamos ver se marcamos um dia para almoçar ou jantar com Armida e Lucrecia.

Enquanto voltava para casa, empunhando o volante do carro, ideias de todo tipo bailavam na cabeça de don Rigoberto como águas de um chafariz. Quanto dinheiro Ismael teria ganhado com aquela venda de ações? Muitos milhões. Uma fortuna, de qualquer maneira. Embora a companhia tivesse apresentado um desempenho medíocre nos últimos tempos, era uma instituição sólida, com uma carteira de clientes magnífica e uma reputação de primeira no Peru e no estrangeiro. Certo, um octogenário como Ismael não estava mais apto para responsabilidades empresariais. Deve ter aplicado seu capital em investimentos seguros, bônus do tesouro, fundos de pensão, fundações nos paraísos fiscais mais renomados, Liechtenstein, Guernsey ou Jersey. Ou, quem sabe, Cingapura ou Dubai. Só com os juros ele e Armida podiam viver como reis em qualquer lugar do mundo. O que os gêmeos iriam fazer? Lutar contra os novos proprietários? Eles eram tão imbecis que não se podia descartar essa possibilidade. Seriam esmagados como baratas. Até que enfim. Não, provavelmente tentariam tirar um naco do dinheiro da venda. Ismael já devia estar com tudo bem guardado. Eles certamente aceitariam se o pai amolecesse e lhes desse umas migalhas, para pararem de chatear. Tudo ia entrar nos eixos, então. Só esperava que fosse o quanto antes. Assim poderia finalmente concretizar seus planos de uma aposentadoria agradável, rica em prazeres materiais, intelectuais e artísticos.

Mas, no íntimo, não conseguia se convencer de que as coisas fossem acabar tão bem para Ismael. Rondava em sua cabeça a suspeita de que, em vez de se ajeitar, a situação podia ficar mais complicada e que, em vez de escapar do emaranhado policial e judicial em que Miki e Escovinha o meteram, ele ia se enredar cada vez mais, até o final dos seus dias. Ou será que aquele pessimismo se devia ao súbito reaparecimento de Edilberto Torres na vida de Fonchito?

Assim que chegou à casa de Barranco, fez um relato detalhado dos últimos acontecimentos à sua mulher. Ela não precisava se preocupar com a venda da companhia para uma seguradora italiana porque, quanto a eles, isso provavelmente ia ajudar a resolver as coisas, se Ismael, com a concordância dos novos proprietários, aplacasse os gêmeos com algum dinheiro para que os deixassem em paz. O que mais impressionou Lucrecia foi Armida ter voltado da viagem de lua de mel como uma dama elegante, sociável e com traquejo. "Vou telefonar para dar boas-vindas a eles e marcar esse almoço ou jantarzinho o quanto antes, amor. Estou morrendo de vontade de vê-la transformada numa senhora decente."

Rigoberto se fechou no escritório e pesquisou no computador tudo o que havia sobre a Assicurazioni Generali S.p.A. De fato, era a maior da Itália. Ele mesmo tinha estado em contato com ela e suas filiais em várias ocasiões. A companhia havia crescido muito nos últimos anos no Leste Europeu, no Oriente Médio e no Extremo Oriente, e, de forma mais limitada, na América Latina, onde centralizava suas operações no Panamá. Para eles, era uma boa oportunidade de entrar na América do Sul utilizando o Peru como trampolim. O país andava bem, com leis estáveis, e os investimentos cresciam.

Estava mergulhado nessa pesquisa quando ouviu Fonchito chegar do colégio. Desligou o computador e esperou com impaciência que o filho viesse lhe dar boa-tarde. Quando o menino entrou no escritório e foi beijá-lo, ainda com a mochila do Colégio Markham nos ombros, Rigoberto decidiu abordar o assunto imediatamente.

— Então quer dizer que Edilberto Torres voltou a aparecer — disse, pesaroso. — Achei que tínhamos nos livrado dele para sempre, Fonchito.

— Eu também, papai — respondeu o filho com uma sinceridade desarmada. Tirou a mochila, deixou-a no chão e se sentou em frente à mesa do pai. — Tivemos uma conversa muito curta. Minha madrasta não lhe contou? O tempo que a van levou para ir a Miraflores. Ele desceu na Diagonal, ao lado do parque. Não lhe contou?

— Claro que contou, mas quero que você me conte também — viu que Fonchito tinha manchas de tinta nos dedos e estava com a gravata desarrumada. — O que ele disse? De que falaram?

— Do diabo — riu Fonchito. — Sim, sim, não ria. É verdade, papai. E dessa vez ele não chorou, felizmente. Eu lhe disse que você e minha madrasta acham que ele é o diabo em pessoa.

Falava com uma naturalidade tão evidente, havia nele algo tão fresco e autêntico que, pensava Rigoberto, como não acreditar no que dizia.

— Eles ainda acreditam no diabo? — Edilberto Torres se surpreendeu. Falava com ele em voz baixa. — Já não existe muita gente que acredite nesse cavalheiro hoje em dia, acho. Seus pais não disseram por que têm uma opinião tão desfavorável de mim?

— Por que o senhor sempre aparece e desaparece assim misteriosamente, senhor — explicou Fonchito, também abaixando a voz, porque o assunto parecia interessar aos outros passageiros da van que começaram a espiá-los com o canto dos olhos. — Eu não deveria estar falando com o senhor. Já disse que me proibiram.

— Pois diga a eles que esqueçam esses temores, que podem dormir tranquilos — assegurou Edilberto Torres em voz quase inaudível. — Eu não sou o diabo nem nada parecido, sou uma pessoa normal e comum, como você e como eles. E como todas as pessoas desta van. Além do mais, você está enganado, não apareço e desapareço de forma milagrosa. Os nossos encontros foram frutos do acaso. Pura coincidência.

— Vou falar com toda a franqueza, Fonchito — Rigoberto fitou longamente os olhos do menino, que resistiu sem piscar. — Eu quero acreditar em você. Sei que você não é mentiroso, que nunca foi. Sei perfeitamente que sempre me disse a verdade, mesmo quando se prejudicava com isso. Mas neste caso, quero dizer, no maldito caso de Edilberto Torres...

— Por que maldito, papai? — interrompeu Fonchito. — O que foi que esse homem lhe fez para você dizer essa palavra tão terrível?

— O que ele me fez? — exclamou don Rigoberto. — Conseguiu me fazer duvidar do meu filho pela primeira vez na vida, não saber se ele continua me falando a verdade. Entendeu, Fonchito? É isso mesmo. Cada vez que você me conta os seus encontros com Edilberto Torres, por mais esforços que eu faça não consigo acreditar que é verdade o que está dizendo. Isto não é uma acusação, tente me entender. Toda esta situação me entristece e me deprime muito. Espere, espere, deixe eu terminar. Não estou dizendo que você quer mentir, quer me enganar. Sei que nunca faria isso. Pelo menos de forma deliberada, intencional. Mas por favor pense um pouquinho no que vou lhe dizer com todo o meu carinho. Reflita sobre isso. Não é possível que essas coisas de Edilberto Torres que você nos conta sejam apenas fantasias, uma espécie de sonho acordado, Fonchito? Às vezes acontece com as pessoas.

Parou de falar porque viu que o filho tinha empalidecido. Seu rosto parecia dominado por uma tristeza invencível. Rigoberto sentiu remorsos.

— Quer dizer, então, que eu estou doido e tenho visões, vejo coisas que não existem. É isso o que me está falando, papai?

— Não disse que você está doido, claro que não — desculpou-se Rigoberto. — Nem pensei isso. Mas, Fonchito, não é impossível que esse personagem seja uma obsessão, uma ideia fixa, um pesadelo que você tem, acordado. Não me olhe com essa cara de zombaria. Pode acontecer, garanto. Vou lhe dizer por quê. Na vida real, no mundo em que vivemos, não é normal uma pessoa aparecer assim, de repente, nos lugares mais inverossímeis, na quadra de futebol do seu colégio, no banheiro de uma discoteca, numa van Lima-Chorrillos. E que essa pessoa saiba tudo sobre você, sobre a sua família, o que faz e o que deixa de fazer. Não pode ser, entende?

— O que posso fazer se você não acredita em mim, papai — disse o menino, melancólico. — Eu também não quero magoar você. Mas como posso concordar que estou alucinando? Eu tenho certeza de que o senhor Torres é de carne e osso e não um fantasma. Acho melhor não falarmos mais dele.

— Não, não, Fonchito, quero que você me mantenha sempre informado sobre esses encontros — insistiu Rigoberto. — Apesar de não ser fácil para mim aceitar o que me conta dele, não duvido que você acredita que está dizendo a verdade. Pode ter certeza. Se me mentiu, foi sem querer nem saber. Bem, você deve ter seus deveres para fazer, não é? Pode ir, se quiser. Depois continuamos conversando.

Fonchito apanhou a mochila no chão e deu uns passos até a porta do escritório. Mas, antes de abri-la, como se tivesse acabado de se lembrar de uma coisa, virou-se para o pai:

— Você tem uma opinião tão negativa sobre ele, e em compensação o senhor Torres tem uma ótima a seu respeito, papai.

— Por que está dizendo isso, Fonchito?

— Porque sei que o seu pai tem problemas com a polícia, com a justiça, enfim, você deve estar a par — disse Edilberto Torres, à guisa de despedida, quando já tinha avisado ao motorista que ia descer no próximo ponto. — Sei que Rigoberto é um homem irrepreensível e tenho certeza de que o que está lhe acontecendo é muito injusto. Se eu puder fazer alguma coisa por ele, adoraria ajudar. Diga isso a ele, Fonchito.

Don Rigoberto ficou sem saber o que dizer. Olhava mudo para o menino, que continuava ali, observando-o tranquilo, esperando sua reação.

— Disse isso? — balbuciou após uns momentos. — Quer dizer, ele me mandou um recado. Sabe dos meus problemas legais e quer me ajudar. É isso?

— Isso mesmo, papai. Viu só, ele tem uma ótima opinião sobre você.

— Diga que eu aceito, com todo prazer — Rigoberto finalmente recuperou o domínio de si. — Naturalmente. Na próxima vez que ele aparecer, agradeça e diga que eu adoraria conversar. Onde ele quiser. Pode me telefonar. Talvez conheça mesmo um jeito de me dar uma ajuda, vem em boa hora. O que eu mais quero no mundo é ver pessoalmente e falar com Edilberto Torres, filhinho.

— Ok, papai, eu digo a ele, se aparecer de novo. Prometo. Você vai ver que não é um espírito, é de carne e osso. Vou fazer os deveres. Tenho um monte.

Quando Fonchito saiu do escritório, Rigoberto tentou voltar para o computador, mas o desligou logo depois. Tinha perdido todo o interesse na Assicurazioni Generali S.p.A. e nas sinuosas operações financeiras de Ismael. Seria possível que Edilberto Torres tivesse dito aquilo a Fonchito? Seria possível que estivesse informado dos seus problemas legais? Claro que não. Esse menino mais uma vez tinha lhe pregado uma peça e ele caiu como um bobo. E se Edilberto Torres marcasse um encontro com ele? "Então", pensou, "eu volto para a religião, me converto de novo e entro para um mosteiro de cartuxos pelo resto dos meus dias", riu, murmurando entre os dentes: "Que tédio infinito. Quantos oceanos de estupidez existem no mundo."

Levantou-se e foi olhar a prateleira mais próxima, onde estavam seus livros e catálogos de arte preferidos. À medida que os examinava, ia relembrando as exposições onde os tinha comprado. Nova York, Paris, Madri, Milão, México. Como era penoso ficar lidando com advogados, juízes, pensando naqueles analfabetos funcionais, os gêmeos, em vez de mergulhar o dia inteiro nestes volumes, gravuras, desenhos e, ouvindo boa música, fantasiar com eles, viajar no tempo, viver aventuras extraordinárias, emocionar-se, entristecer-se, desfrutar, chorar, ficar exaltado e entusiasmado. Pensou: "Graças a Delacroix assisti à morte de Sardanapalo rodeado por mulheres nuas e graças ao Grosz jovem as degolei em Berlim enquanto, dotado de um falo descomunal, as sodomizava. Graças a Botticelli fui uma Madona renascentista e graças a Goya um monstro lascivo que devorava os filhos começando pelas panturrilhas. Graças a Aubrey Beardsley, um veado com uma rosa na bunda e a Piet Mondrian, um triângulo isósceles."

Começava a se divertir, mas, sem muita consciência disso, suas mãos já tinham encontrado o que estava procurando desde que começou a examinar a prateleira: o catálogo da retrospectiva de Tamara de Lempicka na Royal Academy, de maio a agosto de 2004, que ele percorreu pessoalmente na última vez em que esteve na Inglaterra. Ali, na entreperna da calça, sentiu o esboço de uma comichão animadora na intimidade dos seus testículos, ao mesmo tempo que se emocionava com um sentimento de nostalgia e gratidão. Agora, além da comichão sentiu um ligeiro ardor na ponta do pinto. Com o livro nas mãos, foi sentar-se na poltrona de leitura e acendeu a lâmpada cuja luz lhe permitiria desfrutar das reproduções com todos os detalhes. Tinha uma lupa ao alcance da mão. Seria mesmo verdade que as cinzas da artista polonesa-russa Tamara de Lempicka tinham sido jogadas de um helicóptero por sua filha Kizette, cumprindo seus últimos desejos, na cratera daquele vulcão mexicano, o Popocatépetl? Uma olímpica, cataclísmica, magnífica forma de se despedir deste mundo escolhida por essa mulher que, como seus quadros testemunham, não sabia apenas pintar mas também gozar, uma artista cujos dedos transmitiam uma lascívia exaltante e ao mesmo tempo gelada àqueles nus ondulantes, serpenteantes, bulbosos, opulentos que desfilavam sob os seus olhos: *Rhythm, La Belle Rafaëla, Myrto, The Model, The Slave*. Seus cinco favoritos. Quem disse que art déco e erotismo não combinavam? Nos anos vinte e trinta, aquela russo-polonesa de sobrancelhas depiladas, olhos ardentes e vorazes, boca sensual e mãos toscas preencheu suas telas com uma sensualidade intensa, fria só na aparência, porque na imaginação e sensibilidade de um espectador atento a imobilidade escultórica da tela desaparecia e as figuras se animavam, intercalavam, arremetiam, acariciavam, entrelaçavam, amavam e gozavam com total impudor. Um espetáculo bonito, maravilhoso, excitante, essas mulheres retratadas ou inventadas por Tamara de Lempicka em Paris, Milão, Nova York, Hollywood e no seu retiro final de Cuernavaca. Fartas, carnudas, exuberantes, elegantes, elas exibiam com orgulho os umbigos triangulares pelos quais Tamara devia sentir uma particular predileção, tanto como a que sentia pelas coxas fartas, suculentas, das aristocratas impudicas que despia para revesti-las de luxúria e insolência carnal. "Ela deu dignidade e boa mídia ao lesbianismo e ao estilo *garçon*, tornou-os aceitáveis e mundanos, exibindo-os pelos salões parisienses e nova-iorquinos", pensou. "Não me surpreende que, inflamado por ela, o mulherengo do Gabriele d'Annunzio tenha tentado estuprá-la na sua casa em Vittoriale, no lago de Garda, para onde a levou a pretexto de pintar-lhe um retrato, mas, no fundo, enlouquecido pelo desejo de possuí-la. Será que ela fugiu por uma janela?" Passava as páginas do livro lentamente, quase não se detendo nos aristocratas amaneirados com olheiras azuis de tuberculosos, demorando mais tempo nas esplêndidas figuras femininas, de olhos muito abertos, lânguidas, com umas cabeleiras tão compactas que pareciam capacetes, unhas carmesim, peitos erguidos e quadris majestosos, quase sempre se contorcendo como gatas no cio. Ficou um longo tempo mergulhado na ilusão, sentindo que voltava a sentir o desejo extinto há tantos dias e semanas, desde que começaram esses problemas pedestres com as hienas. Estava fascinado com as lindas moças ataviadas com roupas decotadas e transparentes, joias rutilantes, todas elas possuídas por um desejo intenso que lutava para vir à luz em seus olhos enormes. "Passar da art déco à abstração, que loucura, Tamara", pensou. Se bem que até os quadros abstratos de Tamara de Lempicka transpiravam uma misteriosa sensualidade. Comovido e feliz, sentiu, no baixo-ventre, um pequeno alvoroço, o amanhecer de uma ereção.

E, nesse momento, voltando para a realidade cotidiana, viu que dona Lucrecia havia entrado no escritório sem que ele ouvisse o barulho da porta. O que foi? Ela estava em pé, ali ao seu lado, com as pupilas úmidas e dilatadas, os lábios entreabertos, tremendo. Tentava falar mas sua língua não obedecia, não lhe saíam palavras, só um tartamudeio incompreensível.

— Outra notícia ruim, Lucrecia? — perguntou, apavorado, pensando em Edilberto Torres, em Fonchito. — Mais uma?

— Armida telefonou chorando como uma louca — soluçou dona Lucrecia. — Assim que você saiu de lá, o Ismael teve um desmaio no jardim. Foi levado para a Clínica Americana. E acabou de falecer, Rigoberto! Sim, sim, acabou de morrer!

XV

— O que houve, Felícito — repetiu a santeira, inclinando-se para ele e abanando-o com o leque de palha velho e furado que tinha na mão. — Não está se sentindo bem?

O transportista viu a preocupação que os grandes olhos de Adelaida revelavam e, entre as brumas da sua cabeça, pensou que, sendo ela uma adivinha, tinha obrigação de saber exatamente o que estava lhe acontecendo. Mas não encontrou forças para responder; estava tonto e teve a certeza de que a qualquer momento iria desmaiar. Não se incomodou com essa ideia. Cair num sono profundo, esquecer-se de tudo, não pensar: que maravilha. Vagamente cogitou em pedir ajuda ao Senhor Cativo de Ayabaca, de quem Gertrudis era tão devota. Mas não sabia como fazê-lo.

— Quer que eu traga um copo de água fresquinha recém-filtrada, Felícito?

Por que Adelaida falava tão alto, como se ele estivesse surdo? Aceitou e, ainda entre névoas, viu a mulata, sempre com sua túnica de tecido cru cor de barro, correr com os pés descalços para o interior da barraca de ervas e de santos. Fechou os olhos e pensou: "Você precisa ser forte, Felícito. Não pode morrer ainda, Felícito Yanaqué. Colhões, homem, tenha colhões." Sentia a boca seca e o coração pelejando para crescer entre os ligamentos, ossos e músculos do seu peito. Pensou: "Vai sair pela boca." Nesse momento viu como era certeira essa expressão. Não seria impossível, *che guá*. Aquela víscera trovejava com tanto ímpeto e de forma tão descontrolada dentro da sua caixa torácica que, de repente, podia se soltar, escapar da prisão que era o seu corpo, subir pela laringe e ser expulsa para o exterior num grande vômito de bílis e de sangue. Veria seu coraçãozinho espatifado no piso de terra da casa da santeira, achatado, quieto, aos seus pés, talvez rodeado por umas baratas inquietas cor de chocolate. Seria a última coisa que recordaria desta vida. Quando abrisse os olhos da alma, estaria diante de Deus. Ou talvez do diabo, Felícito.

— O que está havendo? — perguntou, inquieto. Porque, assim que viu os rostos, percebeu que estava acontecendo alguma coisa muito séria; daí a urgência com que o tinham convocado para ir à delegacia e daí as expressões constrangidas, os olhares fugidios e os pseudossorrisinhos evidentemente falsos do capitão Silva e do sargento Lituma. Os dois policiais ficaram mudos e petrificados quando o viram entrar no cubículo estreito.

— Tome aqui, Felícito, bem fresquinha. Abra a boca e beba devagar, aos goles, papaizinho. Vai lhe fazer bem, você vai ver.

Ele assentiu e, sem abrir os olhos, afastou os lábios e sentiu com alívio o líquido fresco que Adelaida ia dando em sua boca como se faz com um bebê. Sentiu que a água apagava as chamas do seu paladar e da sua língua e, embora não conseguisse nem quisesse falar, pensou: "Obrigado, Adelaida." A penumbra tranquila em que a barraca da santeira sempre estava imersa acalmou um pouco os seus nervos.

— Coisas importantes, meu amigo — disse afinal o capitão Silva, fazendo uma expressão séria e levantando-se para apertar sua mão com uma inesperada efusividade. — Venha, vamos tomar um cafezinho num lugar mais fresco, ali na avenida. Lá vamos poder conversar melhor que aqui. Neste buraco está fazendo um calor infernal, o senhor não acha, don Felícito?

E, antes que ele tivesse tempo de responder, o delegado pegou seu quepe no cabide e, seguido por Lituma, que parecia um autômato e evitava olhar em seus olhos, se dirigiu para a porta. O que deu neles? Que coisas importantes eram essas? O que tinha acontecido? Que bicho havia mordido estes policiais?

— Está melhor agora, Felícito? — perguntou a santeira.

— Sim — conseguiu balbuciar, com dificuldade. Sentia dores na língua, no paladar, nos dentes. Mas o copo de água fresca lhe fizera bem, devolvendo um pouquinho da energia que tinha escorrido do seu corpo. — Obrigado, Adelaida.

— Nossa, nossa, ainda bem — exclamou a mulata, fazendo um sinal da cruz e sorrindo. — Que susto danado você me deu, Felícito. Como ficou pálido! Ai, *che guá*! Quando vi você entrar e desabar na cadeira de balanço como um fardo, já parecia cadáver. O que houve, papaizinho, quem foi que morreu.

— Fazendo tanto mistério o senhor me deixa nervoso, capitão — insistiu Felícito, começando a ficar alarmado. — Afinal, quais são essas coisas graves, pode-se saber?

— Um café bem forte para mim — pediu ao garçom o capitão Silva. — Um pingado para o sargento. O senhor vai beber o quê, don Felícito?

— Um refrigerante, Coca-Cola, Inca Cola, qualquer coisa — o transportista perdeu a paciência, dando umas pancadinhas na mesa. — Bem, então vamos logo ao assunto. Sou um homem que sabe receber notícias ruins, já estou me acostumando. Solte os bichos de uma vez.

— O caso está resolvido — disse o capitão, olhando-o nos olhos. Mas o fazia sem alegria, aflito e até com certa compaixão. Surpreendentemente, em vez de continuar, emudeceu.

— Resolvido? — exclamou Felícito. — Quer dizer que os pegaram?

Viu o capitão e o sargento confirmarem, balançando as cabeças, sempre muito graves e com uma solenidade ridícula. Por que o olhavam daquela maneira estranha, como se sentissem pena dele? Da avenida Sánchez Cerro vinha uma balbúrdia infernal, gente que ia e voltava, buzinadas, gritos, latidos, zurros. Ouvia-se uma valsa, mas a cantora não tinha a voz doce de Cecilia Barraza, longe disso, parecia mais um velho bêbado.

— Você se lembra da última vez que estive aqui, Adelaida? — Felícito falava baixinho, procurando as palavras, com medo de perder a voz. Para respirar melhor desabotoou o colete e afrouxou a gravata. — Quando li a primeira carta da aranhinha.

— Sim, Felícito, lembro muito bem — a santeira o perfurava com seus olhos enormes, preocupados.

— E lembra que, quando eu já estava me despedindo, de repente você teve uma inspiração e me disse que fizesse o que eles queriam, que pagasse a mensalidade que estavam pedindo? Você também se lembra disso, Adelaida?

— Claro que me lembro, Felícito, claro, como não ia lembrar. Finalmente você vai me explicar o que está acontecendo? Por que está tão pálido e com essas vertigens?

— Você tinha razão, Adelaida. Como sempre, tinha. Antes eu tivesse feito o que você mandou. Porque, porque...

Não conseguiu continuar. Sua voz se interrompeu no meio de um soluço, e ele começou a chorar. Não chorava havia tanto tempo, talvez desde o dia em que seu pai morreu num quartinho escuro da Sala de Emergências do Hospital Operário de Piura, ou, quem sabe, desde a noite em que dormiu com Mabel pela primeira vez. Mas esta última não valia, porque foi de felicidade. E agora, em contraste, as lágrimas lhe escorriam pelo rosto sem parar.

— Está tudo resolvido, e agora vamos lhe explicar, don Felícito — afinal se animou o capitão, repetindo o que já havia dito. — Mas receio que o senhor não vai gostar de ouvir isso.

O transportista se sentou melhor e esperou, com todos os sentidos em alerta. Teve a impressão de que as pessoas tinham desaparecido do bar, os sons da rua emudeciam. Alguma coisa o fez desconfiar de que aquilo ia ser a pior de todas as desgraças que aconteceram com ele nos últimos tempos. Suas perninhas começaram a tremer.

— Adelaida, Adelaida — gemeu, enquanto enxugava os olhos. — Eu precisava desabafar de algum jeito. Não pude me controlar. Juro que não tenho o costume de chorar, desculpe.

— Não se preocupe, Felícito — sorriu a santeira, dando umas palmadinhas carinhosas em sua mão. — Faz bem derramar umas lágrimas de vez em quando para todo mundo. Eu também caio no berreiro às vezes.

— Pode falar, capitão, estou preparado — disse o transportista. — Claro e em voz alta, por favor.

— Vamos por partes — pigarreou o capitão Silva, ganhando tempo; levou a xícara de café à boca, bebeu um golinho e prosseguiu: — É melhor o senhor ir descobrindo a trama desde o começo, como nós fizemos. Como se chama o guarda que dava proteção à senhora Mabel, Lituma?

Candelario Velando, vinte e três anos, nascido em Tumbes. Estava na corporação fazia dois anos e aquela era a primeira vez que seus superiores o mandavam fazer um trabalho à paisana. Ficou postado em frente à casa da senhora, no beco sem saída do distrito de Castilla vizinho ao rio e ao Colégio Don Juan Bosco dos padres salesianos, com ordens de não deixar que nada acontecesse com a dona da casa. Tinha que socorrê-la caso fosse necessário, tomar nota de quem vinha visitá-la, segui-la sem ser notado, registrar com quem se encontrava, quem visitava, o que fazia ou deixava de fazer. Deram-lhe sua arma de serviço com munição para vinte tiros, uma câmara fotográfica, uma cadernetinha, um lápis e um celular para usar somente em caso de extrema necessidade e nunca para ligações pessoais.

— Mabel? — a santeira arregalou aqueles olhos meio enlouquecidos que tinha. — A sua amiguinha? Ela?

Felícito confirmou. O copo já estava vazio mas ele não parecia notar porque, de vez em quando, continuava levando-o à boca e movendo os lábios e a garganta como se estivesse bebendo um gole.

— Ela, Adelaida — balançou a cabeça várias vezes. — Mabel, isso mesmo. Eu ainda não consigo acreditar.

Era um bom policial, disciplinado e pontual. Gostava da profissão e sempre tinha se negado a receber subornos. Mas naquela noite estava muito cansado, fazia quatorze horas que vinha seguindo a senhora pelas ruas e vigiando sua casa e, quando se sentou num canto aonde a luz não chegava e apoiou as costas na parede, cochilou. Não sabia por quanto tempo; deve ter sido bastante, porque quando acordou sobressaltado a rua já estava silenciosa, haviam desaparecido os pivetes que estavam na rua soltando pião e as casinhas tinham apagado as luzes e fechado as portas. Até os cachorros haviam parado de correr e latir. Toda a vizinhança parecia estar dormindo. Ele acordou meio atordoado e, espremido nas sombras, se aproximou da casa da senhora. Ouviu vozes. Encostou a orelha numa das janelas. Parecia uma discussão. Não entendeu uma palavra do que diziam, mas, não havia dúvida, eram um homem e uma mulher, e estavam brigando. Foi correndo se esconder perto da outra janela e dali conseguiu ouvir melhor. Os dois se xingavam com palavrões, mas não havia pancadas, ainda não. Apenas longos silêncios e, de novo, vozes, mais arrastadas. Ela estava aceitando a coisa, pelo visto. Tinha recebido uma visita e, ao que parece, agora o visitante estava trepando com ela. Candelario Velando percebeu na hora que aquele homem não era o senhor Felícito Yanaqué. A senhora tinha, então, outro amante? A casa finalmente ficou em silêncio completo.

Candelario recuou para a esquina onde havia adormecido. Voltou a sentar-se, acendeu um cigarro e, com as costas apoiadas no muro, esperou. Dessa vez não cabeceou nem se distraiu. Tinha certeza de que o visitante ia reaparecer a qualquer momento. E, de fato, ele surgiu depois de uma longa espera, tomando precauções que o denunciavam: entreabriu a porta, botou a cabeça para fora, olhou para a direita e para a esquerda. Pensando que ninguém o via, começou a andar. Candelario o enxergou de corpo inteiro, e confirmou pela silhueta e pelos movimentos que não podia ser o velho quase anão da Transportes Narihualá. Aquele era um homem jovem. Não distinguiu o seu rosto, estava muito escuro. Quando o viu dirigir-se para a Ponte Pênsil, foi atrás dele. Pisando de leve, procurando não ser notado, um pouco distante mas sem perdê-lo de vista. Aproximou-se dele ao cruzar a Ponte Pênsil, porque ali havia notívagos com os quais podia se misturar. Viu-o enveredar por uma das calçadas da Praça de Armas e desaparecer no bar do Hotel Los Portales. Esperou um pouco e entrou também. Ele estava diante do balcão — jovem, branco, boa-pinta, com um topete à Elvis Presley — bebendo num gole só o que devia ser uma garrafinha de pisco. Então o reconheceu. Já o tinha visto quando ele foi à delegacia da avenida Sánchez Cerro prestar seu depoimento.

— Tem certeza de que era ele, Candelario? — perguntou o sargento Lituma, com cara de dúvida.

— Era o Miguel, tinha certeza absoluta — disse secamente o capitão Silva, levando a xícara de café de novo à boca. Perecia muito constrangido por dizer o que estava dizendo. — Sim, senhor Yanaqué. Sinto muito. Mas era o Miguel.

— Meu filho Miguel? — repetiu muito rápido o transportista, piscando sem parar, sacudindo uma das mãozinhas; de repente estava pálido. — À meia-noite? Na casa de Mabel?

— Estavam no meio de uma briga, sargento — explicou o guarda Candelario Velando a Lituma. — Briga de verdade, com palavrões tipo piranha, puta que o pariu e coisas piores. Depois, um longuíssimo silêncio. Nessa hora imaginei o que o senhor deve estar imaginando agora: que fizeram as pazes e foram para a cama. Para quê, a não ser para trepar? Isso eu não vi nem ouvi. É só uma hipótese.

— É melhor nem me contar essas coisas — disse Adelaida, constrangida, abaixando a vista. Suas pestanas eram longas e sedosas, e estava aflita. Deu um tapinha carinhoso no joelho do transportista. — A menos que você ache que vai lhe fazer bem contar. Como você preferir, Felícito. Como achar melhor. Amigo é para essas coisas, *che guá.*

— Uma hipótese que revela como você tem a mente deformada, Candelario — sorriu Lituma. — Ótimo, rapaz. Muito bem. Como tem sacanagem nessa história, o capitão vai gostar.

— Era a pontinha da meada, finalmente. Começamos a puxar e a desenrolar o fio. Eu já tinha desconfiado de alguma coisa, quando a interroguei depois do sequestro. Ela caiu em muitas contradições, não sabia fingir. A coisa foi assim, senhor Yanaqué — continuou o delegado. — Não pense que é fácil para nós. Quer dizer, dar ao senhor esta notícia tremenda. Sei que é como receber uma punhalada nas costas. Mas é o nosso dever, o senhor vai nos desculpar.

Calou-se porque o transportista havia levantado a mão, com o punho fechado.

— Não existe a possibilidade de ser um engano? — murmurou com a voz agora cavernosa e ligeiramente implorante. — Nenhuma?

— Nenhuma — afirmou o capitão Silva, sem piedade. — Está mais do que provado. A senhora Mabel e seu filho Miguel estão enganando o senhor há bastante tempo, don. A história da aranhinha vem daí. Lamentamos de todo coração, senhor Yanaqué.

— A culpa é mais do seu filho Miguel que da senhora Mabel — interveio Lituma e imediatamente se retratou: — Desculpe, eu não queria interromper.

Felícito Yanaqué não parecia estar mais ouvindo os dois policiais. Sua palidez se acentuou; olhava para o vazio como se um fantasma tivesse acabado de se corporificar ali. Seu queixo tremia.

— Sei o que você está sentindo e me dá pena, Felícito — a adivinha pôs a mão no peito. — Sim, então você tem razão. Vai lhe fazer bem desabafar. Daqui não sai nada do que você contar, papaizinho, você sabe.

Bateu no peito e Felícito pensou: "Que estranho, fez um som oco." Envergonhado, sentiu que seus olhos se enchiam de lágrimas outra vez.

— A aranhinha é ele — afirmou o capitão Silva, de forma categórica. — Seu filho, o branquinho. Miguel. Parece que não fez isso só pelo dinheiro, mas também por outra coisa mais complicada. E, talvez, talvez, foi por isso que ele transou com Mabel. Tem algo pessoal contra o senhor. Aversão, ressentimento, essas coisas escabrosas que envenenam a alma da gente.

— Porque o senhor o obrigou a fazer o serviço militar, parece — voltou a intrometer-se Lituma. E dessa vez também se retratou: — Desculpe. Pelo menos foi isso que ele nos deu a entender.

— Está ouvindo o que falamos, don Felícito? — o capitão se inclinou em direção ao transportista. Segurou-o pelo braço: — Está se sentindo mal?

— Estou muito bem — o transportista forçou um sorriso. Seus lábios e as asas do nariz tremiam. E também as mãos que ainda estavam segurando a garrafa da Inca Cola vazia. Uma rodela amarelada circundava o branco de seus olhos, e sua vozinha era um fio. — Pode continuar, capitão. Mas, por favor, eu gostaria de saber uma coisinha, se for possível. Tiburcio, o meu outro filho, também estava envolvido?

— Não senhor, só o Miguel — tentou animá-lo o capitão. — Posso afirmar isto de maneira categórica. Por esse lado o senhor pode ficar tranquilo, senhor Yanaqué. Tiburcio não estava metido e nem sabia uma palavra sobre o assunto. Quando souber, vai ficar tão espantado quanto o senhor.

— Todo esse horror tem o seu lado bom, Adelaida — rosnou o transportista, após uma longa pausa. — Você pode não acreditar, mas tem.

— Acredito, Felícito — disse a santeira, abrindo a boca e mostrando a língua. — Na vida é sempre assim. As coisas boas sempre têm um ladinho ruim e as ruins, o seu ladinho bom. O que este caso tem de bom, então?

— Eu tirei uma dúvida que corroía a minha alma desde que me casei, Adelaida — murmurou Felícito Yanaqué. Agora parecia que estava recomposto: havia recuperado a voz, a cor, certa segurança ao falar. — Miguel não é meu filho. Nunca foi.

Gertrudis e a mãe dela me obrigaram a casar à força, com a história da gravidez. Claro que ela estava grávida. Mas não era meu, era de outro. Fiz o papel de trouxa, veja só. As duas me impingiram um enteado fazendo-o passar por meu filho e, assim, Gertrudis se salvou da vergonha de ser mãe solteira. Como pode ser meu filho esse branquinho de olhos azuis, você pode me dizer? Sempre desconfiei que tinha dente de coelho. Agora, finalmente, se bem que um pouco tarde, tenho a prova. Não é, pelas veias dele não corre meu sangue. Meu filho, um filho do meu sangue, nunca faria o que ele fez. Viu só, Adelaida, você entende?

— Estou vendo, papaizinho, entendo — disse a santeira. — Passe aqui o seu copo, vou encher com água fresquinha no filtro de pedra. Fico nervosa vendo você beber água num copo vazio, *che guá*.

— E Mabel? — murmurou o transportista com a vista baixa. — Estava envolvida desde o começo na conspiração da aranhinha? Ela, sim?

— Contrariada, mas estava — suavizou o capitão Silva, com certo pesar. — Sim. Ela nunca gostou muito dessa história e, pelo que diz, no começo tentou dissuadir Miguel, o que é bem possível. Mas seu filho tem um caráter forte e...

— Ele não é meu filho — interrompeu Felícito Yanaqué, olhando-o nos olhos. — Desculpe, mas sei o que estou dizendo. Continue, o que mais, capitão.

— Já estava farta de Miguel e queria terminar, mas ele não aceitava, e a assustava ameaçando contar o romance dos dois ao senhor — voltou a falar Lituma. — E, por causa dessa confusão, ela começou a odiá-lo.

— Então vocês falaram com Mabel? — perguntou o transportista, desconcertado. — O que ela confessou?

— Está colaborando conosco, senhor Yanaqué — assentiu o capitão Silva. — O depoimento dela foi decisivo para conhecermos toda a trama da aranhinha. O que o sargento lhe disse é correto. No começo, quando ela conheceu Miguel, não sabia que era seu filho. Quando soube, tentou se afastar dele mas já era tarde. Não conseguiu porque Miguel a chantageava.

— Ameaçando lhe contar a história toda, senhor Yanaqué, para que o senhor a matasse ou pelo menos lhe desse uma surra — voltou a falar o sargento Lituma.

— E a deixasse na rua e sem um centavo, que é o principal — acrescentou o capitão. — Eu já lhe disse, don. Miguel tem ódio do senhor, um rancor enorme. Diz que é porque o senhor o obrigou a fazer o serviço militar e não fez o mesmo com o irmão, Tiburcio. Mas acho que tem mais alguma coisa. Talvez esse ódio venha de antes, da infância. O senhor talvez saiba.

— Ele também deve ter suspeitado que não era meu filho, Adelaida — continuou o transportista. Bebia golinhos do novo copo d'água que a santeira havia acabado de trazer. — Deve ter visto seu rosto no espelho e entendido que não tinha nem podia ter o meu sangue. E assim deve ter começado a me odiar, o que mais podia fazer. O estranho é que ele sempre disfarçou bem, nunca me demonstrou nada. Entende?

— Não importa o que ele vê no espelho, Felícito — exclamou a santeira. — Tudo está bem claro, até um cego veria. Ela é jovem e você um velho. Por acaso achava que Mabel ia ser fiel até a morte? Ainda mais você tendo mulher e família, e ela sabendo muito bem que nunca ia passar de amante. A vida é assim mesmo, Felícito, você já devia saber disso. Você veio de baixo e sabe o que é o sofrimento, como eu e como qualquer piurano mais pobrinho.

— Claro, o sequestro nunca foi um sequestro, foi uma palhaçada — disse o capitão. — Para abalar os seus sentimentos, don.

— Eu sabia, Adelaida. Nunca tive ilusões. Por que você acha que sempre preferi olhar para o outro lado, não saber o que Mabel fazia? Mas nunca imaginei que pudesse ter um caso com meu próprio filho!

— Mas ele é seu filho? — corrigiu a santeira, zombando. — Que diferença faz com quem ela se engraçou, Felícito. O que adianta agora. Não pense mais nisso, compadre. Vire a página, esqueça, pronto. É a melhor coisa a fazer, escute o que estou lhe dizendo.

— Você sabe o que me dá agora uma verdadeira angústia, Adelaida? — o copo estava vazio de novo. Felícito sentia calafrios. — O escândalo. Você vai achar uma bobagem, mas é isso que mais me atormenta. Amanhã vai sair nos jornais, nos rádios, na televisão. A caçada jornalística vai recomeçar. Minha vida vai virar um circo outra vez. A perseguição dos jornalistas, a curiosidade das pessoas na rua, no escritório. Eu não tenho mais paciência nem ânimo para suportar tudo isso de novo, Adelaida. Não tenho mais.

— O homem adormeceu, capitão — sussurrou Lituma, apontando para o transportista que havia fechado os olhos e inclinado a cabeça.

— Parece que sim — admitiu o oficial. — A notícia o derrubou. O filho, a amante. Além dos chifres, porrada. Não é para menos, cacete.

Felícito ouvia aquilo sem ouvir. Não queria abrir os olhos, nem por um instante. Dormitava, ouvindo a agitação e a azáfama da avenida Sánchez Cerro. Se não tivesse acontecido tudo aquilo, ele agora estaria na Transportes Narihualá controlando o movimento de ônibus, caminhonetes e carros da manhã, estudando a féria do dia e cotejando com a de ontem, ditando cartas para a senhora Josefita, pagando ou recebendo contas no banco, preparando-se para ir almoçar em casa. Sentia tanta tristeza que teve uma tremedeira de terçã, da cabeça aos pés. Sua vida nunca mais teria o ritmo tranquilo de antes, nem ele voltaria a ser um transeunte anônimo. No futuro seria sempre reconhecido nas ruas, quando entrasse num cinema ou num restaurante começariam os falatórios, olhares impertinentes, cochichos, mãos apontando. Nessa mesma noite, ou no máximo amanhã, a notícia ia se espalhar, toda Piura ficaria sabendo. E aquele inferno ia ressuscitar.

— Está se sentindo melhor depois desse cochilinho, don? — perguntou o capitão Silva, dando-lhe uma palmada afetuosa no braço.

— Dormi um pouco, sinto muito — disse ele, abrindo os olhos. — Desculpem. Tantas emoções ao mesmo tempo.

— Claro, claro — o oficial tranquilizou-o. — Podemos continuar ou prefere deixar para mais tarde, don Felícito?

Ele fez que sim, murmurando: "Vamos continuar." Nos minutos em que esteve de olhos fechados, o barzinho tinha se enchido de gente, principalmente homens. Fumavam, pediam sanduíches, refrigerantes ou cerveja, xícaras de café. O capitão abaixou a voz para que os ocupantes da mesa vizinha não escutassem.

— Miguel e Mabel foram presos ontem à noite e o juiz instrutor está ciente de toda a história. A imprensa foi convocada para ir à delegacia às seis da tarde. Não acredito que o senhor queira presenciar, não é, don Felícito?

— De forma alguma — exclamou o transportista, horrorizado. — Claro que não!

— Não é preciso que o senhor vá — o capitão tranquilizou-o. — Mas, sim, prepare-se. Os jornalistas vão perturbar a sua vida.

— Miguel admitiu todas as acusações? — perguntou Felícito.

— A princípio negou, mas quando soube que Mabel o tinha traído e ia ser testemunha da acusação, teve que aceitar a realidade. Eu já lhe disse, o depoimento dela é demolidor.

— Graças à senhora Mabel, ele acabou confessando tudo — acrescentou o sargento Lituma. — Ela facilitou o nosso trabalho. Estamos escrevendo o relatório. Amanhã, no máximo, estará nas mãos do juiz.

— Eu vou ter que vê-lo? — Felícito falava tão baixinho que os policiais tiveram que aproximar as cabeças para ouvir. — Miguel, quero dizer.

— No julgamento, sem a menor dúvida — assentiu o capitão. — O senhor vai ser a principal testemunha. É a vítima, lembre-se.

— E antes do julgamento? — insistiu o transportista.

— Pode ser que o juiz, ou o promotor, peçam uma acareação — explicou o capitão. — Nesse caso, sim. Nós não precisamos disso porque, como Lituma lhe disse, Miguel admitiu as acusações. Pode ser que o advogado dele adote outra estratégia e desminta tudo, alegando que a confissão não é válida porque foi obtida por meios ilícitos. Enfim, o de sempre. Mas acho que não tem escapatória. Enquanto Mabel colaborar com a justiça, ele está perdido.

— Quanto tempo vai pegar? — perguntou o transportista.

— Depende do advogado que o defenda e de quanto possa gastar na sua defesa — disse o delegado, fazendo uma expressão um tanto cética. — Não será muito tempo. Não houve violência além do pequeno incêndio na sua empresa. A chantagem, o falso sequestro e a formação de quadrilha não são delitos tão graves, nestas circunstâncias. Porque não se concretizaram, foram só simulacros. Dois ou três anos, no máximo, duvido que mais. E, considerando que é réu primário, sem antecedentes, pode ser até que se livre da prisão.

— E ela? — perguntou o transportista, passando a língua nos lábios.

— Como ela está colaborando com a justiça, a pena vai ser muito leve, don Felícito. Talvez seja absolvida, fique em liberdade. Afinal de contas, ela também foi uma vítima do branquinho. Um advogado poderia alegar isso, com certa razão.

— Está vendo, Adelaida? — suspirou Felícito Yanaqué. — Eles me fizeram passar várias semanas de angústia, queimaram o escritório da avenida Sánchez Cerro, os prejuízos foram grandes porque, com medo de que os chantagistas jogassem uma bomba nos meus ônibus, muitos passageiros desapareceram. E agora esses dois safados podem voltar para casa e viver em liberdade, na boa-vida. Está vendo o que é a justiça neste país?

Parou de falar porque notou nos olhos da santeira que alguma coisa havia mudado. Agora ela o encarava fixamente, com as pupilas dilatadas, muito séria e concentrada, como se estivesse vendo algo inquietante dentro ou através de Felícito. Segurou a mão dele entre as suas, grandes e calosas, com as unhas sujas. Apertava com muita força. Felícito estremeceu, morto de medo.

— Uma inspiração, Adelaida? — gaguejou, tentando puxar a mão. — O que você viu, o que está acontecendo? Por favor, amiguinha.

— Vai lhe acontecer uma coisa, Felícito — disse ela, apertando ainda mais sua mão, ainda encarando-o fixamente com seus olhos profundos, agora febris. — Não sei o quê, talvez o que houve esta manhã com os policiais, talvez outra coisa. Pior ou melhor, não sei. Uma coisa grande, muito forte, uma sacudida tremenda que vai mudar toda a sua vida.

— Quer dizer, diferente de tudo o que já está acontecendo? Coisas ainda piores, Adelaida? Não é suficiente a cruz que eu já carrego?

Ela balançava a cabeça como uma louca e parecia não ouvir. Levantou muito a voz:

— Não sei se são melhores ou piores, Felícito — gritou, espavorida. — Mas, com certeza, maiores do que tudo o que lhe aconteceu até hoje. Uma revolução na sua vida, é isso o que eu pressinto.

— Ainda maiores? — repetiu ele. — Não pode me dizer nada de concreto, Adelaida?

— Não, não posso — a santeira soltou sua mão e pouco a pouco foi recuperando o semblante e as maneiras habituais. Viu-a suspirar, passar a mão pelo rosto como se estivesse espantando um inseto. — Eu só digo o que sinto, o que a inspiração me faz sentir. Sei que é complicado. Para mim também é, Felícito. Que culpa tenho eu, é o que Deus quer que sinta. Ele é quem manda. Só posso lhe dizer isto. Fique preparado, alguma coisa vai lhe acontecer. Uma coisa surpreendente. Tomara que não seja para pior, papaizinho.

— Para pior? — exclamou o transportista. — A única coisa ainda pior que pode me acontecer seria morrer, atropelado por um carro, mordido por um cachorro raivoso. Talvez seja mesmo a melhor opção. Morrer, Adelaida.

— Você não vai morrer tão cedo, isso eu garanto. Sua morte não apareceu na inspiração que tive.

A santeira parecia extenuada. Continuava no chão, sentada nos calcanhares e esfregando as mãos e os braços devagar, como se estivesse tirando poeira. Felícito decidiu ir embora. Já havia passado metade da tarde. Ele não tinha comido nada ao meio-dia, mas não sentia fome. A simples ideia de sentar para comer lhe dava náuseas. Levantou-se com esforço da cadeira de balanço e puxou a carteira.

— Não precisa me dar nada — disse a santeira, ainda no chão. — Hoje não, Felícito.

— Sim, sim — disse o transportista, deixando cinquenta soles no balcão mais próximo. — Não é por essa inspiração tão confusa, mas por ter me consolado e aconselhado com tanto carinho. Você é minha melhor amiga, Adelaida. É por isso que sempre confiei em você.

Voltou para a rua ainda abotoando o colete, ajeitando a gravata, o chapéu. Ficou de novo com muito calor. Sentia o peso da presença da multidão que lotava as ruas do centro de Piura. Algumas pessoas o reconheciam e acenavam para ele ou cochichavam, apontando. Outras tiravam fotos com o celular. Decidiu passar pela Transportes Narihualá para ver se havia novidades de última hora. Olhou o relógio: cinco da tarde. A coletiva de imprensa na delegacia seria às seis. Uma horinha para que as notícias explodissem como pólvora. Espoucariam no rádio, na Internet, seriam divulgadas nos blogues, nas edições digitais dos jornais, no noticiário da televisão. Ele ia voltar a ser o homem mais popular de Piura. "Enganado pelo filho e pela amante", "O filho e a amante fazem chantagem", "As aranhinhas eram seu filho e sua garota, que além do mais eram amantes!". Sentiu náuseas imaginando as manchetes, as caricaturas que o retratariam em situações ridículas, com chifres rasgando as nuvens. Que canalhas! Ingratos, mal-agradecidos! Por Miguel sentia menos. Porque, graças à chantagem da aranhinha, tinha confirmado suas suspeitas: ele não era seu filho. Quem seria o verdadeiro pai? Gertrudis saberia? Naquele tempo, qualquer cliente da hospedaria trepava com ela, havia muitos candidatos a essa paternidade. Iria se separar dela? Divorciar? Nunca a tinha amado, mas, agora, depois de tanto tempo, não podia sequer lhe guardar rancor. Ela não foi má esposa; em todos esses anos teve uma conduta irrepreensível, vivendo exclusivamente para o lar e para a religião. A notícia a deixaria abalada, evidentemente. Uma foto de Miguel algemado, atrás das grades, por tentar chantagear o pai além de corneá-lo com a amante, não era coisa que uma mãe aceitasse com facilidade. Na certa ia chorar e sair correndo para a catedral pedir consolo aos padres.

Com Mabel a coisa era mais dura. Pensava nela e se abria um vazio em seu ventre. Era a única mulher que havia amado de verdade na vida. Tinha lhe dado tudo. Casa, mesada, presentes. Uma liberdade que nenhum outro homem daria à mulher que sustentava. Para depois ir transar com seu filho. Para depois, em conluio com aquele miserável, lhe fazer uma chantagem! Não ia matá-la, nem sequer daria uns bons tapas naquela cara de mentirosa. Não queria mais saber dela. Que ganhasse a vida como puta. Queria ver se conseguia um amante com tanta consideração como ele.

Em vez de descer pela rua Lima, na altura da Ponte Pênsil se desviou para o malecón Eguiguren. Lá havia menos gente e podia caminhar mais sossegado, sem a preocupação de saber que olhavam e apontavam para ele. Lembrou os antigos casarões que margeavam este malecón quando era pequeno. Foram desmoronando um atrás do outro por causa dos estragos causados pelo El Niño, das chuvas e das cheias do rio que transbordou e alagou o bairro. Em lugar de reconstruí-los, os branquinhos fizeram casas novas no El Chipe, longe do centro.

O que ia fazer agora? Continuar com seu trabalho na Transportes Narihualá como se nada houvesse acontecido? Coitado do Tiburcio. Ele sim ia ter um desgosto terrível. Seu irmão Miguel, a quem sempre foi tão unido, transformado num delinquente que quis assaltar o pai com a cumplicidade da amante. Tiburcio era muito boa pessoa. Talvez não muito inteligente, mas correto, eficiente, incapaz de uma baixeza como a do irmão. Ia ficar arrasado com a notícia.

O rio Piura estava muito cheio e vinha arrastando galhos, pequenos arbustos, papéis, garrafas, plásticos. Estava com uma cor barrenta, vestígio de desmoronamentos de terra na cordilheira. Não havia ninguém nadando em suas águas.

Quando passou do malecón para a avenida Sánchez Cerro, decidiu não ir ao escritório. Já eram quinze para as seis e assim que soubessem da notícia os jornalistas iriam rondar a Transportes Narihualá como moscas. Era melhor se fechar em casa, trancar a porta e não sair por alguns dias, até que a tempestade amainasse. Pensar no escândalo lhe fazia sentir minhoquinhas andando pelas costas.

Enveredou pela rua Arequipa em direção à sua casa, sentindo que a angústia se empoçava de novo em seu peito e dificultava a respiração. Então Miguelito sentia aversão por ele, então já o odiava antes do serviço militar forçado. Era um sentimento recíproco. Não, não era, ele nunca havia odiado esse filho espúrio. Não que o tivesse amado, porque adivinhava que não era do seu sangue. Mas não se lembrava de ter tido preferências por Tiburcio. Foi um pai justo, preocupado em dar um tratamento idêntico aos dois. É verdade que obrigou Miguel a passar um ano no quartel. Mas foi para o bem dele. Para entrar no bom caminho. Porque era um péssimo aluno, só gostava de se divertir, jogar bola e encher a cara nas *chicherías*. Já o tinha surpreendido bebendo em bares e pensões vagabundas com uns amigos mal-encarados e gastando as mesadas num bordel. Por esse caminho, acabaria muito mal. "Se continuar assim, você vai para o Exército", avisou. Continuou, e foi. Felícito riu. Bem, também não se endireitou tanto assim, para acabar fazendo o que fez. Que fosse para a cadeia, que aprendesse como eram as coisas. Queria ver quem lhe daria trabalho depois, com esse prontuário. Ia sair mais bandido do que entrou, como todos os que passaram por essas universidades do crime que são as prisões.

Estava em frente à sua casa. Antes de abrir a grande porta tachonada, deu uns passos até a esquina e jogou umas moedas na caneca do cego:

— Boa tarde, Lucindo.
— Boa tarde, don Felícito. Deus lhe pague.

Voltou, sentindo o peito apertado e respirando com dificuldade. Abriu a porta e fechou-a atrás de si. No vestíbulo, ouviu vozes vindo da sala. Era só o que faltava. Visitas! Estranho, Gertrudis não tinha amigas que aparecessem sem avisar, nem oferecia chás. Estava parado no vestíbulo, indeciso, quando viu a silhueta difusa de sua mulher na soleira da sala. Com um daqueles vestidos que mais pareciam hábitos, viu-a se aproximar apressando muito seu andar dificultoso. Por que estava com essa cara? Já devia ter ouvido as notícias.

— Quer dizer que você já sabe de tudo — murmurou.

Mas ela não o deixou terminar. Apontava para a sala, falava atropeladamente:

— Sinto muito, sinto muito mesmo, Felícito. Tive que hospedá-la aqui em casa. Não podia fazer outra coisa. É só por uns dias. Está fugindo. Querem matá-la, parece. Uma história incrível. Venha, ela mesma vai lhe contar.

O peito de Felícito Yanaqué parecia um tambor. Olhava para Gertrudis, sem entender bem o que ela estava dizendo, mas, em vez do rosto de sua mulher, viu o de Adelaida, transtornado pelas visões da inspiração.

XVI

Por que Lucrecia estava demorando tanto? Don Rigoberto rodava como uma fera enjaulada em frente à porta do seu apartamento em Barranco. Sua mulher não saía do quarto. Ele estava de luto rigoroso e não queria chegar tarde ao enterro de Ismael, mas Lucrecia, com sua mania de remanchar inventando os pretextos mais absurdos para atrasar a saída, ia conseguir que chegassem à igreja quando o cortejo já tivesse partido para o cemitério. Não queria chamar a atenção aparecendo nos Jardins da Paz com a cerimônia fúnebre já iniciada, atraindo os olhares de todos. Ia haver muitíssima gente, sem dúvida, como ontem à noite no velório, não só por amizade com o falecido mas também pela insana curiosidade limenha de enfim poder ver pessoalmente a viúva do escândalo.

Mas don Rigoberto sabia que não havia outro remédio, tinha que se resignar e esperar. Provavelmente as únicas brigas do casal ao longo de todos os anos em que estavam juntos foram causadas pelos atrasos de Lucrecia sempre que iam sair, para onde fosse, um cinema, um jantar, uma exposição, fazer compras, uma operação bancária, uma viagem. No começo, quando começaram a morar juntos, recém-casados, ele pensava que sua mulher demorava por mera inapetência e desprezo pela pontualidade. Tiveram discussões, desavenças, brigas por causa disso. Pouco a pouco, don Rigoberto, observando-a, refletindo, entendeu que esses atrasos da esposa na hora de sair para qualquer compromisso não eram uma coisa superficial, um desleixo de mulher orgulhosa. Obedeciam a algo mais profundo, um estado ontológico da alma, porque, sem que ela tivesse consciência do que lhe ocorria, toda vez que precisava sair de algum lugar, da sua própria casa, a de uma amiga que estava visitando, o restaurante onde acabara de jantar, era dominada por uma inquietação recôndita, uma insegurança, um medo obscuro, primitivo, de ter que ir embora, sair dali, mudar de lugar, e então inventava todo tipo de pretextos — pegar um lenço, trocar a bolsa, procurar as chaves, verificar se as janelas estavam bem fechadas, a televisão desligada, se o fogão não estava aceso ou o telefone fora do gancho —, qualquer coisa que atrasasse por alguns minutos ou segundos a pavorosa ação de partir.

Ela sempre foi assim? Quando era pequena também? Não se atreveu a perguntar. Mas já havia constatado que, com o passar dos anos, esse prurido, mania ou fatalidade se acentuava, a tal ponto que Rigoberto às vezes pensava, com um calafrio, que talvez chegasse o dia em que Lucrecia, com a mesma benignidade do personagem de Melville, ia contrair a letargia ou indolência metafísica de Bartleby e decidir não sair mais da sua casa, quem sabe do seu quarto e até da sua cama. "Medo de abandonar o ser, de perder o ser, de ficar sem seu ser", pensou mais uma vez. Era o diagnóstico a que havia chegado em relação aos atrasos da esposa. Os segundos passavam e Lucrecia não aparecia. Já a chamara em voz alta três vezes, lembrando que estava ficando tarde. Certamente, com a angústia e os nervos alterados desde que recebeu o telefonema de Armida informando a inesperada morte de Ismael, aquele pânico de ficar sem ser, de deixá-lo esquecido como um guarda-chuva ou uma capa impermeável, se agravou. Lucrecia ia continuar demorando e eles chegariam tarde ao enterro.

Finalmente Lucrecia saiu do quarto. Também estava vestida de preto e com óculos escuros. Rigoberto se apressou para abrir a porta. Sua mulher continuava com o rosto transfigurado pela tristeza e pela insegurança. O que iria acontecer com eles agora? Na noite anterior, durante o velório na igreja de Santa María Reina, Rigoberto a viu soluçar, abraçada com Armida, ao lado do caixão aberto onde jazia Ismael, com um lenço amarrado na cabeça para que a mandíbula não se abrisse. Nesse momento o próprio Rigoberto teve que fazer um grande esforço para não chorar. Morrer justamente quando julgava ter vencido todas as batalhas e se sentia o homem mais feliz do mundo. Teria morrido de felicidade, talvez? Ismael Carrera não estava acostumado com ela.

Desceram do elevador diretamente na garagem e, com Rigoberto ao volante, rumaram às pressas para a igreja de Santa

María Reina, em San Isidro, de onde o cortejo sairia em direção ao cemitério Jardins da Paz, em La Molina.

— Você notou que ontem Miki e Escovinha não se aproximaram de Armida uma única vez no velório? — comentou Lucrecia. — Nenhuma. Que falta de consideração a deles. Esses dois são mesmo gente de má índole.

Rigoberto tinha notado, e também a maior parte da multidão que ao longo de várias horas, até quase meia-noite, desfilou pela capela fúnebre cheia de flores. As coroas, os arranjos, ramos, cruzes e mensagens cobriam o recinto e se esparramavam pelo pátio até a rua. Muita gente estimava e respeitava Ismael, e ali estava a prova: centenas de pessoas se despedindo dele. Ia haver tanta gente, ou mais, esta manhã no enterro. Mas estiveram lá ontem à noite, e também iam estar agora, aqueles que tinham dito cobras e lagartos dele por se casar com a empregada, e até os que tomaram partido por Miki e Escovinha no pedido de anulação do casamento. Tal como os olhos de Lucrecia e os seus, no velório todos os olhos se concentraram nas hienas e em Armida. Os gêmeos, vestidos de rigoroso luto e sem tirar os óculos escuros, pareciam dois gângsteres do cinema. A viúva e os filhos do falecido estavam separados por poucos metros, que em momento algum eles fizeram a tentativa de transpor. Chegava a ser cômico. Armida, de luto da cabeça aos pés e com chapéu e véu escuros, ficou sentada a pouca distância do caixão, com um lenço e um rosário nas mãos, cujas contas ia passando devagar enquanto movia os lábios em silenciosa prece. De tempos em tempos enxugava as lágrimas. Vez por outra, ajudada por dois homenzarrões com cara de capangas que permaneciam o tempo todo atrás dela, se levantava, chegava perto do caixão e, inclinada sobre o vidro, rezava ou chorava. Depois, continuava recebendo os pêsames dos recém-chegados. Então as hienas se moviam, iam até o caixão e ficavam alguns instantes ali na frente, fazendo o sinal da cruz, compungidos, sem virar as cabeças uma única vez para onde estava a viúva.

— Tem certeza de que aqueles dois brutamontes com cara de boxeadores que ficaram a noite toda ao lado de Armida eram guarda-costas? — perguntou Lucrecia. — Podiam ser parentes dela. Não vamos tão rápido, por favor. Basta um morto por enquanto.

— Certeza absoluta — disse Rigoberto. — Claudio Arnillas confirmou. Porque agora o advogado de Ismael é advogado dela. Eram guarda-costas.

— Você não acha um pouco ridículo? — comentou Lucrecia. — Para que diabos Armida precisa de guarda-costas, eu gostaria de saber.

— Precisa agora mais do que nunca — replicou don Rigoberto, reduzindo a velocidade. — As hienas podem contratar um assassino de aluguel e mandar matá-la. São coisas que agora acontecem muito em Lima. Receio que os dois crápulas destruam essa mulher. Você não imagina a fortuna que a nova viuvinha herdou, Lucrecia.

— Se você continuar dirigindo assim, eu desço do carro — advertiu sua esposa. — Ah, era por isso. Pensei que ela tinha ficado convencida e contratado aqueles homenzarrões só para se exibir.

Quando chegaram à igreja de Santa María Reina, no largo oval Gutiérrez de San Isidro, o cortejo já estava saindo, de modo que, sem descer do carro, se incorporaram à caravana. A coluna de veículos era interminável. Don Rigoberto viu que muitos transeuntes, na passagem da limusine fúnebre, faziam o sinal da cruz. "O medo de morrer", pensou. Ele, pelo que se lembrava, nunca tivera medo da morte. "Pelo menos até agora", corrigiu. "Toda Lima vai estar aqui."

De fato, toda Lima estava lá. A dos grandes empresários, donos de bancos, seguradoras, companhias mineiras, pesqueiras, construtoras, televisões, jornais, granjas e fazendas, e, misturados com eles, muitos funcionários da companhia que Ismael dirigia até poucas semanas antes e até mesmo algumas pessoas humildes que deviam ter trabalhado para ele ou lhe deviam favores. Havia um militar cheio de galões, provavelmente um auxiliar direto do presidente da República, e os ministros da Economia e do Comércio Exterior. Ocorreu um pequeno incidente quando tiraram o caixão da limusine e Miki e Escovinha tentaram se colocar na frente do cortejo. Conseguiram, mas só por alguns segundos. Porque, quando Armida emergiu do seu carro amparada pelo doutor Arnillas, agora rodeada não por dois, mas por quatro guarda--costas, estes, sem maiores considerações, abriram caminho para ela até a dianteira da comitiva, afastando os gêmeos de forma resoluta. Miki e Escovinha, após um momento de indecisão, optaram por ceder o lugar à viúva e se colocaram ao lado do caixão. Seguraram as fitas e seguiram o cortejo cabisbaixos. A maioria dos presentes era homens, mas havia também bom número de senhoras elegantes que, durante o responso do sacerdote, não pararam um minuto de olhar Armida com descaramento. Não puderam ver grande coisa. Sempre vestida de preto, ela estava com um chapéu e uns grandes óculos escuros que ocultavam boa parte do seu rosto. Claudio Arnillas — com seus suspensórios multicoloridos de sempre por baixo do paletó cinza — continuava ao seu lado, e os quatro homenzarrões da segurança formavam um muro às suas costas que ninguém ousava atravessar.

Quando a cerimônia terminou e o caixão finalmente foi içado até um dos nichos e este fechado com uma placa de mármore com o nome de Ismael Carrera em letras douradas, as datas do seu nascimento e de sua morte — ele morreu três semanas antes de fazer oitenta e dois anos —, o doutor Arnillas, com um andar mais trôpego que de costume devido à pressa, e os quatro guarda-costas conduziram Armida até a saída sem deixar que ninguém se aproximasse dela. Rigoberto viu que, assim que a viúva se foi, Miki e Escovinha se postaram junto ao túmulo e muitas pessoas foram abraçá-los. Ele e Lucrecia se retiraram sem chegar perto. (Na noite anterior, no velório, foram dar pêsames aos gêmeos e o aperto de mãos foi glacial.)

— Vamos passar na casa de Ismael — propôs dona Lucrecia ao marido. — Nem que seja por um instante, quem sabe conseguimos conversar com Armida.

— Bem, não custa tentar.

Quando chegaram à casa de San Isidro, ficaram surpresos ao não ver uma nuvem de carros estacionados na porta. Rigoberto desceu, apresentou-se e, após uma espera de vários minutos, foram levados para o jardim. Lá, o doutor Arnillas os recebeu. Compenetrado, ele parecia ter assumido o controle da situação, mas não devia sentir tanta firmeza assim. Dava a impressão de estar inseguro.

— Armida mandou pedir desculpas — disse. — Ela passou a noite toda acordada, no velório, e nós a obrigamos a ir para a cama. O médico exigiu que descanse um pouco. Mas, venham, vamos tomar um refresco na saleta do jardim.

Rigoberto ficou com o coração na mão quando viu que o advogado os levava para a sala onde, dois dias antes, estivera com seu amigo pela última vez.

— Armida está muito agradecida a vocês — disse Claudio Arnillas. Tinha uma expressão preocupada e falava fazendo pausas, muito sério. Seus suspensórios pomposos refulgiam cada vez que o paletó se abria. — Para ela, vocês são os únicos amigos de Ismael em quem confiava. Como podem imaginar, a coitada se sente muito desamparada agora. Vai precisar muito do apoio de vocês.

— Desculpe, doutor, eu sei que não é o momento adequado — interrompeu Rigoberto. — Mas o senhor sabe melhor que ninguém tudo o que ficou pendente com a morte de Ismael. Tem ideia do que vai acontecer agora?

Arnillas balançou a cabeça. Tinha pedido um cafezinho e mantinha a xícara no ar, junto à boca. Soprava, devagar. No seu rosto ressecado e ossudo, os olhinhos acerados e ardilosos pareciam dúbios.

— Tudo vai depender desse par de janotas — suspirou, inflando o peito. — Amanhã será a abertura do testamento, no Cartório Núñez. Eu conheço mais ou menos o conteúdo. Veremos como as hienas vão reagir. O advogado deles é um rábula que gosta de recomendar bravatas e guerra. Não sei até onde vão querer chegar. O senhor Carrera deixou praticamente todo o seu patrimônio para Armida, de maneira que temos que nos preparar para o pior.

Encolheu os ombros, resignando-se ao inevitável. Rigoberto supôs que o inevitável era que os gêmeos pusessem a boca no mundo. E pensou nos paradoxos extraordinários da vida: uma das mulheres mais humildes do Peru transformada da noite para o dia numa das mais ricas.

— Mas Ismael já não pagou a parte deles? — questionou. — Eu me lembro perfeitamente, ele adiantou a herança quando teve que afastá-los da empresa por causa das besteiras que faziam. Deu uma boa quantia a cada um.

— Mas foi de maneira informal, com uma simples carta — o doutor Arnillas voltou a subir e descer os ombros e a enrugar a testa, enquanto ajeitava os óculos. — Não fizeram qualquer documento público, nem aceitação formal por parte deles. O caso pode ser contestado legalmente e, sem dúvida, será. Duvido que os gêmeos se resignem. Desconfio que vai haver briga por muito tempo.

— Armida pode negociar e dar alguma coisa a eles para que a deixem em paz — sugeriu don Rigoberto. — O pior para ela seria um processo prolongado. Levaria anos, e os advogados ficariam com três quartos do dinheiro. Ah, desculpe, doutor, não era com o senhor, foi só brincadeira.

— Obrigado pela parte que me toca — riu o doutor Arnillas, levantando-se. — Certo, certo. Uma negociação é sempre melhor. Vamos ver como se encaminha o assunto. Eu mantenho o senhor informado, claro.

— Será que vou continuar metido nessa confusão? — perguntou, levantando-se também.

— Vamos procurar deixá-lo de fora, naturalmente — tentou tranquilizá-lo o advogado. — A ação judicial contra o senhor não faz sentido agora, tendo falecido don Ismael. Mas com os nossos juízes, nunca se sabe. Eu lhe telefono assim que tiver alguma novidade.

Nos três dias que se seguiram ao enterro de Ismael Carrera, Rigoberto ficou paralisado de ansiedade. Lucrecia telefonou várias vezes para Armida, mas esta nunca veio atender. Quem respondia era uma voz feminina, que mais parecia de uma secretária que de uma empregada doméstica. A senhora Carrera estava descansando e neste período, por razões óbvias, preferia não receber visitas; daria o recado, certamente. Rigoberto também não conseguiu se comunicar com o doutor Arnillas. Nunca o encontrava no escritório nem em casa; tinha acabado de sair ou ainda não havia chegado, estava em reuniões urgentes, retornaria a ligação assim que tivesse um tempo livre.

O que houve? O que estaria acontecendo? Já teriam aberto o testamento? Qual seria a reação dos gêmeos quando soubessem que Ismael deixou Armida como sua herdeira universal? Com certeza iam questionar, querer anular esse testamento por violar as leis peruanas que estipulam o terço obrigatório para os filhos. A justiça podia não reconhecer o adiantamento da herança que Ismael fez aos gêmeos. Será que Rigoberto continuaria sofrendo com a ação judicial das hienas? Eles persistiriam? Seria chamado de novo para depor por aquele juiz horrível, naquele gabinete claustrofóbico? Continuaria sem poder sair do Peru enquanto não se resolvesse a questão?

Ele devorava os jornais e acompanhava todos os informativos do rádio e da televisão, mas a história ainda não tinha virado notícia, continuava enfurnada nos escritórios de testamenteiros, tabeliões e advogados. Rigoberto, sozinho em seu escritório, espremia os miolos tentando adivinhar o que estava acontecendo naqueles gabinetes acolchoados. Não tinha ânimo para ouvir música — até o seu amado Mahler lhe dava nos nervos —, concentrar-se num livro, nem para contemplar suas gravuras e se abandonar à fantasia. Quase não comia. Quase não trocava palavras com Fonchito e dona Lucrecia, além de bom-dia e boa-noite. Não saía de casa por receio de ser assediado pelos jornalistas sem saber como responder às suas perguntas. Contrariando todas as suas prevenções, teve que recorrer aos odiados soníferos.

Finalmente, no quarto dia, bem cedo, quando Fonchito tinha acabado de sair para o colégio e Rigoberto e Lucrecia, ainda de roupão, estavam se sentando para tomar o café da manhã, o doutor Claudio Arnillas apareceu na cobertura de Barranco. Parecia um sobrevivente de alguma catástrofe. Estava com umas olheiras profundas que denunciavam longas insônias, a barba crescida como se tivesse sido esquecida nos últimos três dias, e seu terno revelava um descuido surpreendente nele, que costumava andar sempre muito bem-vestido e arrumado: a gravata fora do lugar, o colarinho da camisa todo amassado, um dos suspensórios psicodélicos solto no ar e os sapatos sem brilho. Apertou suas mãos, pediu desculpas por vir tão cedo e sem avisar, e aceitou um café. Quando se sentou à mesa, explicou o motivo daquela visita:

— Vocês viram Armida? Falaram com ela? Sabem onde está? Vocês têm que ser muito francos comigo. Pelo bem dela e de vocês mesmos.

Don Rigoberto e dona Lucrecia balançaram as cabeças negando enquanto o olhavam boquiabertos. O doutor Arnillas viu que suas perguntas tinham deixado os donos da casa atônitos e ficou ainda mais deprimido.

— Já vi que vocês estão boiando, como eu — disse. — Sim, Armida desapareceu.

— As hienas... — murmurou Rigoberto, pálido. Já imaginou a pobre viúva sequestrada e talvez assassinada, seu cadáver jogado no mar para os tubarões ou em algum depósito de lixo, nos subúrbios, para que os urubus e os cachorros sem dono dessem cabo dele.

— Ninguém sabe onde ela está — o doutor Arnillas, abatido, se desinflou na cadeira. — Vocês eram a minha última esperança.

Armida tinha desaparecido havia vinte e quatro horas, de forma muito estranha. Foi depois de passar a manhã inteira no Cartório Núñez, na reunião com Miki e Escovinha e o rábula destes, além de Arnillas e dois ou três advogados do seu escritório. A reunião foi interrompida à uma, para o almoço, e iria recomeçar às quatro da tarde. Armida, com seu motorista e os quatro guarda-costas, voltou para casa em San Isidro. Disse que não estava com vontade de comer; preferia tirar uma soneca para estar mais descansada no encontro da tarde. Trancou-se no quarto e às quinze para as quatro, quando a empregada bateu na porta e entrou, o aposento estava vazio. Ninguém a viu sair do aposento nem da casa. O quarto continuava perfeitamente arrumado — a cama feita —, sem o menor sinal de violência. Nem os guarda-costas, nem o mordomo, nem o motorista, nem as duas empregadas que estavam na casa a viram ou notaram algum estranho rondando pelos arredores. O doutor Arnillas foi procurar imediatamente os gêmeos, convencido de que eram eles os responsáveis pelo desaparecimento. Mas Miki e Escovinha, apavorados com o que havia acontecido, botaram a boca no mundo e por sua vez acusaram Arnillas de armar uma emboscada contra eles. Por fim, os três foram juntos dar queixa à polícia. O próprio ministro do Interior interferiu, determinando que a coisa ficasse em sigilo por enquanto. Não haveria comunicado à imprensa até que os sequestradores entrassem em contato com a família. Apesar da mobilização geral, até agora não se tinha a menor pista de Armida nem dos sequestradores.

— Foram eles, as hienas — afirmou dona Lucrecia. — Compraram os guarda-costas, o motorista, as empregadas. Foram eles, claro.

— Foi o que eu pensei a princípio, senhora, mas já não tenho mais tanta certeza — explicou o doutor Arnillas. — Eles não ganham nada com o desaparecimento de Armida, muito menos neste momento. As conversações no Cartório Núñez não estavam mal encaminhadas. Ia se desenhando um acordo, eles poderiam receber mais uma parte da herança. Tudo depende de Armida. Ismael deixou suas coisas muito bem-articuladas. O grosso do patrimônio está blindado em fundações offshore, nos paraísos fiscais mais seguros do planeta. Se a viúva desaparecer, ninguém recebe um centavo da fortuna. Nem as hienas, nem os empregados da casa, nem ninguém. Nem eu vou poder receber meus honorários. Agora as coisas ficaram indefinidas.

Fez uma cara tão ridícula de tristeza e desamparo que Rigoberto não pôde conter uma risada.

— Pode-se saber de que está rindo, Rigoberto? — dona Lucrecia olhava para ele com um ar zangado. — Você vê alguma coisa engraçada nessa tragédia?

— Sei por que o senhor está rindo, Rigoberto — disse o doutor Arnillas. — Porque já se sente livre. De fato, a ação judicial contra o casamento de Ismael não procede mais. Vai ser arquivada. E, de qualquer forma, não teria o menor efeito sobre o patrimônio que, como já disse, está fora do alcance da justiça peruana. Não há nada a fazer. É tudo de Armida. Vai ser dividido entre ela e os sequestradores. Entendem? Dá vontade de rir, claro.

— Vai ficar é nas mãos dos banqueiros da Suíça e de Cingapura — disse Rigoberto, agora sério. — Estou rindo de como o final desta história seria estúpido se isso acontecesse, doutor Arnillas.

— Quer dizer que pelo menos nos livramos deste pesadelo? — perguntou dona Lucrecia.

— A princípio, sim — assentiu Arnillas. — A menos que tenham sido vocês quem sequestrou ou matou a viuvinha multimilionária.

E, de repente, ele também riu, soltando uma gargalhada histérica, ruidosa, uma gargalhada desprovida da menor alegria. Tirou os óculos, limpou-os com uma flanelinha, ajeitou um pouco o terno e, de novo muito sério, murmurou: "Rir para não chorar, como diz o ditado." Depois se levantou e despediu-se prometendo dar notícias. Se soubessem de alguma coisa — não descartava a possibilidade de que os sequestradores telefonassem para eles — deviam ligar para o seu celular a qualquer hora do dia ou da noite. A negociação do resgate seria feita pela Control Risk, uma firma especializada de Nova York.

Quando o doutor Arnillas saiu, Lucrecia começou a chorar, desconsolada. Rigoberto tentava em vão acalmá-la. Ela tremia com os soluços e escorriam lágrimas por suas bochechas. "Coitadinha, coitadinha", sussurrava, quase se sufocando. "Eles a mataram, foram esses canalhas, quem mais poderia ser. Ou mandaram sequestrá-la para roubar tudo o que Ismael deixou." Justiniana foi buscar um copo d'água com umas gotinhas de elixir paregórico que, finalmente, a tranquilizaram. Permaneceu na sala, quieta e triste. Rigoberto ficou abalado ao ver a sua mulher tão abatida. Lucrecia tinha razão. Era bem possível que os gêmeos estivessem por trás dessa história; eles eram os mais prejudicados e deviam estar furiosos com a ideia de que toda a herança podia escapar das suas mãos. Meu Deus, que histórias surgiam na vida cotidiana; não eram obras-primas, estavam mais perto das novelonas venezuelanas, brasileiras, colombianas e mexicanas que de Cervantes e Tolstoi, sem dúvida. Mas não tão distantes de Alexandre Dumas, Émile Zola, Dickens ou Pérez Galdós.

Sentia-se confuso e desanimado. Era bom ter se livrado daquela maldita questão judicial, claro. Assim que isso se confirmasse, iria marcar as passagens para a Europa. Isso mesmo. Colocar um oceano entre eles e este melodrama. Quadros, museus, óperas, concertos, teatro de alto nível, restaurantes deliciosos. Isso mesmo. Coitada da Armida, realmente: saiu do inferno, viveu uma antecipação do paraíso e voltou para as chamas. Sequestrada ou assassinada. Uma coisa pior que a outra.

Justiniana entrou na sala com uma expressão muito grave. Parecia desconcertada.

— O que foi agora? — perguntou Rigoberto, e Lucrecia, como se estivesse saindo de um torpor de séculos, arregalou os olhos molhados de lágrimas.

— Será que o Narciso ficou doido? — disse Justiniana, encostando um dedo na têmpora. — Ele está muito estranho. Não quis dizer o nome, mas eu o reconheci. Parece muito assustado. Quer falar com o senhor.

— Passe a ligação para o escritório, Justiniana.

Saiu da sala às pressas, rumo ao seu aposento. Tinha certeza de que esse telefonema ia lhe trazer más notícias.

— Alô, alô — disse ao aparelho, preparado para o pior.
— O senhor sabe com quem está falando, não sabe? — respondeu uma voz que reconheceu imediatamente. — Não diga o meu nome, por favor.
— Certo, tudo bem — disse Rigoberto. — O que está acontecendo com você, pode-se saber?
— Preciso ver o senhor com urgência — disse um Narciso assustado e parecendo aturdido. — Desculpe o incômodo, mas é muito importante, senhor.
— Sim, claro, naturalmente — refletia ele, tentando pensar num lugar onde marcar um encontro. — Lembra onde almoçamos pela última vez com o seu patrão?
— Lembro sim — disse o motorista, após um curto silêncio.
— Esteja lá dentro de uma hora, exatamente. Vou passar de carro. Até já.

Quando voltou à sala para contar a Lucrecia a conversa com Narciso, Rigoberto se deparou com sua mulher e Justiniana grudadas na televisão. Estavam vendo e ouvindo hipnotizadas o jornalista número um do canal de notícias RPP, Raúl Vargas, dando detalhes e fazendo conjeturas sobre o misterioso desaparecimento na véspera de dona Armida de Carrera, viúva do conhecido homem de negócios don Ismael Carrera, recentemente falecido. A ordem do ministro do Interior de que a notícia não fosse divulgada não surtira o menor efeito. Agora o Peru inteiro ia ficar, como eles, vivendo em função dessa notícia. Os limenhos iriam ter diversão por um bom tempo. Ficou ouvindo Raúl Vargas. Disse mais ou menos o que eles já sabiam: a senhora tinha desaparecido na véspera, no começo da tarde, depois de uma reunião no Cartório Núñez relacionada com a abertura do testamento do marido. Essa reunião iria continuar na parte da tarde. O desaparecimento ocorreu nesse intervalo. A polícia deteve todos os empregados da casa, assim como quatro guarda-costas da viúva, para interrogá-los. Não havia nenhuma confirmação de que se tratava de um sequestro, mas era o que se presumia. A polícia pôs um telefone à disposição de qualquer pessoa que tivesse visto a senhora Armida ou soubesse do seu paradeiro. Mostrou fotos dela e do enterro de Ismael, lembrou o escândalo que foi o casamento do rico empresário com sua ex-empregada doméstica.

E informou que os dois filhos do falecido tinham divulgado um comunicado manifestando seu pesar pelo que havia ocorrido e sua esperança de que Armida reaparecesse sã e salva. Ofereciam uma recompensa a quem ajudasse a encontrá-la.

— Agora toda a matilha jornalística vai querer me entrevistar — amaldiçoou Rigoberto.

— Já começaram — disparou Justiniana. — Telefonaram de duas rádios e um jornal, até agora.

— Então é melhor desligar o telefone — ordenou Rigoberto.

— Agora mesmo — disse Justiniana.

— O que Narciso queria? — perguntou dona Lucrecia.

— Não sei, mas tive a impressão de que estava muito assustado, mesmo — explicou. — As hienas devem ter aprontado alguma. Vou encontrá-lo agora. Marcamos um encontro como fazem nos filmes, sem dizer onde. Provavelmente não vamos conseguir nos encontrar nunca.

Tomou um banho e desceu diretamente para a garagem. Quando saiu, viu na porta do edifício os jornalistas a postos com suas câmeras fotográficas. Antes de se dirigir para o La Rosa Náutica, onde tinha almoçado pela última vez com Ismael Carrera, deu várias voltas pelas ruas de Miraflores para se certificar de que ninguém o seguia. Quem sabe Narciso estava com problemas de dinheiro. Mas isso não era motivo para tomar tantas precauções e ocultar sua identidade. Ou talvez sim. Bem, agora ia saber o que estava acontecendo com ele. Entrou no estacionamento do La Rosa Náutica e viu Narciso entre os carros. Abriu-lhe a porta e o negro entrou e se sentou ao seu lado: "Bom dia, don Rigoberto. O senhor me desculpe pelo incômodo."

— Não se preocupe, Narciso. Vamos dar uma volta, assim podemos conversar sossegados.

O motorista estava com uma boina azul puxada até os olhos e parecia mais magro que na última vez em que se viram. Rigoberto enveredou pela Costa Verde rumo a Barranco e Chorrillos, incorporando-se a uma coluna de veículos já bastante densa.

— Você viu que os problemas de Ismael não terminam nem depois de morto — comentou afinal. — Já deve saber que a Armida desapareceu, não é? Parece que foi sequestrada.

Como não teve resposta e só ouvia a respiração ansiosa do motorista, deu uma espiada nele. Narciso estava olhando para a frente, com a boca franzida e um brilho assustado nas pupilas. Tinha entrelaçado as mãos e as apertava com força.

— É justamente sobre isso que eu queria lhe falar, don Rigoberto — murmurou, virando-se para olhá-lo e imediatamente desviando a vista.

— Quer dizer, o desaparecimento de Armida? — don Rigoberto voltou-se de novo para ele.

O motorista de Ismael continuava olhando para a frente, mas assentiu duas ou três vezes, com convicção.

— Vou entrar no Clube Regatas e estacionar, para nós conversarmos com calma. Porque senão vamos bater — disse Rigoberto.

Entrou no Clube Regatas e estacionou na primeira fila em frente ao mar. Era uma manhã cinzenta e nublada e havia muitas gaivotas, patinhos e biguás revoando no ar e chiando. Uma garota muito magra, com um moletom azul, fazia ioga na praia solitária.

— Não me diga que você sabe quem sequestrou Armida, Narciso.

Desta vez o motorista se inclinou para olhá-lo nos olhos e sorriu, abrindo a bocarra. Sua dentadura branquíssima cintilou.

— Ninguém a sequestrou, don Rigoberto — disse, muito sério. — Era isso justamente que eu queria lhe falar, porque ando um pouco nervoso. Eu só queria fazer um favor a Armida, ou melhor, à senhora Armida. Nós ficamos amigos quando ela era só empregada de don Ismael. Sempre me dei melhor com ela que com os outros empregados. Não tinha a menor arrogância, era muito simples. E quando ela me pediu um favor em nome da nossa velha amizade, eu não podia recusar. O senhor não teria feito o mesmo?

— Vou lhe pedir uma coisa, Narciso — interrompeu Rigoberto. — É melhor me contar tudo, desde o começo. Sem esquecer um detalhe. Por favor. Mas, antes, uma coisa. Então ela está viva?

— Tão viva como o senhor e eu, don Rigoberto. Até ontem, pelo menos, estava.

Ao contrário do que o outro lhe pedira, Narciso não foi direto ao ponto. Apreciava, ou não podia evitar, os preâmbulos, incisos, desvios selvagens, circunlóquios, longos parênteses. E nem sempre era fácil para don Rigoberto reconduzi-lo à ordem cronológica e à espinha dorsal da narração. Narciso se perdia em detalhes e comentários adventícios. Mesmo assim, de forma enrolada e retorcida, ficou sabendo que no mesmo dia em que ele viu Ismael pela última vez, em sua casa de San Isidro, à tarde, quando já anoitecia, Narciso também havia estado lá, chamado pelo próprio Ismael Carrera. Tanto este como Armida lhe agradeceram muito por sua ajuda e sua lealdade e o gratificaram generosamente. Por isso, quando soube no dia seguinte da súbita morte do ex-patrão, foi correndo dar pêsames à senhora. E até levou uma cartinha porque tinha certeza de que ela não o receberia. Mas Armida o mandou entrar e trocou umas palavras com ele. A coitada estava arrasada com a desgraça que Deus lhe infligira para pôr à prova a sua força. Na despedida, para surpresa de Narciso, ela perguntou se tinha algum celular ao qual pudesse lhe telefonar. Ele deu o número, perguntando-se surpreso para que Armida poderia querer entrar em contato.

E dois dias mais tarde, ou seja, trasanteontem, a senhora Armida ligou, tarde na noite, quando Narciso, depois de ver o programa de Magaly na televisão, já ia para a cama.

— Que surpresa, que surpresa — disse o motorista ao reconhecer a voz.

— Eu, antes, sempre a tratava de você — explicou Narciso a don Rigoberto. — Mas desde que se casou com don Ismael, não podia mais. O problema é que nunca me saía a senhora. Então, procurava falar com ela de uma forma impessoal, não sei se o senhor me entende.

— Perfeitamente, Narciso — guiou-o Rigoberto. — Continue, continue. O que Armida queria?

— Que me faça um grande favor, Narciso. Outro, maior. Em nome da nossa velha amizade, mais uma vez.

— Claro, claro, com todo o prazer — disse o motorista. — E qual é esse favor?

— Que me leve a um lugar, amanhã à tarde. Sem ninguém saber. Pode ser?

— E aonde ela queria ir? — apressou-o don Rigoberto.

— Foi muito misterioso — desviou-se Narciso mais uma vez. — Não sei se o senhor lembra, mas na casa de don

Ismael, atrás do jardim de dentro, perto do quarto dos empregados, existe uma portinhola de serviço que dá para a rua, e que quase nunca se usa. Dá para o beco onde deixam o lixo toda noite.

— Por favor não fuja do assunto principal, Narciso — insistiu Rigoberto. — Pode me dizer o que Armida queria?

— Que eu a esperasse lá, com a minha lata-velha, a tarde toda. Até ela aparecer. E sem que ninguém me visse. Estranho, não é?

Narciso achou muito estranho. Mas fez o que ela pediu, sem mais perguntas. No começo da tarde anterior, estacionou a lata-velha no bequinho bem na frente da porta de serviço da casa de don Ismael. Esperou cerca de duas horas, morrendo de tédio, cochilando em alguns momentos, às vezes ouvindo as piadas do rádio, observando os cachorros vagabundos que fuçavam nos sacos de lixo, perguntando-se volta e meia o que significava tudo aquilo. Por que Armida tomava tantas precauções para sair de casa? Por que não saía pela porta principal, na sua Mercedes Benz, com seu novo motorista uniformizado e seus musculosos guarda-costas? Por que às escondidas e na lata-velha do Narciso? Afinal, a pequena porta se abriu e apareceu Armida, com uma maletinha na mão.

— Puxa vida, eu já estava indo embora — disse Narciso à guisa de cumprimento, abrindo a porta do carrinho.

— Vamos logo, Narciso, antes que alguém nos veja — ordenou ela. — É bom ir voando.

— Estava apressadíssima, don — explicou o motorista. — Então comecei a ficar preocupado. Pode-se saber por que você faz tanto segredo, Armida?

— Caramba, você voltou a me chamar de Armida e a me tratar de você — riu ela. — Como nos velhos tempos. Fez bem, Narciso.

— Mil desculpas — disse o motorista. — Sei que tenho que chamá-la de senhora, agora que virou uma grande dama.

— Deixe de bobagens e me chame de você, porque sou a mesma de sempre — disse ela. — Você não é meu motorista, é meu amigo e meu cupincha. Sabe o que Ismael dizia de você? "Esse negro vale seu peso em ouro." E é a pura verdade, Narciso. Vale mesmo.

— Pelo menos me diga aonde quer ir — perguntou ele.

— À rodoviária de la Cruz de Chalpón? — assombrou-se don Rigoberto. — Ela ia viajar? Armida ia pegar um ônibus, Narciso?

— Não sei se pegou, mas eu a levei até lá — assentiu o motorista. — Ficou no terminal. Eu já lhe disse que estava com uma maletinha. Imagino que ia viajar. Pediu que não lhe fizesse perguntas e eu não fiz.

— É melhor esquecer tudo isto, Narciso — repetiu Armida, apertando sua mão. — Tanto por mim como por você. Tem gente ruim querendo me prejudicar. Você sabe quem são. E também querem prejudicar todos os meus amigos. Você não me viu, não me trouxe até aqui, não sabe nada de mim. Não sei como retribuir tudo o que lhe devo, Narciso.

— Eu não consegui dormir a noite toda — continuou o motorista. — As horas passavam e fui ficando cada vez mais assustado, juro. Mais e mais. Depois do susto que os gêmeos me deram, agora vem essa. Foi por isso que lhe telefonei, don Rigoberto. E depois que falei com o senhor ouvi no RPP que a senhora Armida tinha desaparecido, que foi sequestrada. Ainda estou tremendo.

Don Rigoberto lhe deu um tapinha.

— Você é bondoso demais, Narciso, e por isso leva tantos sustos. Agora voltou a se meter numa bela enrascada. Acho que vai ter que contar esta história à polícia.

— Nem morto, don — respondeu o motorista, com determinação. — Não sei onde Armida foi nem por quê. Se acontecer alguma coisa com ela, vão procurar um culpado. E eu sou o culpado perfeito, entende. Ex-motorista de don Ismael, cúmplice da senhora. E, ainda por cima, preto. Só louco eu iria à polícia.

"Tem razão", pensou don Rigoberto. Se Armida não aparecer, Narciso vai acabar pagando o pato.

— Certo, provavelmente você tenha razão — disse. — Não conte nada a ninguém. Deixe-me pensar um pouco. Vamos ver o que posso lhe aconselhar, depois de analisar melhor a situação. Além do mais, pode ser que Armida reapareça a qualquer momento. Ligue para mim amanhã, como fez hoje, na hora do café.

Deixou Narciso no estacionamento do La Rosa Náutica e voltou para sua casa em Barranco. Entrou diretamente na garagem, para evitar os jornalistas que continuavam aglomerados na porta do edifício. Eram o dobro de antes.

Dona Lucrecia e Justiniana continuavam coladas na televisão, ouvindo as notícias com uma expressão de pasmo. Escutaram o seu relato, boquiabertas.

— A mulher mais rica do Peru fugindo com uma maletinha de mão, num ônibus de última categoria como um pobre-diabo qualquer, rumo a lugar nenhum — concluiu don Rigoberto. — A novela ainda não terminou, ela continua, e se complica cada vez mais.

— Eu a entendo perfeitamente — exclamou dona Lucrecia. — Ela estava farta de tudo, dos advogados, dos jornalistas, das hienas, dos fofoqueiros. Quis desaparecer. Mas, onde?

— Onde pode ser além de Piura — disse Justiniana, muito segura do que dizia. — Ela é piurana e tem até uma irmã chamada Gertrudis por lá, se não me engano.

XVII

"Não chorou uma só vez", pensou Felícito Yanaqué. De fato, nem uma. Mas Gertrudis havia emudecido. Não voltou a abrir a boca, ao menos com ele, nem com Saturnina, a empregada. Talvez falasse com sua irmã Armida que, desde sua intempestiva chegada a Piura, estava instalada no quarto onde Tiburcio e Miguel dormiam quando eram crianças e jovens, antes de irem morar sozinhos.

Gertrudis e Armida passaram longas horas trancadas nesse quarto e era impossível que nesse tempo não tivessem trocado uma palavra. Mas, desde que Felícito, na tarde da véspera, quando voltou da casa da adivinha Adelaida, contou à sua mulher que a polícia tinha descoberto que a aranhinha da chantagem era Miguel e que seu filho já estava preso e confessara tudo, Gertrudis emudeceu. Não voltou a abrir a boca diante dele. (Felícito, naturalmente, não mencionou nada a respeito de Mabel.) Os olhos de Gertrudis se acenderam e se angustiaram, isso sim, e ela entrecruzou as mãos como se estivesse rezando. Foi nessa posição que Felícito a viu todas as vezes em que se aproximaram nas últimas vinte e quatro horas. Enquanto resumia a história que a polícia lhe contara, sempre ocultando o nome de Mabel, sua mulher não lhe perguntou nada, não fez o menor comentário nem respondeu às poucas perguntas que ele lhe fez. Ficou ali, sentada na penumbra da saleta de televisão, muda, fechada em si mesma como um dos móveis, olhando para ele com seus olhos brilhantes e desconfiados, com as mãos cruzadas, imóvel como um ídolo pagão. Depois, quando Felícito lhe avisou que muito em breve a notícia se espalharia e os jornalistas iam assediar a casa como moscas, de modo que não deviam abrir a porta nem atender o telefone para nenhum jornal, rádio ou televisão, ela se levantou e, ainda sem dizer uma palavra, foi para o quarto da irmã. Felícito achou estranho que Gertrudis não quisesse ir ver

Miguel imediatamente na delegacia ou na prisão. Assim como a sua mudez. Aquela greve de silêncio seria só com ele? Devia ter contado a Armida, porque de noite, na hora do jantar, quando Felícito a cumprimentou, esta parecia estar a par do que havia acontecido.

— Sinto muito estar incomodando justamente neste momento tão duro para vocês — disse, estendendo a mão, a elegante senhora que ele resistia a chamar de cunhada. — É que eu não tinha mais para onde ir. Será somente por alguns dias, prometo. Peço mil desculpas por invadir assim a sua casa, Felícito.

Ele não podia acreditar nos próprios olhos. Esta senhora tão vistosa, tão bem-vestida e usando joias, irmã de Gertrudis? Parecia muito mais jovem que ela, e seus vestidos, seus sapatos, seus anéis, seus brincos, seu relógio pareciam objetos de uma ricaça que mora nos casarões com jardim e piscina de El Chipe, não de alguém que saiu da El Algarrobo, uma pensão vagabunda de um subúrbio piurano.

No jantar dessa noite, Gertrudis não comeu nada nem disse uma palavra. Saturnina retirou, intactos, o caldo de cabelo de anjo e o arroz com frango. Durante a tarde toda e boa parte da noite tinham se sucedido as batidas na porta e vibrado sem parar a campainha do telefone, apesar de ninguém abrir nem atender. De vez em quando Felícito espiava através das cortininhas da janela: aqueles corvos famintos de carniça continuavam lá com suas câmeras, aglomerados na calçada e na pista da rua Arequipa, esperando que alguém saísse para pular em cima. Mas só saiu Saturnina, que era diarista, já tarde da noite, e Felícito a viu defender-se do ataque erguendo os braços, cobrindo o rosto contra os relâmpagos dos flashes e se afastando dali às pressas.

Sozinho na saleta, viu o jornal da televisão local e escutou as rádios que divulgavam a notícia. Na tela apareceu Miguel, sério, despenteado e algemado, usando um conjunto esportivo e tênis, e também Mabel, ela sem algemas, olhando assustada o espoucar de luzes das câmeras fotográficas. Felícito agradeceu intimamente que Gertrudis estivesse refugiada no quarto e não visse, sentada ao seu lado, aqueles noticiários que destacavam com morbidez que sua amante, chamada Mabel, para quem ele mantinha uma casa no distrito de Castilla, o enganava com seu próprio filho, junto com o qual forjou uma conspiração para chantageá-lo, enviando as famosas cartas da aranhinha e provocando um incêndio no escritório da Transportes Narihualá.

Via e ouvia tudo isso com o coração apertado e as mãos úmidas, sentindo os sinais de outra vertigem semelhante à que teve quando perdeu os sentidos na casa de Adelaida, mas, ao mesmo tempo, com a curiosa sensação de que tudo aquilo já estava muito distante e lhe era alheio. Não tinha nada a ver com ele. Não se sentiu aludido sequer quando a sua própria imagem apareceu na tela, enquanto o apresentador falava da sua amante Mabel (que chamou de "amancebada"), do seu filho Miguel e da sua empresa de transportes. Era como se tivesse se desprendido de si mesmo e o Felícito Yanaqué das imagens da televisão e das notícias do rádio fosse alguém que usurpava o seu nome e o seu rosto.

Quando já estava deitado, sem conseguir dormir, sentiu os passos de Gertrudis no quarto ao lado. Olhou o relógio: quase uma da madrugada. Não se lembrava de ter visto sua mulher ficar acordada até tão tarde. Não conseguiu dormir, passou a noite toda em claro, às vezes pensando mas na maior parte do tempo com a mente em branco, atento aos batimentos do coração. Na hora do café, Gertrudis continuava muda; só tomou uma xícara de chá. Pouco depois, chamada por Felícito, chegou Josefita para lhe contar as novidades do escritório, receber instruções e fazer umas cartas. Trouxe um recado de Tiburcio, que estava em Tumbes. Quando ele soube das notícias, telefonou várias vezes mas ninguém atendeu. Era o motorista do ônibus que fazia esse percurso e assim que chegasse a Piura iria correndo para a casa dos pais. A secretária parecia tão perturbada com as notícias que Felícito quase não a reconhecia; ela evitava olhar em seus olhos e o único comentário que fez foi que aqueles repórteres eram mesmo insuportáveis, ontem no escritório quase a deixaram louca e agora a cercaram quando chegou à casa, não a deixaram chegar à porta por um bom tempo, por mais que ela gritasse que não tinha nada a dizer, não sabia de nada, era só a secretária do senhor Yanaqué. Faziam as perguntas mais impertinentes, mas ela, claro, não disse uma palavra. Quando Josefita foi embora, Felícito viu pela janela que era atacada outra vez pelo grupo de homens e mulheres com gravadores e câmeras reunido nas calçadas da rua Arequipa.

Na hora do almoço, Gertrudis sentou-se à mesa com Armida e com ele, mas tampouco comeu nada nem lhe dirigiu a palavra. Estava com os olhos em brasa e ficava o tempo todo espremendo as mãos. O que estaria se passando naquela cabeça desgrenhada? Pensou que ela podia estar dormindo, que as notícias sobre Miguel a transformaram numa sonâmbula.

— Que terrível, Felícito, tudo isso que está acontecendo — desculpou-se outra vez uma pesarosa Armida. — Se eu soubesse, jamais teria aparecido assim, de supetão. Mas, como disse ontem, não tinha para onde ir. Estou numa situação muito difícil e precisava me esconder. Posso lhe explicar todos os detalhes, quando o senhor quiser. Sei que agora tem outras preocupações mais importantes na cabeça. Pelo menos acredite em mim: não vou ficar muitos dias.

— Sim, pode me contar o que quiser, mas é melhor deixarmos para depois — concordou ele. — Quando passar um pouco esta tempestade que está nos sacudindo. Que azar, Armida. Vir se esconder justamente aqui, onde estão concentrados todos os jornalistas de Piura por causa desse escândalo. Eu me sinto preso na minha própria casa por culpa dessas câmeras e gravadores.

A irmã de Gertrudis fez que sim, com um fugaz sorriso de compreensão:

— Eu já passei por isso e sei como é — ouviu-a dizer e ele não entendeu a que se referia. Mas não pediu explicações.

Finalmente, no fim dessa tarde, depois de muito refletir, Felícito decidiu que havia chegado a hora. Pediu que Gertrudis e ele fossem para a saleta da televisão: "Nós temos que conversar a sós", disse. Armida se retirou para o quarto. Gertrudis seguiu docilmente o marido até a saleta contígua. Agora estava sentada numa poltrona, na penumbra, quieta, amorfa e muda, à sua frente. Olhava mas não parecia vê-lo.

— Eu pensava que nunca iríamos falar disso que vamos falar agora — começou Felícito, de maneira muito suave. Notou, surpreso, que sua voz tremia.

Gertrudis não se mexeu. Estava com um vestido incolor que mais parecia um cruzamento de bata e túnica, e o olhava como se ele não estivesse lá, com as pupilas que irradiavam um fogo sereno em sua cara bochechuda, com uma boca grande mas inexpressiva. Estava com as mãos no colo, apertando com força, como se tentasse resistir a uma tremenda dor de barriga.

— Eu sempre desconfiei, desde o primeiro momento — prosseguiu o transportista, fazendo um esforço para dominar o nervosismo que tomava conta dele. — Mas não disse nada para não constranger você. Ia levar essa história para o túmulo, se não houvesse acontecido o que aconteceu.

Fez uma pausa, suspirando com força. Sua mulher não se moveu um milímetro nem piscou uma vez. Parecia petrificada. Um moscardo invisível começou a zumbir em algum lugar do quarto, batendo no teto e nas paredes. Saturnina estava regando o jardinzinho e se ouvia o som da água do regador caindo sobre as plantas.

— O que eu quero dizer — continuou, frisando cada sílaba — é que você e sua mãe me enganaram. Daquela vez, lá no El Algarrobo. Agora eu não me importo mais. Já passaram muitos anos e, garanto, hoje não me importa saber que você e a Mandona me mentiram. Eu só quero, para morrer tranquilo, que você confirme, Gertrudis.

Calou-se e esperou. Ela continuava na mesma posição, imperturbável, mas Felícito notou que um dos chinelos em que sua mulher enfiara os pés se deslocou ligeiramente para um lado. Pelo menos ali havia vida. Após alguns instantes, Gertrudis abriu os lábios e emitiu uma frase que mais se assemelhava a um grunhido:

— Que confirme o quê, Felícito?

— Que Miguel não é nem foi nunca meu filho — disse ele, levantando um pouquinho a voz. — Que já estava grávida de outro quando você e a Mandona vieram falar comigo naquela manhã, na pensão El Algarrobo, e me fizeram pensar que eu era o pai. Isso, depois de dar queixa na polícia para me obrigar a casar com você.

Ao concluir esta frase se sentiu amofinado e indisposto, como se tivesse comido alguma coisa indigesta ou bebido uma caneca de chicha muito fermentada.

— Eu achava que você era o pai — disse Gertrudis, com uma serenidade absoluta. Falava sem se zangar, com o mesmo desânimo que tinha para tudo, menos para as coisas da religião. E, após uma longa pausa, continuou no mesmo tom neutro e desinteressado: — Nem eu nem minha mãe tivemos a intenção de enganar você. Eu tinha certeza de que você era o pai da criança que estava na minha barriga.

— E quando soube que não era meu? — perguntou Felícito, com uma energia que começava a virar fúria.

— Só quando Miguelito nasceu — admitiu Gertrudis, sem que sua voz se alterasse nem um pouco. — Quando o vi assim tão branco, com aqueles olhos clarinhos e o cabelinho meio louro. Não podia ser filho de um cholo chulucano como você.

Calou-se e continuou encarando o marido com a mesma impassibilidade. Felícito pensou que Gertrudis parecia estar no fundo da água ou em uma urna de vidro espesso. Sentiu-a separada dele por alguma coisa infranqueável e invisível, apesar de estar a apenas um metro de distância.

— Um verdadeiro filho de bordel, não é de se estranhar que tenha feito o que fez — murmurou entre os dentes. — E foi então que você soube quem era o verdadeiro pai de Miguel?

A mulher suspirou e encolheu os ombros num gesto que podia ser de desinteresse ou de cansaço. Negou duas ou três vezes com a cabeça, encolhendo os ombros.

— Com quantos homens da pensão El Algarrobo você dormia, *che guá*? — Felícito sentia um nó na garganta, queria que aquilo terminasse de uma vez.

— Com todos que minha mãe levava para a minha cama — rosnou Gertrudis, lenta e concisa. E, suspirando de novo, com uma expressão de infinita fadiga, precisou: — Muitos. Nem todos eram pensionistas. Também, às vezes, trazia caras da rua.

— A Mandona os levava? — Felícito falava com dificuldade e sua cabeça zumbia.

Gertrudis continuava parada, indistinta, uma silhueta sem arestas, ainda com as mãos apertadas. Olhava para ele com uma fixidez ausente, luminosa e tranquila, que o perturbava cada vez mais.

— Era ela quem os escolhia e também recebia o dinheiro, não eu — acrescentou a mulher, com uma ligeira mudança no matiz da sua voz. Agora parecia querer não apenas informar, mas também desafiá-lo. — Quem pode ser o pai de Miguel. Não sei. Algum branquinho, um daqueles gringos que apareciam no El Algarrobo. Talvez um dos iugoslavos que vieram trabalhar na irrigação do Chira. Vinham se embebedar em Piura nos fins de semana e sempre passavam na pensão.

Felícito lamentou este diálogo. Teria sido um erro trazer à baila aquele assunto que o perseguiu como uma sombra durante a vida toda? Agora estava ali, no meio deles, e não sabia como se livrar daquilo. Sentia que era um estorvo tremendo, um intruso que nunca mais sairia de casa.

— Quantos homens a Mandona levou para a sua cama? — rugiu. Sentia que ia ter outro desmaio a qualquer momento, ou vomitar. — Toda Piura?

— Não contei — disse Gertrudis, sem se alterar, fazendo um ar de pouco caso. — Mas, já que você está interessado, repito que foram muitos. Eu me protegia como podia. Não sabia nada sobre essas coisas, naquela época. As lavagens que fazia diariamente resolviam, achava eu, ou me disse minha mãe. Com o Miguel, alguma coisa aconteceu. Devo ter me distraído, talvez. Eu queria abortar com uma parteira meio bruxa que morava no bairro. Era chamada de Borboleta, talvez você a tenha conhecido. Mas a Mandona não deixou. Ficou entusiasmada com a ideia do casamento. Eu também não queria me casar com você, Felícito. Sempre soube que nunca seria feliz ao seu lado. Foi minha mãe que me obrigou.

O transportista ficou sem saber o que dizer. Continuou parado diante da sua mulher, pensando. Que situação ridícula, os dois ali, sentados um na frente ao outro, paralisados, silenciados por um passado tão feio que agora ressuscitava de repente para somar desonra, vergonha, dor e verdades amargas à desgraça que havia acabado de acontecer com seu falso filho e com Mabel.

— Eu passei todos estes anos pagando as minhas culpas, Felícito — ouviu que Gertrudis lhe dizia, quase sem mexer os lábios grossos, sem tirar os olhos dele nem por um segundo mas ainda sem vê-lo, falando como se ele não estivesse lá. — Carregando a minha cruz, quietinha. Sabendo com clareza que a gente tem que pagar os pecados que comete. Não só na outra vida, nesta também. Eu aceitei isso. E me arrependi por mim e também pela Mandona. Paguei por mim e por minha mãe. Não sinto mais o rancor por ela que sentia quando era jovem. Continuo pagando, e espero que com tanto sofrimento o Senhor Jesus Cristo me perdoe por tantos pecados.

Felícito queria que sua mulher calasse a boca de uma vez e fosse embora. Ele não tinha forças para se levantar e sair da sala. Suas pernas tremiam muito. "Queria ser este moscardo que está zumbindo, não eu", pensava.

— Você me ajudou a pagar, Felícito — continuou a mulher, abaixando um pouco a voz. — E eu lhe agradeço. Por isso nunca lhe disse nada. Por isso jamais fiz cenas de ciúmes nem perguntas incômodas. Por isso nunca admiti que você estava apaixonado por outra mulher, que tinha uma amante que, ao contrário de mim, não era velha e feia, era jovem e bonita. Por isso nunca reclamei da existência de Mabel nem lhe fiz qualquer recriminação. Porque Mabel também me ajudava a pagar as minhas culpas.

Calou-se, esperando que o transportista dissesse alguma coisa, mas como ele não abriu a boca, acrescentou:

— Eu também pensava que nós nunca teríamos esta conversa, Felícito. Foi você quem quis, não eu.

Depois de outra longa pausa, murmurou, fazendo um sinal da cruz no ar com os dedos nodosos:

— Isto que o Miguel fez agora é a penitência que você tem que pagar. E eu também.

Ao dizer a última palavra, Gertrudis se levantou com uma agilidade que surpreendeu Felícito e saiu do aposento, arrastando os pés. Ele ficou sentado na saleta de televisão, sem ouvir os sons, as vozes, as buzinas, o tráfego da rua Arequipa, nem sequer os motores dos mototáxis, mergulhado num torpor denso, com uma desesperança e uma tristeza que não o deixavam pensar e o privavam da energia mínima para ficar em pé. Queria se levantar, queria sair daquela casa mesmo sabendo que quando pusesse os pés na rua os jornalistas iriam assediá-lo com suas perguntas implacáveis, cada qual mais estúpida que a outra, queria ir até o malecón Eguiguren e sentar-se lá para ver o movimento das águas marrons e cinzas do rio, esquadrinhar as nuvens do céu e respirar o arzinho morno da tarde ouvindo os assobios dos pássaros. Mas nem tentava se mexer, porque sabia que suas pernas não iam obedecer ou então uma vertigem o derrubaria no tapete. Ficou horrorizado ao pensar que seu pai, na outra vida, podia ter ouvido o diálogo que acabava de ter com sua mulher.

Nunca soube quanto tempo ficou nesse estado de sonolência viscosa, sentindo o tempo passar, envergonhado e com pena de si mesmo, de Gertrudis, de Mabel, de Miguel, do mundo inteiro. De vez em quando, como um raiozinho de luz clara, o rosto do pai surgia em sua mente e essa imagem fugaz o aliviava por um instante. "Se você estivesse vivo e soubesse de tudo isso, morreria outra vez", pensou.

De repente, viu que Tiburcio tinha entrado na sala sem ele notar. Estava ajoelhado ao seu lado, segurando seus braços e olhando-o com cara de susto.

— Estou bem, não se preocupe — tranquilizou-o. — Só adormeci um pouquinho.

— Quer que eu chame um médico? — seu filho estava com o macacão azul e o boné do uniforme de motorista da companhia; na viseira se lia: "Transportes Narihualá". Trazia na mão as luvas de couro cru que usava para dirigir os ônibus. — Você está muito pálido, pai.

— Acabou de chegar de Tumbes? — respondeu ele. — Muitos passageiros?

— Quase cheio, e muitíssima carga — assentiu Tiburcio. Continuava com cara de susto e o esquadrinhava, como se quisesse arrancar-lhe um segredo. Era evidente que gostaria de lhe fazer muitas perguntas, mas não tinha coragem. Felícito ficou com pena dele.

— Ouvi no rádio, lá em Tumbes, a notícia sobre Miguel — disse Tiburcio, confuso. — Eu não podia acreditar. Liguei mil vezes para cá mas ninguém atendeu. Não sei como consegui dirigir até aqui. O senhor acha que é verdade o que a polícia está falando do meu irmão?

Felícito quase o interrompeu para dizer: "Não é seu irmão", mas se conteve. Por acaso Miguel e Tiburcio não eram irmãos? Meios-irmãos, mas eram.

— Pode ser mentira, acho que são mentiras — dizia agora Tiburcio, agitado, sem se erguer do chão, ainda segurando o pai pelos braços. — A polícia pode ter lhe arrancado uma confissão falsa, com uma surra. Ou torturando. Eles fazem essas coisas, todo mundo sabe.

— Não, Tiburcio. É verdade — disse Felícito. — A aranhinha era ele. Foi Miguel quem tramou tudo isso. Já confessou porque ela, sua cúmplice, o entregou. Agora vou lhe pedir um grande favor, filho. Não quero falar mais disso. Nunca mais. Nem do Miguel, nem da aranhinha. Para mim é como se o seu irmão tivesse deixado de existir. Ou melhor, como se nunca tivesse existido. Não quero mais ouvir o nome dele nesta casa. Nunca mais. Você pode fazer o que quiser. Pode ir vê-lo, se achar que deve. Levar comida, arranjar um advogado, o que for. Não me interessa. Não sei o que sua mãe vai querer fazer. Não me digam nada. Eu não quero saber. Na minha frente, ele nunca mais deve ser mencionado. Eu amaldiçoo seu nome, e acabou-se. Agora me ajude a levantar, Tiburcio. Não sei por quê, é como se de repente minhas pernas tivessem ficado teimosas.

Tiburcio se levantou e, puxando-o pelos dois braços, ergueu-o sem esforço.

— Quero lhe pedir que venha comigo até o escritório — disse Felícito. — A vida tem que continuar. Eu preciso voltar ao trabalho, reerguer a companhia que ficou tão abalada. Não é só a família que está sofrendo com tudo isso, filho. A Transportes Narihualá também. Temos que botá-la nos eixos de novo.

— A rua está cheia de jornalistas — alertou Tiburcio. — Eles pularam em cima de mim quando cheguei, não me deixavam passar. Quase briguei com um deles.

— Você vai me ajudar a escapar desses enxeridos, Tiburcio — olhou nos olhos do filho e, fazendo um carinho desajeitado em seu rosto, adoçou a voz: — Obrigado por não ter mencionado Mabel, filho. Nem perguntado por essa mulher. Você é um bom filho.

Agarrou-se no braço do rapaz e avançou com ele em direção à saída. Assim que a porta da rua se abriu, começou uma algazarra e ele teve que piscar diante dos flashes. "Não tenho nada a declarar, senhores, muito obrigado", repetiu duas, três, dez vezes, enquanto, segurando o braço de Tiburcio, caminhava com dificuldade pela rua Arequipa, acossado, empurrado, sacudido pelo enxame de jornalistas que se atropelavam aos gritos e empurravam os microfones, as câmeras, as cadernetas e os lápis contra o seu rosto. Faziam perguntas que ele não conseguia entender. Ficou repetindo, vez por outra, como um estribilho: "Não tenho nada a declarar, senhoras, senhores, muito obrigado." Foi escoltado por eles até a Transportes Narihualá, mas não entraram no local porque o vigia fechou o portão nos seus narizes. Quando se sentou em frente à tábua apoiada em dois barris que era a sua escrivaninha, Tiburcio lhe trouxe um copo d'água.

— E essa mulher toda elegante chamada Armida, você a conhecia, pai? — perguntou-lhe. — Você sabia que minha mãe tinha uma irmã em Lima? Ela nunca nos contou.

O transportista negou com a cabeça e pôs um dedo em frente aos lábios:

— Um grande mistério, Tiburcio. Ela veio se esconder aqui porque parece que está sendo perseguida em Lima, querem até matá-la. É melhor você se esquecer dela, e não diga a ninguém que a viu. Já temos problemas suficientes, não podemos herdar também os da minha cunhada.

Com um esforço descomunal, começou a trabalhar. Verificou as contas, os títulos, os vencimentos, as despesas do dia a dia, os lucros, as faturas, os pagamentos aos fornecedores, as cobranças. Ao mesmo tempo, no fundo da cabeça, ia desenhando um plano de ação para os dias seguintes. E pouco depois começou a sentir-se melhor, a achar que era possível vencer aquela dificílima batalha. De repente, sentiu uma vontade enorme de ouvir a vozinha morna e suave de Cecilia Barraza. Que pena não ter uns discos dela no escritório, canções como *Cardo y Ceniza*, *Inocente amor*, *Cariño bonito* ou *Toro mata*, e um aparelho onde ouvi-los. Assim que as coisas melhorassem, iria comprar um. Nas tardes ou noites em que ficasse trabalhando no escritório, já reformado depois dos estragos do incêndio, em momentos como este poderia ouvir uma série de discos da sua cantora favorita. Então poderia se esquecer de tudo e sentir-se alegre, ou triste, mas sempre emocionado por aquela vozinha que sabia extrair das valsas, *marineras*, polcas, *pregones*, de toda a música *criolla* os sentimentos mais delicados que havia em suas entranhas.

Quando saiu da Transportes Narihualá já era noite fechada. Não havia jornalistas na avenida; o vigia lhe disse que, cansados de esperá-lo, eles tinham se dispersado havia tempo. Tiburcio também já fora embora, a seu pedido, fazia mais de uma hora. Subiu a rua Arequipa, já com pouca gente, sem olhar para ninguém, procurando as sombras para não ser reconhecido. Felizmente ninguém o parou nem puxou conversa no caminho. Em casa, Armida e Gertrudis já estavam dormindo, ou pelo menos não as ouviu. Foi até a saleta da televisão e pôs uns CDs no aparelho de som, com o volume baixinho. E ficou, talvez algumas horas, sentado na escuridão, absorto e comovido, não totalmente livre das preocupações mas um pouco aliviado com as canções que Cecilia Barraza interpretava para ele naquela intimidade. Sua voz era um bálsamo, uma água fresquinha e cristalina na qual seu corpo e sua alma imergiam, e nela se limpavam e se serenavam e gozavam, e então uma coisa saudável, doce, otimista surgia no mais recôndito de si mesmo. Procurava não pensar em Mabel, não se lembrar dos momentos tão intensos, tão alegres, que teve com ela nesses oito anos, só de que o tinha traído, de que dormiu com Miguel e conspirou com ele para mandar as cartas da aranhinha, fingir um sequestro e queimar seu escritório. Era disso que ele devia se lembrar para tornar menos amarga a ideia de que nunca mais ia vê-la.

Na manhã seguinte, bem cedo, se levantou, fez os exercícios de Qi Gong evocando o vendeiro Lau, como sempre acontecia nessa rotina obrigatória logo depois de acordar, tomou o seu café da manhã e saiu para o escritório antes que os jornalistas dorminhocos chegassem à porta da sua casa para continuar a caçada. Josefita já estava lá e ficou muito contente quando o viu.

— Que bom que o senhor voltou para o escritório, don Felícito — disse, batendo palmas. — Já estava com saudades.

— Eu não podia continuar de férias — respondeu ele, tirando o chapéu e o paletó e sentando-se diante da tábua. — Chega de escândalo e de bobagens, Josefita. A partir de hoje, vamos trabalhar. É disso que eu gosto, foi o que eu fiz durante a minha vida toda e é o que vou fazer daqui por diante.

Adivinhou que a secretária queria lhe dizer alguma coisa, mas não tinha coragem. O que havia com ela? Estava diferente. Mais arrumada e pintada que de costume, vestida com graça e brejeirice. De vez em quando despontavam em seu rosto uns sorrisinhos e rubores maliciosos e Felícito teve a impressão de que, ao caminhar, ela requebrava os quadris um pouco mais que antes.

— Se quer me contar algum segredo, juro que sou um túmulo, Josefita. E se for um mal de amor, posso ser seu ombro amigo, estou à sua disposição.

— É que eu não sei o que vou fazer, don Felícito — ela abaixou a voz, ruborizando-se da cabeça aos pés. Aproximou mais o rosto e sussurrou, fazendo uma carinha de menina inocente: — Imagine só, aquele capitão da polícia continua me ligando. E para que o senhor acha que é? Quer me convidar para sair, é claro!

— O capitão Silva? — simulou surpresa o transportista. — Eu já desconfiava que você tinha conquistado esse rapaz. *Che guá*, Josefita!

— Pois é o que parece, don Felícito — continuou a secretária, fazendo um denguinho recatado e exagerado. — Cada vez que telefona ele se derrama todo, o senhor não imagina as coisas que diz. Que homem mais atrevido! Eu fico com uma vergonha que não dá para imaginar. É, sim, ele quer me convidar para sair. Não sei o que vou fazer. O que o senhor me aconselha?

— Pois não sei o que lhe dizer, Josefita. Com certeza, não acho surpreendente que tenha conquistado esse rapaz. Você é uma mulher muito atraente.

— Mas um pouco gorda, don Felícito — queixou-se ela, fazendo beicinho. — Se bem que, pelo que ele me disse, isto não é problema para o capitão Silva. Ele me garantiu que não gosta muito das silhuetas desnutridas das garotas da publicidade, gosta é de mulheres bem saidinhas, como eu.

Felícito Yanaqué começou a rir e ela o imitou. Era a primeira vez que o transportista ria desse jeito desde que começaram as más notícias.

— Pelo menos você averiguou se o capitão é casado, Josefita?

— Ele jurou que é solteiro e sem compromisso. Mas vá saber se é mesmo, os homens vivem contando mentiras para as mulheres.

— Vou tentar saber, deixe por minha conta — ofereceu-se Felícito. — Enquanto isso, divirta-se e aproveite a vida, você merece. Seja feliz, Josefita.

Ficou controlando a saída das vans, dos ônibus e das caminhonetes, o despacho de encomendas, e, no meio da manhã, foi à reunião que havia marcado com o doutor Hildebrando Castro Pozo, em seu minúsculo e atulhado escritório na rua Lima. Ele era advogado da empresa de transportes e cuidava de todos os assuntos legais de Felícito Yanaqué fazia vários anos. Este lhe explicou todos os detalhes do que tinha em mente e o doutor Castro Pozo foi anotando o que ele dizia em sua minúscula caderneta de sempre, onde escrevia com um lápis tão diminuto quanto ele mesmo. Era um homem pequeno, só de colete e gravata, elegante, de uns sessenta anos, vivo, enérgico, amável, lacônico, um profissional modesto mas eficiente, nada careiro. Seu pai foi um famoso ativista social, defensor de camponeses, que passou pela prisão e pelo exílio, autor de um livro sobre as comunidades indígenas que o tornou famoso. Foi membro do Congresso, como deputado. Quando Felícito acabou de explicar o que queria, o doutor Castro Pozo olhou-o com satisfação:

— Claro que é possível, don Felícito — exclamou, brincando com seu lapisinho. — Mas deixe eu estudar o assunto com calma e ver todas as possibilidades legais, para avançar em terreno sólido. Vai levar uns dois dias, no máximo. Sabe de uma coisa? Isso que pretende fazer confirma com acréscimo tudo o que eu sempre pensei do senhor.

— E o que sempre pensou de mim, doutor Castro Pozo?

— Que o senhor é um homem ético, don Felícito. Ético até as unhas dos pés. Um dos poucos que conheci, na verdade.

Intrigado, o que será que significava "um homem ético"?, Felícito lembrou que precisava comprar um dicionário um dia destes. Ele vivia escutando palavras cujo significado desconhecia. E tinha vergonha de perguntar aos outros o que elas queriam dizer. Foi almoçar em casa. Na entrada, encontrou os jornalistas a postos, mas nem parou para dizer que não ia dar entrevistas. Passou de lado, cumprimentando com uma inclinação da cabeça, sem responder às perguntas atropeladas que lhe faziam.

Depois do almoço, Armida lhe disse que precisava conversar a sós com ele por uns momentos. Mas, para surpresa de Felícito, quando foi com a cunhada para a saleta da televisão, Gertrudis, enclausurada de novo na mudez, os seguiu. Sentou-se numa das poltronas e ali ficou durante todo o tempo que durou a longa conversa entre Armida e o transportista, escutando, sem interromper uma só vez.

— O senhor deve achar estranho que, desde que cheguei, estou usando o mesmo vestido — começou a cunhada da maneira mais banal.

— Para ser franco, Armida, tudo nessa história me parece estranho, não é só o vestido. Para começar, a senhora aparecer assim, de repente. Gertrudis e eu temos não sei quantos anos de casados e acho que, até poucos dias atrás, nunca me falou da sua existência. Quer coisa mais estranha que isso?

— Não troco de roupa porque não tenho outra coisa para usar — continuou a cunhada, como se não o tivesse ouvido. — Saí de Lima com a roupa do corpo. Experimentei um vestido de Gertrudis, mas ficou enorme. Enfim, tenho que começar a história pelo princípio.

— Mas antes me explique uma coisa — pediu Felícito. — Porque Gertrudis, como a senhora pode ver, está muda e nunca vai me explicar isso. Vocês são irmãs de pai e mãe?

Armida se mexeu no assento, desconcertada, sem saber o que responder. Olhou para Gertrudis em busca de ajuda, mas ela estava em silêncio, encolhida em si mesma como esses moluscos de nomes esquisitos que as vendedoras de peixe oferecem no Mercado Central. Sua expressão era de uma total indolência, como se nada do que ouvia tivesse a ver com ela. Mas não tirava os olhos dos dois.

— Não sabemos — disse finalmente Armida, apontando com o queixo para a irmã. — Nós falamos muito sobre isso nestes três dias.

— Ah, quer dizer que Gertrudis fala com a senhora. Tem mais sorte que eu.

— Somos irmãs por parte de mãe, isto é a única coisa certa — disse Armida, recuperando pouco a pouco o controle de si. — Ela é alguns anos mais velha que eu. Mas nenhuma das duas se lembra do pai. Talvez seja o mesmo. Talvez não. Não há mais a quem perguntar, Felícito. Nas nossas recordações mais antigas a Mandona, era assim que chamavam a minha mãe, lembra?, já não tinha mais marido.

— A senhora também morou na pensão El Algarrobo?

— Até os quinze anos — assentiu Armida. — Ainda não era pensão, não passava de um pouso para arrieiros, em pleno areal. Aos quinze fui procurar trabalho em Lima. Não foi nada fácil. Passei muitos apertos, piores do que o senhor pode imaginar. Mas Gertrudis e eu nunca perdemos o contato. Eu lhe escrevia de vez em quando, ela respondia no dia de São Nunca. Nunca foi muito dada a escrever cartas. Porque Gertrudis só tem dois ou três anos de escola. Eu tive mais sorte, fiz o primário completo. A Mandona teve a preocupação de que eu fosse para o colégio. Em compensação, fez Gertrudis trabalhar na pensão desde cedo.

Felícito virou-se para a sua mulher.

— Não entendo por que nunca me contou que tinha uma irmã — disse.

Mas ela continuou olhando para ele como se fosse transparente, sem responder.

— Vou lhe dizer por quê, Felícito — interveio Armida. — Gertrudis tinha vergonha de dizer que a irmã dela trabalhava em Lima como empregada. Principalmente depois de se casar com o senhor e virar uma pessoa decente.

— A senhora foi empregada doméstica? — estranhou o transportista, olhando para o vestido da cunhada.

— A vida toda, Felícito. Menos um tempinho, quando trabalhei como operária numa fábrica têxtil de Vitarte — sorriu ela. — Já sei, o senhor acha estranho que eu tenha um vestido tão fino e uns sapatos, bem, e um relógio como este. São italianos, sabe.

— Realmente, Armida, acho bem estranho — assentiu Felícito. — A senhora tem aspecto de tudo, menos de empregada.

— É que eu me casei com o dono da casa onde trabalhava — explicou Armida, corando um pouco. — Um homem importante, de boa situação.

— Ah, caramba, entendi, um casamento que mudou a sua vida — disse Felícito. — Quer dizer, ganhou o grande prêmio na loteria.

— Em certo sentido sim, mas em outro não — corrigiu Armida. — Porque o senhor Carrera, quer dizer, Ismael, meu marido, era viúvo. Tinha dois filhos de um primeiro casamento. Desde que eu me casei com o pai, eles me odeiam. Os dois me denunciaram à polícia, tentaram anular o casamento, acusaram o pai na Justiça de ser um velho demente. Disseram que eu o tinha enfeitiçado, que lhe dei ervas e fiz não sei quantas bruxarias mais.

Felícito viu que a expressão de Armida havia mudado. Já não estava tão tranquila. Em seu rosto havia agora tristeza e raiva.

— Ismael me levou à Itália na lua de mel — continuou, adoçando a voz, sorrindo. — Foram umas semanas muito bonitas. Nunca imaginei que ia conhecer coisas tão lindas, tão diferentes. Vimos até o papa no balcão, na Praça de São Pedro. Essa viagem foi um verdadeiro conto de fadas. Meu marido tinha muitas reuniões de negócios e eu passava bastante tempo sozinha, fazendo turismo.

"Aí está a explicação deste vestido, destas joias, deste relógio e destes sapatos", pensava Felícito. "Lua de mel na Itália! Casou com um rico! Um golpe do baú!"

— Lá, na Itália, meu marido vendeu uma companhia de seguros que tinha em Lima — continuou explicando Armida. — Para que não caísse nas mãos dos filhos, que não viam a hora de herdar os seus bens, apesar de ele já ter adiantado o dinheiro em vida. São uns perdulários, uns vagabundos da pior espécie. Ismael estava muito magoado com eles, e por isso vendeu a companhia. Eu tentava entender toda essa confusão, mas me atrapalhava com as explicações legais. Enfim, voltamos para Lima e meu marido, assim que chegamos, teve um infarto e morreu.

— Lamento muito — balbuciou Felícito. Armida ficou em silêncio, com os olhos baixos. Gertrudis continuava imóvel e imperturbável.

— Ou então o mataram — acrescentou Armida. — Não sei. Ele dizia que seus filhos queriam tanto que morresse para ficarem com seu dinheiro, que podiam até mandar matá-lo. Morreu da noite para o dia, e eu não afasto a hipótese de que os gêmeos — os filhos dele são gêmeos — tenham provocado de algum modo o infarto que o matou. Se é que foi infarto, e não o envenenaram. Não sei.

— Agora entendo a sua fuga para Piura e por que fica o tempo todo escondida, sem botar os pés na rua — disse Felícito. — Realmente acha que os filhos do seu marido podem ter...?

— Não sei se isso passava ou não pela cabeça deles, mas Ismael me dizia que são capazes de tudo, até de mandar matá-lo — Armida estava agitada e falava com ímpeto. — Comecei a ficar insegura e a ter muito medo, Felícito. Fui a uma reunião com eles, na qual os advogados falavam e me olhavam de um jeito que pensei que também podiam mandar me matar. Meu marido dizia que atualmente se contrata em Lima um assassino para matar quem quer que seja por uns poucos soles. Por que eles não podiam fazer isso para ficar com toda a herança do senhor Carrera?

Fez uma pausa e olhou nos olhos de Felícito.

— Foi por isso que decidi fugir. Pensei que ninguém viria me procurar aqui em Piura. Esta é mais ou menos a história que queria lhe contar, Felícito.

— Certo, certo — disse este. — Eu entendo a senhora, sim. Só posso lhe dizer que deu azar. O destino a trouxe para a boca do lobo. Veja só como são as coisas. Isto se chama pular da frigideira para o fogo, Armida.

— Eu lhe disse que só ia ficar dois ou três dias, e tenho certeza de que vou cumprir — disse Armida. — Preciso falar com uma pessoa que mora em Lima. A única pessoa em quem meu marido confiava totalmente. Ele foi testemunha do nosso casamento. O senhor me ajudaria a contatá-lo? Tenho o telefone. Me faria esse grande favor?

— Mas ligue a senhora daqui mesmo — disse o transportista.

— Não é prudente — hesitou Armida, apontando para o telefone. — E se estiver grampeado? Meu marido achava que os gêmeos tinham grampeado todos os nossos telefones. É melhor ligar da rua, do seu escritório, e pelo celular, que, parece, é mais difícil de grampear. Eu não posso sair desta casa. Por isso recorro ao senhor.

— Pois me dê o número e o recado que devo transmitir — disse Felícito. — Vou telefonar do escritório, esta tarde mesmo. Com todo o prazer, Armida.

Naquela tarde, quando, depois de atravessar aos empurrões a barreira de jornalistas, estava andando pela rua Arequipa rumo ao seu escritório, Felícito Yanaqué pensava que a história de Armida parecia ter saído de um filme de aventuras daqueles que gostava de ver, nas poucas vezes em que ia ao cinema. E sempre achou que aquelas histórias truculentas não tinham nada a ver com a vida real. Pois as histórias de Armida e a sua própria, desde que recebeu a primeira carta da aranhinha, eram exatamente como os filmes de muita ação.

Na Transportes Narihualá, foi se refugiar num canto tranquilo, para telefonar sem que Josefita o ouvisse. Imediatamente atendeu uma voz de homem que parecia ter ficado desconcertado quando ele perguntou pelo senhor Rigoberto. "Quem quer falar com ele?", quis saber, após um silêncio. "É da parte de uma amiga", respondeu Felícito. "Sim, sim, sou eu. De que amiga está falando?"

— Uma amiga que prefere não dizer o nome, por razões que o senhor deve entender — disse Felícito. — Imagino que sabe de quem se trata.

— Sim, acho que sim — disse o senhor Rigoberto, pigarreando. — Ela está bem?

— Sim, muito bem e manda lembranças. Ela queria falar com o senhor. Pessoalmente, se for possível.

— Claro, claro que sim — disse imediatamente o senhor Rigoberto, sem titubear. — Com todo o prazer. Como fazemos?

— O senhor pode viajar para a terra dela? — perguntou Felícito.

Um longo silêncio, com outro pigarro forçado.

— Posso, se for preciso — disse, finalmente. — Quando seria isso?

— Quando o senhor quiser — respondeu Felícito. — Quanto antes melhor, naturalmente.

— Entendo — disse o senhor Rigoberto. — Vou cuidar de comprar logo as passagens. Esta tarde mesmo.

— Eu lhe reservo um hotel — disse Felícito. — O senhor pode me ligar para este celular quando decidir a data da viagem? Só eu o uso.

— Certo, ficamos assim, então — despediu-se o senhor Rigoberto. — Muito prazer e até breve, senhor.

Felícito Yanaqué passou a tarde toda trabalhando na Transportes Narihualá. De vez em quando, a história de Armida lhe vinha à cabeça e então se perguntava o quanto haveria nela de verdade e o quanto de exagero. Seria mesmo possível que um homem rico, dono de uma grande companhia, se casasse com a própria empregada? Não dava para acreditar. Mas era muito mais inverossímil que um filho roubar a amante do pai e os dois se juntarem para chantageá-lo? A cobiça enlouquece os homens, todo mundo sabe disso. Quando já estava anoitecendo, o doutor Hildebrando Castro Pozo apareceu no escritório com um grande maço de papéis numa pasta verde-limão.

— Como pode ver, não levou muito tempo, don Felícito — disse, entregando-lhe a pasta. São estes os documentos que ele tem que assinar, aqui onde fiz um x. A menos que seja um imbecil, vai assinar feliz da vida.

Felícito examinou cuidadosamente as pastas, fez algumas perguntas que o advogado esclareceu e ficou satisfeito. Pensou que havia tomado uma boa decisão que, embora não fosse resolver todos os problemas que o preocupavam, pelo menos tiraria um grande peso das suas costas. E aquela incerteza que já se arrastava havia tantos anos desapareceria para sempre.

Quando saiu do escritório, em vez de ir diretamente para casa, deu um rodeio para passar pela delegacia da avenida Sánchez Cerro. O capitão Silva não estava, mas o sargento Lituma o atendeu. Ficou um pouco surpreso com a sua solicitação.

— Eu queria falar com Miguel o quanto antes — repetiu Felícito Yanaqué. — Não me importa que o senhor, ou o capitão Silva, estejam presentes no encontro.

— Certo, don Felícito, imagino que não deve haver problema — disse o sargento. — Vou falar com o capitão amanhã bem cedo.

— Obrigado — despediu-se Felícito. — Meus cumprimentos ao capitão Silva, e diga a ele que minha secretária, a senhora Josefita, mandou lembranças.

XVIII

Don Rigoberto, dona Lucrecia e Fonchito chegaram a Piura no meio da manhã, no voo da Lan-Peru, e um táxi os levou ao Hotel Los Portales, na Praça de Armas. As reservas feitas por Felícito Yanaqué, um quarto duplo e um simples, contíguos, se ajustavam aos seus desejos. Uma vez instalados, os três foram passear. Deram uma volta pela Praça de Armas, sombreada por altos e antigos tamarindos e colorida aqui e ali por flamboaiãs com flores vermelhíssimas.

Não fazia muito calor. Pararam um pouco para observar o monumento central, a Pola, uma aguerrida dama de mármore que representava a liberdade, ofertada pelo presidente José Balta em 1870, e deram uma olhada na catedral meio sem graça. Depois, sentaram-se na confeitaria El Chalán para tomar um refresco. Rigoberto e Lucrecia observavam o ambiente, as pessoas desconhecidas, intrigados e um pouco céticos. Será que teriam mesmo o encontro secreto com Armida? Desejavam ardentemente que sim, sem dúvida, mas todo o mistério que rodeava aquela viagem impedia que levassem a coisa muito a sério. Às vezes parecia que estavam participando de um jogo desses que os velhos jogam para sentir-se jovens.

— Não, não pode ser um trote nem uma emboscada — afirmou don Rigoberto mais uma vez, tentando convencer a si mesmo. — O senhor com quem falei pelo telefone me causou uma boa impressão, já disse. Um homem humilde, sem dúvida, provinciano, um pouco tímido, mas bem-intencionado. Uma boa pessoa, com certeza. Não tenho a menor dúvida de que ele falava em nome de Armida.

— Não parece que estamos vivendo uma situação um pouco irreal? — respondeu dona Lucrecia, com um risinho nervoso. Tinha um leque de madrepérola na mão e abanava o rosto sem parar. — Parecem incríveis essas coisas que fazemos, Rigoberto. Viajar para Piura dizendo a todo mundo que estávamos precisando de um descanso. Ninguém acreditou, claro.

Fonchito parecia não ouvir. Sorvia de tanto em tanto sua raspadinha de lúcuma, os olhos fixos em algum ponto da mesa e totalmente indiferente ao que o pai e a madrasta diziam, parecendo absorto por uma preocupação recôndita. Estava assim desde o seu último encontro com Edilberto Torres, e esta era a razão pela qual don Rigoberto decidira trazê-lo para Piura, mesmo perdendo alguns dias de aula por causa da viagem.

— Edilberto Torres? — deu um pulo na poltrona do escritório. — Aquele mesmo, outra vez? Falando de Bíblias?

— Eu mesmo, Fonchito — disse Edilberto Torres. — Não me diga que se esqueceu de mim. Não pensei que você fosse tão ingrato.

— Acabei de me confessar e estou cumprindo a penitência que o padre me deu — balbuciou Fonchito, mais surpreso que assustado. — Não posso conversar agora com o senhor, sinto muito.

— Na igreja de Fátima? — repetiu don Rigoberto, incrédulo, agitando-se como se de repente tivesse contraído o mal de São Vito, deixando cair no chão o livro sobre arte tântrica que lia. — Estava lá, ele mesmo? Na igreja?

— Eu entendo e peço desculpas — Edilberto Torres abaixou a voz, apontando para o altar com o dedo indicador. — Reze, reze, Fonchito, que faz bem. Nós conversaremos depois. Eu também vou rezar.

— Sim, na de Fátima — continuou Fonchito, pálido e com o olhar um pouco perdido. — Eu e meus amigos, o pessoal do grupo da Bíblia, fomos lá nos confessar. Os outros já tinham saído, eu fui o último a passar pelo confessionário. Não havia muita gente na igreja. E, de repente, percebi que ele estava ali fazia não sei quanto tempo. Sim, ali, sentado ao meu lado. Levei um susto, papai. Sei que você não acredita, sei que vai dizer que desta vez eu também inventei esse encontro. Falando da Bíblia, sim.

— Está bem, está bem — negociou don Rigoberto. — Agora, é mais prudente voltar para o hotel. Vamos almoçar lá. O senhor Yanaqué disse que entraria em contato comigo durante a tarde. Se é que ele se chama assim. Um nome muito estranho, parece pseudônimo desses cantores de rock cheios de tatuagens, não é?

— Parece um sobrenome bem piurano — opinou dona Lucrecia. — Talvez seja de origem tallán.

Pagou a conta e os três saíram da confeitaria. Ao atravessarem a Praça de Armas, Rigoberto teve que dispensar os engraxates e vendedores de loteria que ofereciam seus serviços. Agora sim, o calor começava a aumentar. No céu limpo via-se um sol branco, e tudo ali em volta, árvores, bancos, lajotas, pessoas, cachorros, carros, parecia estar ardendo.

— Sinto muito, papai — sussurrou Fonchito, transpassado pela tristeza. — Eu sei que lhe dei uma notícia ruim, sei que é um momento difícil para você, com a morte do senhor Carrera e o desaparecimento de Armida. Sei que é uma sacanagem fazer isso. Mas você me pediu para contar tudo, para lhe dizer a verdade. Não é isso que você quer, papai?

— Tive problemas financeiros, como todo mundo tem atualmente, e minha saúde andou falhando — disse o senhor Edilberto Torres, abatido e muito triste. — Saí pouco, ultimamente. É por isso que você não me vê há tantas semanas, Fonchito.

— O senhor veio a esta igreja porque sabia que eu e meus amigos do grupo de leitura da Bíblia íamos estar aqui?

— Vim meditar, serenar-me, ver as coisas com mais calma e perspectiva — explicou Edilberto Torres, mas não parecia sereno e sim trêmulo, como quem está padecendo de um grande mal-estar. — Faço isso com muita frequência. Conheço a metade das igrejas de Lima, talvez até mais. É que esta atmosfera de recolhimento, silêncio e oração me faz bem. Gosto até das devotas e do cheiro de incenso e de velho que reina nas pequenas capelas. Eu sou um homem das antigas, talvez, e com muito orgulho. Também rezo e leio a Bíblia, Fonchito, por mais que você ache surpreendente. Outra prova de que não sou o diabo, como pensa o seu pai.

— Ele vai ficar triste quando souber que vi o senhor — disse o menino. — Acha que o senhor não existe, que fui eu que o inventei. E a minha madrasta também. Acham isso de verdade. Foi por isso que meu pai se entusiasmou quando o senhor disse que podia ajudar nos problemas legais que tem. Ele queria vê-lo, encontrar o senhor. Mas o senhor sumiu.

— Nunca é tarde para isso — afirmou o senhor Torres.
— Seria um prazer me encontrar com Rigoberto e tranquilizá-lo em relação às apreensões que ele tem contra mim. Eu gostaria de ser amigo dele. Somos da mesma idade, calculo. Na verdade, não tenho amigos, só conhecidos. Tenho certeza de que nós dois nos daríamos muito bem.

— Para mim, um *seco de chabelo* — pediu don Rigoberto ao garçom. — É o prato típico de Piura, não é?

Dona Lucrecia escolheu uma corvina grelhada com salada mista e Fonchito só um ceviche. O salão do Hotel Los Portales estava quase deserto e uns ventiladores lentos mantinham a atmosfera mais fresca. Os três tomavam limonada com muito gelo.

— Eu quero acreditar em tudo isso, sei que você não mente, sei que é um menino puro e de bons sentimentos — assentiu don Rigoberto, com uma expressão de contrariedade. — Mas esse personagem se transformou num peso na minha vida e na de Lucrecia. Pelo visto nunca vamos nos livrar dele, esse homem vai nos perseguir até o túmulo. O que queria dessa vez?

— Conversar sobre coisas profundas, um diálogo de amigos — explicou Edilberto Torres. — Deus, a outra vida, o mundo do espírito, a transcendência. Como você está lendo a Bíblia, sei que esses assuntos agora lhe interessam, Fonchito. E sei também que está um pouco decepcionado com suas leituras do Antigo Testamento. Que esperava uma coisa diferente.

— E como o senhor sabe de tudo isso?

— Um passarinho me contou — sorriu Edilberto Torres, mas em seu sorriso não havia a menor alegria, sempre a mesma inquietação recôndita. — Não leve a sério, eu estou brincando. O que queria lhe dizer é que todo mundo que começa a ler o Antigo Testamento enfrenta as mesmas questões que você. Continue, continue, não desanime. Você vai ver que muito em breve sua impressão será diferente.

— Como ele sabia que você está decepcionado com essas leituras bíblicas? — indignou-se de novo em sua mesa don Rigoberto. — É verdade, Fonchito? Está mesmo?

— Não sei se decepcionado — admitiu Fonchito, um pouco inibido. — É que tudo lá é tão violento. A começar por

Deus, por Yahvé. Nunca imaginei que fosse tão feroz, que espalhasse tantas maldições, que mandasse apedrejar as mulheres adúlteras, matar quem faltasse às cerimônias, cortar os prepúcios dos inimigos dos hebreus. Eu nem sabia o que quer dizer prepúcio até ler a Bíblia, papai.

— Eram tempos de barbárie, Fonchito — Edilberto Torres tranquilizou-o, falando com muitas pausas e sem alterar sua expressão taciturna. — Tudo isso aconteceu há milhares de anos, na época da idolatria e do canibalismo. Um mundo onde a tirania e o fanatismo reinavam em toda parte. Além do mais, não se deve entender literalmente o que diz a Bíblia. Muito do que está lá é simbólico, poético, exagerado. Quando o temível Yahvé desaparecer e vier Jesus Cristo, Deus se tornará manso, piedoso e compassivo, você vai ver. Mas para isso precisa chegar ao Novo Testamento. Paciência e perseverança, Fonchito.

— Ele voltou a me dizer que quer ver você, papai. Onde for e em qualquer momento. Ele gostaria de ser seu amigo, já que vocês têm a mesma idade.

— Esta canção já ouvi na última vez em que esse espectro se corporificou, naquela van — zombou don Rigoberto. — Ele não ia me ajudar nos meus problemas legais? E o que aconteceu? Virou fumaça! Desta vez vai ser igual. Afinal eu não entendo, filhinho. Você gosta ou não gosta dessas leituras bíblicas em que se meteu?

— Não sei se estamos fazendo as coisas direito — o menino fugiu da resposta. — Porque às vezes até que gostamos bastante, mas em outras fica tudo muito confuso com a quantidade de povos com que os judeus lutaram no deserto. É impossível lembrar aqueles nomes tão exóticos. O que mais nos atrai são as histórias que tem lá. Nem parecem coisa de religião, são mais como as aventuras de *As mil e uma noites*. O Sardento Sheridan, um dos meus amigos, disse outro dia que não era boa essa maneira de ler a Bíblia, não estávamos aproveitando bem. Que seria melhor ter um guia. Um padre, por exemplo. O que o senhor acha?

— Que está bastante bom — disse don Rigoberto, saboreando um pedaço do seu *seco de chabelo*. — Gosto muito de *chifles*, como chamam aqui a banana frita em rodelas. Mas desconfio que deve ser um pouco indigesto, com tanto calor.

Depois de terminar a refeição pediram sorvete e estavam começando a sobremesa quando viram uma senhora entrar no restaurante. De pé na porta, examinou o recinto, procurando alguma coisa. Já não era jovem, mas havia nela algo de fresco e vistoso, uma remanescência juvenil em seu rosto gordinho e risonho, com olhos saltados e uma boca de lábios grossos, muito pintados. Ela ostentava com graça uns cílios postiços esvoaçantes, seus brincos redondos de bijuteria balançavam no ar e estava com um vestido branco muito apertado, com flores estampadas; seus generosos quadris não a impediam de locomover-se com agilidade. Depois de vistoriar as três ou quatro mesas ocupadas, dirigiu-se resoluta àquela em que estavam os três. "É o senhor Rigoberto, não é?", perguntou, sorridente. Deu a mão a cada um dos três e sentou-se na cadeira vazia.

— Meu nome é Josefita e sou a secretária do senhor Felícito Yanaqué — apresentou-se. — Bem-vindos à terra do ritmo do *tondero* e do *che guá*. É a primeira vez que vêm a Piura?

Falava não apenas com a boca, mas também com os olhos expressivos, movediços, esverdeados, e agitava as mãos sem parar.

— A primeira, mas não a última — assentiu don Rigoberto, amavelmente. — O senhor Yanaqué não pôde vir?

— Ele preferiu não vir porque, vocês já devem saber, don Felícito não pode dar um passo pelas ruas de Piura sem ser perseguido por uma nuvem de jornalistas.

— Jornalistas? — espantou-se, arregalando os olhos don Rigoberto. — E pode-se saber por que o seguem, senhora Josefita?

— Senhorita — corrigiu ela; e acrescentou, ruborizando-se: — Se bem que agora tenho um pretendente, que é capitão da Guarda Civil.

— Mil desculpas, senhorita Josefita — pediu Rigoberto, fazendo uma reverência. — Mas poderia me explicar por que os jornalistas perseguem o senhor Yanaqué?

Josefita parou de sorrir. Agora olhava para eles com surpresa e certa comiseração. Fonchito havia saído da sua letargia e também parecia atento ao que a recém-chegada dizia.

— Vocês não sabem que neste momento don Felícito Yanaqué é mais famoso que o presidente da República? — exclamou, pasmada, mostrando uma pontinha de língua. — Há muitos dias ele vem aparecendo nas rádios, nos jornais e na televisão. Mas, infelizmente, pelas razões erradas.

À medida que falava, os rostos de don Rigoberto e da sua esposa revelavam tal assombro que Josefita não teve outro jeito senão explicar-lhes por que o dono da Transportes Narihualá havia passado do anonimato à popularidade. Era evidente que aqueles limenhos não tinham a menor ideia de toda a história da aranhinha e os escândalos subsequentes.

— É uma ideia magnífica, Fonchito — concordou o senhor Edilberto Torres. — Para singrar com desenvoltura esse oceano que é a Bíblia, é necessário contar com um navegante experiente. Pode ser um religioso como o padre O'Donovan, certamente. Mas também pode ser alguém laico, alguém que tenha dedicado muitos anos a estudar o Antigo e o Novo Testamento. Eu mesmo, por exemplo. Não pense que sou vaidoso, mas, na verdade, passei boa parte da minha vida estudando o livro sagrado. Estou vendo nos seus olhos que você não acredita em mim.

— O pedófilo agora se faz passar por teólogo e especialista em estudos bíblicos — don Rigoberto indignou-se. — Você não imagina a vontade que tenho de ver a cara dele, Fonchito. A qualquer hora dessas vai dizer que é padre.

— Já disse, papai — Fonchito interrompeu-o. — Ou melhor, não é mais padre, mas foi. Largou os hábitos de seminarista antes de se ordenar. Não podia suportar a castidade, foi o que me disse.

— Eu não deveria falar essas coisas com você, ainda é muito novinho — continuou o senhor Edilberto Torres, empalidecendo mais um pouco e com uma voz trêmula. — Mas foi o que aconteceu. Eu me masturbava o tempo todo, até duas vezes por dia. É uma coisa que me entristece e me perturba. Porque, pode acreditar, eu tinha uma vocação muito firme de servir a Deus. Desde que era um menino como você. Mas nunca pude derrotar o maldito demônio do sexo. Chegou uma hora em que pensei que ia enlouquecer com as tentações que me perseguiam dia e noite. E, então, que remédio, tive que deixar o seminário.

— Ele falou disso? — escandalizou-se don Rigoberto. — De masturbação, de punheta?

— E então o senhor se casou? — perguntou o menino, com timidez.

— Não, não, continuo solteiro — o senhor Torres riu de forma um pouco forçada. — Não é indispensável se casar para ter uma vida sexual, Fonchito.

— Segundo a religião católica, é — afirmou o menino.

— Certo, porque a religião católica é muito intransigente e puritana em matéria de sexo — explicou ele. — Outras são mais tolerantes. Além do mais, nestes tempos tão permissivos, até Roma está se modernizando, apesar de tudo.

— Sim, sim, agora me veio à memória — a senhora Lucrecia interrompeu Josefita. — Claro que sim, eu li em algum lugar ou vi na televisão. O senhor Yanaqué é aquele cujo filho se juntou com a amante para sequestrá-lo e roubar todo o seu dinheiro?

— Caramba, isto ultrapassa todos os limites do imaginável — don Rigoberto estava arrasado com as coisas que ouvia.

— Então fomos nós que viemos cair na boca do lobo. Se entendi bem, o escritório e a casa do seu chefe estão cercados por jornalistas dia e noite. É isso mesmo?

— De noite, não — Josefita, com um sorriso triunfal, tentou reanimar aquele senhor de orelhas grandes que tinha ficado pálido e fazia umas expressões que mais pareciam caretas. — No começo do escândalo sim, nos primeiros dias era insuportável. Jornalistas rondando em volta da casa e do escritório durante as vinte e quatro horas do dia. Mas já se cansaram; agora, de noite vão dormir ou beber, porque aqui todos os jornalistas são boêmios e românticos. O plano do senhor Yanaqué vai dar certo, não se preocupe.

— E que plano é esse? — perguntou Rigoberto. Havia deixado a metade do sorvete na taça e ainda tinha nas mãos o copo de limonada que acabara de esvaziar num só gole.

Muito simples. De preferência, eles deviam ficar no hotel, ou, no máximo, entrar num cinema — havia vários, agora, muito modernos, nos novos shopping centers, ela recomendava o Centro Comercial Open Plaza, que ficava em Castilla, não muito distante, ao lado da Ponte Andrés Avelino Cáceres. Não valia a pena que eles se expusessem pelas ruas da cidade. À noite, quando todos os jornalistas tivessem saído da rua Arequipa, a própria Josefita viria buscá-los e os levaria para a casa do senhor Yanaqué. Ficava perto, a dois quarteirões de distância.

— Que azar da pobre Armida — lamentou dona Lucrecia, assim que Josefita se despediu. — Veio cair numa arapuca pior do que aquela que queria deixar para trás. Eu não entendo como os jornalistas ou a polícia ainda não a descobriram.

— Não queria escandalizar você com as minhas confidências, Fonchito — desculpou-se Edilberto Torres, constrangido, abaixando a vista e a voz. — Mas, atormentado por esse maldito demônio do sexo, frequentei bordéis e paguei prostitutas. Coisas horrendas que me faziam sentir repugnância de mim mesmo. Tomara que você nunca sucumba a essas tentações nojentas, como aconteceu comigo.

— Sei muito bem aonde esse depravado queria levar você, falando de masturbação e de rameiras — pigarreou don Rigoberto, engasgando. — Você devia ter saído de lá imediatamente, não entrar na conversa. Não dava para notar que aquelas supostas confidências eram uma estratégia para fazer você cair nas malhas dele, Fonchito?

— Você está enganado, papai — respondeu ele. — Tenho certeza de que o senhor Torres estava sendo sincero, não tinha segundas intenções. Parecia triste, morrendo de desgosto por ter feito essas coisas. De repente os olhos dele ficaram vermelhos, a voz embargada, e começou a chorar outra vez. Cortava o coração vê-lo daquele jeito.

— Ainda bem que eu trouxe boa leitura — comentou don Rigoberto. — Até chegar a noite temos uma longa espera pela frente. Imagino que vocês não vão querer entrar num cinema com este calor.

— Por que não, papai? — protestou Fonchito. — Josefita disse que têm ar condicionado e são muito modernos.

— E também veríamos um pouco os progressos, não dizem que Piura é uma das cidades que mais avança no Peru? — apoiou dona Lucrecia. — Fonchito tem razão. Vamos dar uma voltinha por esse centro comercial, quem sabe está passando algum filme bom. Em Lima nunca vamos ao cinema assim, em família. Ânimo, Rigoberto.

— Eu me envergonho tanto de fazer essas coisas feias e sujas que me dou sozinho uma penitência. E, às vezes, para me castigar, me chicoteio até tirar sangue, Fonchito — confessou Edilberto Torres com a voz dilacerada e os olhos vermelhos.

— E aí não pediu que você o chicoteasse? — explodiu don Rigoberto. — Vou procurar esse pervertido até no fim do mundo e não descanso até dar com ele e acertar as contas, estou avisando. Ele vai para a cadeia, ou leva um tiro se tentar fazer alguma coisa com você. Se aparecer outra vez, pode lhe dizer isso da minha parte.

— E então veio uma choradeira ainda mais forte e ele não conseguiu mais continuar falando, papai — Fonchito tentou acalmá-lo. — Não é o que você está pensando, juro que não. Porque, sabe, no meio do pranto ele se levantou de repente e saiu da igreja correndo, sem se despedir nem nada. Parecia desesperado, parecia alguém que vai se suicidar. Não é um pervertido, é um homem que sofre muito. É mais para ter compaixão que medo dele, juro.

Nisso, foram interrompidos por umas batidinhas nervosas na porta do escritório. Um dos batentes se abriu e apareceu a cara preocupada de Justiniana.

— Por que você acha que eu fechei a porta? — interpelou-a Rigoberto, levantando uma mão admonitória, sem deixá-la falar. — Não viu que Fonchito e eu estamos ocupados?

— É que eles estão aí, senhor — disse a moça. — Estão na porta e, mesmo eu dizendo que o senhor está ocupado, querem entrar.

— Eles? — sobressaltou-se don Rigoberto. — Os gêmeos?

— Eu não sabia mais o que dizer, o que fazer — confirmou Justiniana, muito inquieta, falando em voz baixa e gesticulando muito. — Pedem mil desculpas. Dizem que é muito urgente, que só vão ficar um instantinho. O que digo, senhor?

— Está bem, mande eles esperarem na saleta — Rigoberto resignou-se. — Você e Lucrecia fiquem atentas para o caso de acontecer alguma coisa e precisarmos chamar a polícia.

Quando Justiniana se retirou, don Rigoberto pegou Fonchito pelos braços e olhou longamente em seus olhos. Observava-o com carinho, mas também com uma ansiedade que transparecia em seu jeito inseguro, implorante:

— Foncho, Fonchito, filhinho querido, eu lhe peço, eu suplico pelo que você mais preza. Mas diga que isso que me contou não é verdade. Que inventou tudo. Que não aconteceu. Diga que Edilberto Torres não existe, e vai fazer de mim a pessoa mais feliz do planeta.

Viu que o rosto do menino perdia a vitalidade, que ele mordia os lábios até ficarem roxos.

— Ok, papai — ouviu-o dizer, com uma entonação que não era mais de um menino e sim de um adulto. — Edilberto Torres não existe. Eu inventei tudo. Nunca mais vou falar dele. Posso ir embora agora?

Rigoberto assentiu. Viu Fonchito sair do escritório e notou que suas mãos tremiam. Sentiu o coração gelar. Gostava muito do filho, mas, pensou, apesar de todos os seus esforços nunca o entenderia, o garoto sempre ia ser um mistério insondável para ele. Antes de se defrontar com as hienas, foi ao banheiro e molhou o rosto com água fria. Nunca sairia deste labirinto, cada vez apareciam mais corredores, mais porões, mais curvas e recantos. A vida seria isto, um labirinto que, fizesse ele o que fizesse, o levava inescapavelmente para as garras de Polifemo?

Na sala, os filhos de Ismael Carrera o esperavam em pé. Ambos estavam de terno e gravata, como de costume, mas, ao contrário do que ele pensava, não vinham em caráter belicoso. Seria autêntica aquela atitude de derrotados e de vítimas que adotavam, ou apenas uma nova tática? O que traziam na manga? Os dois o cumprimentaram com afeto, batendo em suas costas e se esforçando para manter um ar contrito. Escovinha foi o primeiro a se desculpar.

— Eu me comportei muito mal na última vez que estivemos aqui, tio — murmurou, pesaroso, esfregando as mãos. — Perdi a paciência, disse bobagens, ofendi você. É que eu estava traumatizado, quase louco. Peço mil desculpas. Agora vivo meio atordoado, não durmo há semanas, tomo comprimidos para os nervos. A minha vida se tornou uma calamidade, tio Rigoberto. Juro que nunca mais vamos lhe faltar ao respeito.

— Todos nós estamos atordoados, e não é para menos — reconheceu don Rigoberto. — As coisas que estão acontecendo nos tiram mesmo do prumo. Eu não guardo rancor contra vocês. Sentem-se aí e vamos conversar. A que se deve esta visita?

— Nós não aguentamos mais, tio — Miki tomou a dianteira. Ele sempre parecera o mais sério e sensato dos dois, pelo menos na hora de falar. — A vida ficou insuportável para nós. Imagino que você já sabe. A polícia acha que nós sequestramos ou matamos Armida. E então nos interrogam, fazem as perguntas mais ofensivas e nos seguem dia e noite. Pedem suborno, e, se não damos, entram e revistam nossos apartamentos a qualquer hora. Como se nós fôssemos delinquentes comuns, entende.

— E os jornais e a televisão, tio! — interrompeu Escovinha. — Você não viu a lama que jogam em cima de nós? Todo dia e toda noite, em todos os noticiários. Que somos violadores, que somos drogados, que com esses antecedentes é provável que sejamos os culpados pelo desaparecimento dessa chola de merda. Que injustiça, tio!

— Se vai começar insultando Armida, que, queira ou não, agora é sua madrasta, você está começando mal, Escovinha — don Rigoberto o censurou.

— Tem razão, sinto muito, acho que já estou meio perdido — desculpou-se Escovinha. Mike tinha voltado à sua velha mania com as unhas; roía sem trégua, dedo por dedo, com encarniçamento. — Você não sabe como é horrível ler os jornais, ouvir o rádio, ver a televisão. Ser caluniado dia e noite, chamado de depravado, vagabundo, viciado em cocaína e não sei quantas infâmias mais. Em que país nós vivemos, tio!

— E não adianta nada pensar em abrir processos, pedir mandados de segurança, vão dizer que isso é atentar contra a liberdade de imprensa — protestou Miki. Depois sorriu sem razão alguma e voltou a ficar sério. — Enfim, já se sabe, o jornalismo vive de escândalos. O pior é a polícia. Você não acha uma monstruosidade que, depois do que papai nos fez, agora queiram nos responsabilizar pelo desaparecimento dessa mulher? Estamos com uma restrição judicial, enquanto durarem as investigações. Não podemos sair do país, logo agora que começa o *Open* de Miami.

— O que é *Open*? — interrompeu don Rigoberto, intrigado.

— O campeonato de tênis, o Sony Ericsson Open — esclareceu Escovinha. — Você não sabia que Miki é um craque da raquete, tio? Ganhou um monte de prêmios. Nós oferecemos uma recompensa para quem ajudar a descobrir o paradeiro de Armida. Que, isto fica entre nós, nem poderíamos pagar. Não temos com quê, tio. Esta é a situação real. Estamos duros. Eu e

Miki não temos um puto. Só dívidas. E, como agora viramos leprosos, não há banco, nem agiota, nem amigo que queira nos emprestar um centavo.

— Não temos mais nada para vender ou empenhar, tio Rigoberto — disse Miki. Sua voz tremia de tal maneira que saía com grandes pausas, enquanto ele piscava sem parar. — Sem um tostão, sem crédito, e, como se fosse pouco, suspeitos de um sequestro ou um crime. É por isso que estamos aqui.

— Você é a nossa tábua de salvação — Escovinha pegou sua mão e apertou-a com força, assentindo, com lágrimas nos olhos. — Não nos deixe na mão, por favor, tio.

Don Rigoberto não podia acreditar no que estava vendo e ouvindo. Os gêmeos tinham perdido a altivez e a segurança que os caracterizava, pareciam indefesos, assustados, implorando sua compaixão. Como haviam mudado as coisas em tão pouco tempo!

— Lamento muito tudo o que aconteceu com vocês, sobrinhos — disse, chamando-os assim pela primeira vez sem ironia. — Eu sei que não é consolo, mas pelo menos pensem que, com todos os problemas que estão enfrentando, muito pior deve estar a pobre Armida. Não é mesmo? Se foi morta ou sequestrada, que desgraça a dela, não acham? Por outro lado, eu também fui vítima de muitas injustiças, sabem. As acusações de vocês, por exemplo, de cumplicidade na suposta tramoia de que Ismael teria sido vítima quando se casou com Armida. Sabem quantas vezes tive que prestar declarações à polícia, ao juiz instrutor? Sabem quanto me custaram os advogados? Sabem que meses antes tive que cancelar uma viagem à Europa com Lucrecia que eu já tinha pagado? Até hoje não comecei a receber minha aposentadoria na companhia de seguros porque vocês travaram o processo. Enfim, se a questão é contar desgraças, estamos na mesma.

Os dois ouviam cabisbaixos, silenciosos, tristes e confusos. Don Rigoberto escutou uma estranha musiquinha lá fora, no malecón de Barranco. De novo o sibilar do velho afiador de facas? Parecia que aqueles dois o atraíam. Mike roía as unhas e Escovinha balançava o pé esquerdo num movimento lento e simétrico. Sim, era a musiquinha do afiador. Gostou de ouvi-la.

— Fizemos essas acusações porque estávamos desesperados, tio, o casamento de papai nos fez perder o juízo — disse

Escovinha. — Mas lamentamos muito todos os problemas que lhe causamos. Agora sua aposentadoria vai sair muito rápido, imagino. Como você sabe, nós não temos mais nada a ver com a companhia. Papai a vendeu para uma firma italiana. Sem sequer nos comunicar.

— Nós retiramos a acusação quando você quiser, tio — acrescentou Miki. — Justamente, é uma das coisas que queríamos lhe dizer.

— Muito obrigado, mas é um pouco tarde — disse Rigoberto. — O doutor Arnillas me explicou que, com a morte de Ismael, o processo que vocês abriram, pelo menos na parte que me toca, vai ser arquivado.

— Só você mesmo, tio — disse Escovinha, revelando, pensou don Rigoberto, ainda mais estupidez do que seria razoável esperar dele, em tudo o que fizesse e dissesse. — Aliás, é bom dizer que o doutor Claudio Arnillas, aquele fracote com suspensórios de palhaço, é o pior traidor que já nasceu no Peru. Passou a vida toda mamando nas tetas de papai e agora é nosso inimigo declarado. Um serviçal vendido de corpo e alma a Armida e a esses mafiosos italianos que compraram a companhia de papai por uma ninharia.

— Nós viemos aqui ajeitar as coisas e você está piorando tudo — interveio seu irmão. Miki se virou para don Rigoberto, contrito. — Queremos ouvir, tio. Apesar da mágoa por você ter ajudado papai nesse casamento, confiamos em você. Queremos que nos dê uma mão, um conselho. Você já escutou a nossa desgraça, estamos sem saber como agir. O que acha que devemos fazer? Você tem muita experiência de vida.

— É muito melhor do que eu esperava — exclamou dona Lucrecia. — Saga Falabella, Tottus, Pasarella, Déjà-Vu etc., etc. Ora, ora, igualzinho aos melhores shoppings da capital.

— E seis cinemas! Todos com ar condicionado — aplaudiu Fonchito. — Você não pode se queixar, papai.

— Bem — rendeu-se don Rigoberto. — Escolham o filme menos ruim possível e vamos entrar de uma vez num cinema.

Como ainda era começo da tarde, e lá fora o calor aumentava, havia pouca gente nas elegantes instalações do Centro Comercial Open Plaza. Mas, aqui dentro, o ar refrigerado já era uma bênção e, enquanto dona Lucrecia olhava algumas vitrines e Fonchito estudava os filmes num painel, don Rigoberto se distraiu observando os areais amarelos que rodeavam o enorme prédio da Universidade Nacional de Piura e os esparsos algarrobos salpicados entre essas línguas de terra dourada onde, embora não as visse, imaginava umas rápidas lagartixas espiando em volta com suas cabecinhas triangulares e seus olhos remelentos em busca de insetos. Que incrível a história de Armida! Fugindo do escândalo, dos advogados e dos seus iracundos enteados, ela acabou se metendo na casa de um personagem que também era notícia em um escândalo descomunal e com os mais saborosos ingredientes do jornalismo sensacionalista, adultério, chantagens, cartas anônimas assinadas por aranhas, sequestros e falsos sequestros, e, pelo visto, até incesto. Agora sim estava impaciente para conhecer Felícito Yanaqué, falar com Armida e contar a ela sua última conversa com Miki e Escovinha.

Nesse momento dona Lucrecia e Fonchito se aproximaram. Tinham duas propostas: *Piratas do Caribe 2*, a escolha do filho, e *Uma paixão fatal*, a de sua mulher. Optou pelos piratas, pensando que se conseguisse tirar uma soneca o arrulhariam melhor que o melodrama lacrimoso que o outro título prometia. Fazia quantos meses que não entrava num cinema?

— Na saída podemos ir a esta confeitaria — disse Fonchito, apontando. — Que bolos gostosos!

"Ele parece contente e excitado com esta viagem", pensou don Rigoberto. Fazia muito tempo que não via seu filho tão risonho e animado. Desde que começaram as aparições do malfadado Edilberto Torres, Fonchito tinha se tornado reservado, melancólico, aéreo. Agora, em Piura, parecia novamente o menino divertido, curioso e entusiasmado de antes. Dentro do moderno cinema só havia meia dúzia de pessoas.

Don Rigoberto respirou fundo, expirou, e mandou seu discurso:

— Só tenho um conselho para dar a vocês — falava com solenidade. — Façam as pazes com Armida. Aceitem o casamento com Ismael, aceitem que ela é sua madrasta. Esqueçam essa bobagem de querer anulá-lo. Negociem uma compensação econômica. Não se iludam, vocês nunca vão conseguir tirar dela tudo o que herdou. Seu pai sabia o que estava fazendo e amarrou as coisas muito bem. Se vocês insistirem nessa ação judicial, vão acabar destruindo todas as pontes e não verão a cor do dinheiro. Negociem amistosamente, aceitem uma quantia que, mesmo não sendo a que pretendiam, poderia dar para viverem bem, sem trabalhar e se divertindo, jogando tênis, pelo resto de suas vidas.

— E se os sequestradores a mataram, tio? — a expressão de Escovinha era tão patética que don Rigoberto estremeceu. De fato: e se a tivessem matado? O que ia acontecer com a fortuna? Ficaria nas mãos dos banqueiros, administradores, contadores e escritórios internacionais que agora a mantinham fora do alcance não só destes dois pobres-diabos mas também dos arrecadadores de impostos do mundo inteiro?

— Para você é fácil pedir que nós façamos as pazes com a mulher que roubou o papai, tio — disse Miki, com mais tristeza que fúria. — E que, além do mais, ficou com tudo o que a família tinha, incluindo os móveis, vestidos e joias da minha mãe. Nós amávamos meu pai. É muito doloroso saber que, na velhice, ele foi vítima de uma conspiração tão imunda.

Don Rigoberto olhou no fundo dos seus olhos e Miki sustentou o olhar. Este garoto descarado, que havia amargurado os anos finais de Ismael e que deixava ele e Lucrecia na corda bamba durante meses, presos em Lima e sufocados por compromissos judiciais, agora se dava ao luxo de ter boa consciência.

— Não houve nenhuma conspiração, Miki — disse, lentamente, procurando não deixar que a raiva transparecesse em suas palavras. — Seu pai se casou porque sentia carinho pela Armida. Talvez não amor, mas sim muito carinho. Ela foi boa com ele e o consolou quando sua mãe morreu, um período muito difícil em que Ismael se sentia muito sozinho.

— E olhem só como o consolou bem, deitada na cama do pobre velho — disse Escovinha. Mas parou de falar quando Miki levantou a mão com energia indicando que calasse a boca.

— Mas, acima de tudo, Ismael se casou com ela porque estava terrivelmente decepcionado com vocês dois — prosseguiu don Rigoberto, como se sua língua tivesse se desatado sozinha. — Sim, sim, eu sei muito bem o que estou dizendo, sobrinhos. Sei do que estou falando. E agora vocês também vão saber, se me escutarem sem mais interrupções.

Tinha levantado a voz e agora os gêmeos estavam quietos e atentos, surpresos com a seriedade com que ele falava.

— Querem saber por que estava tão decepcionado com vocês? Não por serem vagabundos, farristas, bêbados e fumarem maconha e cheirarem coca como quem chupa balas. Não, não, tudo isso ele podia entender e até perdoar. Mas, obviamente, preferia que seus filhos fossem muito diferentes.

— Não viemos aqui para ouvir insultos, tio — protestou Miki, já vermelho.

— Ficou decepcionado porque soube que vocês estavam impacientes para que ele morresse por causa da herança. Como eu sei? Porque ele mesmo me contou. Posso lhes dizer onde, em que dia e a que hora. E até as palavras exatas que empregou.

E por alguns minutos, com muita calma, Rigoberto relatou aquela conversa de uns meses antes, durante o almoço em La Rosa Náutica, quando seu chefe e amigo lhe contou que tinha decidido se casar com Armida e pediu que ele fosse testemunha.

— Ouviu vocês dois conversando na Clínica San Felipe, dizendo umas coisas estúpidas e malvadas ao lado da sua cama de moribundo — concluiu Rigoberto. — Vocês precipitaram o casamento de Ismael com Armida, por serem tão insensíveis e cruéis. Ou melhor, burros. Tinham que disfarçar seus sentimentos pelo menos naquele instante, deixar que seu pai morresse em paz, pensando que os filhos iam ficar tristes com o que ele estava passando. Não que iam começar a comemorar sua morte quando ainda estava vivo e escutando tudo. Ismael me disse que ouvir vocês dizendo essas coisas horríveis lhe deu forças para sobreviver, para lutar. Que foram vocês que o ressuscitaram, não os médicos. Bem, agora já sabem. Foi essa a razão pela qual seu pai se casou com Armida. E é, também, a razão pela qual vocês nunca vão herdar a fortuna dele.

— Nós nunca dissemos isso que você diz que ele lhe disse que dissemos — atrapalhou-se Escovinha, e suas palavras se transformaram num trava-língua. — Meu pai deve ter sonhado isso, por culpa daqueles remédios fortes que lhe deram para sair do coma. Se é que você falou a verdade e não inventou toda essa história para nos deixar ainda mais fodidos do que já estamos.

Parecia que ia dizer mais alguma coisa, porém se arrependeu. Mike não dizia nada e continuava roendo as unhas, tenazmente. Estava com uma expressão azeda e parecia abatido. A congestão em seu rosto se acentuou.

— É provável que nós tenhamos falado e ele ouvido — retificou com brutalidade as palavras do irmão. — Falamos isso muitas vezes, é verdade, tio. Não gostávamos dele porque ele nunca gostou da gente. Que eu me lembre, jamais ouvi dele uma palavra carinhosa. Nunca brincou conosco, nem nos levava ao cinema ou ao circo, como faziam os pais de todos os nossos amigos. Acho que nunca se sentou para conversar com a gente. Mal nos dirigia a palavra. Ele só gostava da empresa e do trabalho. Sabe de uma coisa? Eu não fico nada triste por ele ter sabido que nós o odiávamos. Porque era a pura verdade.

— Cale a boca, Miki, a raiva faz você falar bobagens — protestou Escovinha. — Não sei para que nos contou isso, tio.

— Por uma razão muito simples, sobrinho. Para que vocês tirem da cabeça de uma vez por todas essa ideia absurda de que seu pai se casou com Armida porque estava caduco, com demência senil, ou porque lhe fizeram feitiços ou passes de magia negra. Ele se casou porque viu que vocês queriam que morresse o quanto antes para ficar com toda a fortuna e dilapidá-la. Esta é a pura e triste verdade.

— Vamos embora daqui, Miki — disse Escovinha, levantando-se da cadeira. — Viu por que eu não queria fazer esta visita? Eu avisei que em vez de nos ajudar, ele ia acabar nos insultando, como na outra vez. E é melhor irmos logo, antes que eu fique nervoso outra vez e acabe quebrando a cara deste caluniador de merda.

— Não sei vocês, mas eu adorei o filme — disse a senhora Lucrecia. — Mesmo sendo uma bobagem, passei bons momentos.

— Não é um filme de aventuras, é mais do gênero fantástico — Fonchito lhe deu razão. — A melhor parte eram os monstros, as caveiras. E não me diga que não gostou, papai. Fiquei olhando, e você estava completamente concentrado na tela.

— Bem, para dizer a verdade não me entediei nem um pouco — admitiu don Rigoberto. — Vamos tomar um táxi e voltar para o hotel. Já vai anoitecer, está chegando o grande momento.

Voltaram para o Hotel Los Portales e don Rigoberto tomou um longo banho. Agora que se aproximava a hora do encontro com Armida, ele pensava que, de fato, como Lucrecia dissera, tudo aquilo que estava vivendo era uma irrealidade divertida e desatinada como o filme que tinham acabado de ver, sem o menor contato com a realidade vivida. Mas, de repente, um calafrio gelou suas costas. Talvez, neste mesmo momento, um bando de criminosos, de delinquentes internacionais, informados da grande fortuna que Ismael Carrera havia deixado, estava torturando Armida, arrancando suas unhas, cortando-lhe um dedo ou uma orelha, furando um olho, para obrigá-la a entregar os milhões que eles queriam. Ou talvez tenham exagerado na dose, e ela já podia estar morta e enterrada. Lucrecia também tomou banho, vestiu-se e os dois desceram para tomar um drinque no bar. Fonchito ficou no seu quarto vendo televisão. Disse que não queria comer; preferia pedir um sanduíche e ir para a cama.

O bar estava bastante cheio, mas ninguém parecia prestar a menor atenção neles. Sentaram-se na mesinha mais afastada e pediram dois uísques com soda e gelo.

— Ainda não acredito que vamos ver Armida — disse dona Lucrecia. — Será mesmo verdade?

— É uma sensação estranha — respondeu don Rigoberto. — Como estar vivendo uma ficção, um sonho que talvez vire pesadelo.

— Josefita, que nome tem essa mulher, e que pinta — comentou ela. — Eu já estou com os nervos à flor da pele. E se tudo isso for um truque de uns malandros para lhe arrancar dinheiro, Rigoberto?

— Pois teriam uma grande decepção — riu ele. — Porque estou com a carteira vazia. Mas essa tal Josefita tinha pinta de tudo menos de gângster, não é? E o senhor Yanaqué também; pelo telefone ele parecia o ser mais inofensivo do mundo.

Tomaram o uísque, pediram outro e, finalmente, entraram no restaurante. Mas nenhum dos dois estava com vontade de comer, de modo que, em vez de ocupar uma mesa, foram se sentar na saleta da entrada. Ficaram ali cerca de uma hora, devorados pela impaciência, sem tirar os olhos das pessoas que entravam e saíam do hotel.

Finalmente Josefita chegou, com seus olhos saltados, seus grandes brincos e seus fartos quadris. Estava usando a mesma roupa da manhã. Tinha uma expressão muito séria e fazia gestos conspiratórios. Aproximou-se deles depois de explorar o ambiente com seus olhos ágeis e, sem abrir a boca nem sequer para dizer boa-noite, pediu com um gesto que a seguissem. Foram com ela até a Praça de Armas. Don Rigoberto, que quase nunca bebia, sentiu que os dois uísques lhe deram uma ligeira tontura e a brisa da rua o deixava um pouco mais aturdido. Josefita os fez dar uma volta em torno da praça, passar ao lado da catedral, e depois entrar na rua Arequipa. As lojas já estavam fechadas, com as vitrines iluminadas e gradeadas, e não se viam muitos transeuntes nas calçadas. Ao chegar à segunda quadra, Josefita apontou para o portão de uma casa antiga, com as cortinas das janelas fechadas, e, ainda sem dizer uma palavra, deu adeus com a mão. Viram como se afastava depressa, rebolando, sem virar a cabeça. Don Rigoberto e dona Lucrecia chegaram à grande porta tachonada, mas, antes de baterem, a porta se abriu e uma vozinha masculina muito respeitosa murmurou: "Entrem, entrem, por favor."

Entraram. Num vestíbulo mal iluminado, com uma lâmpada solitária que o ar da rua balançava, foram recebidos por um homem pequeno e doentio que trajava um terno bem cortado e colete. Fez uma grande reverência ao mesmo tempo em que estendia uma mãozinha de criança:

— Muito prazer, bem-vindos a esta casa. Felícito Yanaqué, às suas ordens. Entrem, entrem.

Fechou a porta e os guiou pelo vestíbulo forrado de sombras até uma saleta que também estava na penumbra, onde havia um aparelho de televisão e uma pequena estante com CDs. Don Rigoberto viu uma silhueta feminina emergindo de uma das poltronas. Reconheceu Armida. Antes que pudesse falar com ela, dona Lucrecia se adiantou e ele viu sua mulher abraçando com força a viúva de Ismael Carrera. As duas começaram a chorar, como duas amigas íntimas que se reencontram depois de muitos anos de ausência. Quando foi cumprimentá-la, Armida ofereceu sua bochecha para que don Rigoberto a beijasse. Ele a beijou, murmurando: "Que alegria ver você sã e salva, Armida." Esta agradeceu por terem vindo, Deus lhe pagaria, Ismael também lhe agradecia lá onde estivesse.

— Que aventura, Armida — disse Rigoberto. — Suponho que você já sabe que é a mulher mais procurada do Peru. A mais famosa, também. Aparece na televisão dia e noite e todo mundo pensa que foi sequestrada.

— Não tenho palavras para agradecer por todo esse trabalho de virem a Piura — ela enxugava as lágrimas. — Preciso de sua ajuda. Eu não podia mais continuar em Lima. Aquelas reuniões com os advogados, escrivães, com os filhos de Ismael, estavam me deixando louca. Eu precisava de um pouco de calma, para pensar. Não sei o que seria de mim sem Gertrudis e Felícito. Esta aqui é minha irmã e Felícito é meu cunhado.

Uma forma meio corcunda surgiu entre as sombras da sala. A mulher, embrulhada numa túnica, estendeu a mão gorda e suada e cumprimentou-os com uma inclinação de cabeça, sem dizer uma palavra. Ao seu lado, o homenzinho, que pelo visto era seu marido, parecia ainda mais miúdo, quase um gnomo. Trazia nas mãos uma bandeja com copos e garrafas de refrigerante:

— Preparei um lanchinho. Sirvam-se, por favor.

— Temos tanto o que conversar, Armida — disse don Rigoberto —, que nem sei por onde começar.

— Vamos começar pelo princípio — disse Armida. — Mas, sentem-se, sentem-se. Vocês devem estar com fome. Gertrudis e eu preparamos alguma coisa para comer.

XIX

Quando Felícito Yanaqué abriu os olhos, estava quase amanhecendo e os pássaros ainda não haviam começado a cantar. "É hoje o dia", pensou. A visita era às dez da manhã; tinha umas cinco horas pela frente. Não se sentia nervoso; ia manter o controle sobre si mesmo, não se deixaria dominar pelo ódio e falaria com serenidade. O problema que o atormentou a vida inteira estaria resolvido para sempre; iria se desvanecendo pouco a pouco até desaparecer da memória.

Levantou-se, abriu as cortinas e, descalço e com seu pijama de criança, fez os exercícios de Qi Gong durante meia hora, com a lentidão e a concentração que o chinês Lau lhe ensinara. Deixava o esforço de atingir a perfeição em cada movimento monopolizar toda a sua consciência. "Estive a ponto de perder o centro e ainda não consegui recuperar", pensou. Lutou para não ser invadido pelo desânimo outra vez. Não era de se estranhar que tivesse perdido o centro, com a tensão em que vivia desde que recebeu a primeira carta da aranhinha. De todas as explicações que o vendeiro Lau lhe deu sobre o Qi Gong, essa arte, ginástica, religião ou o que fosse que lhe ensinara, e que a partir de então havia incorporado à sua vida, a única que entendeu por completo era a de "encontrar o centro". Lau a repetia cada vez que levava as mãos à cabeça ou ao abdômen. Afinal Felícito entendeu: "o centro" que era indispensável encontrar, e que ele devia aquecer com um movimento circular das palmas das mãos na barriga até sentir que dali surgia uma força invisível que lhe dava a sensação de estar flutuando, não era só o centro do seu corpo, era uma coisa mais complexa, um símbolo de ordem e serenidade, um umbigo do espírito que, se a gente o localizava bem e o dominava, imprimia um sentido claro e uma organização harmoniosa à nossa vida. Nos últimos tempos, ele tinha a sensação — a certeza — de que seu centro saíra do prumo e que sua vida começava a afundar no caos.

Pobre chinês Lau. Não tinham sido exatamente amigos, porque para manter uma amizade é preciso se entender e Lau nunca aprendeu o espanhol, embora captasse quase tudo. Mas falava um simulacro no qual era preciso adivinhar três quartos do que dizia. E nem se fala da chinesinha que morava com ele e o ajudava na venda. Ela parecia entender o que os clientes diziam, mas raramente se atrevia a dirigir-lhes a palavra, consciente de que o que falava era uma algaravia ainda menos compreensível que ele. Felícito pensou durante muito tempo que os dois eram marido e mulher, mas, um belo dia, quando já haviam começado, graças ao Qi Gong, esse relacionamento que parecia amizade mas não era, Lau lhe informou que na verdade a chinesinha era sua irmã.

A venda de Lau ficava nos limites da Piura de então, onde a cidade e os areais se encontravam, do lado de El Chipe. Não podia ser mais miserável: uma cabaninha de varas de algarrobo com um teto de zinco preso com pedras, dividida em dois espaços, um para a loja, uma salinha com um balcão e umas despensas rústicas, e outro aposento onde os irmãos viviam, comiam e dormiam. Tinham algumas galinhas, cabras, e a certa altura também tiveram um porco, mas foi roubado. Sobreviviam graças aos caminhoneiros que passavam rumo a Sullana ou a Paita e paravam ali para comprar cigarros, refrigerantes, bolachas ou tomar uma cerveja. Felícito havia morado nas vizinhanças, na pensão de uma viúva, anos antes de mudar-se para El Algarrobo. Na primeira vez que se aproximou da vendinha de Lau — era muito cedo de manhã —, viu-o parado no meio da areia, só de calça, com o torso esquelético nu, fazendo uns estranhos exercícios em câmara lenta. Cheio de curiosidade, foi conversar e o chinês, em seu espanhol de caricatura, tentou lhe explicar o que era aquilo que fazia movendo os braços devagarzinho e às vezes ficando imóvel como uma estátua, de olhos fechados e, parecia, contendo a respiração. A partir de então, sempre que tinha um tempinho livre o caminhoneiro dava um pulo até a venda para conversar com Lau, se é que se podia chamar de conversar o que eles faziam, comunicar-se com gestos e caretas tentando complementar as palavras, e que, às vezes, frente a um mal-entendido, os fazia explodir em gargalhadas.

Por que Lau e a irmã não se davam com os outros chineses de Piura? Havia um bom número deles, donos de *chifas*, adegas e lojas, alguns muito prósperos. Talvez porque todos eles tinham uma situação muito melhor que a de Lau e não queriam se desprestigiar misturando-se com aquele pobretão que vivia como um selvagem primitivo, sem trocar nunca a calça furada e sebosa e os dois únicos blusões que em geral usava abertos, mostrando os ossos do peito. Sua irmã também era um esqueleto silencioso, embora muito ativo, pois era ela quem dava de comer aos animais e ia comprar água e mantimentos nos distribuidores das redondezas. Felícito nunca chegou a saber nada de suas vidas, como e por que razão tinham vindo do seu longínquo país até Piura, nem por quê, ao contrário dos outros chineses da cidade, não tinham conseguido progredir e ficaram na miséria.

O verdadeiro meio de comunicação entre os dois foi o Qi Gong. No começo, Felícito imitava os movimentos meio brincando, mas Lau não levou a coisa na brincadeira, estimulou-o a perseverar e se tornou seu professor. Um professor paciente, amável, compreensivo, que, em seu espanhol rudimentar, comentava cada movimento e postura que fazia com explicações que Felícito quase não entendia. Mas, pouco a pouco, foi se deixando contagiar pelo exemplo de Lau e começou a fazer sessões de Qi Gong não só quando visitava a vendinha, mas também na pensão da viúva e nas paradas que fazia em suas viagens. Gostou. Aquilo lhe fazia bem. Sempre o deixava mais tranquilo quando estava nervoso e lhe dava energia e autocontrole para enfrentar as vicissitudes do dia. Ajudou-o a descobrir o seu centro.

Uma noite, a viúva da pensão acordou Felícito dizendo que a chinesinha meio louca da venda de Lau estava na porta aos gritos e que ninguém entendia o que ela dizia. Felícito saiu de cueca. A irmã de Lau, toda despenteada, gesticulava apontando para a venda e dando gritos histéricos. Correu atrás dela e encontrou o vendeiro pelado, contorcendo-se de dor em cima de uma esteira, com febre alta. Foi um custo conseguir um veículo para transportar Lau até o posto de saúde mais próximo. Lá, o enfermeiro de plantão disse que tinham que levá-lo ao hospital, no posto só atendiam casos leves e aquilo parecia sério. Levou quase meia hora arranjar um táxi para levar Lau à Emergência do Hospital Operário, onde deixaram o vendeiro deitado num banco até a manhã seguinte, porque não havia leitos disponíveis. No outro dia, quando finalmente um médico o viu, Lau já estava agonizando. Morreu poucas horas depois. Ninguém tinha dinheiro para pagar um funeral — o que Felícito ganhava só dava para comer — e o enterraram na fossa comum, depois de receber um atestado explicando que a causa da morte era uma infecção intestinal.

O mais curioso do caso é que a irmã de Lau desapareceu na mesma noite da morte do vendeiro. Felícito nunca mais voltou a vê-la nem a ter notícias dela. Nessa mesma manhã saquearam a venda e um tempinho mais tarde levaram o zinco e as varas, de modo que poucas semanas depois não havia mais rastros dos dois irmãos. Quando o tempo e o deserto engoliram os últimos restos da cabana, abriram ali um aviário, sem muito sucesso. Agora, esse setor de El Chipe tinha se urbanizado e havia ruas, eletricidade, água, esgoto e casinhas de famílias emergentes da classe média.

A lembrança do vendeiro Lau permaneceu viva na memória de Felícito. E se reativava toda manhã, há mais de trinta anos, cada vez que fazia os exercícios de Qi Gong. Já havia passado tanto tempo e às vezes ele ainda se perguntava qual teria sido a aventura de Lau e sua irmã, por que haviam saído da China, que peripécias tinham enfrentado até encalhar em Piura, condenados àquela triste e solitária existência. Lau sempre repetia que era preciso encontrar o centro, coisa que, pelo visto, ele nunca conseguiu. Então Felícito pensou que talvez hoje, quando fizesse o que ia fazer, recuperaria o seu centro perdido.

Estava um pouco cansado quando terminou, com o coração batendo mais rápido. Tomou seu banho com calma, engraxou os sapatos, vestiu uma camisa limpa e foi para a cozinha preparar seu desjejum habitual com leite de cabra, café e uma fatia de pão preto que aqueceu na torradeira e untou com manteiga e mel de chancaca. Eram seis e meia da manhã quando se viu na rua Arequipa. Lucindo já estava na esquina, como que à sua espera. Pôs um sol na caneca e o cego o reconheceu na hora:

— Bom dia, don Felícito. O senhor está saindo mais cedo hoje.

— É um dia importante para mim, tenho muito trabalho. Deseje-me boa sorte, Lucindo.

Havia pouca gente na rua. Era agradável andar pela calçada sem ser acossado pelos repórteres. E ainda mais agradável saber que tinha infligido uma derrota em regra a esses jornalistas: os infelizes nunca descobriram que Armida, a suposta sequestrada, a pessoa mais procurada pela imprensa do Peru, tinha passado uma semana inteira — sete dias e sete noites! — escondida em sua casa, debaixo dos seus narizes, sem que eles desconfiassem de nada. Pena que nunca iam saber que tinham perdido o furo do século. Porque Armida, na multitudinária entrevista coletiva que deu em Lima, ladeada pelo ministro do Interior e pelo chefe da Polícia, não revelou à imprensa que tinha se refugiado em Piura, na casa da sua irmã Gertrudis. Limitou-se a mencionar vagamente que estivera na casa de uns amigos para escapar do assédio da imprensa que a deixara à beira de uma crise nervosa. Felícito e sua esposa assistiram pela televisão a essa entrevista cheia de jornalistas, flashes e câmeras. O transportista ficou impressionado com a desenvoltura da cunhada ao responder às perguntas, sem se encabular, sem choramingar, falando bonito e com calma. Sua humildade e sua simplicidade, como todos diriam depois, a reconciliaram com a opinião pública, que a partir de então ficou menos propensa a acreditar na imagem de oportunista ambiciosa e golpista que os filhos de don Ismael Carrera espalharam a seu respeito.

A saída de Armida da cidade de Piura, em segredo, à meia-noite, num carro da Transportes Narihualá com seu filho Tiburcio ao volante, foi uma operação perfeitamente planejada e executada sem que ninguém, a começar pelos policiais e incluindo os jornalistas, percebesse. A princípio Armida queria mandar chamar em Lima um tal Narciso, o antigo motorista do seu falecido marido em quem tinha muita confiança, mas Felícito e Gertrudis a convenceram de que Tiburcio, em quem eles depositavam uma fé cega, podia dirigir o carro. Ele era ótimo motorista, uma pessoa discreta e, afinal de contas, seu sobrinho. Don Rigoberto, que tanto a incentivou a voltar para Lima o quanto antes e aparecer em público, acabou de dissipar as prevenções de Armida.

Tudo correu como planejado. Don Rigoberto, sua esposa e seu filho voltaram a Lima de avião. Dois dias depois, após a meia-noite, Tiburcio, que aceitara colaborar de boa vontade, chegou à casa da rua Arequipa na hora combinada. Armida despediu-se deles com beijos, choros e agradecimentos. Após doze horas de uma viagem sem contratempos, chegou à sua casa de San Isidro, em Lima, onde encontrou à sua espera o seu advogado, o seu guarda-costas e as autoridades, felizes de anunciar que a viúva de don Ismael Carrera havia reaparecido sã e salva, depois de oito dias de misterioso desaparecimento.

Quando Felícito chegou ao seu escritório, na avenida Sánchez Cerro, os primeiros ônibus, caminhonetes e vans do dia já se preparavam para sair rumo a todas as províncias de Piura e aos departamentos vizinhos de Tumbes e Lambayeque. Pouco a pouco, a Transportes Narihualá ia recuperando a clientela das boas épocas. As pessoas que, com o episódio da aranhinha, tinham dado as costas para a empresa receando alguma violência dos supostos sequestradores, esqueceram o assunto e voltaram a confiar no bom serviço que seus motoristas prestavam. Finalmente tinha chegado a um acordo com a companhia de seguros, que pagaria, meio a meio com ele, a reparação dos danos do incêndio. Em breve começariam os trabalhos de recuperação. Embora a conta-gotas, os bancos voltavam a lhe dar créditos. Restabelecia-se a normalidade, dia após dia. Respirou aliviado: hoje ia pôr um ponto final naquele malfadado assunto.

Trabalhou a manhã toda tratando dos problemas cotidianos, falou com os mecânicos e motoristas, pagou algumas faturas, fez um depósito, ditou cartas a Josefita, tomou duas xícaras de café e, às nove e meia da manhã, sobraçando a pasta preparada pelo doutor Hildebrando Castro Pozo, foi à delegacia buscar o sargento Lituma. Este já o esperava na porta. Um táxi levou-os à prisão masculina, em Rio Seco, nos arredores da cidade.

— Está nervoso com esta acareação, don Felícito? — perguntou o sargento durante a viagem.

— Acho que não — respondeu ele, vacilando. — Vamos ver quando estiver na minha frente. Nunca se sabe.

Na prisão, foram conduzidos ao Controle. Uns guardas revistaram as roupas de Felícito para verificar que não tinha armas. O próprio diretor, um homem encurvado e lúgubre em mangas de camisa que arrastava a voz e os pés, levou-os para um quartinho que, além de uma porta de madeira grossa, era protegido por uma grade. As paredes estavam cheias de inscrições, desenhos obscenos e palavrões. Assim que atravessou a soleira, Felícito reconheceu Miguel, em pé no centro do quarto.

Fazia poucas semanas que não o via, mas o rapaz apresentava uma notável transformação. Não parecia apenas mais magro e mais velho, o que se devia talvez aos seus cabelos louros crescidos e despenteados e à barba que agora sujava o seu rosto; também estava diferente a sua expressão, que costumava ser juvenil e risonha e agora era taciturna, exausta, a expressão de uma pessoa que perdeu o ímpeto e até o desejo de viver porque se sabe derrotada. Mas, talvez, a maior transformação estava em seus trajes. Ele, que costumava andar sempre bem-vestido e arrumado com o coquetismo escandaloso de um don juan de bairro, ao contrário de Tiburcio que usava dia e noite os jeans e as blusas leves dos motoristas e mecânicos, agora estava com uma camisa aberta no peito porque lhe faltavam todos os botões, uma calça amassada e cheia de manchas, e uns sapatos enlameados, sem cadarços. Não usava meias.

Felícito olhou-o fixamente nos olhos e Miguel só resistiu por alguns segundos; logo começou a piscar, abaixou a vista e cravou-a no chão. Felícito pensou que só notava agora que mal chegava à altura do ombro de Miguel, havia mais de uma cabeça de diferença entre os dois. O sargento Lituma permanecia encostado na parede, muito quieto, tenso, como se quisesse ficar invisível. Embora houvesse duas cadeirinhas de metal no aposento, os três continuavam de pé. Umas teias de aranha pendiam do teto entre os palavrões escritos nas paredes e os grosseiros desenhos de xoxotas e perus. Havia cheiro de urina. O réu não estava algemado.

— Não vim aqui para lhe perguntar se você está arrependido do que fez — disse, finalmente, Felícito, olhando para a maranha de cabelos claros e sujos que tinha a um metro de distância, satisfeito por sentir que falava com firmeza, sem demonstrar a raiva que sentia. — Isso você vai acertar lá em cima, quando morrer.

Fez uma pausa, para respirar fundo. Tinha falado baixinho e, agora, subiu o tom de voz:

— Vim por um assunto muito mais importante para mim. Mais que as cartas da aranhinha, mais que as suas chantagens para me roubar dinheiro, mais que o falso sequestro que planejou com Mabel, mais que o incêndio do meu escritório — Miguel continuava imóvel, sempre cabisbaixo, e o sargento Lituma tampouco se mexia em seu lugar. — Vim lhe dizer que estou até alegre com o que aconteceu. Por você ter feito o que fez. Porque graças a isso consegui esclarecer uma dúvida que me perseguiu durante toda a minha vida. Você sabe qual é, não sabe? Ela deve ter passado pela sua cabeça toda vez que via a sua cara no espelho e se perguntava por que tinha um rosto de branquinho se eu e sua mãe somos cholos. Eu também passei a vida toda fazendo a mesma pergunta. Até agora engoli a história, sem tentar averiguar, para não magoar seus sentimentos nem os de Gertrudis. Mas agora não preciso mais ter considerações. Já resolvi o mistério. Foi por isso que vim aqui. Para dizer uma coisa que vai lhe dar tanto prazer quanto a mim. Você não é meu filho, Miguel. Nunca foi. Quando descobriram que Gertrudis estava grávida, sua mãe e a Mandona, a mãe de sua mãe, sua avó, me disseram que eu era o pai para me obrigar a casar com ela. As duas me enganaram. Não era. Só me casei com a Gertrudis por ser crédulo. Agora a dúvida foi esclarecida. Sua mãe se justificou e me confessou tudo. Foi uma grande alegria, Miguel. Eu morreria de tristeza se meu filho, com meu próprio sangue nas veias, me fizesse o que você fez. Agora estou tranquilo, e até contente. Não foi um filho, foi um bastardo. Que alívio saber que não é o meu sangue, o sangue tão limpo do meu pai, que corre por suas veias. Outra coisa, Miguel. Nem sua mãe sabe quem foi que a fecundou para que você nascesse. Diz que talvez tenha sido um daqueles iugoslavos que vieram para a irrigação do Chira. Mas não tem certeza. Ou talvez algum outro dos branquinhos mortos de fome que apareciam na pensão El Algarrobo e também passavam pela sua cama. Tome nota, Miguel. Eu não sou seu pai, e nem sua própria mãe sabe de quem era o esperma que o gerou. Você é, então, um dos tantos bastardos de Piura, desses que são paridos pelas lavadeiras ou pastoras que os soldados fodem nos seus dias de bebedeira. Um bastardo, Miguel, isso mesmo. Não é de se estranhar que você tenha feito o que fez, com tantos sangues misturados que correm pelas suas veias.

Parou de falar porque a cabeça de cabelo louro e desgrenhado se levantou, com violência. Viu os azuis olhos injetados de sangue e de ódio. "Ele vai vir para cima de mim, vai tentar me estrangular", pensou. O sargento Lituma também deve ter pensado a mesma coisa porque deu um passo à frente e, com a mão na cartucheira, colocou-se ao lado do transportista para protegê-lo. Mas Miguel parecia arrasado, incapaz de reagir e até de mover-se. Corriam lágrimas por suas bochechas, as mãos e a boca tremiam. Estava lívido. Queria dizer alguma coisa, mas as palavras não lhe saíam e, vez por outra, seu corpo emitia um ruído ventral, como um arroto ou uma arcada.

    Felícito Yanaqué voltou a falar, com a mesma frieza contida com que havia pronunciado seu longo discurso:

    — Ainda não terminei. Tenha um pouquinho de paciência. Esta é a última vez que nos vemos, felizmente para você e para mim. Vou lhe deixar esta pasta. Leia atentamente cada um dos papéis que meu advogado preparou. O doutor Hildebrando Castro Pozo, que você conhece bem. Se concordar com os termos, assine em cada uma das páginas, onde há um x. Amanhã ele vai mandar buscar esses papéis e se encarregar da tramitação legal. Trata-se de uma coisa muito simples. Alteração de sobrenome, é assim que se chama. Você vai renunciar ao sobrenome Yanaqué que, de qualquer forma, não lhe pertence. Pode ficar com o da sua mãe, ou inventar um que lhe agrade. Em troca disso, eu retiro todas as queixas que fiz contra o autor das cartas da aranhinha, contra o autor do incêndio da Transportes Narihualá e do falso sequestro de Mabel. É possível que, graças a isso, você se livre dos anos de cadeia que pegaria e volte para a rua. Mas sim, assim que for libertado, saia de Piura. Nunca mais ponha os pés nesta terra, onde todo mundo sabe que você é um delinquente. Além do mais, aqui ninguém jamais lhe daria um trabalho decente. Não quero mais ver você na minha frente. Tem até amanhã para pensar. Se não quiser assinar estes papéis, o problema é seu. O julgamento vai prosseguir e eu pretendo fazer o impossível para que a sua pena seja longa. Você escolhe. Uma última coisa. A sua mãe não veio porque também não quer ver você nunca mais. Eu não pedi, foi decisão dela. Não há nada mais a dizer. Podemos ir, sargento. Que Deus o perdoe, Miguel. Eu nunca o perdoarei.

    Jogou a pasta com os papéis aos pés de Miguel e deu meia-volta em direção à porta, seguido pelo sargento Lituma. Miguel ficou imóvel, com os olhos cheios de ódio e de lágrimas, mexendo a boca sem fazer nenhum som, como se um raio o tivesse atingido e deixado sem movimento, sem fala e sem raciocínio, com a pasta verde aos seus pés. "Esta é a última imagem dele que vai ficar na minha memória", pensou Felícito. Avançaram em silêncio para a saída da prisão. O táxi estava à sua espera. Enquanto a tremelicante lata-velha sacolejava pelos subúrbios de Piura, rumo à delegacia da avenida Sánchez Cerro para deixar Lituma, este e o transportista permaneceram em silêncio. Já na cidade, o sargento foi o primeiro a falar:

— Posso lhe dizer uma coisinha, don Felícito?

— Diga, sargento.

— Nunca imaginei que alguém pudesse dizer essas barbaridades que o senhor disse ao seu filho lá na prisão. Fiquei com o sangue gelado, juro.

— Não é meu filho — levantou a mão o transportista.

— Desculpe, eu já sei — o sargento se excusou. — Claro que lhe dou razão, o que Miguel fez não tem nome. Mas, mesmo assim. Não se ofenda, mas são as coisas mais cruéis que já ouvi alguém dizer em toda a minha vida, don Felícito. Eu nunca acreditaria que vieram de uma pessoa tão bondosa. Não entendo como o rapaz não partiu para cima do senhor. Eu achei que ia, e fui abrindo a cartucheira. Quase puxei o revólver, sabe.

— Ele não teve coragem porque o deixei arrasado — respondeu Felícito. — Podiam ser coisas duras, mas por acaso eu menti ou exagerei, sargento? Talvez tenha sido cruel, mas eu só disse a mais estrita verdade.

— Uma verdade terrível, que juro que não vou repetir para ninguém. Nem para o capitão Silva. Dou minha palavra, don Felícito. Por outro lado, o senhor foi muito generoso. Se retirar mesmo todas as acusações, ele ficará em liberdade. Mais uma coisinha, mudando de assunto. É uma palavra, curra. Eu a ouvia quando era criança, mas tinha esquecido. Agora ninguém mais diz isso aqui em Piura, acho.

— É que não há mais tantas curras como antigamente — se intrometeu o motorista, rindo com um pouquinho de nostalgia. — Quando eu era criança, havia muita. Os soldados não vão mais pegar as cholas no rio ou nas chácaras. Agora eles são mais controlados no quartel e recebem punições se currarem alguém. Até os obrigam a casar, *che guá*.

Despediram-se na porta da delegacia e o transportista pediu ao táxi que o levasse para o seu escritório, mas, quando o carro ia parar na frente da Transportes Narihualá, mudou subitamente de ideia. Disse ao motorista que voltasse para Castilla e o deixasse o mais perto possível da Ponte Pênsil. Ao passar pela Praça de Armas viu o recitador Joaquín Ramos, vestido de preto, com seu monóculo e sua expressão sonhadora, caminhando impávido pelo meio da pista, como sempre puxando a sua cabrita. Os carros se desviavam e, em vez de xingar, os choferes lhe acenavam com a mão.

O beco que levava à casa de Mabel estava, como de costume, cheio de crianças esfarrapadas e descalças, cães esquálidos e sarnentos, e ouviam-se, entre as músicas e propagandas dos rádios a todo volume, latidos e cacarejos, e um papagaio gritalhão que repetia a palavra cacatua, cacatua. Nuvens de poeira turvavam o ar. Agora sim, depois de permanecer tão seguro durante o encontro com Miguel, Felícito se sentia vulnerável e desarmado pensando no reencontro com Mabel. Estava adiando esse encontro desde que ela saíra da cadeia em liberdade condicional. Chegou a pensar que talvez fosse preferível evitá-lo, utilizar os serviços do doutor Castro Pozo para resolver os últimos assuntos com ela. Mas nesse momento decidiu que ninguém podia substituí-lo nessa tarefa. Se quisesse começar uma nova vida, precisava, como tinha acabado de fazer com Miguel, saldar as últimas contas com Mabel. Suas mãos estavam suando quando tocou a campainha. Ninguém atendeu. Após esperar alguns segundos, pegou a chave e abriu. Sentiu o sangue e a respiração acelerados ao reconhecer os objetos, as fotos, a lhaminha, a bandeira, os quadrinhos, as flores de cera, o Coração de Jesus que presidia a sala. Tudo tão claro, arrumado e limpo como antigamente. Sentou-se na sala para esperar Mabel sem tirar o paletó nem o colete, só o chapéu. Sentia calafrios. O que faria se ela voltasse para casa com um homem que a segurasse pelo braço ou pela cintura?

Mas Mabel chegou sozinha, momentos depois, quando Felícito Yanaqué, pela tensão nervosa da espera, já estava começando a sentir, entre bocejos, um sono invasor. Quando ouviu a porta da rua, teve um sobressalto. Sentiu a boca seca, parecendo uma lixa, como se tivesse bebido chicha. Viu a cara de susto e ouviu a exclamação de Mabel ("Ai, meu Deus!") ao deparar-se com ele na sala. Viu que dava meia-volta para sair correndo.

— Não se assuste, Mabel — tranquilizou-a, com uma serenidade que não sentia. — Eu vim em clima de paz.

Ela parou e deu meia-volta. Ficou olhando-o, de boca aberta, os olhos inquietos, sem dizer nada. Estava mais magra. Sem maquiagem, com um lenço simples prendendo o cabelo, vestida com uma bata caseira e umas sandálias velhas, ele a achou muito menos atraente que a Mabel da sua memória.

— Sente-se, vamos conversar um pouquinho — apontou para uma das poltronas. — Não venho lhe fazer nenhuma recriminação nem pedir contas. Não vou lhe tomar muito tempo. Nós temos que resolver uns assuntos, como você sabe.

Ela estava pálida. Apertava os lábios com tanta força que parecia estar fazendo uma careta. Viu-a assentir e sentar-se na pontinha da poltrona, com os braços cruzados sobre a barriga, como que se protegendo. Em seus olhos havia insegurança, alarme.

— Coisas práticas que só podem ser resolvidas por nós dois diretamente — continuou o transportista. — Vamos começar pelo mais importante. Esta casa. O acordo com a proprietária prevê um aluguel semestral. Está pago até dezembro. A partir de janeiro, é por sua conta. O contrato está em seu nome, portanto você resolve o que faz. Pode renovar, ou então cancelar e mudar-se. Você resolve.

— Está bem — murmurou ela, com uma vozinha quase inaudível. — Entendi.

— Sua conta no Banco de Crédito — prosseguiu ele; agora se sentia mais seguro, vendo a fragilidade e o susto de Mabel. — Está em seu nome, mas tem o meu aval. Por razões óbvias, não posso continuar lhe dando essa garantia. Vou retirá-la, mas não creio que fechem a conta por isso.

— Já fecharam — disse ela. Calou-se e, após uma pausa, explicou: — Encontrei aqui uma notificação, quando saí da cadeia. Dizia que, dadas as circunstâncias, tinham que cancelá-la. O banco só aceita clientes honrados, sem antecedentes policiais. Que fosse retirar o meu saldo.

— Já foi?

Mabel negou com a cabeça.

— Fiquei com vergonha — confessou, olhando para o chão. — Todo mundo me conhece nessa filial. Tenho que ir um dia desses, quando meu dinheiro acabar. Para os gastos do dia a dia, ainda sobrou alguma coisa na caixinha da cabeceira.

— Você pode abrir uma conta em qualquer outro banco, com ou sem antecedentes — disse Felícito, secamente. — Não creio que tenha problemas com isso.

— Está bem — disse ela. — Entendo perfeitamente. O que mais?

— Acabei de falar com Miguel — disse ele, mais crispado e áspero, e Mabel ficou rígida. — Fiz uma proposta a ele. Se aceitar trocar o sobrenome Yanaqué num cartório, eu retiro todas as ações judiciais e não serei testemunha da promotoria.

— Quer dizer que ele vai ficar em liberdade? — perguntou Mabel. Agora ela não estava mais assustada, estava horrorizada.

— Se aceitar minha proposta, sim. Ele e você ficarão livres se não houver acusação da parte civil. Ou então pegarão uma pena muito leve. Pelo menos foi isso que o advogado me disse.

Mabel levou uma mão à boca:

— Ele vai querer se vingar, nunca vai me perdoar por delatá-lo à polícia — murmurou. — Vai me matar.

— Não acredito que ele queira voltar para a cadeia por causa de um assassinato — disse Felícito, com brutalidade. — Além do mais, a minha outra condição é que, quando ele sair da cadeia, vá embora de Piura e nunca mais apareça por aqui. Por isso duvido que faça alguma coisa com você. De qualquer forma, você pode pedir proteção à polícia. Como colaborou com os tiras, eles lhe darão.

Mabel tinha começado a chorar. As lágrimas molhavam seus olhos e o esforço que fazia para conter o pranto davam ao seu rosto uma expressão deformada, um pouco ridícula. Encolheu-se toda, como se estivesse com frio.

— Você pode não acreditar, mas o odeio com toda a minha alma — ouviu-a dizer, após uma pausa. — Porque ele destruiu a minha vida para sempre.

Deu um soluço e cobriu o rosto com as duas mãos. Felícito não se sentia impressionado. "Estará sendo sincera ou é puro teatro?", pensava. Não lhe interessava saber, para ele dava no mesmo que fosse uma coisa ou a outra. Desde que aconteceu tudo aquilo, às vezes, apesar da mágoa e da raiva, houve momentos em que ele se lembrava de Mabel com carinho, até com saudade. Mas neste instante não sentia nada disso. Tampouco desejo; se estivesse nua em seus braços, não poderia fazer amor com ela. Era como se finalmente, agora sim, os sentimentos por Mabel acumulados nestes oito anos tivessem desaparecido.

— Nada disso teria ocorrido se você tivesse me contado quando Miguel começou a rondá-la — tinha novamente a estranha sensação de que nada daquilo estava acontecendo, não se achava naquela casa, Mabel também não se encontrava lá, ao seu lado, chorando ou fingindo que chorava, e ele não estava dizendo o que dizia. — Nós dois teríamos economizado muitas dores de cabeça, Mabel.

— Eu sei, eu sei, fui muito covarde e estúpida — ouviu-a dizer. — Pensa que não lamentei? Eu tinha medo dele, não sabia como me libertar. Por acaso não estou pagando por tudo? Você não sabe o que foi a prisão feminina, em Sullana. Mesmo que por poucos dias. E sei que vou continuar arrastando isso pelo resto da vida.

— O resto da vida é muito tempo — ironizou Felícito, sempre falando calmamente. — Você é muito jovem e tem tempo de sobra para refazer sua vida. Não é o meu caso, certamente.

— Eu nunca deixei de amar você, Felícito — ouviu-a dizer. — Por mais que não acredite.

Ele soltou um risinho zombeteiro.

— Se me amando você fez o que sabemos, o que não faria se me odiasse, Mabel.

E, ouvindo-se dizer isso, pensou que estas palavras podiam ser a letra de uma canção de Cecilia Barraza de que tanto gostava.

— Eu queria lhe explicar, Felícito — implorou ela, com o rosto ainda escondido entre as mãos. — Não para que me perdoe, não para que tudo volte a ser como era antes. Só para você saber que as coisas não foram como está pensando, foram muito diferentes.

— Não tem que me explicar nada, Mabel — disse ele, agora falando de uma forma resignada, quase amistosa. — Aconteceu o que tinha que acontecer. Eu sempre soube que aconteceria, mais cedo ou mais tarde. Que você ia se cansar de um homem tão mais velho que você, que se apaixonaria por um jovem. É a lei da vida.

  Ela se remexeu no assento.

  — Juro pela minha mãe que não é o que você está pensando — choramingou. — Deixe eu lhe explicar, pelo menos contar como foi tudo.

  — O que eu não podia imaginar é que esse jovem seria Miguel — continuou o transportista, pigarreando. — Muito menos as cartas da aranhinha, naturalmente. Mas já passou. É melhor eu ir andando. Já resolvemos todas as coisas práticas e não ficou nada pendente. Não quero que esta história termine com uma briga. Deixo aqui a chave da casa.

  Colocou-a na mesa da sala, junto com a lhaminha de madeira e a bandeira peruana, e se levantou. Ela continuava com o rosto entre as mãos, chorando.

  — Pelo menos vamos continuar amigos — ouviu-a dizer.

  — Nós não podemos ser amigos, você sabe muito bem — respondeu, sem se virar para olhá-la. — Boa sorte, Mabel.

  Foi até a porta, abriu, saiu e fechou-a devagar atrás de si. O resplendor do sol o fez piscar. Avançou entre os redemoinhos de poeira, o som dos rádios, as crianças esfarrapadas e os cachorros sarnentos, pensando que nunca mais voltaria a percorrer aquela ruela poeirenta de Castilla e que, sem dúvida, tampouco voltaria a ver Mabel. Se o acaso os fizesse encontrar-se numa rua do centro, fingiria que não a viu e ela faria o mesmo. Os dois se cruzariam como dois desconhecidos. Pensou também, sem tristeza nem amargura, que apesar de ainda não ser um velho inútil, provavelmente nunca mais voltaria a fazer amor com uma mulher. Não tinha mais disposição para arranjar outra amante, nem para ir ao bordel de noite transar com as putas. E a ideia de voltar a fazer amor com Gertrudis depois de tantos anos nem lhe passava pela cabeça. Talvez tivesse que bater punheta de vez em quando, como fazia quando era rapaz. Qualquer que fosse o rumo do seu futuro, uma coisa era certa: já não haveria nele capacidade para o prazer nem para o amor. Não lamentava, não se desesperava. A vida era assim, e ele, desde que não passava de um menino descalço em Chulucanas e Yapatera, tinha aprendido a aceitá-la como era.

Insensivelmente, seus passos o tinham levado para a lojinha de ervas, artigos de costura, santos, cristos e virgens da sua amiga Adelaida. Lá estava a adivinha, atarracada, bunduda, descalça, enfiada na túnica de tecido cru que lhe chegava até os tornozelos, olhando-o da porta da casa com seus enormes olhos perfurantes.

— Olá, Felícito, que alegria ver você — cumprimentou-o, acenando. — Já pensava que tinha se esquecido de mim.

— Adelaida, você sabe muito bem que é a minha melhor amiga e que nunca vou me esquecer de você — apertou-lhe a mão e bateu em suas costas com carinho. — Tive muitos problemas ultimamente, você deve saber. Mas aqui estou. Você não me arranja um copo daquela aguinha destilada tão limpa e fresca? Estou morrendo de sede.

— Entre, entre e sente-se, Felícito. Vou trazer um copo d'água agorinha mesmo, claro que sim.

Ao contrário do calor que fazia lá fora, no interior da lojinha de Adelaida, mergulhada na penumbra e na quietude de sempre, estava fresco. Sentado na cadeira de balanço de palhinha, ficou olhando as teias de aranha, as prateleiras, as mesinhas com caixas de pregos, botões, parafusos, grãos, os galhos de ervas, as agulhas, as imagens, rosários, virgens e cristos de gesso e madeira de todos os tamanhos, os círios e velas, enquanto esperava o regresso da santeira. Será que Adelaida tinha fregueses? Que ele se lembrasse, em todas as vezes que tinha vindo, e foram muitas, nunca viu alguém comprando alguma coisa. Mais que uma loja, este lugar parecia uma capelinha. Só faltava o altar. Sempre que estava aqui tinha o mesmo sentimento de paz que antes, muito antes, costumava sentir na igreja quando, nos primeiros anos de casados, Gertrudis o arrastava para a missa dos domingos.

Bebeu com fruição a água da pedra de destilar que Adelaida lhe deu.

— Em que confusão você se meteu, Felícito — disse a santeira, apiedando-se dele com um olhar carinhoso. — Sua amante e seu filho conchavados para depenar você. Meu Deus, que coisas feias a gente vê neste mundo! Ainda bem que engaiolaram esses dois.

— Isso já passou e, sabe de uma coisa, Adelaida?, não me interessa mais — encolheu os ombros e fez uma cara desdenhosa. — Tudo isso já ficou para trás, e eu vou esquecer. Não quero que envenene a minha vida. Agora, vou me esforçar de corpo e alma para reerguer a Transportes Narihualá. Por culpa desses escândalos, não cuidei bem da companhia que me dá de comer. E, se não tomar conta, ela vai afundar.

— Assim é que eu gosto, Felícito, o passado é passado — aplaudiu a santeira. — E vamos trabalhar! Você sempre foi um homem que não se rende, desses que brigam até o final.

— Sabe de uma coisa, Adelaida? — interrompeu Felícito. — Aquela inspiração que você teve na última vez que estive aqui se realizou. Aconteceu uma coisa extraordinária, como você disse. Não posso dizer mais nada por enquanto, mas assim que puder venho lhe contar.

— Não quero que me conte nada — a adivinha ficou muito séria e uma sombra velou seus enormes olhos por um instante. — Não me interessa, Felícito. Você sabe muito bem que eu não gosto de ter essas inspirações. Infelizmente, isso sempre me acontece com você. Parece até que as provoca, *che guá*.

— Espero não lhe provocar mais nenhuma inspiração, Adelaida — sorriu Felícito. — Já não estou em idade para mais surpresas. A partir de agora quero ter uma vida tranquila e organizada, dedicada ao meu trabalho.

Ficaram em silêncio por um bom tempo, ouvindo os sons da rua. As buzinas e motores de carros e caminhões, os gritos dos vendedores ambulantes, as vozes e movimentos dos transeuntes chegavam até eles amortecidos pela tranquilidade deste lugar. Felícito pensava que, apesar de conhecer Adelaida há tantos anos, a adivinha continuava sendo um grande mistério para ele. Será que tinha família? Foi casada alguma vez? Talvez tenha saído do orfanato, talvez seja dessas meninas abandonadas, recolhidas e criadas pela caridade pública que depois acabam solitárias, como cogumelos, sem pais, nem irmãos, nem marido, nem filhos. Ele nunca tinha ouvido Adelaida falar de algum parente, nem de amizades. Talvez Felícito fosse a única pessoa em Piura que a adivinha podia chamar de amigo.

— Diga-me uma coisa, Adelaida — perguntou. — Você já morou em Huancabamba? Por acaso foi criada lá?

Em vez de responder, a mulata deu uma grande gargalhada, abrindo de par em par sua bocarra de lábios grossos e mostrando uma dentadura de dentes grandes e regulares.

— Eu sei por que você está me perguntando isso, Felícito — exclamou, dando risadas. — É por causa dos bruxos de Las Huaringas, não é mesmo?

— Não vá pensar que estou achando que você é uma bruxa ou coisa assim — assegurou ele. — Mas o fato é que você tem, bem, não sei como dizer, essa faculdade, esse dom ou seja o que for de adivinhar as coisas que vão acontecer, que sempre me deixou pasmado. É incrível, *che guá*. Toda vez que você tem uma inspiração, ela acontece mesmo. Faz muitos anos que nós nos conhecemos, não é? E sempre que você me profetizou alguma coisa, aconteceu. Você não é como os outros, como os simples mortais, você tem uma coisa que ninguém mais tem, Adelaida. Se quisesse, poderia ter ficado rica como adivinha profissional.

Enquanto ele falava Adelaide foi ficando muito séria.

— Mais que um dom, isso é uma grande desgraça que Deus colocou nos meus ombros, Felícito — suspirou. — Eu já lhe disse muitas vezes. Não gosto de ter essas inspirações assim de repente. Não sei de onde elas saem, nem por quê, e só aparecem com certas pessoas, como você. Para mim também é um mistério. Por exemplo, nunca tive inspirações sobre mim mesma. Nunca soube o que vai me acontecer amanhã ou depois de amanhã. Bem, respondendo à sua pergunta. Sim, estive em Huancabamba, uma vez só. E vou lhe dizer uma coisa. Tenho pena daquela gente que sobe até lá, gastando o que tem e o que não tem, com grande esforço, para se curar com os mestres, como os chamam. São uns embusteiros, pelo menos a grande maioria. Os que esfregam um porquinho-da-índia nos doentes, os que os mergulham nas águas geladas da lagoa. Em vez de curar, às vezes os matam de pneumonia.

Sorrindo, Felícito segurou-a com as duas mãos.

— Não é sempre assim, Adelaida. Um amigo meu, um motorista da Transportes Narihualá chamado Andrés Novoa, teve uma febre de malta que os médicos do Hospital Operário não sabiam como tratar. Mandaram-no embora. Ele chegou a Huancabamba quase morto, e lá um dos bruxos levou-o para Las Huaringas, mandou-o entrar na lagoa e lhe deu não sei que bebidas. E o homem voltou curado. Eu vi com meus próprios olhos, juro, Adelaida.

— Talvez haja alguma exceção — admitiu ela. — Mas para cada curandeiro de verdade existem dez vigaristas, Felícito.

Conversaram durante muito tempo. O assunto passou dos bruxos, mestres, curandeiros e xamãs de Huancabamba, tão famosos que gente de todo o Peru ia consultá-los sobre seus males, às rezadoras e santeiras de Piura, mulheres geralmente humildes e idosas, vestidas como freiras, que iam de casa em casa rezar junto às camas dos doentes. Elas se contentavam com uns centavos de gorjeta ou um simples prato de comida por suas rezas, que, muita gente acreditava, completavam a tarefa dos médicos ajudando a curar os pacientes. Para surpresa de Felícito, Adelaida tampouco acreditava em nada disso. As rezadoras e benzedoras da cidade também lhe pareciam umas embusteiras. Era curioso que uma mulher com aqueles dons, capaz de antecipar o futuro de certos homens e mulheres, fosse tão descrente em relação aos poderes curativos de outras pessoas. Talvez ela tivesse razão e havia mesmo muito cafajeste entre os que se gabavam de ter a faculdade de curar os doentes. Felícito ficou espantado quando Adelaida lhe contou que num passado recente havia em Piura umas mulheres tenebrosas, as *despenadoras*, que certas famílias chamavam às suas casas para ajudar os agonizantes a morrer, coisa que elas faziam em meio a orações, cortando-lhes a jugular com uma unha comprida que deixavam crescer no dedo indicador especialmente para esse fim.

Por outro lado, Felícito se surpreendeu ao saber que Adelaida acreditava de olhos fechados na lenda segundo a qual a imagem do Senhor Cativo da igreja de Ayabaca havia sido esculpida por uns entalhadores equatorianos que eram anjos.

— Você acredita mesmo nessa conversa, Adelaida?

— Acredito porque ouvi as pessoas de lá contando a história. Ela vem passando de pais para filhos desde que aconteceu, e, se dura tanto tempo, deve ser verdade.

Felícito tinha ouvido muitas vezes a história desse milagre, mas nunca a levou a sério. Diziam que, fazia muitos anos, uma comissão de gente importante de Ayabaca fez uma coleta para encomendar uma escultura de um cristo. Cruzaram a fronteira do Equador e lá encontraram três homens vestidos de branco que se apresentaram como entalhadores. Imediatamente os contrataram para esculpir essa imagem em Ayabaca. Os três fizeram o trabalho mas sumiram antes de receber a quantia combinada. A mesma comissão voltou ao Equador à sua procura, mas lá ninguém os conhecia nem sabia da sua existência. Em outras palavras: eram anjos. Ele achava normal que Gertrudis acreditasse nisso, mas ficou surpreso ao ver que Adelaida também engolia esse milagre.

Após um bom tempo de conversa, Felícito já se sentia bastante melhor que quando chegou. Não tinha esquecido seus encontros com Miguel e com Mabel; provavelmente nunca esqueceria, mas a hora que passou aqui lhe serviu para que a recordação daqueles encontros esfriasse um pouco e parasse de pesar como uma cruz sobre os seus ombros.

Agradeceu a Adelaida pela água destilada e pela conversa, e, vencendo sua resistência, obrigou-a a aceitar os cinquenta soles que pôs em sua mão quando se despediu.

Quando voltou para a rua o sol parecia ainda mais forte. Foi andando devagar até sua casa, e em todo o trajeto só vieram cumprimentá-lo duas pessoas. Pensou, com alívio, que pouco a pouco iria deixando de ser famoso e conhecido. O povo ia se esquecer da aranhinha e parar de apontá-lo na rua e vir falar com ele. Talvez não estivesse longe o dia em que ia poder andar de novo pelas ruas da cidade como um transeunte anônimo.

Quando chegou à sua casa, na rua Arequipa, o almoço estava servido. Saturnina havia preparado um caldinho de verduras e *olluquitos* com charque e arroz. Gertrudis serviu um jarro de limonada com muito gelo. Sentaram-se para comer em silêncio, e só ao terminar a última colherada de caldo Felícito contou à sua mulher que havia falado com Miguel nessa manhã e lhe propusera retirar a acusação se aceitasse abrir mão do sobrenome. Ela escutou em silêncio e quando ele terminou tampouco fez o menor comentário.

— Na certa vai aceitar, e então estará em liberdade — acrescentou ele. — E vai embora de Piura, como eu exigi. Aqui, com esses antecedentes, jamais conseguiria um trabalho.

Ela assentiu, sem dizer uma palavra.

— Você não vai vê-lo? — perguntou Felícito.

Gertrudis negou com a cabeça.

— Eu também não quero vê-lo nunca mais — afirmou e continuou tomando o caldo, em lentas colheradas. — Depois do que ele fez, não poderia.

Continuaram comendo em silêncio e só algum tempo mais tarde, quando Saturnina tirou os pratos, Felícito murmurou:

— Também estive em Castilla, onde você pode imaginar. Fui acabar com essa história. Pronto. Terminado para sempre. Queria que você soubesse disso.

Houve um outro longo silêncio, cortado vez por outra pelo coaxar de uma rá no jardim. Afinal, Felícito ouviu que Gertrudis lhe perguntava:

— Quer tomar um café ou um chazinho de camomila?

XX

Quando don Rigoberto acordou, ainda no escuro, ouviu o murmúrio do mar e pensou: "Finalmente chegou o dia." Foi tomado por uma sensação de alívio e excitação. Será que a felicidade era isto? Ao seu lado, Lucrecia dormia pacificamente. Devia estar cansadíssima, no dia anterior tinha ficado até tarde fazendo as malas. Passou um bom tempo ouvindo os movimentos do mar — uma música que em Barranco nunca se ouvia durante o dia, só de noite e ao amanhecer, quando os barulhos da rua se apagavam —, depois se levantou e, de pijama e chinelos, foi para o seu escritório. Procurou e encontrou na prateleira de poesia o livro de Frei Luis de León. À luz do abajur, leu o poema dedicado ao músico cego Francisco de Salinas. Tinha se lembrado dele na véspera, quando fazia a sesta, e depois sonhou com isso. Já o lera muitas vezes e agora, depois de reler devagar, mexendo os lábios ligeiramente, confirmou mais uma vez: era a mais bela homenagem à música que conhecia, um poema que, ao mesmo tempo que explicava essa realidade inexplicável que é a música, era ele mesmo música. Uma música com ideias e metáforas, uma alegoria inteligente de um homem de fé que, impregnando o leitor com essa sensação inefável, revelava a secreta essência transcendente, superior, que se aloja em algum canto do animal humano e só surge na consciência com a harmonia perfeita de uma bela sinfonia, de um poema intenso, de uma grande ópera, de uma exposição excepcional. Uma sensação que para Frei Luis, religioso, se confundia com a graça e o transe místico. Como seria a música do organista cego a quem Frei Luis de León fez esse soberbo elogio? Nunca a havia escutado. Pronto, já tinha uma tarefa a cumprir em sua passagem por Madri: encontrar um CD com as composições musicais de Francisco de Salinas. Algum dos conjuntos que tocavam música antiga — o de Jordi Savall, por exemplo — devia ter um disco dedicado a quem inspirou tal maravilha.

Fechando os olhos, pensou que dentro de poucas horas Lucrecia, Fonchito e ele estariam cruzando os céus, deixando para trás as nuvens espessas de Lima, começando a esperada viagem à Europa. Finalmente! Iam chegar em pleno outono. Imaginou as árvores douradas e as ruas de paralelepípedos condecoradas com as folhas arrancadas pelo frio. Parecia mentira. Quatro semanas, uma em Madri, uma em Paris, outra em Londres e a última, entre Florença e Roma. Tinha planejado esses trinta e um dias de tal maneira que o prazer não fosse afetado pela fadiga, evitando dentro do possível os desagradáveis imprevistos que às vezes estragam as viagens. Voos de avião reservados, ingressos para concertos, óperas e exposições comprados, hotéis e pensões pagos antecipadamente. Seria a primeira vez que Fonchito ia pisar no continente de Rimbaud, a Europa *aux anciens parapets*. Teria um prazer suplementar nesta viagem mostrando ao seu filho o Prado, o Louvre, a National Gallery, a Uffizi, São Pedro, a Capela Sistina. Entre tantas coisas bonitas, será que ele esqueceria aqueles últimos tempos tão sinistros e as aparições fantasmais de Edilberto Torres, o íncubo ou súcubo (qual era a diferença?) que tanto havia perturbado a vida de Lucrecia e dele? Estava ansioso. Aquele mês seria um banho lustral: a família deixaria para trás a pior etapa de sua existência. Os três iam voltar para Lima rejuvenescidos, renascidos.

Lembrou a última conversa que tivera com Fonchito no seu escritório, dois dias antes, e sua súbita rabugice:

— Se você gosta tanto da Europa, se sonha com ela dia e noite, por que então morou a vida toda no Peru, papai?

A pergunta o deixou desconcertado e por um instante não soube o que responder. Sentia-se culpado de alguma coisa, mas não sabia de quê.

— Bem, acho que se eu tivesse ido morar lá, não teria desfrutado tanto as coisas belas que o velho continente tem — tentou sair pela tangente. — Iria me acostumar tanto com elas que nem notaria a sua existência, como acontece com milhões de europeus. Enfim, nunca me passou pela cabeça a ideia de me mudar para lá, eu sempre achei que tinha que viver aqui. Aceitar o meu destino, digamos.

— Todos os livros que você lê são de escritores europeus — insistiu o filho. — E acho que a maioria dos discos, desenhos e gravuras também. Italianos, ingleses, franceses, espanhóis, alemães, e um ou outro norte-americano. Não há alguma coisa de que você goste no Peru, papai?

Don Rigoberto ia protestar, dizer que muitas, mas optou por fazer uma cara dúbia e um gesto cético exagerado:

— Três coisas, Fonchito — disse, simulando falar com a pompa de um ilustrado dómine: — As pinturas de Fernando de Szyszlo. A poesia em francês de César Moro. E os camarões de Majes, claro.

— Com você não se pode falar sério, papai — protestou o filho. — Mas eu acho que levou na brincadeira o que perguntei porque não teve coragem de me dizer a verdade.

"O garoto é mais esperto que um esquilo e adora deixar o pai em apuros", pensou. "Eu também era assim, quando menino?" Não se lembrava.

Ficou verificando uns papéis, dando uma última olhada na sua maleta de mão para ver se não esquecia nada. Pouco depois amanheceu, e ouviu movimentos na cozinha. Já estavam preparando o café da manhã? Quando voltou para o quarto, viu no corredor as três malas prontas e etiquetadas por Lucrecia. Foi ao banheiro, fez a barba, tomou um banho e, na volta, Lucrecia já estava levantada e foi acordar Fonchito. Justiniana avisou que o café estava pronto na sala.

— Parece mentira que este dia chegou — comentou com Lucrecia, enquanto saboreava seu suco de laranja, seu café com leite e sua torrada com manteiga e geleia. — Nestes últimos meses cheguei a pensar que nós ficaríamos anos e anos presos nesse atoleiro judicial em que as hienas me meteram e que nunca mais voltaríamos a pôr os pés na Europa.

— Se eu disser o que mais me dá curiosidade nessa viagem, você vai rir — respondeu Lucrecia, que só tomava uma xícara de chá puro no café da manhã. — Sabe o que é? O convite de Armida. Como vai ser esse jantar? Quem ela vai convidar? Ainda não consigo acreditar que a antiga empregada de Ismael dará um banquete em sua casa de Roma. Estou morrendo de curiosidade, Rigoberto. Como ela vive, como recebe, quais são suas amizades. Será que aprendeu italiano? Deve ter um palacete, imagino.

— Bem, sim, com certeza — disse Rigoberto, um pouco decepcionado. — Dinheiro ela tem para viver como uma rainha, naturalmente. Espero que também tenha o bom gosto e a sensibilidade suficientes para aproveitar semelhante fortuna da melhor maneira possível. Afinal, por que não. Ela demonstrou ser mais esperta que todos nós juntos. Afinal se saiu bem e agora está lá, morando na Itália, com toda a herança de Ismael no bolso. E os gêmeos, totalmente derrotados. Fico contente por ela, na verdade.

— Não fale mal de Armida, não zombe dela — disse Lucrecia, pondo a mão em sua boca. — Ela não é nem nunca foi o que as pessoas pensam.

— Sim, certo, eu sei que a conversa que vocês tiveram em Piura foi convincente — sorriu Rigoberto. — E se era pura lorota, Lucrecia?

— Ela me disse a verdade — afirmou Lucrecia de forma peremptória. — Ponho a minha mão no fogo, ela me contou o que aconteceu, sem acrescentar nem omitir nada. Eu tenho um instinto infalível para essas coisas. Não acredito. Foi mesmo assim?

— Foi — Armida abaixou os olhos, um pouco intimidada. — Ele nunca tinha olhado para mim, nunca me disse um galanteio. Nem sequer uma gentileza dessas que os donos de casa às vezes dizem por dizer às suas empregadas. Juro pelo mais sagrado, senhora Lucrecia.

— Quantas vezes vou ter que lhe pedir que me trate de você, Armida? — repreendeu-a Lucrecia. — É difícil acreditar que o que você está me dizendo é verdade. Realmente nunca, antes, tinha notado que Ismael gostava de você, pelo menos um pouquinho?

— Juro pelo mais sagrado — Armida beijou os dedos em cruz. — Nunca na vida, que Deus me dê um castigo eterno se estiver mentindo. Nunca. Nunca. Foi por isso que levei um susto que quase caí para trás. Mas, o que está dizendo! O senhor ficou louco, don Ismael? Estarei ficando louca eu? O que é que está acontecendo aqui?

— Nem você nem eu estamos loucos, Armida — disse o senhor Carrera, sorrindo, falando com uma amabilidade que ela não conhecia, mas sem se aproximar. — Claro que você ouviu muito bem o que eu disse. Vou perguntar de novo. Quer se casar comigo? Estou falando sério. Eu já estou velho demais para ficar cortejando, para namorar do jeito antigo. Mas lhe ofereço o meu carinho, o meu respeito. Tenho certeza de que o amor também virá, depois. O meu por você e o seu por mim.

— Disse que se sentia sozinho, que me achava uma boa pessoa, que eu conhecia os seus costumes, o que ele gostava, o que não gostava, e que, além do mais, estava certo de que eu saberia cuidar dele. Minha cabeça entrou em órbita, senhora Lucrecia. Eu não podia acreditar que ele estava me dizendo o que eu ouvi. Mas foi assim, como estou contando. De repente e sem rodeios, de uma hora para a outra. Esta e só esta é a verdade. Juro.

— Estou maravilhada, Armida — Lucrecia a examinava, com cara de assombro. — Mas, sim, afinal de contas, por que não. Ele disse a verdade, simplesmente. Estava se sentindo sozinho, necessitava companhia, você o conhecia melhor que ninguém. E então você aceitou, assim, de repente?

— Não precisa responder agora, Armida — continuou o patrão, sem dar um passo em sua direção, sem fazer o menor movimento para tocar nela, segurar sua mão, seu braço. — Pense nisso. Minha proposta é muito séria. Vamos nos casar e passar a lua de mel na Europa. Eu vou procurar fazê-la feliz. Pense nisso, por favor.

— Eu tinha um namorado, senhora Lucrecia. Panchito. Uma boa pessoa. Trabalhava na Prefeitura de Lince, no departamento de registros. Tive que terminar com ele. Não pensei muito, para dizer a verdade. Parecia a história da Cinderela. Mas até o último momento ainda não tinha certeza de que o senhor Carrera havia falado a sério. Mas sim, sim, era muito a sério, e olhe só tudo o que aconteceu depois.

— Fico até sem graça de perguntar isto, Armida — disse Lucrecia, abaixando muito a voz. — Mas não dá para aguentar, a curiosidade me mata. Quer dizer que antes do casamento não houve nada entre vocês?

Armida riu, levando as mãos ao rosto.

— Depois que eu aceitei, houve sim — disse, ruborizada, rindo. — Claro que houve. O senhor Ismael ainda era um homem muito inteiro, apesar da idade.

Lucrecia também começou a rir.

— Não precisa me contar, Armida — disse, abraçando-a. — Ai, que engraçado as coisas acontecerem assim. Pena que ele morreu.

— Ainda não acredito que as hienas perderam as garras — disse Rigoberto. — Que agora ficaram mansinhos.

— Eu não caio nessa, se não fazem barulho é porque devem estar tramando alguma outra maldade — respondeu Lucrecia. — O doutor Arnillas lhe contou em que consiste o acordo de Armida com eles?

Rigoberto negou com a cabeça.

— E eu não perguntei — respondeu, encolhendo os ombros. — Mas não há dúvida de que eles se renderam. Senão, não teriam retirado todas as ações judiciais. Ela deve ter gastado uma boa soma para domá-los assim. Ou talvez não. Quem sabe os dois idiotas acabaram se convencendo de que se continuassem brigando iam morrer de velhos sem receber um centavo da herança. Na verdade, estou pouco ligando. Não quero ficar falando desses dois safados o mês todo, Lucrecia. Prefiro que nestas quatro semanas tudo seja limpo, belo, agradável, estimulante. As hienas não se encaixam em nada disso.

— Prometo que não vou mencioná-los — riu Lucrecia.
— Uma última pergunta. Você sabe o que foi feito deles?

— Foram para Miami, onde mais, gastar em farras o dinheirinho que tiraram da Armida — disse Rigoberto. — Ah, mas é verdade, não podem estar lá porque Miki uma vez atropelou alguém e depois fugiu. Se bem que, talvez, isso já tenha prescrito. Agora sim os gêmeos sumiram, evaporaram, nunca existiram. Nunca mais vamos falar deles. Olá, Fonchito!

O menino já estava todo vestido para a viagem, até com um paletó.

— Que elegante, meu Deus — dona Lucrecia recebeu-o com um beijo. — Seu café está pronto. Tenho que ir, está ficando tarde, eu preciso me apressar se quiser sair às nove em ponto.

— Está feliz com esta viagem? — perguntou don Rigoberto ao filho quando ficaram sozinhos.

— Muito, papai. Ouvi você falar tanto da Europa, desde que me entendo por gente, que sonho há anos com isso.

— Será uma linda experiência, você vai ver — disse don Rigoberto. — Planejei tudo com o maior cuidado, para que você conheça as melhores coisas que há na velha Europa e evite o que é ruim. De certa forma, esta viagem vai ser a minha obra-prima.

A que não pintei, nem compus, nem escrevi, Fonchito. Mas você vai vivê-la.

— Nunca é tarde para essas coisas, papai — respondeu o menino. — Você ainda tem muito tempo, e agora pode se dedicar ao que gosta de verdade. Está aposentado e tem toda a liberdade do mundo para fazer o que quiser.

Outra observação incômoda, da qual não sabia como escapar. Levantou-se com o pretexto de dar uma última olhada na maleta de mão.

Narciso chegou às nove da manhã em ponto, como don Rigoberto havia pedido. A caminhonete em que vinha, uma Toyota último modelo, era azul-marinho, e o antigo motorista de Ismael Carrera havia pendurado no retrovisor uma imagem colorida da Beata Melchorita. Foi preciso esperar um bom tempo, como não podia deixar de ser, até dona Lucrecia aparecer. Sua despedida de Justiniana foi com abraços e beijos que não terminavam mais e, com um sobressalto, don Rigoberto notou que seus lábios se roçavam. Mas Fonchito e Narciso não viram. Quando a caminhonete desceu o desfiladeiro de Armendáriz e enveredou pela Costa Verde até o aeroporto, don Rigoberto perguntou a Narciso como ia o seu novo trabalho na companhia de seguros.

— Muito bem — Narciso mostrou a dentadura branca enquanto sorria de orelha a orelha. — Pensei que a recomendação da senhora Armida não adiantaria muito com os novos donos, mas me enganei. Eles me trataram muito bem. Quem me recebeu foi o gerente em pessoa, imagine. Um senhor italiano muito perfumado. Mas, isto sim, não sei o que senti quando o vi ocupando o escritório que era seu, don Rigoberto.

— Melhor ele que Escovinha ou Miki, não acha? — soltou uma gargalhada don Rigoberto.

— Sem a menor dúvida. Claro!

— E qual é seu trabalho, Narciso? Motorista do gerente?

— Principalmente. Quando ele não precisa de mim, eu levo e trago pessoas de toda a companhia, quer dizer, os chefões — parecia contente, seguro de si. — Às vezes também me manda à alfândega, ao correio, aos bancos. É um trabalho duro, mas não posso me queixar, eles pagam bem. E, graças à senhora Armida, agora tenho carro próprio. Coisa que nunca pensei que teria, para dizer a verdade.

— Ela lhe deu um lindo presente, Narciso — comentou dona Lucrecia. — Sua caminhonete é uma beleza.

— Armida sempre teve um coração de ouro — assentiu o motorista. — Quer dizer, a senhora Armida.

— Era o mínimo que podia fazer por você — afirmou don Rigoberto. — Você se portou muito bem com ela e com Ismael. Não somente aceitou ser testemunha do casamento, sabendo ao que estava se expondo. Principalmente, não se vendeu nem se deixou intimidar pelas hienas. Muito justo ela lhe dar este presente.

— Esta caminhonete não é um presente, é um presentão, don.

O Aeroporto Jorge Chávez estava lotado e a fila da Iberia era muito comprida. Mas Rigoberto não ficou impaciente. Havia passado por tantas angústias nos últimos meses com as diligências policiais e judiciais, os empecilhos à sua aposentadoria e as dores de cabeça que Fonchito dava a eles com Edilberto Torres, que uma fila de quinze minutos, meia hora ou o tempo que fosse não podia significar nada, se tudo aquilo tinha ficado para trás e amanhã ao meio-dia estaria em Madri com sua mulher e seu filho. Impulsivo, passou os braços pelos ombros de Lucrecia e Fonchito e anunciou, transbordando de entusiasmo:

— Amanhã à noite vamos comer no melhor e mais simpático restaurante de Madri. Casa Lucio! O presunto de lá e os ovos com batata frita são um manjar incomparável.

— Ovos com batata frita, um manjar, papai? — caçoou Fonchito.

— Pode rir à vontade, mas garanto que, embora o prato pareça simples, na Casa Lucio o transformaram numa obra de arte, uma delícia de lamber os beiços.

E, nesse momento, divisou, a poucos metros, um curioso casal que parecia conhecido. Os dois não podiam ser mais assimétricos nem anômalos. Ela, uma mulher muito gorda e grande, com bochechas volumosas, enfiada numa espécie de túnica de tecido cru que lhe chegava aos tornozelos sob um grosso pulôver esverdeado. Mas o mais estranho era um absurdo chapeuzinho achatado e com véu que usava na cabeça e que lhe dava um ar caricatural. O homem, pelo contrário, miúdo, pequeno, raquítico, parecia quase embrulhado num terninho muito apertado cinza-pérola e um chamativo colete azul estampado. Ele também estava com um chapéu, enfiado até a metade da testa. Os dois tinham um ar provinciano, pareciam perdidos e desconcertados no meio da multidão do aeroporto e olhavam tudo aquilo com apreensão e desconfiança. Parecia que tinham fugido de um quadro expressionista, cheio de gente esquisita e desproporcionada na Berlim dos anos vinte, pintado por Otto Dix e George Grosz.

— Ah, você já os viu — ouviu Lucrecia dizer, indicando o casal. — Parece que vão viajar para a Espanha, também. E na primeira classe, que tal!

— Acho que os conheço, mas não sei de onde — perguntou Rigoberto. — Quem são eles?

— Mas, filho — respondeu Lucrecia —, é o casal de Piura, não os reconheceu?

— A irmã e o cunhado de Armida, claro — don Rigoberto identificou-os. — Tem razão, eles também estão viajando para a Espanha. Que coincidência.

Sentiu um estranho, incompreensível mal-estar, uma inquietação, como se o fato de encontrar esse casal piurano no voo da Iberia rumo a Madri pudesse constituir alguma ameaça contra o seu programa de atividades tão cuidadosamente planejado para o mês na Europa. "Que bobagem", pensou. "É mania de perseguição." Como poderia prejudicar a viagem aquele casal tão pitoresco? Ficou observando-os um bom tempo enquanto entregavam os bilhetes no balcão da Iberia e pesavam a grande mala amarrada com correias grossas que despacharam como bagagem. Pareciam perdidos e assustados, como se fosse a primeira vez na vida que subiam num avião. Quando acabaram de entender as instruções da moça da Iberia, de braços dados para se proteger de algum imprevisto, eles se afastaram em direção à alfândega. O que será que Felícito Yanaqué e sua esposa Gertrudis iam fazer na Espanha? Ah, claro, iam esquecer aquele escândalo que tinham protagonizado em Piura, com sequestros, adultérios e putas. Devem estar numa excursão, gastando todas as suas economias nisso. Mas não tinha a menor importância. Nos últimos meses ele ficara muito suscetível, sensível, quase um paranoico. Estava fora do alcance desse casalzinho causar o menor problema em suas maravilhosas férias.

— Sabe, não sei por quê, mas me deu uma sensação ruim encontrar esses dois piuranos, Rigoberto — ouviu Lucrecia dizer, e sentiu um calafrio. Havia uma certa angústia na voz da sua mulher.

— Sensação ruim? — disfarçou. — Que disparate, Lucrecia, não há motivo para isso. Vai ser uma viagem ainda melhor que a da nossa lua de mel, prometo.

Quando receberam os cartões de embarque, foram para o segundo andar do aeroporto, onde havia outra fila para pagar o imposto de saída e mais outra para carimbar os passaportes. Mesmo assim, quando finalmente chegaram à sala de embarque, ainda tinham um bom tempo até a hora da partida. Dona Lucrecia decidiu dar uma olhada nos free shops e Fonchito a acompanhou. Como detestava fazer compras, Rigoberto disse que ia esperá-los na cafeteria. Comprou *The Economist* no caminho e quando entrou no pequeno restaurante viu que todas as mesas estavam ocupadas. Já ia sentar-se perto da porta de embarque quando descobriu numa das mesas o senhor Yanaqué e sua esposa. Muito sérios e muito quietos, tinham à sua frente uns refrigerantes e um prato cheio de biscoitos. Seguindo um súbito impulso, Rigoberto se aproximou deles.

— Não sei se vocês se lembram de mim — cumprimentou-os, estendendo a mão. — Estive na casa de vocês em Piura alguns meses atrás. Que surpresa encontrá-los aqui. Quer dizer que vão viajar.

Os dois piuranos se levantaram, a princípio surpresos, depois sorridentes. Apertaram-se as mãos efusivamente.

— Que surpresa, don Rigoberto, o senhor por aqui. Como íamos esquecer as nossas conspirações secretas.

— Sente-se conosco, senhor — disse a senhora Gertrudis. — Fique à vontade.

— Bem, sim, com todo prazer — agradeceu don Rigoberto. — Minha esposa e meu filho estão olhando as lojas. Vamos para Madri.

— Madri? — abriu os olhos Felícito Yanaqué. — Nós também, que coincidência.

— O que vai tomar, senhor? — perguntou, muito solícita, a senhora Gertrudis.

Parecia mudada, estava mais comunicativa e simpática, agora sorria. Rigoberto se lembrava dela, naqueles dias de Piura, sempre séria e incapaz de emitir uma palavra.

— Um cafezinho pingado — pediu ao garçom. — Madri, então. Vamos ser companheiros de viagem.

Sentaram-se, sorriram, trocaram impressões sobre o voo — o avião ia sair na hora ou estava atrasado? — e a senhora Gertrudis, cuja voz Rigoberto tinha certeza de que não ouvira nas conversas de Piura, agora falava sem parar. Tomara que este avião não balance tanto como o da Lan que os trouxe de Piura na véspera. Tinha sacudido tanto que ela caiu em prantos pensando que iam despencar. E esperava que a Iberia não perdesse a sua mala, porque, sem ela, o que iam vestir lá em Madri, onde passariam três dias e três noites e, parece, estava fazendo muito frio.

— O outono é a melhor estação do ano em toda a Europa — tranquilizou-a Rigoberto. — E a mais bonita, acredite. Não faz frio, só um arzinho fresco muito agradável. Vão passear em Madri?

— Na verdade, vamos a Roma — disse Felícito Yanaqué. — Mas Armida insistiu que passássemos uns dias em Madri, para conhecer.

— Minha irmã queria que também fôssemos à Andaluzia — disse Gertrudis. — Mas era tempo demais, e Felícito tem muito trabalho em Piura com os ônibus e as caminhonetes da companhia. Ele está reorganizando tudo, de cima a baixo.

— A Transportes Narihualá está se recuperando, embora ainda me dê umas dores de cabeça — disse sorridente o senhor Yanaqué. — Meu filho Tiburcio ficou no meu lugar. Ele conhece perfeitamente a empresa, trabalha nela desde garoto. Vai se sair bem, tenho certeza. Mas, o senhor sabe, se a gente mesmo não fica em cima de tudo, as coisas começam a falhar.

— Armida nos ofereceu esta viagem — disse a senhora Gertrudis, com um timbre de orgulho na voz. — Ela paga tudo, veja como é generosa. Passagens, hotéis, tudo. E em Roma vai nos hospedar na sua casa.

— Foi tão gentil que não podíamos fazer uma desfeita dessas — explicou o senhor Yanaqué. — Imagine quanto deve custar este presente. Uma fortuna! Armida diz que ela está muito agradecida porque a abrigamos na nossa casa. Como se tivesse sido algum incômodo. Pelo contrário, foi uma grande honra.

— Bem, vocês se portaram muito bem com ela naqueles dias difíceis — comentou don Rigoberto. — Deram carinho e apoio moral; ela precisava se sentir perto da família. Agora que tem uma posição magnífica, fez muito bem em convidá-los. Vocês vão adorar Roma, acreditem.

A senhora Gertrudis levantou-se para ir ao banheiro. Felícito Yanaqué apontou para a sua mulher e, abaixando a voz, confessou a don Rigoberto:

— Minha esposa morre de vontade de ver o papa. É o sonho da vida dela, porque Gertrudis é muito ligada à religião. Armida prometeu que vai levá-la à Praça de São Pedro quando o papa aparecer no balcão. E que talvez possa conseguir um lugar entre os peregrinos que o Santo Padre recebe em audiência em determinados dias. Ver o papa e pôr os pés no Vaticano vai ser a maior alegria da sua vida. Ela ficou tão católica depois do nosso casamento, sabe. Antes não era tanto. Foi por isso que decidi aceitar este convite. Por ela. Sempre foi uma boa mulher. Muito sacrificada nas horas difíceis. Se não fosse por Gertrudis, eu não faria esta viagem. Sabe de uma coisa? Eu nunca tinha tirado férias na vida, não me sinto bem sem fazer nada. Porque, na verdade, eu gosto mesmo é de trabalhar.

E, de repente, sem qualquer transição, Felícito Yanaqué começou a contar a don Rigoberto coisas do seu pai. Um arrendatário, lá em Yapatera, um chulucano humilde, sem educação, sem sapatos, que foi abandonado pela mulher e, com grande esforço, criou Felícito fazendo-o estudar, aprender um ofício, para poder progredir. Um homem que sempre foi a correção em pessoa.

— Bem, que sorte ter tido um pai assim, don Felícito — disse don Rigoberto, levantando-se. — Não vai lamentar esta viagem, garanto. Madri, Roma, são cidades cheias de coisas interessantes, o senhor vai ver.

— É, e lhe desejo tudo de bom — assentiu o outro, levantando-se também. — Meus cumprimentos à sua esposa.

Mas Rigoberto teve a impressão de que ele não estava nada convencido, de que aquela viagem não lhe interessava e de que de fato se sacrificava pela mulher. Perguntou se os problemas que ele tivera estavam resolvidos e no mesmo instante se arrependeu, ao ver uma lufada de preocupação ou de tristeza atravessando o rosto do homem pequeno que estava à sua frente.

— Felizmente já se ajeitaram — murmurou. — Espero que esta viagem sirva ao menos para que os piuranos se esqueçam de mim. O senhor não sabe como é horrível ficar conhecido, sair nos jornais e na televisão, ser apontado pelas pessoas na rua.

— Acredito, acredito — disse don Rigoberto, dando-lhe uma palmadinha no ombro. Chamou o garçom e insistiu em pagar a conta. — Bem, então nos vemos no avião. Ali estão minha mulher e meu filho me procurando. Até logo.

Foram até a porta de saída e o embarque ainda não havia começado. Rigoberto contou a Lucrecia e a Fonchito que os Yanaqué estavam indo à Europa a convite de Armida. Sua mulher ficou comovida com a generosidade da viúva de Ismael Carrera.

— Essas coisas não se veem mais hoje em dia — dizia. — Vou cumprimentá-los no avião. Eles a hospedaram por uns dias em sua casa sem desconfiar que por essa boa ação iam ganhar na loteria.

No free shop ela havia comprado várias correntinhas de prata peruana para dar de lembrança às pessoas simpáticas que conhecessem na viagem e Fonchito um DVD de Justin Bieber, um cantor canadense que enlouquecia os jovens do mundo todo e que ele pretendia ver durante o voo na tela do seu computador. Rigoberto começou a folhear *The Economist* mas, nesse momento, lembrou que era melhor levar na mão o livro que tinha escolhido como leitura de viagem. Abriu a maleta e tirou um antigo exemplar, comprado em um *bouquiniste* à margem do Sena, do ensaio de André Malraux sobre Goya: *Saturne*. Fazia muitos anos que ele escolhia com cuidado o que ia ler nos aviões. A experiência lhe havia demonstrado que, durante um voo, ele não podia ler qualquer coisa. Precisava ser uma leitura apaixonante, que atraísse sua atenção de tal forma que anulasse por completo a preocupação subliminar que lhe vinha sempre que voava, lembrar que estava a dez mil metros de altura — dez quilômetros —, deslizando a uma velocidade de novecentos ou mil quilômetros por hora, e que, lá fora, as temperaturas eram de cinquenta ou sessenta graus abaixo de zero. Não era exatamente medo o que sentia quando voava, mas uma coisa ainda mais intensa, a certeza de que a qualquer momento aquilo podia ser o fim, a desintegração do seu corpo numa fração de segundo e, talvez, a revelação do grande mistério, saber o que havia além da morte, se é que havia algo, uma possibilidade que, com seu velho agnosticismo, pouco atenuado pela passagem dos anos, ele tendia antes a descartar. Mas certas leituras conseguiam impedir essa sensação fatídica, leituras que conseguiam absorvê-lo de tal maneira no que estava lendo que se esquecia de todo o resto. Havia acontecido isso lendo um romance de Dashiell Hammett, o ensaio de Italo Calvino *Seis propostas para o próximo milênio*, *O Danúbio* de Claudio Magris e relendo *The Turn of the Screw* de Henry James. Dessa vez tinha escolhido o ensaio de Malraux porque se lembrava da emoção que sentiu quando o leu pela primeira vez, da ansiedade que lhe despertou ver ao vivo, não nas reproduções dos livros, os afrescos da Quinta do Surdo e as gravuras *Os desastres da guerra* e *Os caprichos*. Em todas as vezes que foi ao Prado passou um longo tempo nas salas dos Goya. Reler o ensaio de Malraux seria uma boa antecipação desse prazer.

Era formidável que, finalmente, estivesse superada aquela história desagradável. Ele tinha a firme decisão de não permitir que nada estragasse aquelas semanas. Tudo nelas devia ser grato, belo, prazenteiro. Não ver ninguém nem coisa alguma que seja deprimente, irritante ou feio, organizar todos os deslocamentos de tal maneira que, por um mês inteiro, ele tivesse a sensação permanente de que a felicidade era possível e de que tudo o que fazia, ouvia, via e até cheirava contribuía para isso (o último não seria tão fácil, claro).

Estava imerso neste sonho lúcido quando sentiu as cotoveladas de Lucrecia avisando-lhe que o embarque havia começado. Viram, de longe, que don Felícito e dona Gertrudis eram os primeiros na fila da executiva. A fila dos passageiros de classe econômica era muito comprida, claro, o que significava que o avião estava lotado. De qualquer maneira, Rigoberto se sentia tranquilo; havia conseguido que a agência de viagens lhe reservasse os três assentos da décima fila, ao lado da porta de emergência, que tinham mais espaço para as pernas, o que tornaria mais suportáveis os desconfortos da viagem.

Quando entraram no avião, Lucrecia apertou a mão dos piuranos e o casal cumprimentou-a com muito afeto. De fato, os três estavam na fileira junto à porta de emergência, com um bom espaço para as pernas. Rigoberto sentou-se ao lado da janela, Lucrecia junto ao corredor e Fonchito no meio.

    Don Rigoberto suspirou. Ouvia sem prestar atenção as instruções sobre o voo que alguém da tripulação dava. Quando o avião começou a deslizar pela pista rumo ao ponto de decolagem, havia conseguido mergulhar num editorial da *The Economist* que indagava se o euro, a moeda comum, sobreviveria à crise que abalava a Europa, e se a União Europeia sobreviveria ao desaparecimento do euro. Quando, com os quatro motores rugindo, o avião arrancou a uma velocidade que aumentava a cada segundo, sentiu de repente que a mão de Fonchito pressionava seu braço direito. Tirou os olhos da revista e voltou-se para o filho: o menino o olhava atônito, com uma expressão indecifrável no rosto.

    — Não tenha medo, filhinho — disse, surpreso, mas imediatamente se calou porque Fonchito negava com a cabeça, como que dizendo "não é isso, não é por isso".

    O avião tinha acabado de sair do solo e a mão do menino se incrustava em seu braço como se quisesse machucar.

    — O que foi, Fonchito? — perguntou, dirigindo um olhar alarmado a Lucrecia, mas ela não ouvia nada por causa do barulho dos motores. Sua esposa estava de olhos fechados e parecia cochilar ou rezar.

    Fonchito tentava dizer-lhe alguma coisa, mas mexia a boca e não saía uma palavra. Estava muito pálido.

    Um pressentimento horrível fez don Rigoberto inclinar-se sobre o filho e murmurar em seu ouvido:

    — Não vamos deixar que Edilberto Torres estrague a nossa viagem, não é, Fonchito?

    Agora sim o menino conseguiu falar, e o que don Rigoberto ouviu gelou o seu sangue:

    — Ele está aí, papai, aqui no avião, sentado atrás de você. É, sim, o senhor Edilberto Torres.

    Rigoberto sentiu uma pontada no pescoço e teve a sensação de estar lesionado e inválido. Não conseguia mexer a cabeça, virar-se para olhar o assento de atrás. Seu pescoço doía horrivelmente e sentiu que a cabeça começava a ferver. Teve a estúpida ideia de que seu cabelo estava fumegando como uma fogueira. Seria possível que aquele filho da puta estivesse aqui, neste avião, viajando com eles para Madri? A raiva subia em seu corpo como uma lava irresistível, um desejo feroz de se levantar, equilibrar-se sobre Edilberto Torres e bater nele e xingá-lo sem pena, até ficar exausto. Apesar da dor aguda que sentia no pescoço, afinal conseguiu virar meio corpo. Mas na fila de trás não havia nenhum homem, só duas senhoras mais velhas e uma menina que lambia uma chupeta. Desconcertado, virou-se para Fonchito e, então, teve a surpresa de ver que os olhos do filho estavam faiscantes de troça e alegria. E nesse instante ele soltou uma sonora gargalhada.

— Você acreditou, papai — dizia, quase sufocado por um riso saudável, travesso, limpo, infantil. — Não é verdade que acreditou? Se você visse a cara que fez, papai

Agora, Rigoberto, aliviado, balançando a cabeça, sorria, ria também, reconciliado com o filho, com a vida. Tinham atravessado a camada de nuvens e um sol radiante banhava o interior do avião.

Este livro foi impresso
pela Geográfica para a
Editora Objetiva em
outubro de 2013.